青梅

（下）

平林漠漠 著

四川文艺出版社

大鱼
有爱的青春陪伴者

第二十六章
入宫

似锦做事一向妥当，丫鬟们各自职责明确，分工清清楚楚。

此时似锦在房内睡午觉。

今日素心轮值，带了小丫鬟幽客在一楼廊下做针线。

见二姑娘、三姑娘和别的几个姑娘过来了，素心便吩咐幽客："你去禀报姑娘，就说二姑娘、三姑娘带着客人过来了。"

幽客一听，跳起来一溜烟跑到楼上去了，敲了敲门，在房门外道："姑娘，二姑娘带着一群客人过来了。"

似锦吃了酒，睡得正香，根本没醒。

林岐一向警醒，当即坐了起来。

这时后窗也有人咚咚敲了三下，片刻后又敲了两下。

是林岐手下亲信专用的示警信号。

林岐有些好笑地掀开锦被下了床。

冬竹楼四周围着一大片竹林。

程三姑娘与倩兮等人走在竹林间的小径上，前面一栋青色小楼已经在望了。

素心见她们走了过来，这才起身去迎："给姑娘们请安。"

"素心，大姐姐呢？"倩兮道，"程三姑娘想来看看大姐姐。"

程三姑娘微微一笑："对了，崇宁公主府的'林女官'还没离开吧？"

素心含笑回倩兮："启禀二姑娘，大姑娘在楼上午睡。"

她又看向程三姑娘，道了福，不紧不慢道："'林女官'还没有离开，我们大姑娘午饭时饮了些酒，如今正在午睡，'林女官'带了小丫鬟在一边读书做针线，等我们姑娘睡醒说话。"

倩兮点了点头："这会儿大姐姐的酒也差不多该醒了。你上去通禀大姐姐吧，我们在下面等着。"

程三姑娘微笑起身道："我正想看看楼上的布局，也上去吧。"

她总觉得这位周大姑娘和“林女官”的关系不太正常。

方才这位周大姑娘居然也得了皇后娘娘的中秋宴帖子。

她若是想按照家族计划往上走，那就得把别人踩下去，如今也许就是一个把周大姑娘踩下去的好机会，她可不能放过。

王蕙如今已经成为程三姑娘的忠实拥趸，见状忙道：“我陪着三姐姐上去。”

倩兮和盼兮互相看了看。

盼兮开口道：“你们是客人，多不方便，还是我上楼去叫我大姐姐吧！”

程三姑娘怎么会轻易放弃，正要说话，忽然见楼梯上有人出现，定睛一看，却见一个身材高挑纤瘦的“少女”立在楼梯上，后面跟着一个小丫鬟。

那“少女”脸小小的，额头上戴着碧色抹额，长眉入鬓，目若寒星，眼尾挑起，嘴唇饱满精致，明明五官也就那样，可是凑在一起，偏偏气质清冷轻灵至极，与身上的月白衫子碧色缎裙和香云纱披帛相得益彰，仙女一般慢慢走了下来。

素心和春剑见状，笑吟吟地齐齐屈膝行礼：“给女官请安。”

倩兮和盼兮也都呆住了——原来这就是“林女官”？

上次“林女官”去周府，倩兮和盼兮在桃夭阁读书，未曾谋面，却原来如此轻俏若仙。

先是许二姑娘，如今又是“林女官”，大姐姐的闺中好友怎么都如此仙气十足。

程三姑娘也看呆了。

她随着祖父母游历四方，也见过许多美女，可是像“林女官”这样令人一见就不由自主屏住呼吸的，却是第一次看到。

王菁自从上午见面后，就一直在研究“林女官”的骨相，此时趁机细细观察。

林岐仪态万方走了下来，道：“似锦正睡得香呢，我带着小丫鬟等了半日，她还是不醒。”

一直到“林女官”在黄花梨木圈椅上坐下，众人这才渐渐放松了下来。

程三姑娘先开了口：“我和周大姑娘一样，都接到了皇后娘娘中秋宴会的帖子，因周夫人担心周大姑娘不熟悉宫廷礼仪，所以我过来教授周大姑娘。”

林岐淡淡看了她一眼，道：“似锦她很熟悉宫廷礼仪，不用再学了。”

程三姑娘被堵得说不出话来，有心继续打探“林女官”的底细，正要开口，谁知“林女官”忽然问道：“程三姑娘是甘州人？”

程三姑娘原本正在笑，闻言笑容凝滞了一瞬，很快便又笑得更灿烂了：“我是渝州人，不过小时候曾跟着家祖父母去甘州游历。”

她看着林岐的眼睛，试探着问道：“‘林女官’如何得知我去过甘州？”

林岐笑容狡黠：“猜的。”

他又似自言自语道："甘州与西夏可就隔着一条通天河，西夏铁骑每到甘州百姓秋收或者冬储时节，就会渡河打劫，程三姑娘和令祖父母，敢去甘州游历，可真是有胆有识。"

程三姑娘呵呵笑了笑，转移了话题："咱们都来这么久了，周大姑娘还在睡吗？"

素心正执壶斟茶，闻言道："我们姑娘素来不能饮酒，今日因好友'林女官'前来，心中欢喜，不免多饮了几杯。"

林岐含笑道："我可算是知道她的酒量了，以后再不让她多饮了。"

这时王蕙忽然有些纳闷地问倩兮："倩兮，你家后园好大啊，单是冬竹楼周围这个竹林，我觉得都比你家园子大，我怎么记得你家园子没这么大？"

倩兮没有说话。

盼兮有些尴尬，道："隔壁的庄子要卖，我爹爹就让人买下来打通了，园子自然就大了。"

王蕙不依不饶："隔壁不是大姑母家的庄子吗，你们这样，不怕别人说你们落井下石？"

甜美清亮的女孩子的声音从上方楼梯传了过来："老话是这样说的，'使的憨钱，治的庄田。千年房舍换百主，一番拆洗一番新'。"

众人都抬头看去，却见一个美貌少女扶着木梯扶手慢慢走了下来："姨母家的庄子，为了筹措去边陲的路费急着发卖，价格自然被压得不能再低了。我们家若是不买，姨母家不知道被坑成什么样子呢。我们家出手买下，也算是解了姨母家的燃眉之急。"

正是周大姑娘周似锦。

王蕙被堵得哑口无言，却又觉得周似锦颠倒黑白，心中兀自不服。

程三姑娘一边细细打量周似锦，一边道："眼见他起高楼，眼见他宴宾客，眼见他楼塌了……唉，世间兴衰莫不如此，令人慨叹。"

这下就连王菁和倩兮也都深以为然，纷纷叹息。

似锦走了下来，在林岐身畔的黄花梨圈椅上坐定，接过素心递过的茶盏饮了一口，觉得茶味清苦，后味甘甜，便又饮了一口，觉得清醒了一些。

众人谈笑一阵，似锦担心林岐因为易容，眉毛眼睛吊得难受，便道："'林女官'，你不是要去向公主回话吗？我送你离开吧！"

林岐坐上了马车，低声吩咐亲随李敬："去调查京兆尹程子赞及其父母，重点查程家与西夏的关系，程子赞这些年晋升的过程，程子赞爹娘及女儿游历天下所经路线。"

不久程三姑娘也起身告辞。

似锦姐妹三个和王菁、王蕙一起送程三姑娘离去。

程三姑娘扶着丫鬟走到了马车前，忽然扭头看着似锦笑容灿烂：“周大姑娘，后日咱们福宁宫见，到时候拜托周大姑娘多多照顾了。”

似锦笑容甜美：“我可不像程三姑娘你，在宫里有德妃娘娘，到时候谁照顾谁还说不定呢！”

两人四目相对，笑容深深，却都未到达眼底。

福宁宫内，许皇后正端坐在凤榻上。

旁边紫檀雕花茶案上茶香袅袅，崇宁公主把盛着茶汤的建窑兔毫茶盏奉了上去：“母后，我分茶的技艺始终赶不上小凤凰，您可别嫌弃。”

许皇后接过建窑兔毫茶盏，叹息道：“小凤凰分茶技艺师从和墨尘和先生，把热汤倾入茶盏时，能变幻出疏星淡月和悠远的水墨山水，自是技艺高超，可惜我这做亲娘的，竟然极少能尝到儿子分的茶。”

崇宁公主笑容得意：“母后，或许您后日就能尝到小凤凰亲手分的茶了。”

见许皇后挑眉看自己，崇宁公主微微一笑，叫来福宁宫的女官王云芝问道：“中秋宴的帖子，小凤凰是不是让你添上了一个人？”

王云芝答了声“是”：“太子殿下吩咐我添上了吏部尚书周胤的长女周似锦的名字。”

许皇后眼睛亮了起来：“小凤凰，这是……开窍了？”

她心中欢喜至极，一向很沉着的一个人，这会儿也有些按捺不住了：“哎呀，小凤凰居然开窍了，居然会喜欢姑娘家了，我还以为他对男女之情没有兴趣……”

崇宁公主见许皇后欢喜激动成这个样子，心里既欢喜，又有些担心，温声道：“母后，我和周姑娘是好朋友。”

许皇后这时已经控制住了自己的情绪，含笑道：“崇宁，和母后好好聊聊这位周姑娘，到底是什么样的仙女，竟然能让小凤凰如此心动。”

要知道她这儿子眼光高得出奇，可是世上比他好看条件又合适的女子，又哪里是能轻易遇到的。

即使遇到了，大周朝储君的婚事，牵涉的利益链条那么深广，又怎能轻易达成。

崇宁公主意识到许皇后忘记似锦的来历了，沉声提醒道：“母后，这位周姑娘，正是当年在泽州陪伴小凤凰的似锦。”

许皇后脸上的笑容慢慢凝固了。

崇宁公主观察着许皇后的神色，缓缓道：“母后，似锦虽是庶女，却是吏部尚书周胤的庶女，而且周胤非常疼爱她。”

许皇后看着前方氤氲的带着茶香的水汽，默然不语。

这时候红泥小炉上煮的雪水滚了，崇宁公主忙用锦垫裹着手柄端起注入瓶中，然后又端起瓶子，把水注入盛着双井白芽的定窑白釉划花萱草纹茶碗中，眼睛看着茶碗中泛起白沫的乳白茶汤，口中道：“母后，对小凤凰来说，似锦是和他从小一起长大的青梅竹马，是他信任爱护的人。”

许皇后依旧没有说话。

崇宁公主依旧不紧不慢，查看着茶碗中的汤花，道：“好几次了，雪雨之夜，小凤凰旧毒复发，我们都喂不下去药，都是大老远叫了似锦过去喂药侍候的，亏她每次风里雨里都过去。”

她的声音渐渐低了下去：“她明明是吏部尚书的长女，也算京中数得着的闺秀了，也就是把小凤凰当作亲人，才会这样……”

殿内静了下来。

秋风吹过，檐角铁马铮铮。

许皇后忽然开口道：“崇宁，若是斗茶，汤色以纯白为上，汤花的色泽以鲜白为上，你可全输了。”

崇宁公主察觉到许皇后的动摇，笑吟吟道：“母后，您若是想品尝顶级的茶汤，就让小凤凰来给您点茶啊！”

许皇后没有说话，神情却柔和了下来，显见是想起了美好的往事。

崇宁公主当即吩咐王云芝：“王姑姑，拜托您去一趟东宫，就和太子说，母后要和他商议后日中秋宴的事，请他过来。”

王云芝看了许皇后一眼，见她没有反对，便答应了一声，退了下去。

约莫三刻钟之后，外面传来一阵脚步声，许皇后立即从这许多脚步声里辨认出了林岐的脚步声，不由得微笑起来：“小凤凰来了。”

果真片刻后，外面传来太监的通禀声：“太子殿下到！”

林岐头戴玉冠，身穿深蓝圆领袍子，腰围玉带，笑吟吟地走了进来，先拱手给许皇后行了个礼，又向崇宁公主打了个招呼，然后在许皇后对面坐了下来。

皇太子一到，王云芝就屏退殿内闲杂人等，此时殿内只有许皇后、皇太子和崇宁公主。

许皇后眼里满是慈和，细细打量着林岐，见他黑发微湿，雪白脸上也隐有水汽，越发显得稚嫩了，不由得笑了，道：“小凤凰，你怎么这时候沐浴？”

林岐不说他是刚从城外回来，卸了易容，索性洗了个澡的，含笑道：“母后，太后和苏贵妃又找我父皇闹了？”

许皇后嘴角噙着一丝冷笑:“还不是林嶂从北邙山祭扫回来,归途中马车翻了,把他给摔断了腿，太后和苏贵妃非说是你做的。”

林岐笑容稚嫩可爱：“母后，是我做的呀！”

短暂的沉默之后,许皇后先开了口:“傻孩子,既然动手,干吗不把他给弄死！”

林岐天真地笑：“弄死了林嶂，让林峥和林嵘这哥俩上来吗？他们都比林嶂聪明得多。”

林峥是德妃之子，林嵘是淑妃之子，皆聪明俊秀，很得洪武帝宠爱，而且外家官高却无势，不受洪武帝忌惮。

许皇后无话可说。

崇宁公主道：“小凤凰，你不会在父皇面前也承认吧？”

林岐眼睛睁得圆溜溜，显得特别稚气：“父皇不会问我的，他怕我问他林嶂和男宠的那些事，生怕我跟着学。”

他因为不好女色，至今还是处男，所以洪武帝很担心他被人引诱，好了男色，因此在林岐面前，绝口不提与男宠相关的话题，也曾召去林岐的伴读和东宫的侍卫及太监，亲自训诫：“谁敢引诱皇太子，诛灭九族。”

许皇后低下头，端起茶盏，装作品茶。

其实她也怀疑过。

林岐看了崇宁公主一眼。

崇宁公主立刻意会，开口道：“小凤凰，你为何让王女官在中秋宴的名单上添上似锦的名字？”

林岐一脸烦恼，左手支颌，歪着脑袋叹了口气，接着又叹了口气，道：“此事说来话长。”

崇宁公主极为配合：“到底是怎么回事？”

林岐又叹了口气，见许皇后的视线看了过来，是侧耳倾听的样子，便道：“似锦觉得自己有钱，不想嫁人，想要独处到老，为此宁可出家为尼研修佛法。周大人被她闹得没办法，如今正让人修缮西边新买的宅子，预备让似锦独自住在里面研习佛道法理，以后不再婚嫁。

“我们毕竟一起长大，情分不同，我想在她闭门清修前，让她见见宫里的繁华热闹，也许她就不出家了呢……”

说罢,他又叹了口气,伸手摆弄着茶案上的银汤匙,一脸痛心似的自言自语道:“我已经答应她了，给她在永福寺后建一座别院，等将来她没有依靠时，可以搬去那里养老，死了也葬在那里，我在十里原陵寝也可以护着她。”

许皇后蓦地想起小凤凰余毒未清的身子，脸色瞬间发白，忙声色俱厉地呵斥道："你这孩子，胡说什么！你父皇母后还都健在，你却在考虑身后之事！你这是不孝！"

林岐抬眼看向许皇后，薄薄的眼皮泛着浅粉色，清澈的眼睛笼着一层水雾："母后，我自己什么状况，我还不知道吗？您从西南请来的医者，不也说我活不过三十岁吗？"

许皇后眼睛瞬间溢满泪水。

她吸了吸鼻子，道："随便你。"

然后她便起身要走。

林岐起身，上前抱住了许皇后的肩膀，声音哽咽了："母后，让我开心些，好不好？"

许皇后侧脸看着林岐含泪的眼，心中悲痛难忍，伸出双臂紧紧抱住了林岐："我可怜的儿子啊，是娘没有护好你……"

崇宁在一边也泪眼汪汪。

她一边拭泪，一边道："母后，小凤凰，深宫大内，朝野上下，不知道多少人在虎视眈眈，咱们自家人就别互相伤害了，齐心协力不好吗？"

林岐让自己母亲伤心了，心里也难受，吩咐人送来热水、手巾、香胰子、香露、香脂等物，亲自服侍许皇后净面理妆。

许皇后理罢妆，林岐笑吟吟地举着靶镜让她照："瞧，母后多美丽呀！"

许皇后被夸得直笑："这些年，倒是没人说过我丑。"

林岐笑容可爱："我生得好，就是随了母后。"

许皇后认真地看了看林岐，道："你鼻子高，更像你父皇。"

没过多久，洪武帝就派何琛过来，把林岐给召走了，许皇后今日到底没喝到林岐亲自分的茶。

崇宁公主陪着许皇后去花园散步。

福宁宫的花园，自然是景物别致美不胜收。

许皇后扶着王云芝慢慢走着，在带着桂花甜香的凉爽秋风中觉得心胸甚是阔朗，忽然吩咐王云芝："后日周尚书家的长女进宫，你要好好照应她。"

人家闺秀，也不见得哭着喊着非要嫁小凤凰，反倒是小凤凰，活得好好的，就想着死后陵寝与人家周姑娘的坟墓相望相守了。

儿子如此，她这做娘的，到底没有底气啊！

王女官答了声"是"，又道："娘娘，太后那边估计天黑前就会把中秋宴的名单送来，这样方能赶上明日用福宁宫的名义下帖子。"

许皇后还没说话，一个宫女就疾步走了过来，屈膝行礼：“启禀娘娘，延寿宫的名单送过来了。”

王女官接过绘着凤凰和牡丹的帖子，打开后查探一下，这才道：“启禀娘娘，太后给的名单上有首辅韩朝的女儿韩二姑娘，还有定北侯的孙女姚大姑娘。淑妃娘娘给的名单上有卫国公的侄女孟三姑娘。德妃给的名单上有她的侄女，京兆尹程子赞的女儿程三姑娘……”

许皇后听罢，点了点头：“你好生准备吧，要护好周姑娘，免得小凤凰又哭天抹泪。”

说到“哭天抹泪”，许皇后忍不住笑了：“这孩子怎么跟话本中的刘备似的，眼泪忒多。”

崇宁公主在一边道：“母后，小凤凰又不是在别人面前都这样，他也只是在您和父皇面前这样。”

许皇后低声道：“他在别人面前，就算是哭倒了泰山也没有用啊，眼泪只对爱他的人有用……”

众人皆动容，一时场面静了下来。

许皇后仰首看天，一队大雁飞过碧蓝天空，向南去了。

大雁每年秋天向南飞，春天再飞回来，年年往复。

她低声叹息道：“又是一年要过去了，我已经离开故乡二十年了，整整二十年没有回过西北故乡了……”

王云芝察觉到了许皇后心中的难过，轻轻道：“娘娘，等太子……您会回去的。”

只有等皇太子登基为帝，他才有可能以巡视西北的名义，带着做了太后的许皇后回到西北故乡。

崇宁公主也道：“母后，您与小凤凰是嫡亲的母子，您疼爱小凤凰，关心他关心的人，小凤凰一定会孝顺您的，到时候可得带着我一起去，我虽是泽州媳妇，却至今没去过泽州呢！”

许皇后听出了崇宁公主话中那句“关心他关心的人，小凤凰一定会孝顺您的”中的劝说之意，笑了起来：“放心吧，我只有一个儿子，又不是一堆儿子，可以挑挑拣拣。”

她可不像洪武帝，生那么多儿子，自然可以摆来弄去，各种玩心计玩制衡。

此时御书房里，洪武帝正和周胤一起欣赏东宫送来的太行山沙盘。

沙盘制作得很精致，山川河流、森林村庄具体而微：光秃秃的山，用黄泥、褐泥、石子或者沙土制成；青山上绿意盎然，树木都是用松柏枝叶浸了桐油制作而成；河水则是真的水，也不知道林岐是如何做到让这些水在沙盘内循环流动的。

洪武帝弯着腰，凑近了去看那些精细景致，心中喜欢，却忍不住道：“子承，岐儿对制作沙盘这样感兴趣，会不会玩物丧志？”

周胤在一边道：“太子殿下对制作沙盘感兴趣，总比对美人儿感兴趣，为美人儿烽火戏诸侯好啊！”

他总觉得周胤在内涵自己，却又找不到痕迹，更不能自我代入自己认领，否则就是承认自己对美人儿感兴趣了。

周胤微微一笑，道：“陛下，太子殿下这段时间有没有再试图染指您收藏的那些名画？”

洪武帝想了想，才发现林岐已经有好一阵子不再勒索他收藏的那些名画了。

他摇了摇头。

周胤忍着笑：“这正是因为太子殿下的兴趣爱好从临摹做旧制作假画上，转到了制作沙盘上了啊！”

洪武帝顿时庆幸起来——幸亏林岐的爱好改变了，他私库里珍藏的那些名画可算安全了。

这时候林岐到了。

原来西夏使者已经来到京城，礼部正在与西夏使者谈判，洪武帝让林岐坐镇旁听。

林岐自然答应了下来。

谈完正事，洪武帝沉吟了一下，最终还是开口了：“岐儿，你这几日寻个时间，带着众兄弟姊妹聚一聚吧！”

见林岐抬眼看他，洪武帝忙解释道：“毕竟是血脉相连的兄弟姊妹，到底比外人要亲近许多，多聚聚，才会更了解，也更亲近。”

林岐明白了，洪武帝还是怀疑林嶂滚落深沟之事是他安排的，也不申辩，道：“父皇，这件事交给我来安排吧！”

林岐离开之后，洪武帝忽然问周胤：“子承，我怎么听说你买下了朱曦和那个宅子，预备修缮了让令爱居家静修？”

周胤知道洪武帝的暗卫青衣卫无孔不入，沉吟了一下，道：“启禀陛下，在下长女先前被太后娘娘赐婚，谁知威远侯世子横死，我请济世和尚看了长女的命格，济世和尚说在下长女命硬克夫，不宜嫁人，因此我才修缮西边宅子，让她在家修行祈福。”

他顿了顿，接着补充道：“小女由此也勘破生死，对佛理道法产生了兴趣，打算好好研究，著书立说，立志成为我朝文坛第一个女子佛道书籍著作者。”

反正他自己年轻时对佛道有过兴趣，曾写过一本解说佛道的书，到时候给似锦就行。

洪武帝目光带着审视看着周胤，道：“朕可是听说，你的长女当年在泽州，与岐儿的表妹一起长大……”

周胤坦然道：“陛下，正是因为这层关系，太子殿下对小女很是爱护，小女对太子也很是敬仰。”

洪武帝还是弄不明白，林岐即使让许凤鸣这个身份消失，可他对周胤的长女周似锦依旧很是看顾，周胤为何不趁机让女儿成为太子妻妾，以占得先机，却在这个时候放出女儿命硬不宜嫁人的风声。

周胤神情坦荡，看着洪武帝。

他是有苦说不出，哪个做爹爹的不想自己的女儿嫁得如意郎君生儿育女子孙满堂？

他不是拗不过似锦嘛！

第二天上午，周夫人带着似锦等人离开温泉庄子，回了梧桐里周府。

似锦刚收拾好明日进宫要穿的衣服和要戴的首饰，周夫人就带着王妈妈过来了，王妈妈怀里还捧着一个首饰匣子。

周夫人含笑道：“似锦，我来看看你明日进宫的衣饰。”

似锦引着周夫人往卧室窗前走：“母亲，我刚整理好，就在榻上，您帮我看一看合不合适。”

周夫人情致高雅，眼光极好，又是二品诰命夫人，常在后宫出入，让她看看更稳妥一些。

周夫人认真看了看，发现似锦的衣饰都选得很合适，只是略有些素净，不够华丽，便道：“你这种低调内敛的优雅是对的，可毕竟是进宫觐见皇后娘娘，还是得再添些巧思，衣裙偏素净，咱们可以在发髻上插戴一支赤金嵌红宝石花簪，裙下的绣鞋，可以穿红色的……”

她说罢，接过王妈妈手里的锦匣，打开盖子让似锦看：“你看这支花簪怎么样？”

似锦定睛看去，却见黑丝绒底座上，嵌着一支赤金镶嵌红宝石花簪，宝石颗颗火红，黄金赤澄，精致非常，当下道：“好漂亮啊！”

见似锦喜欢，周夫人也很欢喜，道：“你既然喜欢，就送给你了，明日进宫插戴上吧！”

似锦忙道谢："谢谢母亲。"

八月十五中秋节傍晚，周府其他人都在家中，预备晚上团团圆圆赏明月，吃月饼，饮美酒，似锦却在等着宫里派的马车来接。

周胤特地把似锦叫去，递给她一个绣红豆的青缎荷包，道："你好好看看这荷包，若是在宫里遇到佩着一模一样荷包的人，你有事可以向她求助。"

似锦拿起荷包细看，发现荷包都褪色了，怕是有些年头了，一边看一边道："爹爹，这个人是太监还是宫女？"

周胤似想起了往事，道："是一位女官。"

似锦眼睛一亮："女官哦……"

周胤见她如此，抬手在似锦额头上敲了一下："想什么呢，是你生母的同胞姐姐。"

似锦刚要再问，周胤就把她给撵了出去："回去等着吧，宫里的马车该到了。"

似锦伸手要把那荷包拿走，却被周胤劈手夺下："走吧走吧，烦人精！"

宫里的马车很快就到了。

来接似锦的居然是东宫的总管太监李越。

李越含笑向周胤和周夫人解释："福宁宫人手短缺，殿下就把我借到福宁宫使用，谁知就被派来接令千金了。"

若是其他太监，包括勤政殿总管太监何琛在内，周胤都会塞上几张银票的，不过李越是东宫皇太子的人，他作为皇太子的老师，自然就不用贿赂李越了。

周胤与李越寒暄了几句，开口托付道："李公公，小女就拜托您照顾了。"

李越连连作揖："哎呀，不敢不敢！"

他抬头看了看似锦，恭谨道："周姑娘，请！"

似锦乘坐的马车辘辘行驶在御街上，道路的尽头便是巍峨壮丽灯火通明的宫城。

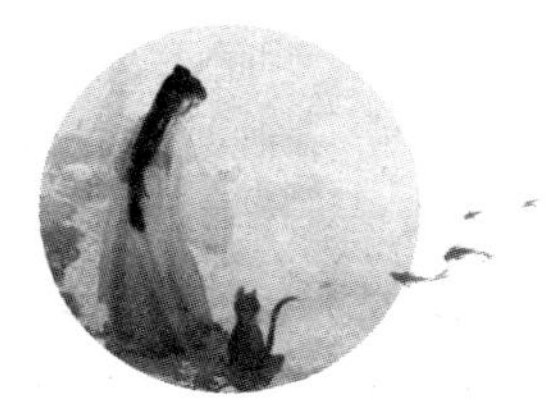

第二十七章
宫宴

福宁宫内，许皇后正召了太医来问：“崇宁胎象可稳？有没有什么反应？”

下午崇宁公主忽然身体不适，召了太医去公主府，却原来是有了喜脉。

崇宁公主成亲好几年，第一次诊出喜脉，许皇后自然很欢喜，吩咐太医道：“好好为崇宁保养，不可出错。”

这太医姓连，是许皇后信任的人，医术高明，却素来沉默寡言，许皇后吩咐，他也只是答了声“是”。

许皇后又吩咐王云芝：“打开本宫私库，带连太医去挑选适合药材，送到公主府去。”

崇宁公主虽非许皇后亲生，但在她膝下长大，还为她引来了小凤凰这个儿子，并且陪伴许皇后多年，为许皇后解了许多深宫寂寥，因此许皇后很疼爱崇宁公主。

待王云芝引着连太医出去了，许皇后又感叹道：“崇宁要有孩子了，不知道何时小凤凰也能有后啊……”

这个话题略有些沉重，此时在殿内侍候的这几个人都是许皇后的亲信，都清楚底细，因此都是默然。

正在这时，太监在外通禀：“吏部尚书周胤的长女周似锦到。”

许皇后顿时收起戚容，道：“快宣。”

似锦被接引女官引着进了福宁宫偏殿。

她按照导引，行礼如仪：“臣女周似锦参见皇后娘娘，愿皇后娘娘万福金安。”

殿内烛光摇曳，白玉香炉内焚着香，清雅的气息弥漫氤氲着，很是好闻。

许皇后端坐在凤榻上，细细打量着眼前这位少女。

衣饰甚是妥当，既不过分出彩，也不落于人后。

一张小圆脸白皙细嫩，还带着婴儿肥，让人老想伸出手指戳一戳，杏眼清澈，眼神温顺，跟个小动物似的，还挺可爱可亲。

这个周似锦，她一见就喜欢，怪不得小凤凰一直护着了。

“好了，赐座。”许皇后的声音响起。

似锦道了谢，随着导引女官在许皇后左手边的紫檀圈椅上坐了下来。

坐下后，她才抬眼去看许皇后。

此时的许皇后，看上去很年轻，也很美丽，鹅蛋脸，肌肤白皙，凤眼朱唇，美丽而雍容。

许皇后含笑看着似锦，温声问道：“似锦，我听说你在泽州长大？”

似锦老老实实答了声“是”，道：“启禀皇后娘娘，臣女生长于泽州，去年冬天才来到京城，与父亲母亲团聚。”

许皇后不由得微笑。

这个似锦小丫头，和小凤凰一样，坦白得很，倒是不隐瞒自己曾经在泽州的生活经历。

看来她和小凤凰，还真是性格投合。

想到这里，许皇后又问道：“你最喜欢泽州哪处景致？”

似锦想了想，道：“启禀皇后娘娘，臣女最喜欢青龙山，曾以青龙山的四季为主题，画了不少画。”

许皇后一听，笑容瞬间加深。

青龙山当年她也去过不少次，青龙山的崇山峻岭，峡谷河流，全都镌刻在她的记忆之中。

对了，似锦喜欢画画，小凤凰也喜欢画画，这俩人兴趣爱好也一样。

许皇后又问：“会骑马吗？”

在京城，大家闺秀骑马可是要被人耻笑没教养的。

似锦嘴角翘起，眼睛亮亮的：“启禀皇后娘娘，臣女会骑马，前些时候还在崇宁公主的碧漪园别业，陪着公主骑了半日马。”

小时候，似锦就从小凤凰那里学到了一个做人的道理——轻易不要说谎。

因为谎话被人拆穿后，会更难堪。

许皇后笑容灿烂：“本宫年轻时也骑马，咱们泽州姑娘，哪有不会骑马的！”

泽州和京城不同，泽州城外的青龙山四周全是一望无际的草原，上面不只养着牛羊，还放养着无数骏马，是大周重要的军马产地。

泽州不管是儿郎，还是姑娘，都会骑马。

似锦想起了她和小凤凰骑着马疾驰在泽州城外白杨小径上的情景，抿着嘴笑了。

正在这时，太监的通禀声再次响起：“皇太子、平王、宁王到——”

似锦站了起来。

许皇后不禁笑了，心道：小凤凰来得倒是早，难道是怕我为难周姑娘？

想到这里，许皇后含笑道："宣。"

皇太子林岐带着两个弟弟平王林峥和宁王林嵘走了进来，齐齐向许皇后行礼请安。

似锦立在一边看去，却见那平王林峥十五六岁，生得高鼻深目，轮廓分明，肌肤是极浅的褐色，很是英俊。

他立在林岐身后，个子比林岐略矮一点，却健壮得多。

宁王林嵘却是文秀白皙的少年，十三四岁，瘦瘦的，中等身量。

行罢礼，林岐带着林峥和林嵘在许皇后右手边的紫檀圈椅上坐了下来，他对面就是似锦，见似锦一副眼观鼻鼻观心的样子，似乎根本不关注自己，林岐不禁微笑起来——白又胖在场面上还挺像回事。

这时候应邀前来的闺秀们陆续到来了，殿外太监的通禀声不时响起：

"内阁首辅韩朝次女韩贞到。"

"定北侯长孙女姚淑兰到。"

"卫国公女侄孟庆琳到。"

"京兆尹程子赞三女程恩如到。"

"……"

偏殿内顿时热闹起来，衣香鬓影，莺声呖呖，香气袭人，珠光宝气。

似锦满是趣味地看着眼前争奇斗艳的少女们，觉得真是各有美态，各有特色，却都是美人。

想到皇帝能拥有后宫三千佳丽，似锦不禁看向小凤凰，心道：这后宫美人，最忌讳千人一面，像这样百花争艳是最好的，希望将来小凤凰的后宫不要单调，全是一个类型的美人。

林岐的视线穿过向皇后行礼的众美人，看向对面的似锦，见似锦也在看自己，当即抿了抿嘴，没有说话，眼睛却似会说话一般，告诉似锦：等会儿我有话要和你说。

似锦和他熟得不能再熟，两人四目相对，单是看林岐的眼睛和微表情，她就明白林岐的意思，不由得笑了起来，眨了眨眼睛，示意她明白了。

林岐右侧正是平王林峥，他见对面那位甜美可爱的少女对着自己笑，笑容十分可爱，心里一动，也笑了起来，然后悄悄召了小太监轻声问道："皇后娘娘左手边是哪家闺秀？"

小太监还没来得及回答，林峥的二哥，耳朵超级灵敏的皇太子林岐已经替他回答了："三弟，皇后娘娘左手边那位闺秀，正是吏部尚书周胤的长女，我的师妹。"

林峥：这是什么意思？宣示主权吗？

他看向林岐，笑了笑："谢谢太子哥哥告知。"

林岐笑容灿烂："自家兄弟，不必客气。"

林峥脸上带着笑，心道：谁敢和你是自家兄弟，林嶂不过叫了你一句"二弟"，就被次辅赵贡喷得狗血淋头，指桑骂槐说什么"太子殿下，您是君，庆王是臣，先君臣而后兄弟，庆王无知，太子殿下也不懂吗"，毫不客气地把"无知""狂妄""僭越"的大帽子压在了林嶂头上。

而林嶂向苏太后告状，结果反倒是林嶂被禁足王府三个月，而林岐什么事没有。

程三姑娘行罢礼，见似锦坐在距离许皇后最近的位置，当机立断，直接走向似锦："似锦妹妹，原来你竟来得这样早。"

各家闺秀都是一起在蕴芳殿集合，到了时辰，再一起来福宁宫的，周似锦为何会来得这样早？

程三姑娘心里揣摩着，口中搭讪着，趁势在似锦左手边的圈椅上坐了下来——这个位置对面就是皇太子和平王，距离皇后娘娘也近，先占下再说。

这个位置本来该是韩朝次女韩贞的，韩贞随着导引女官过来，发现自己的位置已经被占了，刚要发作，转念想到进宫前爹爹的叮嘱，只得忍气在程三姑娘左手边坐了下来。

坐下后，韩贞扭头去看距离皇后娘娘最近的周似锦，心里猜测着：这位周似锦，为何能坐在皇后娘娘左手边？

似锦察觉到韩贞在看自己，便也看了过去，发现韩贞十四五岁，瓜子脸杏核眼樱桃小口，生得甚是娇俏，一身红衣，满头珠翠，一看就是个小辣椒，不由得微笑。

韩贞见周似锦朝自己微笑着颔首，眼睛清澈真挚，不由得一愣，便也回了个笑。

她做人的宗旨就是你敬我一尺，我敬你一丈；你若敢欺负我，我打烂你的头。

这位周大姑娘若是和气友好，那韩贞对她也和气友好；若是敢在自己这里玩小心眼，韩贞就敢当面揭穿她。

程恩如见周似锦和韩贞隔着她眉来眼去，心中不快，正要有所表示，这时候殿外太监唱道："太后娘娘、贵妃娘娘、德妃娘娘、淑妃娘娘到——"

众人当即一起起身，预备迎接苏太后。

许皇后带着太子和平王、宁王出去迎接太后娘娘。

似锦与众闺秀则被导引到了福宁宫后面玫瑰园中间的琉璃阁。

她们按照在偏殿的位置坐了下来，面前各有一个单独的紫檀小案。

这时琉璃阁里只有几个宫女和太监立在一侧侍候。

程三姑娘忽然开口问似锦："似锦妹妹，你为何坐在皇后娘娘左手边那个位置？"

似锦一愣，笑了："因为我来得早啊！"

众闺秀闻声都看了过来。

程三姑娘嫣然一笑，道："似锦妹妹，我进了宫之后，被安置在了蕴芳殿，想着你也在那里，可是把蕴芳殿都找遍了，也没找到你。我还担心你出什么事了呢，谁知你竟然先到皇后娘娘这里了。"

众闺秀闻言，看似锦的眼神都有些不一样了。

似锦没想到还有这一出，她以为大家都是下了马车，换了轿子，直接来皇后宫里的。

她想了想，道："我不知道。也许是我进宫的时辰晚了，接引的太监怕我迟到，直接引着我来了福宁宫。"

众闺秀总觉得她应该会花言巧语，好好编造一番搪塞大家，没想到这位周似锦居然这样老实，一时都笑了起来。

程三姑娘要的可不是这种效果，她笑意加深，语气之间亲热得很："似锦妹妹，你的位置如此之好，显见很得贵人的意，姐姐先在这里恭喜你了，你可要带挈姐姐啊！"

似锦一本正经："程三姑娘，你太客气啦。"

程三姑娘没想到周似锦说话如此无味无趣，连打机锋都不会，一时也有些无奈，只得和她一起说废话："才不是客气呢，你看你多受宫里贵人看重。"

似锦瞅了她一眼，"哦"了一声，看向韩贞，见她正坐在一边看热闹，眼睛发亮，显见看得很开心，便笑着和韩贞说道："韩姑娘，上次那件事，多谢你。"

韩贞愣了愣，很快就明白似锦说的是两人同被忠顺伯夫人造谣八字不好命硬，后来她母亲韩夫人打上忠顺伯府，她爹门人弹劾忠顺伯一事，不禁得意地笑了："是那件事啊，我也得谢谢你。"

她爹和她说了，扳倒忠顺伯之事，吏部尚书周胤虽未站出来，却暗中也出了力。

似锦看着韩贞直笑。

她有一种直觉，韩贞很好，与程三姑娘这样心机深沉面甜心苦说话处处带着机锋的人相比，似锦就是喜欢韩贞这样直来直去的性子。

韩贞也莫名地喜欢似锦："对那样的人，就得这样，把她的面具给撕下来，让她没法在人前装神弄鬼。"

似锦颇以为然，两人隔着程三姑娘聊了起来，说得热火朝天，偏偏别人都听不懂她俩在聊什么。

程三姑娘听得不耐烦，脸上带着笑，眼里却一丝笑容也无。她干脆起身，笑容灿烂：“似锦妹妹，你和韩三姑娘聊得这样好，我横在你俩之间，让你俩颇不方便，咱俩换换位置吧！”

不待似锦说话，那程三姑娘紧接着便道：“别担心，这里和福宁宫偏殿不一样，你看，太后娘娘、皇后娘娘和诸位贵人都在琉璃台上坐，并不与咱们在一起。”

似锦笑了，道：“程三姑娘，你想得可真多。”

她起身与程三姑娘换了位置，这下她右边是程三姑娘，左边是韩贞，她和韩贞说话的确方便了许多。

这时隐隐有乐声传来，如在天上一般。

众闺秀都有些吃惊——这乐声为何从上方传来？

这时候一群宫样装束的宫女女官执巾执扇，捧拥着苏太后、许皇后与众贵人进来了。

皇太子与平王、宁王却没有进来。

似锦与众闺秀起身，行礼如仪。

众人行礼时，乐声变得铿锵有力。待众人归座，乐声又变得悠扬起来。

太监宫女奉上佳肴美馔后便退在了人后。

似锦抬眼看向坐在琉璃台上的苏太后、苏贵妃等人。

苏太后前世她只是听说，根本没见过，自是好奇，这会儿看去，却发现苏太后到底上了年纪，虽然妆容严整，可是一眼就能看出岁月的痕迹。

她年轻时也许是个美人，可是现在看去，眼窝深陷，颧骨高耸，看着有些过于刻薄凛冽了。

苏贵妃和其姑母苏太后不同，是个香扇坠儿似的娇小玲珑美人儿，一张脸雪白柔嫩，细眉细眼樱桃口，身子丰满玲珑，如古典仕女图一般，美得很有特点。

程德妃肌肤甚白，高鼻深目，轮廓分明，颇有些异族美人的风貌，只是大约太瘦的缘故，脸有些窄，法令纹有些明显。

董淑妃生得甚是清丽，气质婉约，一看就是大家闺秀，与其子宁王林嵘气质相似。

似锦正在细看，忽然觉得有些眩晕，她总觉得自己似乎在向上升高。

韩贞凑近她，轻轻道：“琉璃阁下面有机关，一开机关，琉璃阁就会升到空中，然后顶棚也会移走，咱们一抬头就能看到满天星月。外面的人看这琉璃阁，只觉得灯火璀璨如仙界宫殿。”

似锦惊讶道：“居然这么神奇！”

韩贞笑了：“要不然为何人人都想进这九重宫阙呢，人间哪有这样的享受。”

这琉璃阁升到空中，变成了高高的琉璃台，上面的顶棚也移开了，终于停止了升空。

乐声悠扬，依旧是从空中传来，似盘旋在每个人耳际，玄妙非常。

众人齐齐仰首看向上方，只见一轮圆月悬在蔚蓝天幕上，洒下清辉无数，众人一时都看痴了。

这时太监唱道："皇太子、平王、宁王到！"

众闺秀的注意力瞬间转移到了鱼贯而入的皇太子、平王和宁王身上——这三位可都是未婚适龄皇子，如果抓住今晚这个机会，嫁入皇室，那是最好不过了。

众人的视线很快聚焦在了皇太子林岐身上，一直到林岐在对面坐下，依旧有好多视线黏在他身上。

似锦心中好奇，悄悄观察，发现韩贞看的是平王林峥，她很是大胆，既然喜欢，就大剌剌看过去，直到林峥发现了她，她还大大方方看林峥。

林峥似是没料到还有这样的大家闺秀，弯起嘴角，朝着韩贞笑了起来，笑容带了几分邪气，却格外有味道。

似锦继续观察，发现程三姑娘、定北侯的长孙女姚淑兰和卫国公女侄孟庆琳等看的都是林岐，尤其是程三姑娘，神情平静，态度从容，可是眼神灼热，分明志在必得。

似锦看向对面的林岐，心道：小凤凰到底喜欢什么样的姑娘呢？

她还真不知道。

印象中小凤凰在泽州时，即使穿着女装，也基本不与闺秀来往，都是带着她读书学习，有时他甚至抛下她，跟着先生们出去游历。

林岐一坐定，就发现似锦在看自己，当下对着似锦笑了笑。

这一笑如昙花月夜开放，如明月乌云闪出，实在好看得很，对面众闺秀被他这一笑给迷住了，都一瞬不瞬看着他。

似锦与林岐过于熟悉，因此沉迷了片刻就恢复了正常。

林岐根本没注意到别人看自己，他对着似锦笑了笑之后，眼睛往出口处看了看，黑宝石般莹润的眼珠子慢悠悠往右一转。

似锦仔细看着林岐的微表情。

林岐的眼睛往出口处看了看，是示意她宴会后会安排她离开。

他的大黑眼珠子慢悠悠往右一转，是说要按照先前商议好的，带她去参观东宫——左西右东嘛！

似锦眨了眨眼睛，以示自己明白了。

坐在林岐身旁的正是平王林峥。

林峥被韩贞看得有些狼狈，便去看韩贞旁边的其余闺秀，结果发现了林岐和对面周大姑娘的眉眼官司。

他算是明白了，自己这位二哥，绝对和那个周大姑娘有猫腻，别人看不出来，他这做弟弟的可看出来了。

平王林峥右边，正是宁王林嵘。

林嵘细心，也发现了林岐和周姑娘的异常。

他比平王林峥更聪明些，想得也更深，觉得林岐从不做无用功，今夜这番做作，怕是故意让人看到，因此一直在苦苦思索林岐的目的。

乐声变得高昂起来，两队穿着半透明纱衣做天魔女装扮的舞姬跳着舞进入，随着节拍舞动着。

这样的宴会，人人都志不在吃，因此紫檀案上摆着的佳肴珍馐，也只是摆着而已，大家都是浅尝辄止。

琉璃台上苏太后只顾和左边的苏贵妃说话。

许皇后则和董淑妃说着话。

程德妃则含笑看着东侧坐着的各位闺秀，真心实意在挑选儿媳妇。

程三姑娘先是觉得皇太子是在看自己，又疑心是在看似锦，寻了个机会，凑近似锦试探道："似锦妹妹，刚才皇太子在看你呢，眼神可真是温柔！"

似锦笑了："皇太子的眼睛生得好看，怕是看手里的玉杯都显得温柔多情。"

想到周似锦的父亲正是吏部尚书周胤，位高权重，又是皇太子的老师，周似锦被选为太子妃的可能性实在是太大了，程三姑娘心里顿时有了一个想法。

几番歌舞之后，已近子时，宴会告一段落，太后和众位娘娘纷纷退下更衣去了，许皇后宣布让众人自由赏月，便也退下了。

似锦想起与林岐的约定，看向林岐，却发现他不见了，心中有些疑惑，见闺秀们都约着去外面露台上赏月去了，略一思索，也走了出去。

程三姑娘见状，也跟了出去，离似锦远远的，伏在白玉栏杆上赏月。

琉璃阁如今升在半空，四面悬空围着白玉栏杆，晚风吹拂着四面垂下的白纱帘幕，帘幕飘飞，半遮半掩，真如仙境一般。

似锦的脸被飘拂的白纱帘幕弄得有些痒，她正伸手把这帘幕弄开，却听得身后传来韩贞的声音："程恩如，你这是做什么？"

似锦一回头，就看见程三姑娘往后退了一步，双手也缩了回去，心里一惊。

程三姑娘脸上的笑容有些勉强："我想帮似锦妹妹把白纱帘幕移开……"

韩贞昂首走了过来："哦，我还以为你想把周妹妹推下去呢！"

似锦只觉得背脊上冒出了一层冷汗，她作势趴在栏杆上往下看了看，道："下面是玫瑰花田，土地很软，我就算是摔下去，倒也摔不死，就是狼狈得很。”

她觉得背上凉飕飕的，直起身子看向程三姑娘，脸上带着笑，眼中却有寒意：“程三姑娘，原来你向我伸手是要帮我拂去帘幕，而不是要推我下去，我可要多谢你。”

程三姑娘很快就恢复了镇静，冷笑道：“韩姑娘，话可不能乱说，我程恩如做人坦坦荡荡，可不是任人泼脏水的软骨头！”

韩贞冷笑一声，上前挽住似锦的手：“似锦妹妹，咱们去那边赏月去。”

似锦到了此时，一颗心才算落回原地。

她低声道：“韩贞，谢谢你。”

韩贞笑了：“我最瞧不惯那等卑鄙小人，就算是别的闺秀，我也会帮忙的。”

似锦心里感慨万分，和韩贞刚往东边走了几步，却听得身后传来众人惊叫。两人回头去看，正好听到下方传来尖叫声——是程三姑娘的声音！

她俩随着众人趴在栏杆上往下看，却见程三姑娘跌在了玫瑰花田中，裙裾被玫瑰花刺挂住了，露出了两条穿着半透明大红妆花膝裤的腿，在台下水晶灯的掩映下，那两条长腿甚是修长健美，高台上的众人都看得清清楚楚明明白白。

韩贞小声道：“真是恶有恶报，有了坏心，反报诸身。”

她又道：“程三姑娘这下子人可是丢大了，嫁入皇室的美梦算是破碎了。”

似锦心里一动，向程三姑娘方才立着的地方看去，却见林岐正负手立在那里，旁边侍立着一个身材微丰脸庞圆润白皙的中年女官——她穿着女官服饰，腰间正挂着一个青色荷包，上面似乎绣着几粒红豆。

似锦凝神定睛看去，却见一个老太监从琉璃阁内出来，和那中年女官说了几句话，便带了那中年女官离开了。

因为在场每个人都有人证明自己与此事无关，比如皇太子身旁立着的正是太后身边的兰女官，韩贞则是和周似锦在一起，定北侯的长孙女姚淑兰和卫国公女侄孟庆琳在一起……彼此都可互相证明，再加上每个人都背景深厚，因此程三姑娘的姑母程德妃也无计可施，只得命人抬了程三姑娘回了自己居住的祥云殿。

这时已经过了子时，太后支撑不住先退场了。

皇后娘娘宣布宴会结束，众闺秀先在蕴芳殿歇息，明日一早一起送出皇宫。

待皇后、众嫔妃、皇太子、平王和宁王离去后，众闺秀这才预备坐上宫里预备的小轿去蕴芳殿歇息。

到了这个时候，众闺秀都疲惫得很，似锦也累得眼睛都睁不开了，却竭力保持着清醒，生怕再来一个程三姑娘。

不过当她发现自己轿边立着的年轻太监正是东宫总管太监李越的时候，一下子放下心来，上了轿子便靠在靠背上睡着了。

小轿一直抬进了东宫，在东暖阁前停下了。

林岐想着似锦该饿了，让东宫厨房备了几样似锦爱用的消夜，然后就在东暖阁等着似锦。

似锦一来，林岐就出去迎接，却发现轿子停在台阶下，李越正有些为难地看着他："殿下，周姑娘她——"

林岐当即明白了，掀起轿帘一看——似锦在轿子里歪歪扭扭地睡着了。

他心里一阵怜惜，似锦一向不熬夜，平常这时候早就睡了，不知道是怎么坚持到现在的。

林岐弯腰探身进去，抱住了似锦。

似锦睡得正香，闻到了熟悉的清冽气息，嘟囔着问："小凤凰？"

林岐"嗯"了一声。

似锦乖乖地依偎在他怀里，把脸贴到小凤凰脸上，整个人放松了下来。

林岐打横抱起似锦，直接去了东暖阁。

似锦是真饿了，鼻子闻到消夜的香味，人还没醒，肚子先咕咕叫了起来。

林岐刚把似锦放在卧室窗前榻上，似锦就醒了。

因为刚睡醒，她眼皮有些浮肿，脸上脂粉也残了，好在年轻，肌肤依旧晶莹细腻。

她嘟囔着道："小凤凰，我饿了。"

说着话，似锦从榻上爬起来，坐在那里，等着林岐投喂。

林岐不禁微笑，道："你是猪啊！"

他说着似锦是猪，却也不叫人进来伺候，自己去明间，把摆放着消夜的黄花梨小炕桌搬运了过来，放在了似锦面前："吃吧，白又胖！"

消夜挺简单，六样精致菜肴，一壶桂花甜酒，一砂锅碧粳粥。

菜肴有三样苏州菜，还有三样鲁菜，南北结合，虽然有些奇怪，却大受似锦欢迎，她吃得开心极了，喝了好几杯酒，还用了两碗碧粳粥。

林岐本来没什么食欲，也被似锦勾得吃了些菜，用了一碗粥。

似锦夹了一筷子葱烧海参，慢慢吃了，又端起玉杯抿了一口，然后问林岐："程三出事的时候，你身旁立着的那位女官，是不是姓兰？"

林岐"嗯"了一声，道："兰女官原本是宫女出身，因为勤奋好学，又办事勤谨，颇得太后信重，被提拔为女官，在宫中女官里算是老资格了。"

见似锦喜欢吃那盅黄鱼炖豆腐，林岐便另拿了双红箸，夹了些鱼肉，放在素瓷小碟子里，拣去鱼刺，喂似锦吃了。

似锦吃罢鱼肉，又提要求："再给我夹块豆腐，这豆腐很入味，特别鲜美。"

林岐用汤匙给她舀豆腐的时候，似锦问道："小凤凰，这位兰女官是不是原籍陕州？"

她母亲原是陕州人，当地是大周有名的美人窝，很多人牙子都爱去那里采买女孩子，宫里也爱去那里采买宫女，因此宫里的不少宫女都是陕州出身。

似锦的母亲兰氏，就是被人牙子卖到鄂州的。

林岐瞅了似锦一眼，道："兰女官的确是陕州人。"

似锦眼前浮现兰女官腰间挂着的那个绣了红豆的青荷包："小凤凰，你觉得我和兰女官长得像不像？"

林岐不禁笑了："白又胖，你和我绕什么圈子？有话直说。"

似锦老老实实道："小凤凰，我怀疑兰女官是我生母的亲姐姐。"

林岐垂下眼帘思索片刻，左手握拳挡在鼻前，道："此事暂且放下，以后再说。"

似锦一看这个姿势，就知道兰女官很有可能是林岐的人，他对兰女官另有安排，不想计划被打乱，便乖乖地道："我知道了，兰女官正是我姨母，不过你另有计划，所以让我不要再提。"

他忍不住笑了，探身捏了捏似锦的脸颊："你难道……钻到我心里去了，我想什么你都知道？"

似锦道："我不是说了嘛，我是你的手、脚、肚皮和耳朵，哪里有人的手、脚、肚皮和耳朵不了解本体的？"

她把林岐的手拿开，道："好疼，以后别捏我了。"

林岐悻悻地收回了手指："可是你捏我脸的次数更多啊！"

似锦被林岐提醒了，盯着林岐的脸颊看了又看，颇想伸手捏一捏。

李越带人进来，撤去了小炕桌。

林岐和似锦都有些懒洋洋的，便歪在罗汉床上说话。

似锦想起自己对林岐脸颊的执念，猛地扑了上去，伸手捏住了林岐的脸颊，觉得软软的、暖暖的、滑滑的，手感极好。

她一边轻轻地捏，一边道："小凤凰，你都瘦成这样了，为何脸上还会有小软肉，喔唷，摸着好舒服啊，看着我就想咬一口。"

林岐被她压得毫无还手之力，索性躺倒任她捏："你敢咬的话，看我怎么揍你！"

似锦原本饮了几杯酒，酒壮㞞人胆，有些头脑发热，闻言当即道："又不是没咬过！"

她凑了过去，含住林岐的脸颊，用力吸了一下。

看到小凤凰从马上跃下来时会颤的脸颊，她就想吸一口试试口感。

这是她早就有的执念，没想到如今居然实现了。

林岐没想到白又胖居然如此阴险，脸颊被吸得疼死了。他伸手揪住了似锦的耳朵，疼得只吸气：“白又胖，快放开我！”

似锦耳朵被揪得挺疼的，只好松口，放过了林岐。

他坐在那里，揉着自己湿漉漉余疼犹在的脸颊，心道：似锦可真烦人啊！

似锦坐在他对面，笑得甜滋滋：原来小凤凰的脸颊好嫩好软，吸一口口感不错嘛！

见林岐一直在揉脸，似锦有心转移他的注意力，爬过去问道：“小凤凰，今夜到底是谁把程三给推下去的？”

林岐依旧揉着脸：“我啊！”

似锦沉默。

林岐终于不揉脸了：“不过我没推，我抬脚踹的。”

似锦觉得胸腔之间似有春风浩荡而过，又酸又涩又像她荡秋千时荡在高空时的感觉，反正挺舒服的。

她伸手去揉林岐的脸颊：“脸颊都红了……小凤凰，谢谢你。谢谢你保护我，照顾我。”

林岐不以为意：“你我是什么关系，我自然得保护你。”

似锦抚摸着他的脸颊，有一种麻酥酥极舒服的感觉……

林岐也不制止似锦，继续道：“咱俩不是说好，以后我解了毒，咱俩一起变老，你若是先我去了，那我多孤独。所以害你的人，我都照原样还回去，让他们也尝尝被人害的滋味。”

似锦一颗心似被浸入温暖的春水之中，暖洋洋的，舒服极了。

她趴在林岐身侧，道：“小凤凰，你可真护短啊……”

似锦酒意上涌，趴在那里就睡着了。

林岐见她睡着了，嘴角翘起：白又胖，你可真是头小猪啊！

他命李越拿了两床锦被过来，给似锦盖上一床，自己盖了一床，胡乱挤在罗汉床上睡下了。

此时福宁宫寝殿内，许皇后还没有睡。

她幽居深宫，常年失眠，洗罢澡穿着浴裙出来，脚上穿着一双软底绣鞋，在殿内慢慢走着。

寝殿内铺着厚厚的地毯，踩在上面无声无息。

旁边碧玉莲花香炉内焚着速水香，清雅的气息在寝殿内弥漫氤氲着。

王云芝从外面进来，屈膝行了礼，回禀道：“皇后娘娘，周姑娘没有去蕴芳殿，皇太子派李越把她接到了东宫。”

许皇后闻言，眼睛瞬间亮了：“小凤凰开窍了？”

王云芝见她如此开心，都不忍心打击她了，轻轻道：“娘娘，我问了李越，李越说太子殿下和周姑娘一起吃了消夜，又拌了会儿嘴，然后一人一床被子，挤在一处睡了。”

李越这个人，很会把握尺度，皇太子那边的事，该说的他会说，不该说的，他一个字也不肯说。

许皇后：这不是还没开窍嘛！

王云芝忙安慰道：“皇后娘娘，太子殿下那样喜欢周姑娘，早晚会开窍的，您不用急，静待花开就是。”

听到王云芝那句“静待花开”，许皇后“扑哧”一声笑了：“什么‘静待花开’，说什么鬼话呢，我们小凤凰明明是男子汉，我们才不是花儿呢！”

她心情愉快，也觉出了疲惫：“好了，本宫要去睡了。”

似锦回到梧桐里周府，受到了前所未有的隆重欢迎，原来她姑母郑夫人带着郑轶从洛阳过来了，王菁和王蕙也过来凑热闹，就连周胤，因为今日没有朝会，也在家候着她。

似锦的嘴巴一向很严，无论什么人问，她都是一句话——“皇宫好漂亮，宫女很好看，御膳很美味”，其他就不肯说了。

王蕙原本不爱搭理似锦的，可是如今事关她的偶像程三姑娘，她不得不屈尊开口问似锦了：“似锦表妹，听说程三姑娘昨夜在宫里出事了？”

似锦瞅了王蕙一眼，打算让她早日从对程三姑娘的盲目追随中清醒，反正即使她不说，外面也迟早会传开，起码小凤凰就不会放过这个恶心程三姑娘的机会：“程三姑娘不小心从高台上跌了下去，人虽没事，可是裙子却被下面的玫瑰花刺给挂住了……”

其余情形似锦不说，别人也都能猜到了，大家都沉默了下来。

王蕙愤愤道：“程德妃是三姐姐的嫡亲姑母，即使三姐姐没法嫁给皇太子做太子妃了，也可以嫁给她的表哥平王林峥做王妃啊！”

姑娘，你可真天真。

程德妃是程三姑娘的姑母，却更是平王林峥的母亲。

和郑夫人在一边说话的周夫人，听到了王蕙的话，也觉得王蕙这姑娘有些傻，

当即开口：“如此有伤风化之事，姑娘家就不要再提了。”

一顶“有伤风化”的大帽子扣下来，众人果真不说了。

似锦心道：周夫人既然会把这顶“有伤风化”的大帽子扣下来，别人更会扣，以后程三若是想要退而求其次嫁给平王林峥，怕是要用些特殊手段了。

想到昨夜韩贞对林峥分明是一见钟情，而前世韩贞也正是林峥的王妃，林峥和韩贞，可是京城贵族圈有名的欢喜冤家，似锦就有了一个想法——她得想办法提醒韩贞一下。

昨夜若不是韩贞，说不定出丑的人就是她了。

有恩报恩，韩贞帮了她，她也得帮韩贞。

似锦正在心里计划着，孙妈妈过来了：“老爷请大姑娘过去。”

周胤没在外书房，似锦在外书房里等了一会儿，周胤才从外面回来。

他向似锦解释道：“刚才赵次辅过来了，我去送他。”

似锦知道他们谈的都是国事，也不多问，把自己刚才沏好的茶倒了两盏，奉给了周胤一盏，道：“爹爹，这是上好的雨前龙井。”

周胤接过茶盏，尝了尝，觉得茶味清淡，很是适口，便又饮了一口，道：“说说你昨夜在宫里的经历吧！”

似锦知道爹爹把自己叫来，应该就是问这个，已经提前组织好语言了，当下便言简意赅地把昨晚经历说了，包括皇太子把程三姑娘踹下去一节，却没提自己夜里没去蕴芳殿，而是去了东宫一节。

周胤听了，冷笑道：“这个程三姑娘，未免操之过急了。”

他又道：“程三姑娘这样的，虽然阴险，道行却不够，就怕那些瞧着温柔善良，冷不丁背后捅你一刀的。”

似锦连连点头：“爹爹，这样的人才最可怕。”

她想起韩贞，忙问周胤：“爹爹，我想请韩首辅的女儿韩贞来家里玩，可以吗？”

周胤笑了：“无碍，你们小姑娘家，自己随意。”

似锦放下心来，道：“我得空了再和母亲说一声去。”

父女两个聊了一会儿，周胤又问似锦：“觉得宫里怎么样？”

似锦感叹道：“这深宫内苑，说好也好，说不好也不好。”

周胤挑眉看她。

似锦道：“比如宫里有许多新鲜玩意，就像琉璃台，可真漂亮，会缓缓升起，远远望去，真如神仙宫阙；再比如宫里美人儿真多，不说那些嫔妃了，宫女里也好多美人，还有那舞姬，可真是天仙一般；宫里御厨汇聚了各地大厨，做出的饭菜很美味。”

想到昨夜在东宫吃的消夜，似锦还是很怀念。

不过她接着便道：“爹爹，后宫再好，也不如自己的家好——您给我修缮西边宅子，如今修缮得怎么样了？”

周胤还以为似锦经历了昨夜，有些留恋后宫繁华了，没想到这孩子还保持着初心，不由得笑了，道：“已经动工了，到十月你过生日，应该可以搬进去。”

似锦闻言大喜，起身执壶，给周胤添满茶盏，道：“爹爹，您费心了。”

想了想，她又慨然道：“爹爹，居然的《秋山问道图》和赵幹的《江行初雪图》，我晚些时候给您拿来，可以借您欣赏到我搬家那日。”

他瞅了似锦一眼：“不是说都是皇太子造假做旧的吗？你怎么还看得这么重？”

似锦一本正经道：“爹爹有所不知，即使是假画，也是未来天子亲手制作的假画，足以流传千古了。”

周胤忍不住笑了起来——似锦这孩子可真是他的开心果！

他想了想，道：“似锦，九月九重阳节在金明池行宫办的菊花花会，我估计你会接到请帖，你若是不想去，咱们提前告病。”

似锦简直考虑都不用考虑，直接道：“爹爹，我不想去。我什么时候开始装病？”

周胤：“似锦你太性急了。”

似锦笑了起来：“那我到九月初开始装病。”

周胤端起茶盏，笑着道：“你快走吧，我瞧你姑母好像有话要和你说。”

似锦也有话要和姑母说，端起自己的茶盏，把剩下的清茶一饮而尽，然后屈膝道了福，便退了下去。

周胤看着似锦的背影，又笑了——似锦这孩子，做什么事都不磨叽，很是利索。

似锦直接带着春剑回后花园的望花楼。

今日有客，周府的人都在前面，后花园静悄悄的，没有什么人迹。

春剑见四周无人，便低声和似锦说道：“姑娘，我哥哥考虑了几日，他愿意写一份投身文书，投身到姑娘门下。”

似锦大喜，道：“太好了！你哥有什么条件，尽管说。”

春剑想了想，道：“我哥没什么条件，他觉得姑娘给的礼遇已经很好了。”

似锦略一思索，道：“既如此，那我还是按照上次说的，在投身文书上写明每月给你哥五两银子月银，开铺子的话，分红按照一成算。”

春剑直点头："姑娘，这样挺好的。"

似锦一边走，一边道："等一会儿我把文书写出来，你拿去让你哥签字摁手印就行。"

郑夫人很快回来了。

似锦拿出提前写好的信："姑母，你让郑轶拿着这封信，去金石街的林记画斋，交给画斋掌柜，林记画斋的人就会带着郑轶去见和先生。"

郑夫人大喜，接过书信，道："那给和先生准备什么礼物合适？"

似锦笑了："和先生喜欢饮酒，到时候你多准备几坛子上好的杜康酒，送给和先生就行了。"

郑夫人急着让郑轶去拜师，道："我先把信给郑轶，让他先去金石街。"

似锦忙叮嘱道："姑母，此事需要保密，且不可让人知道。"

郑夫人连声答应："放心吧！"

她不放心让人传话，收起书信，急急又带着小福和小禄往前面去了。

似锦看着郑夫人的背影，被郑夫人的一片慈母之心感动了，心道：姑母待郑轶可真好，为了郑轶能够拜得名师奔走京城与洛阳。

郑轶也很好，很依恋孝顺姑母，大约是因为姑母把他从小带大的缘故吧。

也就是说，除了一些特殊情况，做人做事都是一分耕耘一分收获的，老想着不劳而获可不行。

中午周夫人在惠畅堂的东厢房备了席面，给郑夫人接风，似锦也被叫了过去。

似锦趁机和周夫人说了想请韩贞过来做客之事。

周夫人听说是请韩首辅的次女，忙问道："似锦，这件事你问过你父亲没有？"

似锦忙笑着道："母亲，我已经问过父亲了，父亲同意了，让我和母亲说一声。"

周夫人微微颔首："那你给韩二姑娘下帖子吧，需要什么，尽管和王妈妈说。"

似锦谢了周夫人："母亲，我知道了。"

王菁笑着问似锦："似锦，要不要我陪客呀？"

似锦故意瞅了她一眼："怎么，你还得我再给你下张帖子？自己自觉点，若是韩二姑娘答应明日过来赴约，你就打扮得漂漂亮亮，和我一起待客。"

王菁笑了起来："放心吧，我不用你下帖子，今晚我住你那儿。"

王蕙心里酸溜溜的，却也挺想参加明日似锦举办的聚会。

她也不吭声，兀自生闷气，等着似锦主动邀请她。

可惜似锦一直和王菁说话，根本不理会她，令王蕙更加痛苦了。

似锦用罢午饭，叫来韩勇媳妇，吩咐她去韩府送帖子。

到了傍晚时分，韩勇媳妇就回来了，还带回了韩贞的回信——她明日上午来周府赴约。

得知韩二姑娘明日上午要过来玩，倩兮和盼兮也都没了上课的心思。

两人一商量，倩兮推举盼兮出面去求周夫人。

郑夫人正和周夫人说话，笑着道："嫂嫂，小姑娘们难得聚聚，您就答应倩兮和盼兮吧！"

周夫人板着脸训了盼兮几句，这才答应了下来："去和你们大姐姐说一声。"

似锦正在望花楼和王菁说话，在外面玩的小丫鬟幽客进来了："姑娘，二姑娘三姑娘来了，蕙姑娘也跟着过来了。"

似锦和王菁相视一笑，一起出去迎接。

得知周夫人同意倩兮、盼兮明日停课一天参加她们的闺秀聚会，似锦挺开心："太好了，这样更热闹了。"

王蕙见她们几个说说笑笑，心里憋闷得慌，想要加入吧，仿佛自己在心理上背叛了程三姑娘；不加入吧，可是自己也想凑热闹。

因此扭扭捏捏，就等着周似锦主动邀请她，这样她见了程三姑娘也好说嘴——不是我想参加的，是那周似锦非要请我的，我却磨不开面子。

谁知周似锦兀自与王菁、倩兮和盼兮商议明日的流程，不肯来巴结她。

王蕙实在是忍耐不住了，上前道："似锦，我明日也想参加。"

似锦看了看她，笑了："好啊，你明日和倩兮、盼兮一起过来吧！"

王蕙没想到加入周似锦她们居然这么简单，一时愣住了，过了一会儿才悄悄融入大家的话题，跟着聊了起来。

一直到了晚上亥时，郑夫人才回到了望花楼。

她喜滋滋地和似锦说道："似锦，姑母真是要谢谢你。郑轶拜师的事成了。"

似锦闻言，也开心得很，忘记了自己当年被和先生打手心的痛苦，大肆吹捧和先生："姑母，我先前曾跟着和先生读书，他真是思想广博深邃，为人聪明智慧又严厉，于国于民责任感很强，世人都不及他，郑轶跟着他，一定会成为一个顶天立地的男子汉。"

郑夫人双手合十道："我也不求他顶天立地，只求他好好读书，做一个有担当的男子汉，这样他母亲在地下，也可以瞑目了。"

她自己未曾生育，却亲手抚育带大了郑轶，将心比心，也能体会郑轶亡母去世前的绝望——儿子那样小，郑欣一定会续弦的，到时候继母坑害郑轶，那可怎么办。

因此郑夫人待郑轶一直很用心，生怕他跟着洛阳那边的纨绔子弟学坏。

似锦在洛阳郑府住的时候，听人说过郑轶生母去世的时候，郑轶还不到一岁，他生母握着郑轶的手，当真是死不瞑目。

她心中恻然，道："姑母，你放心吧，连太子殿下都信任和先生，你还有什么可担心的？"

郑夫人笑了起来，道："我今日已经备好了六十坛上好的杜康酒，明日郑轶拜师，正好一起送过去。"

姑侄俩又聊了一会儿，似锦见姑母瞧着有些疲倦，便送郑夫人回房歇息去了。

第二天一大早，郑夫人就起身送郑轶去和先生那里拜师去了。

韩首辅府的人，一直到了巳时三刻才送了韩贞过来。

似锦带了王菁、倩兮、盼兮和王蕙到二门迎接，见一群丫鬟和健壮婆子簇拥着韩贞下了马车，都笑了起来——不过是到闺中友人家做客，韩贞这阵势也太大些了吧？

韩贞被众丫鬟婆子簇拥着走了过来，与似锦等人彼此见礼。

她今日穿着件正红色窄袖衫，系了条红罗长裙，戴着全套的红宝石头面，再加上瓜子脸杏核眼樱桃小口，越发显得俏丽多姿。

韩贞打量似锦，见她穿着件绣白玉兰的夹衣，系了条碧绿色曳地百褶凤尾裙，戴着全套的珍珠头面，越发显得白皙甜美，和自己正好是一红一绿，当下笑了起来，道："周姑娘，咱俩可正好是一对。"

似锦也笑："嗯，咱俩若是凑成一对，堪称俗气二人组。"

红和绿单独穿挺好看，若是凑在一起，就是灾难了。

众人都笑了，气氛一下子变得轻松起来。

韩贞道："我先去给你母亲请安。"

似锦微笑："我陪你去。"

周夫人见了韩贞，倒是和蔼得很，问候了韩贞的母亲韩夫人，便让似锦陪客人去后花园望花楼玩。

韩贞把跟着自己的婆子们都留在了惠畅堂，只带了两个贴身丫鬟拿着衣包去了望花楼。

今日天气晴好，似锦陪着客人略坐了坐，便一起去花园赏花去了。

周府花园虽不算大，却也麻雀虽小五脏俱全，颇有几分景致。

似锦见倩兮、盼兮、王菁和王蕙在鱼池边喂鱼，便和韩贞说道："我带你去那边亭子看看去。"

那个亭子建在高处，在里面说话，倒是不怕人偷听。

韩贞自是知道似锦有话要和她说，便随着似锦过去了。

亭子里的美人靠上早被似锦命人铺设了锦垫。

似锦和韩贞挨着在美人靠上坐了下来，两人一边赏着栏杆外的素菊，一边说着话。

素心和韩贞的丫鬟晴明在外面守着。

似锦低声和韩贞说道："程三中秋夜在宫里当众出了那么大丑，应该不会再想着做太子妃了。那她接下来的目标，极有可能是平王了。"

韩贞听了，清凌凌的杏核眼打量着似锦，也不说话。

似锦不禁笑了，轻轻道："我对平王没兴趣，九月九重阳节金明池行宫的菊花花会，我也不打算去了，你且放心。"

韩贞脸红了："我放什么心啊，平王和我有什么关系！"

她不看似锦了，眼睛只看栏杆外刚刚开放的素菊，过了一会儿方道："我就喜欢他那样的调调儿……可惜我爹说不行，万一他有夺嫡之意，我若嫁给了他，我爹，我们家就会被卷进去。"

似锦看着韩贞，忽然笑了："韩贞，你这两天是不是私下见过平王了？"

韩贞一愣，脸瞬间红透了："你……你怎么知道的？"

似锦笑盈盈地从她发髻上拔下一支赤金镶宝石凤簪："这是宫制首饰，是皇后命司珍房做的，赐给每位皇子和公主一套，我在崇宁公主那里见过。"

她大大方方地承认："我昨日的确见了他。"

昨日她去姨母家玩，谁知林峥也在那里，两人偷偷说了好久的话，林峥给了她这个做定情物。

似锦收敛笑意，认真道："既如此，你必须要提防程三了，她做不了太子妃，就会奔着平王妃这个位置去。当初为了不让我挡她做太子妃的路，她就想把我推下琉璃台；如今你挡了她做平王妃的路，她会怎么做呢？"

见韩贞面带沉思，似锦又道："你别想着可以你做平王妃，她做侧妃，这样你还可以管束她。程三那样的人，根子是就是恶毒自私的，她不觉得是你让着她，她只认为你抢了本该属于她的位置，然后下黑手害你。"

"她的姑母可是平王的生母程德妃，程德妃不能让侄女做王妃，心中内疚，也许会许程三一个平王侧妃的位置，你可得想好。"

似锦最后说道："不信你可以接着看看，她有些沉不住气，应该快要出手了。"

韩贞抿了抿嘴，仰起脸，杏核眼熠熠生辉："我倒是要看看，这个程三能翻出多大的浪来！"

第二十八章

夜探

到了中午时分，周府的厨房送了席面过来，似锦请韩贞上座，却发现韩贞已经把发髻上插戴的那支赤金镶宝石凤簪收起来了，不由得笑了，心道：有心人那么多，也许会被人认出来，还是收起来的好。

这样的首饰，皇后娘娘一定也给小凤凰了，不知道他会送给哪个姑娘做定情礼物……

到了下午，韩贞起身告辞。

她和似锦颇为投缘，约好重阳节过后再聚，便在丫鬟婆子的簇拥下登车而去。

又过了十日，见郑轶在和先生那里安顿住了，郑夫人便打算回洛阳。

似锦舍不得姑母，倚着姑母的肩膀坐在罗汉床上，低声道：“姑母，你得空了还来京城，我自己在这里挺孤独的……”

她已经十来天没见小凤凰了……

郑夫人很怜惜她，道：“过年时我和你姑父一起过来看你。”

送走郑夫人，似锦正闷闷的，却接到了王菁派人送来的一封信。

王菁在信里说有人接近她，试图打听周大姑娘身上隐秘之处有没有什么特征，比如红痣啊、青记啊之类。

似锦一听，就知是程三搞出的这一套，那日在温泉庄子，她和王菁一起泡温泉之事，除了周家自家人和王家母女，也就是程三姑娘知道了。

可惜程三不知道的是，似锦每次泡温泉，都穿着自己缝制的浴衣，什么都看不出来。

似锦给王菁写了一封回信：“程三可真是会恶心人啊，咱们不理她，自会有人收拾她。”

程三做事太过急功近利不择手段，早晚会出事，且等着吧！

这日孙妈妈去了外书房见周胤。

她有些纳闷地说道：“老爷，前些时候，我一个多年不曾来往的亲戚忽然和我来往起来，我原想着彼此亲戚，来往着也亲近，谁知她昨日去了我家，送了五十两银子给我，却要我和她说说，老爷这一个月私下里都见过哪些大人。”

周胤挑眉：“妈妈怎么说？”

孙妈妈摇了摇头：“我哪里记得住，银子我也没要，把她撵走了。”

周胤笑了，当即叫了韩勇过来：“妈妈，你和韩勇说说那位亲戚的事。”

这些时日，大周朝和西夏使团的谈判进入了胶着状态。

林岐这些时日一直跟随礼部尚书韩志云参与和西夏的谈判，连似锦那边也顾不得了。

这日他从礼部回了东宫，刚刚坐定，负责查探京兆尹程家的李敬和负责金石街林记画斋的李青就进来回话。

李青回禀道：“殿下，现如今京城有一个传言甚嚣尘上……”

这时小太监刚把林岐脚上的皂靴和白绫袜脱下，林岐赤着脚问道：“什么传言？”

李青瞅了林岐一眼，感觉这个流言怪肉麻的：“殿下，流言说您对京兆尹的千金程三姑娘一见钟情……”

林岐闻言一愣，原本瞧着细长的瑞凤眼瞬间瞪圆：“什么？”

他怀疑自己听错了。

李青只好又重复了一句：“坊间都传说八月十五宫里的中秋宴，您对京兆尹的千金程三姑娘一见钟情。”

林岐接过李越奉上的温开水喝了一口，润了润喉咙：“然后呢？”

李青接着道：“但是程三姑娘十分有骨气地拒绝了您，因为她和平王互相爱慕，眼中再无他人，即使是皇太子，也无法让她改变心意。”

林岐正在喝水，闻言差点喷出来：“这程三怎么这么大脸，我记得不久前李越的人还在禀报，说林峥想要笼络韩朝的姑娘，还把母后赐的宫制首饰给了韩朝的女儿。”

李越在一边侍立，拱了拱手道：“启禀殿下，属下的人正是这样禀报的。”

林岐挑眉看李青：“到底是怎么回事？”

李青这才抖开包袱：“殿下，经属下查探，这消息是程三姑娘命人放出来的，目的正是要挟德妃与平王。”

林岐早猜到了，道：“顺水推舟吧，此事不须再管。”

程三的目标是平王，他林岐在这段故事里面，不过是个工具人罢了。

林岐看向李敬："你去调查程家，调查得怎么样了？"

李敬把一份厚厚的文书奉了上去，然后开始禀报："启禀殿下，程子赞幼时在大周与西夏边境的小城阿兰城流浪，被阿兰城平民程氏夫妇收养，入了大周户籍，考中进士后与其生身父母相认，并把其三女程恩如交给生身父母抚养。

"程子赞亲生父母据说是肃州人，不过常年在外游历，曾经去过幽州、丹州、滇州和甘州等地，其中去甘州的次数最多……"

林岐听着，思索着，手指在黄花梨木书案上轻轻点着。

幽州位于大周与辽国的边界，丹州位于大周与高丽的边界，滇州则在大周西南边境，而甘州则是大周与西夏的边境。

程子赞的亲生父母，活脱脱就是西夏的间谍了……

李敬又接着说起了程三："她这几日曾经派贴身丫鬟去了一趟延庆坊买皮子，其中在富兴隆皮货店停留时间最长，富兴隆皮货店是专门做西夏皮子买卖的。

"程三派人收买王学士府的小丫鬟，打听周府大姑娘的隐秘之事；还曾派人收买周府管着外书房的孙妈妈，却未成功……"

林岐原先还没什么表情，懒洋洋地坐在圈椅里，当他听到程三居然想要害似锦，一下子坐直了，眉头微皱："这程三还真是狗胆包天。"

李敬已经回禀完了，一本正经地立在那里，等着林岐的指示。

林岐想了想，道："两国谈判已经胶着了一段时日，西夏使团明显有些急了，这几日应该会和程子赞及程府的人联系。李敬，你带着所有的人证物证去见李信喆，让青衣卫介入此事。"

李敬答了声"是"。

林岐又吩咐道："把程三试图探查周姑娘隐秘之事删去，不要留下痕迹。"

似锦还是个小姑娘，不能让人脏了她的耳朵，玷污她的名声。

李敬又答了声"是"，拱手行礼罢退了出去。

林岐在冬暖阁里踱起步来。

他有二十几日没见似锦了，忙碌的时候不觉得，这会儿终于得了空，这才想起他的白绫袜都已经不能穿了，该让似锦再做十二双了。

对了，还有林峥送给韩贞的那支赤金镶宝石凤簪，母后也给了他一对，也得给似锦带去。

还有，得提醒似锦，要提防程家的人。

……

思来想去，林岐觉得自己实在是很有必要去探望似锦一趟。

他一抬头，见李青还戳在一边，顿时一愣，心道：你怎么还在这儿？又转念

一想：正好让李青安排布置他去看望似锦一事。

计议已定，林岐开口道："李青，现在是什么时辰了？"

李青正等着他这句话呢："启禀殿下，如今正是未时三刻。"

林岐算了算时间，如今是未时三刻，他洗个澡再去金石街，在林记画斋易容，然后再去梧桐里周府，满打满算需要一个半时辰，赶到周府时差不多酉时了，正是周府的晚饭时间，他正好与似锦一同用晚饭……

计算完毕，林岐微微一笑："李青，你且等我一刻钟。"

李青也正等着他这句话，笑微微地答道："是，殿下。"

皇太子殿下喜欢周姑娘，他们这些属下谁看不出来呀，也就殿下自己不知道了。

他早就猜到了，只要他们回话时提到周姑娘，殿下一定会想法子去见。

自从过了八月十五，天气就越来越凉爽，到了晚上甚至有些冷了。

似锦想着有一段时间没给小凤凰做白绫袜和贴身穿的衣物了，便让春剑拿了些银子给孙秀，让孙秀去延庆坊的江南布铺买了最上等的松江阔机尖素白绫回来，她自己在房里裁剪了，得空就做。

转眼就到了九月。

一进九月，周府就放出风来，说周大姑娘身子不爽，在家静养，连宫里送来的九月九菊花花会帖子都婉拒了。

这日傍晚，似锦正在望花楼二楼整理给小凤凰做的贴身衣物和白绫袜。

考虑到皇族的衣物从来不穿第二次，她一共给小凤凰做了三十六双白绫袜和六套贴身衣物。

而且这些白绫袜和衣物做好之后，似锦都是让丫鬟们先洗了一次，过了一遍水，任小凤凰如何洁癖如何挑剔，也挑不出什么毛病。

看着这一大包裹衣物，似锦都觉得自己真跟老妈妈似的，特别爱操小凤凰的心。

正当似锦在心里抒发感慨的时候，外面传来幽客的声音："大姑娘，王妈妈带着公主府的'林女官'来看您了！"

她又惊又喜，一时没忍耐住，探头从窗子里向外看去，果真看到王妈妈引着穿着宝蓝斗篷的"林女官"过来了。

似锦笑得合不拢嘴，理了理衣裙，急急下楼去迎。

自从上次八月十五中秋宴见面，她都快一个月没见小凤凰了。

无论内心如何欢喜，似锦下楼迎接"林女官"的时候，表现得还是很得体的。

她露出恰到好处的笑容，与“林女官”互相见了礼。

得知“林女官”是奉了崇宁公主之命来给她送首饰，似锦忍着笑，故意当着王妈妈的面说道：“‘林女官’，今日这么晚了，可真是人不留客天留客，你明日再回公主府吧！”

“林女官”一本正经道：“那……实在是太叨扰了。”

王妈妈忙笑着道：“‘林女官’，您能留下，是我们周府的荣耀，可别提什么叨扰。”

这“林女官”实在是太好看了，她们这些老妈妈，也都喜欢得很。

待王妈妈离开了，似锦当下便笑了起来，伸手握住“林女官”的手：“咱们上楼说话。”

似锦牵着“林女官”的手上了楼，在窗前锦榻上坐下，两人四目相对，都勉强压抑着笑声。

“林女官”细细打量着似锦，见她小圆脸白里透红，眼睛有神，嘴唇殷红，分明是健康模样，这才放下心来。

素心上罢茶点便要退下。

似锦抬手止住她，看向“林女官”：“你见过我母亲没有？”

“林女官”点了点头。

似锦又问：“晚上确定不走了吗？”

“林女官”笑意盈盈，又点了点头。

似锦这才吩咐素心：“让人在茶灶上烧好水送上来，我要卸妆洗脸。”

小凤凰以前说过，他扮成“林女官”的这个妆，勒得头皮很紧，额头和太阳穴都不好受，似锦便想着等一会儿让他卸了妆，这样小凤凰也舒服一些。

“林女官”忙道：“似锦，我有些饿了。”

似锦笑了：“我也饿了。”

她吩咐素心：“让春剑带人去厨房取我和‘林女官’的晚饭。”

素心答应了一声，便下去安排。

房间里只剩下自己和似锦了，林岐一下子放松了下来，倚着靠枕躺了下去，不由自主地撒娇：“白又胖，我这些时日好累，一直在忙和西夏谈判的事。”

似锦搬开小炕桌，从锦榻上爬了过去，让林岐翻身趴在榻上，坐在林岐身旁为他按摩肩背，口中道：“我晚上读《史鉴》催眠，发现这一百年来大周与西夏的战与和都有一个特点，那就是西夏这个国家一直处于两个极端，极度的自强与极度的自卑。”

她一边按摩，一边说着自己的感想：“大周若是强大到势力能够碾压西夏，

即使对西夏再残酷，他们也会匍匐在地自称‘属国’；可是一旦大周内部不稳实力减退，西夏人就会毫不犹豫扑过来撕咬大周。

“西夏人以游牧为生，鄙视农耕，整个国家本就尚武嗜杀，爱好劫掠，再加上天神教的加持，打起仗来不要命似的。

“对于这样的国家，先把他们打怕，不要说什么善待俘虏，该杀就杀，然后再摧毁他们的天神教，让他们失去信仰，不再疯狂……”

似锦说了一会儿，意识到自己忘情了，有些不好意思，忙道：“我又不懂，说这些做什么！”

林岐听得很专注，当即低声道：“白又胖，你说得很对，我和你不谋而合。如今朝廷里有些人主张对西夏妥协，好换取和平。”

他忽然又道：“这些主和派的代表，便是京兆尹程子赞。程三在外声称程德妃是她嫡亲姑母，其实程德妃只是程子赞养父母的女儿，程子赞还真不在乎程德妃，他一门心思只顾着让大周对西夏妥协。”

似锦专心致志听着，整个人都要趴到小凤凰身上去了。

林岐继续道：“上次朝会，有监察御史弹劾程子赞勾结西夏，出卖大周，结果程子赞居然在朝堂上信誓旦旦，说什么‘我若出卖大周，就坐船溺水而死’，他以为自己永不坐船吗？早晚让他死得其所。”

说起朝野上下那些卖国贼，林岐也有些纳闷：“你还不知道呢，朝廷里不仅有程子赞这样勾结西夏的高官，还有仰慕高句丽、辽国的，真是有人天生就爱跪着当狗，让他起来做人他都不乐意。”

似锦顿时不乐意了：“小凤凰，你这可不对了，你这是在侮辱狗，小狗多可爱呀！”

林岐不禁笑了起来，一笑他太阳穴和头皮就扯着疼，不禁哎哟了一声。

似锦忙道：“你别笑了。我这就去催热水。”

她刚起身，素心就送了热水上来，还连带着送了洁净手巾、香胰子和抹脸的香露香脂。

似锦想着林岐这些时日辛苦了，待素心下楼，便让他头朝外躺在锦榻上，准备了卸妆用的玫瑰油，拿了白绫布巾围在林岐颈部，先解开了他的发髻，然后开始给他卸妆洗脸。

林岐闭上眼睛乖乖躺在锦榻上，任凭似锦动作。

似锦换了几次水，终于把林岐的脸洗得白白嫩嫩清清爽爽，又轻轻敷了一层玫瑰香露。

她凑上去闻了闻，觉得香喷喷的，用手一摸，哎哟，好细嫩啊！

似锦在林岐脸上揉摸了好几下，发现林岐没反应，这才发现林岐居然睡着了，不由得笑了起来，不过笑容很快收敛了——林岐该多累啊，才会在卸妆时睡着。

她起身拿了薄被搭在林岐身上，自己在一边陪着他。

这时外面已经黑透了。

窗台上放着一盏白纱罩灯，灯光朦胧，静谧得很。

似锦跪坐在那里，看着朦胧灯光中的林岐，心道：若是能与小凤凰常常相见，常年如此，那该多好……

经过这二十多日的分离，她实在是想小凤凰得很……

春剑和素心提了食盒上来。

似锦把晚饭在小炕桌上摆好，这才来叫林岐。

林岐起来之后，盘腿坐在锦榻上，迷迷糊糊看着似锦搬运了小炕桌过来。

似锦把红箸递给了林岐，把甜白瓷小碟子摆在了他面前："咱们开吃吧！"

林岐还有些没睡醒，拿着红箸却没有立即夹菜。

似锦抬头看他，却发现卸了妆的林岐白白嫩嫩的，刚睡醒时迷糊的模样特别像小孩子，顿时母性大发，端起八宝粥，用银汤匙舀了些喂给林岐："小宝宝，小心肝儿，张嘴！"

林岐乖乖张开嘴，把一汤匙八宝粥给吃了。

似锦笑嘻嘻地继续逗他喂他。

吃到第三口的时候，林岐就已经清醒了，却依旧保持迷糊模样。等似锦把一碗八宝粥都喂完了，他这才开口道："我想吃孜然羊肉。"

小炕桌上有一碟孜然羊肉和一碟孜然排骨，都是泽州名菜。

似锦顿时笑了起来："小凤凰，小宝宝，小懒虫，我知道你早就清醒了，自己夹着吃吧！"

林岐即使被似锦揭穿了也不会脸红，自己拿起红箸夹了块孜然羊肉慢慢吃了，道："味道很地道，你家的厨子还真不错。"

奇怪，不管是泽州菜，还是苏州菜，他都觉得周府的厨子做得比东宫的厨子做得好吃。

似锦笑眯眯道："那你再尝尝这味孜然排骨，也挺好吃。"

林岐尝了尝，果真好吃，却又有些遗憾："在泽州吃这两样菜，一向是要配着烈酒的——你家有杜康酒吗？杏花村也行！"

似锦笑眯眯道："你到我家，居然毫不客气点起酒来？不给喝。"

林岐抬眼看她，眼睛里似有星辰闪烁，亮晶晶的，声音里满是央求："白又胖，我想喝酒。"

似锦："呀，你怎么又撒娇！"

她有些无奈："我喝酒容易醉，醉了的话，万一我欺负你怎么办？"

林岐看着似锦，眼睛清澈纯净："随便你呗！"

她觉得自己的脸有些热，耳朵也热，心脏怦怦直跳，忙起身下了锦榻，穿上绣鞋去要酒："春剑，把那坛女儿红加了槐花蜜，热好后送上来。"

春剑在楼下答应了一声，自去备酒。

要罢酒，似锦没有立即回去，背对着林岐立在那里，心道：我这是怎么了？

小凤凰是很好看，可是我怎么能对他有那样的心思？

他可是我的兄弟我的姐妹是我最亲的人啊……

做好心理建设，似锦这才转身回去："酒一会儿就送上来。"

林岐"哦"了一声，知道自己的美男计失败了，却也不气馁，伸手用红箸夹了一个奇大无比的小笼包吃了。

他正在吃，却听似锦说道："小凤凰，你以后别像刚才那样看我了。"

林岐抬头看了过去，嘴里还在吃小笼包，右边脸颊鼓囊囊，眼中满是疑惑。

似锦观察着林岐。

林岐的眼皮薄薄的，眼尾有些翘，眼睛很亮，他专注地看人的时候，往往显得特别温柔多情，很容易给人一种林岐爱上自己的错觉。

似锦转念又想起坊间近来的一个传说——宫里中秋宴，皇太子对程三姑娘一见钟情，可是程三姑娘与平王彼此爱慕，极有骨气地拒绝了皇太子——不由得笑了起来，道："小凤凰，你以后别这样看人了。"

林岐终于咽下了那个奇大无比的小笼包，端起水杯饮了一口，这才道："为什么？"

似锦笑得眼睛弯弯："免得别人都像程三姑娘一样，以为你爱上她了！"

林岐也想起了坊间那个传闻，不禁也笑了："这个程三，真是——"

他都不知道该如何形容这位脸皮奇厚的程三姑娘了。

似锦想起后日就是九月九重阳节了，忙道："重阳节金明池行宫那个菊花花会，是给你和平王宁王选妃的吧？"

林岐抬眼看向似锦："我听说你爹爹已经给你告了病。"

似锦笑了："我是装病，所以这些日子我都没出门，也没见别的朋友。就连王菁和韩贞，我也都是用书信联络的。"

林岐闻言默然。

他先前觉得似锦与王菁过分亲近了，怎么如今又多了一个韩贞？

得赶紧让王菁嫁给她那个姓曹的未婚夫。

韩贞不是喜欢林峥吗？还戴着林峥送的首饰招摇，那就让她嫁给林峥吧。

这时似锦听到春剑的脚步声，知道酒热好了，忙起身去接了过来，执壶给自己和林岐一人斟了一盏：“这是加了槐花蜜的女儿红，甜丝丝的，喝不醉人。”

她端起银酒盏，与林岐碰了碰，尝了一口，果真甜香可口，便又抿了一口。

林岐也尝了尝，觉得味道甚好，只是甜了些。

不过白又胖喜欢什么就什么吧，他无所谓的。

今晚洪武帝去了福宁宫。

许皇后与洪武帝无话可说，两人便相对而坐，一个说“小凤凰”，一个谈“岐儿”，倒也和谐。

洪武帝忆起林岐年幼还未曾中毒时，自己多次和许皇后一起去东宫看他，便道：“这会儿岐儿应该在东宫，咱们去瞧瞧他吧！”

许皇后也甚是思念林岐，当即答应了下来，两人不带仪仗，轻车简从去了东宫。

东宫的人以东宫总管太监李越为首，全都跪在了庭院里，皆沉默不语。

洪武帝看着满地的人，再次开口：“皇太子到底去哪儿了？”

依旧无人说话。

洪武帝厉声道：“宣李信喆，全都绑了，一个个拷打审问，朕不信问不出来。”

李信喆，暗卫青衣卫的统领，这世上就没有他审不出来的活人。

下面的人依旧沉默。

许皇后担心儿子，心中有些慌乱，道：“李越，皇太子到底去哪儿了？”

李越抬起头，神色镇定：“陛下，皇后娘娘，请到东暖阁说话。”

皇太子曾经交代过如何应对各种情况，今夜的情形，如何应对也曾有过交代。

进了东暖阁，李越又行了一个礼：“陛下，皇后娘娘，此事干系甚大，请屏退不相干的人。”

洪武帝正要发怒，却被许皇后止住了。

许皇后吩咐道：“何琛、王云芝留下，其余退到庭院里，祁峰在廊下守着。”

祁峰是新提拔的福宁宫总管太监，他挥了挥手，引着许皇后的亲信女官和宫女退了下去，只有王云芝留了下来。

何琛看向洪武帝，见洪武帝没有反对，这才一挥手，指挥着贴身服侍洪武帝的人退了下去。

待不相干的人都退下了，李越这才低声道：“启禀陛下、皇后娘娘，太子殿下这会儿在吏部尚书周大人府上。”

他心知洪武帝既然打算要暗卫青衣卫来调查，与其被查个底掉，还不如老老实实说出来：“殿下用了崇宁公主身边‘林女官’的身份，前往周府探望周大姑娘去了。”

洪武帝看向许皇后:“不如咱们也去周府一趟，当场拿住，让岐儿没法抵赖！”

林岐这孩子嘴太硬了，须得当场拿住，他才无话可说，老老实实迎娶周大姑娘做太子妃。

许皇后到底是做母亲的，当即道：“不可。”

林岐自尊心强，又极爱重周似锦，绝对不能让两个孩子没脸。

她看向李越：“周大人知道‘林女官’的真实身份吗？”

李越恭谨道：“启禀皇后，周大人是守礼君子，很注意男女大防，并不知‘林女官’的真实身份。”

许皇后明白了——周胤因为“林女官”是女子，估计都没仔细看过，想着是自己女儿的女伴，又是公主府的女官，就任由两个姑娘来往了。

想到周似锦甜美可爱的模样，许皇后不由得笑了，道：“陛下，臣妾见过周大姑娘，生得很好，聪明可爱，对小凤凰很好。”

她略一沉吟，又道：“小凤凰一定很喜欢她，要不然他那么怕麻烦的人，也不会为了能与周姑娘相见，特地扮成女装了。”

李越在一边帮腔道：“启禀陛下、皇后娘娘，殿下这个女装扮得十分不易，为了改变眼睛和眉毛的形状，殿下太阳穴和头皮都被扯得很疼。”

许皇后闻言，又是好气又是好笑，眼波流转看向洪武帝：“陛下——”

洪武帝想象了一下儿子的窘状，不由得也笑了起来，道：“既然岐儿和周胤的长女青梅竹马两小无猜，你我不如顺水推舟，成全了这俩孩子吧！”

许皇后笑了，道：“臣妾谨遵陛下旨意。”

她又道：“陛下，咱们先回福宁宫？”

洪武帝缓缓道：“咱们在这里歇着，明日一早岐儿总会回来的。”

许皇后想象了林岐一进东暖阁，就看到父皇母后的模样，当即展颜：“如此甚好。”

他们夫妇已经很久没有这样亲近过了，像这样一个起风的深秋之夜，一起在儿子房里歇着，等着儿子归来好拿儿子的短处，实在是一个有趣的体验。

加了槐花蜜的女儿红，酒香浓郁滋味甜蜜，又是热热的，喝下去整个人都暖和了起来，似锦今晚就多喝了几杯，头也有些热热的，脸也热热的，整个人泛起了粉色，又可爱又好笑。

晚上洗漱罢，林岐坐在妆台前看书，似锦也不让丫鬟服侍，不顾自己头还晕着，忙忙碌碌，进进出出，一会儿就铺好了床，又在锦榻上铺设了锦褥、白绫软枕和锦被。

林岐见了，终于忍不住了：“外面有些冷，咱俩挤一块就行了，何必再麻烦？”

似锦道：“我今晚喝了酒，觉得头脑晕乎乎的，你不是说我睡觉时老把腿压你身上吗？我怕我睡得太熟，压着你了。”

什么叫搬起石头砸自己的脚？这就是啊！

不知何时外面起了风，望花楼二楼的木格窗子被风吹得哐哐直响，窗子上糊的月光纸也被风刮得啪啪响。

林岐忽然幽幽道：“外面起风了。”

似锦正把给林岐做的白绫袜和贴身衣物拿出来，闻言道：“我明日再让人糊一层羊皮纸。”

林岐听着呜呜风声，轻轻道：“似锦，风太大了，我有些怕……”

似锦想起先前在泽州冬天夜里冷，自己总是抱着枕头被子挤到他床上睡的往事，颇为感慨：“那咱们晚上还挤一块睡吧。不过我若是睡着了压着你，你直接把我推开就行，不用客气。”

林岐心中欢喜，脸上却依旧淡淡的，“嗯”了一声。

似锦兜了个深蓝锦缎包袱过去，一把放在了妆台上：“小凤凰，看我给你做的白绫袜和贴身衣物，全都是上好的松江阔机尖素白绫，特别软，透气性很好，贴着身子很舒服。”

林岐伸手扒拉着：“这么多啊……白又胖，你辛苦了……”

东西或许不贵重，可是白又胖心里有他，这令林岐觉得好幸福。

似锦听他声音有些低，弯着腰凑过去细看。

林岐有些不好意思，抬手遮住眼睛：“似锦，别看。”

似锦胸腔之间春风浩荡，她深吸一口气，张开双臂紧紧抱住了林岐：“小凤凰，我做不了别的，可是我想照顾你。以后若是你不嫌弃，我就一直给你做，我们一直这样好下去，直到你迎娶太子妃，有了良娣、良媛什么的。”

林岐闭着眼睛，鼻端全是似锦身上的馨香，他的心跳得很快，发现自己有了异常……

这个发现令林岐震惊，他瞬间浑身僵硬，当即推开了似锦，微笑着道：“似锦，夜深了，咱们睡吧！”

林岐的被窝在里面，似锦的被窝在外面。

似锦过去的时候，林岐已经睡下了，他忽然拿出一个首饰匣给了似锦：“这个你戴着玩吧！”

似锦打开首饰匣，见黑色缎面底座上，嵌着一对赤金镶宝石凤簪，十分精美华贵，不由得笑了：“这是皇后娘娘赐给你们兄弟姊妹的吧？我已经见过崇宁公主和平王的了，你这个还是第一次见呢！”

她又说起了自己和韩贞的约定：“我和韩贞说好了，等过了重阳节，我们约着一起出去……”

林岐背对着她道：“好了，睡吧！”

外面风越来越大，树枝被风挂断的“咔嚓”声不时响起，窗纸响得似乎要被风给刮破了，屋子里也寒气浸人。

林岐在想心事——他身有余毒，原本以为自己一生就这样了，可是方才被似锦抱着时的反应，又似乎说明有什么不一样……

可是再不一样又如何，只要余毒还在，他就不能害了似锦。

不过似锦若真是打算一生不嫁，那他和似锦一起相守到老也不错……

似锦的呼吸声就在耳畔，她温暖的体温透过被子传递了过来，令林岐也有了睡意，不知不觉就睡着了。

第二天一大早，林岐扮作“林女官”回了金石街林记画斋，卸了易容后便回了东宫。

他今日还得参加礼部与西夏使团的谈判，须得回东宫换上常服。

马车进入东宫的时候，驾车的李涵已经察觉出了不同，来不及示警，马车就被何琛带人给拦下了。

林岐看着车外的何琛，知道事情已经败露了，也不着急，大大方方跳下马车，问明洪武帝和许皇后是在东暖阁，他便径直去了东暖阁。

第二十九章

成全

洪武帝和许皇后并肩坐在罗汉床上，看着神清气爽格外清俊的林岐，都不知道该说什么好了。

光线从嵌着水晶的窗子投入，照在林岐的脸侧，洪武帝甚至能看清林岐脸畔极细小的绒毛。

洪武帝的心瞬间软了下来，沉声道："你既然喜欢周胤的长女，父皇就为你做一次主，让她做你的太子妃吧！"

林岐的心千回百转。

他一向是果决的人，极少如此。

可是这牵涉他和似锦的一生啊！

似锦那么爱自由，她愿意一生被禁锢在这幽深后宫中吗？

他想起了昨晚临睡前，似锦还在嘀咕，待重阳节过后，她约了韩贞和王菁，一起去碧漪园别业看望怀了身孕的崇宁公主，然后出来的时候，拐到醉春风酒楼，让人买些酱肘子带回家下酒。

她可真是喜欢自由自在的日子……

林岐看向许皇后。

他的母后，大周的皇后，自从少女时期离开故乡泽州，已经二十年未曾再回去了。

她也二十年没有离开过京城了。

唯一的盼望便是他登基，以出巡西北的名义带她回故乡看一眼。

想到这里，林岐低声道："她太小了，再等等吧，明年再说。"

白又胖是他最亲的人，他不能因为自己的私欲，把她禁锢在这深宫。

洪武帝和许皇后都呆住了——他们以为自己这样成全，林岐会开心的。

林岐笑容灿烂看向洪武帝和许皇后："父皇，母后，儿子还没用早膳，干脆在东宫陪儿子用早膳吧！"

洪武帝见林岐虽然笑容灿烂，可是眼睛隐有泪光，心里不由得也有些酸楚，不敢再追问，忙道："好！朕还没在这里用过膳呢！"

许皇后也发现了林岐的异常，勉强笑了，道："好，母后也想尝尝东宫厨子的手艺。"

用罢早膳，林岐便和洪武帝说起了京兆尹程子赞疑似勾结西夏一事。

洪武帝一时有些沉默。

一则他多年来一直对程德妃宠爱有加，二则程子赞是他一手提拔上来的，如今林岐声称掌握了证据，洪武帝却依旧有些不敢相信。

许皇后在一边冷笑了一声。

她最瞧不起这种爱好女色，国事家事不分，把各种军政大权交给小老婆父兄的男人。

洪武帝听到了许皇后这声冷笑，只觉得后脑勺一凉，不再犹豫了，沉吟着道："既如此，让你的属下和李信喆做交接吧！"

林岐道了声"是"，当即起身，叫了李敬进来，当着洪武帝的面把这件事吩咐了下去。

今日事，今日毕，切勿拖延。

这是他做人做事的宗旨。

李信喆却是个极为果断的人。

和皇太子属下做了交接之后，他属下的青衣卫就开始展开行动。

重阳节很快就到了，许太后主持的金明池行宫菊花花会如期举行。

皇太子因故没有参加，也在适婚之龄的平王及宁王却都到场了，由苏太后和许皇后做主，定下了王妃的人选。

平王林峥的王妃，乃是内阁首辅韩朝的次女韩二姑娘；宁王林嵘的王妃，乃是定北侯的长孙女姚大姑娘。

原本呼声很高的平王妃人选，京兆尹程子赞的女儿程三姑娘出乎意料地落选了。

得到落选的消息后，程恩如看上去依旧平静。

她向祖母程老太太屈膝道福，道："连累祖母担心了。"

说罢，程恩如起身退了下去。

程老太太看着程恩如离开后落下的厚门帘，心里愁闷得很。

宫里的德妃娘娘，是她的亲生女儿，德妃所生皇子平王林峥，是她的嫡亲外孙。

程子赞是她收养的西夏孤儿，而程恩如是被程子赞交给他那不知道从哪儿冒出来的亲生爹娘抚养大的，和她这做祖母的根本就不亲近。

如今德妃娘娘没选程恩如做儿媳妇，程恩如不知该多恼恨呢！

这丫头性子一点都不和善，瞧着一天到晚温柔和顺，可是哪一点不合她的意，大家谁都别想安生。

程老太太双手合十："老天保佑，别让我程家出事了。"

她真后悔当年一时心软，收养了流浪在阿兰城的西夏孤儿，还给他起了汉人名字程子赞，以至于如今她总觉得惴惴不安，生怕哪一日埋着的爆竹就炸了。

程恩如回到自己院子，瞧着还一切如常，待她进入自己房里，抬脚便把上前迎接的丫鬟踹倒，然后便开始砸东西。

其余丫鬟不敢进去，在廊下听着屋子里"咣当咣当"的声音，都提着一口气，生怕被程恩如迁怒。

程恩如把屋子里砸了个稀巴烂，累得手都酸了，这才住手，立在屋子里喘息着。

不行。她绝对不能就这么认输。

居然敢抢她看中的男人，韩贞就该死。

计议已定，程恩如吩咐丫鬟："去叫白亮过来。"

白亮是韩府的管家，她爹程子赞的亲信。

半个时辰后，戴着眼纱做男装打扮的程恩如出现在了延庆坊专门做西夏皮子买卖的富兴隆皮货店。

她要借助西夏人的手，弄死韩贞。

程恩如进入富兴隆皮货店之后，青衣卫副统领罗振生率领穿着一队穿着便服的青衣卫，闪电般包围了富兴隆皮货店。

与此同时，青衣卫统领李信喆率领大批青衣卫，把京兆尹程子赞的府邸团团围住。

不过半天工夫，京兆尹程子赞和其女程三姑娘被青衣卫羁押，程府被抄家一事传遍京城。

九月十二这日一大早，韩贞、周似锦和王菁在周府会齐，乘坐着韩贞的马车出了城，往崇宁公主的碧漪园别业而去。

进了正房明间，分宾主坐下之后，崇宁公主便抱怨道："有了身孕好不方便，母后不让我乘车，驸马也不让我多走路，太子把康嬷嬷派到我这里管着我——我已经很久没见客人了，好寂寞啊！"

似锦不由得微笑。

崇宁公主有了身孕，皇后娘娘、驸马和林岐自然都很关心她。

韩贞快言快语道："我说公主殿下，您这是不是在炫耀啊？别人有了皇后娘娘和太子殿下的关爱，还有丈夫的疼宠，开心都来不及，你这不是炫耀是什么？！"

众人都笑了起来。

整个上午，大家谈谈笑笑，陪着崇宁公主在抄手游廊上转一转，半日时间也就过去了。

下午崇宁公主实在是憋得慌了，便带着似锦她们去碧漪湖乘画船游湖。

今日没有风，蓝天白云，澄澈的湖面平静如镜。

似锦正陪着崇宁公主在舱房里抹骨牌，忽然听到韩贞在外面道："呀，码头那边好像有人在招手！"

崇宁公主从舷窗探头往外看，却见一群青衣随从簇拥着两个少年立在码头处，两个少年略高些的那个玉冠深蓝锦袍，略矮些的那个金冠白袍，正是皇太子林岐和平王林峥。

她不由得笑了起来，先吩咐艄公把船往码头那边划，然后才和似锦说道："小凤凰和三弟阿峥在码头等着咱们。这下好了，让小凤凰给咱们烤羊肉吃。"

似锦抿嘴笑了："他不会，他只会把羊肉都烤焦。"

她当年可是吃过小凤凰烤焦的羊肉串，那焦煳滋味，真是令人难忘。

崇宁公主闻言，也不说话，似笑非笑只是看着似锦。

似锦意识到自己忘情了，低下头，装作摆弄骨牌，口中道："看我，乱说什么呢，这是不是叫'妄议太子'？"

崇宁公主哈哈笑了起来，转移了话题："似锦，吃烤羊肉配什么酒好？"

似锦抬眼看她，认真道："殿下，您不能喝酒，不然肚子里的小宝宝会觉得不舒服。"

她有些好奇地问崇宁公主："殿下，你想要儿子，还是想要女儿？"

崇宁公主想了想，道："先生一个女儿再说。"

见似锦眼睛发亮看着她，她笑着解释道："我担心生女儿太晚，等她长到十三四岁，我年纪太大，跟她没法交流姑娘家的心事。"

似锦还是第一次听到这种观点，颇觉新奇，道："儿子挺好，不过生女儿的话，更好，可以给女儿添置漂亮的衣服首饰，可以陪着她四处看看，还可以教她琴棋书画。儿子的话，长大一些就要出去跟着先生学习了。"

崇宁公主感觉到船已经靠近码头了，故意提高了声音问道："似锦，你更喜欢女儿吗？"

林岐带着林峥跳上画船，正好听到了崇宁公主的话，大步流星走了过来，口中问道："谁更喜欢女儿？"

崇宁公主笑得狡黠："当然是周姑娘啊！"

似锦忙起身行礼："给殿下请安。"

她悄悄打量林岐，见他身上穿着深蓝箭袖，腰间系着黑玉带，越发显得肌肤白皙眉睫乌浓唇红齿白，分明是刚出过汗的模样——林岐进行剧烈活动出汗，往往肌肤会变得白皙如玉，而且会泛着极为浅淡的粉色，不细看看不出来。

林岐却看都不看似锦一眼，就在似锦对面坐了下来，然后道："坐下吧！"

似锦这才坐了下去。

林岐坐下后，拈起一枚骨牌，似不在意地问："周姑娘更喜欢女儿吗？"

似锦垂下眼帘："是。"

林岐追问："为何？"

似锦："女儿可爱呀！"

林岐："儿子女儿都可爱。"

他心里却道：我生得这么好看，又这么聪明，似锦也很聪明，我们的儿子女儿一定都好看又聪明，儿子女儿都得生。

林岐想象了一下似锦先生一个女儿，再生一个儿子，然后再生一个女儿的场景，自己先被吓了一跳，心道：生得太多，似锦太受罪了，一个女儿一个儿子就行了。

他转念一想：毒还未解，说什么都是妄想。

先想法子解毒吧！

似锦抬眼看向林岐：你今日怎么了？专门和我抬杠吗？

林岐看懂了似锦眼中之意，当即笑了起来，道："嗯，女儿更贴心。"

崇宁公主似笑非笑看着这一对小儿女在自己面前耍花枪，觉得有趣极了。

见林岐和似锦都不说话了，她这才慢悠悠问道："你和阿峥怎么过来了？"

林岐先是看了似锦一眼，然后自言自语道："我渴了。"

他接着便和崇宁公主解释道："庆王伤了腿不能动弹，父皇让我带着弟弟们在金明池的跑马场跑马射箭，想着有几日没见你了，就想着来看看你，林峥也非要跟着过来。"

崇宁公主和林岐说着话，眼睛的余光却关注着似锦，见她起身拿起嵌在格子里的素瓷茶壶，斟了一盏茶送了过来，摆在了林岐面前，不由得抿嘴笑了。

其实因为幼年曾经中毒的缘故，林岐连喝水都是有严格程序的，轻易不会在外面喝水。

林岐瞟了似锦一眼，端起茶盏尝了尝，然后慢慢喝了。

他喝水的动作很是优雅，却也很快喝完了。

喝完后，林岐又看了似锦一眼。

似锦立即读懂了他的意图，执壶给他添了大半盏茶。

林岐也不多说，拿起茶盏又喝了一口。

似锦把素瓷茶壶放回了原处。

崇宁公主还是第一次见这两位如此默契，笑容越发灿烂起来。

其实不管是似锦、林岐还是她自己，都心知肚明，这会儿都在装傻呢，偏偏这两个小傻子演戏演得一本正经。

不对，似锦应该全知道，只是知道林岐爱演，故意配合他呢！

林岐喝了清茶，喉咙舒服了些，这才看向似锦，开口道："周姑娘，上次朝廷军队前往肃州平叛，你和郑夫人联合洛阳商家和女眷捐献的三万两银子，已经全部发放给伤兵和阵亡士兵的家眷了，按照重伤士兵一人二十两，轻伤士兵一人十两，阵亡士兵一家五十两的标准发放。"

"是由青衣卫联合东宫的人发放的，账目完备，我已经让人送往洛阳郑夫人和赵夫人处，另外周姑娘那份，我也正要派人送去。"

似锦闻言，一颗心揪了起来："这些士兵都是为了大周，可不能凉了他们的心——这些银子够不够？不够的话我再想法子凑一些？"

林岐声音沉静："我正与户部尚书宋启翎宋大人、新任兵部尚书马正阳马大人以及大理寺监察院拟订一个伤亡士兵抚恤计划，到时候由朝廷出面，设立一个金库，专门对为国伤亡的士兵进行抚恤。"

似锦听了，道："既然设立这个金库，里面的银子就得流转起来，生生不息才是，不然金库总有枯竭的一日……"

林岐神情坦然："所以要与大理寺监察院联合进行呀！"

以后贪官污吏的赃银，不再没入国库，而是进入这个金库。

有大理寺监察院联合加入，也能进行监督。

似锦微微颔首："若是能让商家派出为首之人，也对金库的账目进行监督，想必商家捐银的热情也会更高，像上回在洛阳，就是由我姑母名下的生药行发起捐银，然后其他商家积极响应，才能在两天之内捐了那么多药材和银子。"

她想起在洛阳时的往事，低声道："咱们大周百姓，尤其是中下层的商人和平民，虽然嘴上不说，可是实在是爱大周这个国家，都明白唇亡齿寒这个道理。"

林岐曾多次随着老师和墨尘深入民间探访民情，慢慢道："不过百姓心里想的不是唇亡齿寒，而是瓦肆中讲《三国评话》，每次开场都要说的那句'话说天下大势，合久必分，分久必合'。"

"《三国评话》和《靖康风云》这两个评话风行大周百年，一直长盛不衰，老百姓都明白，东汉末年国家分裂，因此外族入侵生灵涂炭；北宋朝廷不重视军队和士兵，因此军队战力极弱，金兵长驱直入。前事不忘后事之师，大周每个人都知道，不能忘记那些历史……”

崇宁公主没想到林岐居然会和似锦谈论国事，而且会谈得这样深入，心里有种说不出的滋味。

小凤凰和似锦，可真是……你中有我，我中有你，心灵相通……

她忽然羡慕起来。

可是转念一想，崇宁公主又释然了。

像小凤凰和似锦这样的，世上又有几对呢！

林岐和似锦说罢这个话题，一时心情都有些沉重，都沉默了下来。

崇宁公主见状，笑着道：“从你们两位的对话中，我突然有了一个想法。”

见林岐和似锦都看向自己，崇宁公主便笑盈盈道：“大周女子教育还得继续推进，周姑娘就是读书读得好，才会懂这么多。”

林岐闻言，挑了挑眉——他可没忘记和先生讲帝王术和百家的内核，似锦嫌授课内容过于深奥枯燥打瞌睡，被和先生打手心的往事。

似锦见他眼中含笑，便猜到了林岐心里在想什么，瞪了他一眼，道：“希望大周将来能够由官府出面，在每个村寨都开设学堂，让适龄的男孩子和女孩子都能够免费读书认字。”

这个目标太远大了，林岐和崇宁公主都有些沉默。

片刻后，林岐开口道：“会有这一天的。”

他的声音不高，带着磁性，慢慢的，很好听，也很有说服力，令似锦的心都沉静了下来。

舱房里的三个人都没说话，外面人的说话声便清晰地传了过来，听着像是韩贞在和林峥拌嘴。

崇宁公主便道：“我坐久了不舒服，咱们也出去吧！”

林岐忙起身搀扶崇宁公主。

似锦原本也要上前搀扶的，见林岐已经上前搀扶了，忙退后一步，跟在后面一起出去了。

在崇宁公主的张罗下，两个烤肉架在湖边支了起来，白炭也点燃了，切好的鲜羊肉也用香料腌好用竹针穿上了，椒盐香料也都备好了。

驸马许雁回和平王林峥都摩拳擦掌，预备大显身手，只有皇太子林岐老神在在坐在一边的竹椅上，根本没有动手的意思。

王菁和似锦挨着坐在一起，她是第一次与皇太子、亲王、公主和驸马近距离接触，不免有些紧张。

似锦察觉了王菁的僵硬和紧张，伸手握住她的手，笑着问道：“烤羊肉配酒吃才香，公主命人准备了杏花村酒、杜康酒、桂花甜酒、茉莉酒和菊花酒，你预备选哪一种？”

王菁想了想，道：“哪一种最甜？”

似锦笑了，道：“桂花甜酒最甜，酒味最淡，里面加了蜂蜜水。你若是怕醉酒，可以选这个。”

王菁被似锦握着手，再加上似锦的轻声慢语，她渐渐不那么紧张了，笑嘻嘻地问似锦：“那你准备选哪一种酒？”

似锦重生之后，几乎没喝过烈酒，因此有心尝尝，便道：“我倒是想尝尝杏花村，据说酒味很是醇厚，而且不上头……”

林岐明明距离似锦挺远，可是耳朵特别灵，当即开口道：“你不能饮杏花村，还是选桂花甜酒吧！”

似锦装作没听到。

王菁惊讶极了，凑近似锦，低声道：“似锦，太子殿下是不是在和你说话？”

似锦狡黠地眨了眨眼睛，轻轻道：“什么？我没听到呀！”

林岐见似锦又淘气了，不由得微笑。

待女官叶韶红带着人送酒上来，他特地嘱咐道：“周姑娘和王姑娘那边，送桂花甜酒过去。”

叶韶红答了声“是”，亲自把盛桂花甜酒的水晶壶和水晶盏摆在了似锦和王菁面前的松木案上。

王菁见崇宁公主和韩贞面前摆的是用水晶壶泡的菊花茶，忙指给似锦看：“你看，她们只能喝菊花茶，你就满足吧！”

似锦不禁莞尔，道：“知道啦，菁表姐。”

见似锦不再反抗，林岐觉得“老”怀大慰：小姑娘家的，喝什么烈酒，这才乖嘛！

羊肉串烤好之后，放在专门的甜白瓷盘子里，由公主府的丫鬟一盘盘送了上来，康嬷嬷带着人把用水晶盘盛着的苹果、梨、橘子、葡萄、蟠桃和甜瓜流水般地送了上来，也都摆在了各自面前的松木案上。

驸马许雁回自小在西北军中长大，羊肉串烤得甚是地道，就连不是很爱吃羊肉的王菁都吃了好几串。

崇宁公主扶着叶韶红更衣去了，她和韩贞原本是坐在一起的，这会儿那张松木案后，便只剩下韩贞自己了。

韩贞和林峥是一对欢喜冤家，两人刚才还聊得热火朝天，这会儿又互相不搭理了。

韩贞有些无聊，便凑过来和似锦说话："似锦，你那个宅子何时可以修好？"

似锦想了想，道："现在已经修得差不多了，估计到十月中旬我及笄礼前就可以搬进去了。"

韩贞很有兴趣："哪日等里面人清空了，咱们去看看，好不好？"

似锦认真地思索了一下，道："等我回去问了父亲母亲，再给你回话。"

她不爱轻易给人许诺，她做人的信条是说到便要做到，做不到就不要空许诺。

韩贞却最吃似锦这一套。

她是首辅之女，人人巴结奉承，但凡是她提出的要求，周围人都是"是是是""好好好"，她反而觉得无聊了。

韩贞就喜欢似锦这样有一说一，从不信口开河胡乱许诺的性子。

王菁闻言，道："我那里有几株玉兰树苗，上次你不是说喜欢却没地方种吗？正好移植到你的新宅子里。"

似锦顿时欢喜起来："多谢多谢，到时候就种在我的院子里。"

韩贞听了，也凑趣道："王菁送你玉兰，那我也得送你些什么。"

她想起自己爹爹书房里放着许多盆兰草，便道："似锦，我送你六盆兰草。"

似锦很喜欢兰草，自己也养了几盆，忙道了谢，又道："等我搬家，请大家去玩，到时候大门一关，全是姑娘家，咱们自由自在赏花吃酒听琴品茶，既风雅又有趣。"

林岐在一边想着自己的事，听到小姑娘们都要给似锦的新宅送花木送名草，便也有些心动：别人都送了，我自然更得送了……我送什么呢？

似锦喜欢简单素雅的家具，不如我把她新宅子里的家具包了？

紫檀太过厚重了，似锦不喜欢，还是送她黄花梨吧……

到了半下午时，似锦、韩贞和王菁起身向崇宁公主告辞。

林峥当即也起身道："本王也要回城了，正好顺路护送三位姑娘一段路程。"

他看向林岐："二哥，一起回去吧？"

林岐矜持地"嗯"了一声，站起身来。

崇宁公主忙道："你们两个带仪仗没有？"

若是带着仪仗护送人家姑娘的马车，未免有些过于招摇了。

林峥哂然道："姐姐，我们是从金明池行宫过来的，怎么可能带仪仗？不过几个青衣卫的便衣侍卫骑马扈卫罢了！"

似锦回到周府，吩咐素心把崇宁公主赠送的十几篓各样水果分送到各房，然后便去惠畅堂给周夫人请安。

惠畅堂十分热闹，原来卫国公夫人托了学士府的王夫人，来周府为卫国公世子孟庆元提亲。

周夫人已经允了，写了盼兮的生辰八字给了王夫人，让王夫人带给卫国公夫人。

似锦得知这个消息，也十分欢喜，带着小丫鬟幽客去了蒹葭院。

得知似锦过来，倩兮和盼兮忙出来迎接："大姐姐！"

似锦吩咐婆子把一篓苹果、一篓雪梨、一篓蟠桃和一篓金橘放在廊下，笑嘻嘻道："这是公主园子里产的，据说甜得很，我借花献佛，送些过来给你们尝尝。"

倩兮和盼兮都欢喜得很，齐齐道："谢谢大姐姐！"

姐妹三人进了屋子，似锦这才含笑道："恭喜三妹觅得贵婿。"

盼兮羞得脸都红了，撵着似锦打了好几下："大姐姐，你别取笑我！"

姐妹们闹了一会儿，似锦这才拿出一枚红宝石戒指和一枚蓝宝石戒指："你们如今都定亲了，这是我给你俩的定亲礼物。"

倩兮和盼兮接过来戴了戴，很喜欢，忙谢了似锦。

忙碌的时光总是过得飞快，转眼间就进入了十月，似锦的及笄礼也快要到了。

西边宅子已经改建好了，预备选购家具添进去了。

周胤叫似锦过来商议。

似锦心中早有了打算："父亲，西边宅子的家具，用便宜材质的吧！"

西边宅子如今东北边有一部分并入了周府，饶是如此，给她建的宅子还是三进院落加一个园子，麻雀虽小五脏俱全，所需的家具加起来，若是都用黄花梨的话，对爹爹来说，可是一笔不小的开销。

周胤沉吟了一下，道："起码的体面还是要有的，这样吧，三间正房和你日常待客的东厢房暖阁，全套用黄花梨，其余用白曲柳，你看怎样？"

似锦通透豁达得很："爹爹，这样很好。您有空的话，给我写几幅字画几幅画，我自己装裱了，挂在屋子里做装饰品。"

周胤当即指着书案旁插着无数卷轴的汝窑雨过天青大缸："你自己去选吧，喜欢哪一张尽管拿走。"

这里面不少都是他素日写的诗，画的画，写的字，送别人有自不量力的嫌疑，送自家闺女倒也妥当。

似锦索性搬了张锦凳，坐在大缸前认真挑选起来。

她还没挑选完，宫里就来了人，原来是洪武帝宣周胤入宫觐见。

虽是初冬，还不算很冷，御书房里却已经生了地龙，暖洋洋的，博山香炉焚着速水香，清雅的气味氤氲在阔朗的御书房内。

洪武帝正坐在御案后和立在一侧的皇太子说话，见周胤进来行礼，当下便道："免礼。"

皇太子退后半步，向周胤拱了拱手："先生！"

周胤打量着林岐，见他头上戴着远游冠，身穿绛纱袍，腰间束着金玉大带，足穿白袜黑舄，分明是穿着皇太子礼服，不由得一愣："殿下这是——"

洪武帝解释道："朕让他代朕前往太庙祭祀。"

林岐清俊的脸上带着一抹凝重："先生，与西夏这一仗怕是难以避免。"

大周朝与西夏的拉锯式谈判持续了几个月了，双方一直僵持不下。

如今正是初冬，草场干枯，食粮不足，西夏人又开始大肆劫掠大周百姓。

泽州有安国公许继顺驻守，肃州有林岐上次平叛留下的军队戍边，西夏人不敢轻举妄动，甘州边境一些村庄的百姓却都遭了殃，预备的过冬粮食都被抢了，男人女人被西夏人掳走做奴隶，老人幼童被西夏人杀死，村子也被西夏人放火焚烧，种种惨状，难以尽述。

周胤看着林岐："殿下的意思是——"

林岐声音沉静："先生，我预备前往泽州，调集许继顺部至甘州靖边。"

周胤神情瞬间肃然——洪武帝和皇太子这是要一箭三雕！

一则用边境的胜利震慑身在大周京城的西夏使团，二则打击骚扰掠夺大周边民的西夏骑兵，三则借此事从安国公许继顺手中分走一部分兵力。

纵观朝野，再也没人比皇太子更合适的了。

可是派大周帝国的皇太子上战场，未免有些太冒险了，万一林岐有个闪失，庆王等人可要做那得利的渔翁了。

林岐似读出了周胤的想法，沉声道："先生，这是我该承担的责任。"

他既然在这个位置，既然准备承担这个责任，那他就不能退居人后，苟且偷生。

这时首辅韩朝、次辅赵贡、户部尚书宋启翎和兵部尚书马正阳也都到了，御前临时军事议事便开始了。

议事散了之后，周胤被洪武帝留了下来：“子承，朕有事要交代你。”

周胤抬眼看向洪武帝，静等洪武帝吩咐。

洪武帝看了一边静立的林岐一眼，不由得笑了，道：“子承，听说你的新宅子已经修缮好了？”

周胤忙道：“启禀陛下，微臣所修新宅，是预备给微臣长女居住，好让她专心修习道法佛理。”

洪武帝听到那句“预备给微臣长女居住，好让她专心修习道法佛理”，嘴角翘了起来，又看了林岐一眼，道：“子承为官清廉公正，朕有意嘉奖，不如新宅的家具，就由朕出了吧！”

周胤正要推辞，洪武帝却径直吩咐林岐：“岐儿，你陪着你的周先生，去朕的私库挑选。”

林岐微微一笑，答了声“是”，然后看向周胤：“先生，请！”

周胤：到底是怎么回事？我何德何能，竟然得到陛下如此盛宠？

真的好惶恐啊！

进入私库之后，林岐命人备了铺设了锦缎靠垫坐垫的圈椅，圈椅旁边是紫檀小几，小几上摆着普洱茶和果品点心，然后请周胤坐下，留下何琛服侍周胤，自己带着李越挑选家具去了。

周胤端起茶盏，发现居然是珍贵的鹧鸪斑纹黑釉盏，当下茶也顾不得喝了，端着茶盏细细赏鉴起来。

何琛立在周胤身侧，看见林岐指着一架崭新的雕花黄花梨拔步床吩咐李越“正房的床就用这个，贴上条子”，心里不由得咯噔一下：这是陛下为即将开修的沁芳殿准备的，陛下得知，不知该怎样肉疼呢！

林岐做事极为果断，不过一刻钟工夫，就把周府西宅的全套家具都选好了，一色新打造的黄花梨家具：“用厚毡包了，送到梧桐里周大人府上。”

周胤只顾着欣赏手上这个珍品茶盏，倒也没有关注林岐到底选了多少家具，反正最多不过三间正房的家具，也不至于令陛下心疼难忍。

选罢家具，林岐又陪着周胤去御书房向洪武帝谢恩。

洪武帝看着林岐递上来的家具单子，恍了一下神，然后看向林岐：“这……是岐儿选的吧？”

林岐笑容天真可爱：“父皇真睿智，儿臣请周先生在一边喝茶，然后儿臣就替周先生做主了。”

洪武帝就知道，林岐这熊孩子一定用什么绊住周胤，然后自作主张替周胤选的。

若是周胤自己选，他一定会客客气气，选几件不起眼的意思一下，不会像林岐这样狮子大开口，把他给沁芳殿预备的全套上好黄花梨家具都给撬走了。

要知道，那可是大周最顶尖的工匠，用了一年时间才制成的……

洪武帝觉得自己的心隐隐作痛。

林岐感受到了父皇的心疼，还怪开心的，劝解道：“父皇，周大人的长女乃是闺中女儿，用这等崭新精致的黄花梨，岂不正好相衬？”

洪武帝看了林岐一眼，见他笑得纯真可爱，心道：唉，反正是给未来儿媳妇，算了吧！

林岐又道：“如今要在西北打仗了，军费紧张，父皇不修沁芳殿，这笔费用正好够给边境作战士兵一人发一套御寒棉衣，士兵得知，岂不感念父皇恩德泽世？”

想到先是为沁芳殿准备的全套黄花梨家具没了，接着沁芳殿也没了，一切都被林岐安排得妥妥当当，洪武帝原本心里隐隐作痛，如今被林岐这轻言细语一劝，他觉得自己整个人都伟大了起来，灵魂也得到了净化和升华，当即点头：“岐儿此言甚是有理。”

待众人都退下后，洪武帝立在长窗前，通过水晶窗片看着御书房前的梧桐树，终究还是有些心疼。

他那样用心设计的沁芳殿，就这样没了……

何琛端了一盏茶奉给了洪武帝，轻轻道：“陛下，皇太子即将出征西北，此去千艰万险，他也只是想要好好安置心上人罢了……”

听到何琛那句“此去千艰万险”，洪武帝的脸瞬间变得苍白。

是啊，“古来征战几人回”，到了战场上，刀剑无眼，可没人管你是尊贵的皇太子，还是卑贱的奴隶……

想到这里，洪武帝鼻子有些酸涩。

他低下头，吩咐道：“你去朕的私库好好选些摆件绸缎之类物品送到东宫去，岐儿知道朕的心意。”

离开御书房后，周胤没有立即回府，而是回吏部处理公务去了。

他一直忙到了深夜，这才坐着马车回了梧桐里。

周夫人接了周胤回房，指挥着丫鬟服侍他宽衣净手洗脸，又奉上了一盏牛乳，待周胤饮下，这才道：“子承，今日宫里的人送来许多黄花梨家具，自顾自摆在了西边宅子。”

一盏温热的牛乳饮下，周胤整个人都暖和了起来，忙碌了一日的疲惫得到了

缓解，舒舒服服坐在那里，道："这是陛下赏的。陛下听说我修缮了新宅子，吩咐我去陛下私库选的。"

周夫人沉吟了一下，道："子承，你选的呀，会不会太多太华贵了……"

周胤知道夫人一向谨慎，她既然这样说了，一定是真的太多太华贵了，当下便道："我看看去。"

周夫人命人打着灯笼，陪着周胤去了西宅。

把三进院子的家具都看了一遍之后，周胤沉默了。

周夫人叹息道："这些家具委实太贵重了，就是太后宫里，也——"也没如此精致华贵的家具啊！

当着人面，她没再说下去。

周胤回忆了一遍皇太子今日的做派，心中似有一束光照入，一切渐渐开始明晰……

他微微一笑，道："陛下赐，臣子不敢辞，你我且放宽心回去高卧。"

皇太子年纪虽轻，做事却极为沉稳，他既然这样做，就证明他有能力承担，那自己还瞎担心什么？

似锦答应韩贞和王菁，要在搬家前请她们过来看看新宅子，因此听说家具全都齐备，大清早便带着素心和香祖去了西边，打算看看有没有需要添置的。

看罢西边宅子，似锦心中诧异得很——这家具也太好了，实在是有些不妥——她当即去了外书房。

今日没有朝会，周胤正在外书房赏画静心，见似锦来得甚急，不待她开口，便道："似锦，西边宅子的家具全都是陛下赏赐的。"

她委婉地说道："爹爹，陛下不像是……这样的人呀？"

周胤当即道："陛下不是，可是皇太子是啊。"

陛下不大方，可是皇太子大方。

她的脸渐渐红了。

似锦自己不觉，只是觉得脸有些热，下意识抬手摸了摸，心道：咦，我这是怎么回事？

正在这时，外面传来孙妈妈的声音："大姑娘，崇宁公主府的'林女官'来了！"

周胤挑眉看向女儿——这个"林女官"来得可真不巧！

似锦脸热心跳，心乱如麻，匆匆告辞爹爹，迎接"林女官"去了。

周胤若有所思看着门上落下的锦帘。

他思索片刻，叫了孙妈妈进来，问道："妈妈，'林女官'常来见似锦吗？"

孙妈妈掰着指头算了算，道：“也不算经常，反正每个月总要来两三次。”

他略一沉吟，又问道：“‘林女官’大约有多高？”

孙妈妈觉得周胤问这问题有些怪，却依旧认真地回忆着：“‘林女官’经常和大姑娘一起走，约莫比大姑娘高半头，不，比半头要高，‘林女官’这段时日似乎又长高了一些……”

周胤又比了比，道：“‘林女官’的脸是不是小小的，挺好看，肌肤特别细嫩？”

他虽然见过“林女官”，可因为是自己女儿的女伴，因此根本没细看。

孙妈妈笑了：“‘林女官’生得特别好看，脸小小的，肌肤细嫩，比大姑娘好看！”

周胤这下算是明白了——比似锦高大半头，还在长个子，脸小小的，肌肤细嫩，比似锦还好看——这些都符合皇太子林岐的特点。

他简直不知道该说些什么好了。

·

如今正是初冬，北方初冬冷得早，似锦身上穿着御寒衣物，待她匆匆走到惠畅堂，身上已经出了一层细汗了。

“林女官”正在惠畅堂正房明间内陪周夫人说话，见似锦过来，便含笑起身：“那我就不打扰夫人了。”

似锦陪着“林女官”离开了惠畅堂，沿东夹道往后花园去了。

两人一路上倒是不大说话，即使说话，也是很客套的寒暄。

上了望花楼二楼，待春剑奉了茶点下去，似锦见林岐解下了斗篷，便伸手接了过来，挂在了衣架上，这才问道：“我刚才正在我爹书房——新宅的家具，到底是怎么回事？”

林岐在锦榻上坐下，道：“父皇计划了好几年，要建造一座美轮美奂的宫殿，宫殿内有带暖房效果的空中花园，一年四季都有鲜花盛放，名唤沁芳殿，让他最宠爱的嫔妃住进去——你知道这座宫殿建成需要多少银子吗？”

似锦单是想想，就觉得数目一定很庞大，她专注地看着林岐，等着林岐揭晓谜底。

林岐双手手指绞缠在一起，道：“需要三百万两白银。”

他嘴角噙着一丝冷笑：“集万万人之力，供养一人，呵！”

最后那声“呵”实在是太有小凤凰的风格了，似锦忍俊不禁道：“你劝说不成，就使了这釜底抽薪之计，把陛下为沁芳殿准备的家具都送给我了？”

林岐笑了：“哪有‘都’，我只是把其中看起来适合你的选出来罢了。”

他又道：“建造沁芳殿，是父皇多年来的愿望，他轻易不会罢休的，韩首辅、赵次辅等重臣都屡次上奏，包括你爹也试图阻止过，全都没用。我要做的就是持

之以恒地掏空父皇的私库，让他没法开工。”

有这样一个喜好奢华爱好女色不能体会民生疾苦的父皇，林岐心也很累好不好。

似锦见林岐如此，微笑起来：“小凤凰，你可真是辛苦了，那样忙碌，偏偏还得注意陛下动向，好随时进行匡救，实在是太难太累了。”

林岐正满心的烦恼，听似锦这么一说，不禁笑了——白又胖好像总是能读懂他的心事，并准确地描述出来，根本就不用他多说话。

和似锦吐槽了一番之后，林岐轻松了下来，道：“不过父皇应该是明白了我的用意，干脆把他准备用在沁芳殿的许多物件都送到了东宫。我这次过来，给你带来一些，直接送到西边宅子了。”

似锦沉默了下来，忽然问道：“小凤凰，你为何对我这么好？”

林岐理直气壮道：“我不对你好对谁好？你和我最亲呀！”

小凤凰的话好有道理。

她若有什么好的，也都想给小凤凰的。

似锦担心林岐口渴，走过去端起茶盏尝了尝，发现温度正好，便递给了林岐：“可以喝。”

林岐接过来，把一盏茶喝完，道：“我去看看你的宅子。对了，你那个宅子的门房，我给你几个人使用，免得别人安插人进去。”

似锦答应了下来，把林岐的斗篷递给他，自己也拿了件斗篷穿上，两人穿好一起下了楼。

初冬时期的园林，自然没什么可看的，可因为是自己的新家，似锦依旧满是热情，引着林岐从与周府相连的东门进去，先逛了后面的小园子，然后又带着他去了自己预备居住的正院，还指给林岐看：“你看庭院里的这几株玉兰树，是菁表姐送我的。

“这两株红梅和这株蜡梅，是倩兮送我的。

“这株老桂树，是盼兮送我的。”

她引着林岐进了正房，先带他去看西暗间书房：“花架上这几盆兰草，都是韩贞送我的。”

林岐看了看那几盆兰草，忽然开口道：“这几盆兰草，绝对是从韩首辅书房里搬过来的。”

似锦吃了一惊：“听说韩首辅甚是喜爱兰草，他收藏的兰草，都不是凡品，我瞧这几盆，虽有名品兰草，却也有普通兰草——”

林岐极有把握地道：“这几盆都是父皇赐给韩首辅的，有御花房的标记。”

他弯下腰，指给似锦看：“你看，就在这里。”

似锦凑近一看，花盆上果真有御花房的标记，非常清晰的一个印章，上面是三个篆书字“御花房”。

她忙道：“估计韩贞不懂，私自让人从韩首辅的书房里搬运出来的，我还给韩贞吧！”

林岐笑了：“不用还，韩贞在家中，嗓门比韩首辅要高得多，在这样的小事上，韩首辅不会与韩贞争竞。”

似锦想了想，道：“那我也选几样出色的物品，待她十六岁生日时给她送去。”

两人絮絮说着话，把似锦这三进的院子给逛了一遍。

林岐觉得宅子虽然不大，可是样样俱全，甚是舒适，最重要的是，这是似锦的家，她可以当家做主的家，因此很是满意，陪着似锦又回了望花楼。

在二楼锦榻上坐下之后，林岐开口问道：“白又胖，你何时搬家？”

似锦在他身边坐下：“我及笄礼过后就搬。望花楼这边没有地龙，冬天住在这里太冷了，我打算早些搬到西宅去。”

林岐算了算日期，忽然道：“白又胖，你的及笄礼我怕是赶不上了。”

似锦闻言，心里一惊，双目圆睁看向林岐：“小凤凰，你……”

林岐道：“我要去甘州靖边。”

似锦一颗心似被浸入冰水之中，难受极了。

林岐低声道：“我这次前往西北，其实不止靖边那么简单，许多事必须由我出面去解决。”

他看到了似锦眼中氤氲的泪水，心里一紧，却依旧道：“我是最合适的人选。”

安国公许继顺把持泽州军政大权已久，除了林岐，朝廷派谁去都不合适。

似锦全都明白。

她觉得脸颊有些痒，抬手抹了抹，发现是眼泪，索性破罐子破摔，胡乱用袖子抹去眼泪，道：“除了靖边，还得分散安国公的兵力，而且要联合泽州、肃州和甘州，建立军屯，抵御西夏，对不对？你这样的身子骨，天一下雨下雪，你就疼得彻夜难眠，你还要在西北边境奔波好几年，对不对？”

林岐没有说话，他移开了视线，直视着前方，可是眼睛里早溢满了泪水。

他没有选择。

作为大周帝国的皇位继承人，他既然承担了这个责任，就要继续担负下去。

似锦再也控制不住自己，她扑了过去，紧紧抱住林岐：“小凤凰，我不想和你分开。”

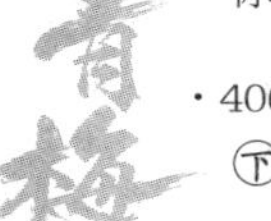

林岐直直坐在那里。

似锦温热的泪水蹭在他脸颊上，还没等变凉，新的泪水又蹭上了。

她压抑的哭声就在他耳畔。

林岐不想她难过，下意识伸手捧着似锦的脸，吻去她的泪水，沿着脸颊往下，笨拙地堵住了似锦的嘴。

第三十章

初吻

似锦此时唯有一个想法——小凤凰的嘴唇果真很软，又软又暖还有些香……

林岐过了好一阵子才松开了似锦。

他低下头侧过脸，有些不知所措。

似锦呆呆地坐在那里，早忘记哭了，只觉方才那一幕像是梦，没有一点真实感。

她盯着林岐饱满的泛着浅粉色泽的唇，心道：小凤凰的嘴唇为何会这样软？好想再亲一下呀！

林岐忽然起身。

他背对着似锦立在锦榻前，低声道："白又胖，我若能活着从西北回来，我就来找你，好不好？"

似锦看着林岐的背影，心中千回百转，最后道："你一定要保重。"

林岐"嗯"了一声，便要出去。

似锦忙道："小凤凰，你还没穿斗篷。"

她跳下锦榻，飞快地套上绣鞋，从衣架上取下林岐的斗篷，服侍他穿上，又踮着脚帮他戴上兜帽。

忙完这一切，似锦伸出双手揉了揉林岐的脸颊，笑容灿烂："小凤凰，你的脸可真软！"

她又道："你的嘴唇也很软。"

说罢，似锦踮起脚，凑了上去，吻住了林岐的唇。

林岐心脏跳得很快，都快要从胸腔跳出来了：啊，这才是吻啊，刚才什么都不是，刚才只是嘴唇触在了一起，这才是真正的吻……

似锦蓦地松开林岐，笑盈盈道："小凤凰，我等你回来！"

林岐看着她，心里暖洋洋的——这是我的白又胖，是我最亲的人啊！

我得保护她，陪伴她，我一定会回来的。

他低声道："白又胖，我会回来找你的。"

“我不在京城，你有什么事，就派人去金石街的林记画斋找李青，让他去办。”

说罢，林岐径直下楼去了。

似锦立在那里，凝神听着林岐下楼的脚步声，忽然反应了过来，跑到窗边，拔开窗闩，向外看去。

小凤凰离开的时候还是少年，待他回到京城，就会变成一个清俊高挑的青年了……

似锦一直在笑，笑着笑着觉得脸颊有些痒，伸手一摸——唉，又哭了！

她的眼泪为何还是像前世一样多啊……

得知“林女官”离开了，周胤松了一口气。

既然似锦想要这样，那就这样子吧，他这做爹爹的，得照顾女儿的面子。

不过皇太子这次远去西北，虽然利国利民，却凶险无比且旷日持久，不知何时才能归来。

可是不管怎么说，他与首辅韩朝、次辅赵贡已经私下达成共识，皇太子为了大周前往西北，他们身在朝廷，决不能让皇太子腹背受敌。

夜深了，御书房依旧灯火通明。

落地长窗前摆着两张紫檀圈椅，圈椅中间是一个紫檀小几。

洪武帝和林岐父子俩相对而坐，促膝谈心。

和洪武帝说完自己前往西北的计划，林岐忽然沉默了下来，垂下眼帘，长睫毛扑撒开来，双手握在一起，分明是心事重重的模样。

洪武帝见林岐突然沉默，略一思索，开诚布公道：“岐儿，你放心，没有事情会动摇你的储君之位。”

林岐抬眼看了看他，又低下了头，依旧是心事重重的样子。

林岐身侧是一座赤金莲花枝形灯，灯光映在林岐脸侧，他脸颊上细碎的绒毛也变成了金色。

见此情状，洪武帝感慨道：“岐儿，待你从西北回来，就是大人了，可以成亲了。”

不像现在，还是个脸颊带着绒毛还有些婴儿肥的俊秀少年。

林岐忽然抬头看他：“父皇，我在永福寺后十里原旁建了一座别院，我若……您就替我把这别院交给周先生的长女周似锦，别院和里面的财产都归她，您替我庇佑她，好不好？”

他这个父皇，各种烦人，可是答应的事都会做到，颇有信用，有些事可以托付给他。

洪武帝心中说不出是什么滋味。

大约是为了掩饰心里的难受，他忽然笑了起来，探身在林岐肩膀上拍了一下：“咦，小子，你开窍了？知道保护心爱的女孩子了？”

满腔的离情别意，被他父皇这几句讨人嫌的话冲得干干净净。

他面无表情：“父皇，您答应吗？”

见儿子如此严肃，洪武帝忍着笑，道：“好，父皇答应你。”

他实在是忍不住，起身揉了揉林岐的后脑勺：“岐儿，父皇都答应你，放心吧！”

洪武帝又道：“真不愧是朕的儿子，岐儿你连后脑勺都这么完美。”

林岐简直无语。

他叹了口气：“父皇，夜深了，您也歇息吧，儿臣告退。”

洪武帝看着林岐高挑却有些单薄的背影，忽然道：“岐儿，明日一早就要出发了，去看看你母后吧！”

林岐头也不回，抬手比了个手势，大步流星去了。

洪武帝不禁笑了起来，和侍立一边的何琛说道：“朕的岐儿，就是这么洒脱不羁，和朕年轻时一样。”

何琛含笑道：“雏凤清于老凤声，太子殿下如此风华，正是承自陛下您呀！”

这话洪武帝爱听。

他笑了起来：“朕也要歇下了，明日还要为岐儿送行。”

福宁宫偏殿里，许皇后正等着林岐，听到外面通报“皇太子到”，她忙起身去迎。

林岐乖乖地由着许皇后握着他的手，随着许皇后在偏殿榻上坐下。

许皇后细细打量着林岐，满心都是母爱，最后道：“小凤凰今日可真好看！”

林岐抿着嘴笑了，瞅了许皇后一眼，笑得眼睛都眯起了。

许皇后就知道他爱听这个，先夸了几句，待林岐心情舒畅了，这才道：“小凤凰，母后写了一封亲笔信，你带去给你舅舅。”

许继顺是她的胞兄，她有许多话想和兄长说，如今都在这封信里了。

林岐收敛笑意，接过信收了起来。

许皇后伸出胳膊揽着林岐，眼里含着泪，声音有些沙哑：“小凤凰，好好保护自己，将来奉养母后终老。”

林岐“嗯”了一声，道：“母后，我会好好保护自己的，我得给母后养老。”

许皇后自己说养老可以，林岐这样说，她就不爱听了：“你母后还年轻着呢！”

林岐陪着许皇后说笑了一会儿，见她情绪缓过来了，这才道：“母后，我不在京城，您帮我照看一下似锦。”

许皇后看了林岐一眼，笑了起来：“好，母后答应你。”

这孩子明明喜欢上人家姑娘了，还如此嘴硬。

林岐出发离京的这一日，似锦恹恹的，做什么事都提不起劲，索性去找周夫人：“母亲，我想去温泉庄子住几日，不知可不可以？”

周夫人这几日还在忙盼兮定亲的事，也担心似锦因两个妹妹都许给高门心情不好，当下笑道：“自然可以了。我和你爹爹说一声，让孙妈妈陪你过去。”

似锦忙屈膝道：“多谢母亲。”

这温泉庄子是周夫人的陪嫁，周夫人答应似锦去住几日，似锦还是很感激的。

初冬时节，京城郊外一片萧瑟，疏林淡日，枯木寒鸦，人烟稀少。

似锦到了温泉庄子，泡泡温泉，读读书，画几笔画，度过了与小凤凰分离最难熬的那几日。

转眼间似锦的及笄礼快要到了，周胤亲自过来接似锦回城。

回到梧桐里周府，似锦又开始忙着搬家。

西边宅子如今一切停当，只等她搬进去了。

似锦也不用周胤和周夫人操心，问王妈妈要了几个小厮和婆子，忙碌了半日，终于把家给搬完了。

春剑和素心带着四个小丫鬟整理屋子。

似锦则待在正房西暗间的书房里，自己研墨，提笔写了一封信和好几个帖子。

信是给远在黔州的乔夙的，帖子则是给韩贞和王菁的。

忙完这些，似锦带着信去了周胤的外书房。

她这个西宅与周府之间有个小角门可以进出，角门旁有个小屋子，似锦把韩勇的娘韩妈妈要了过来，专门住在小屋子里看门。

周胤这会儿正好有空，听说似锦要往黔州寄信，接过信封看了看，随口问道：“似锦，你给乔夙写信做什么？”

似锦忙道：“爹爹，您忘记了，我和乔夙立了合同，我支持他采集草药研究解毒之方，以后我们合伙开药铺。”

周胤这才想了起来，不禁莞尔：“吏部的信使正好要往黔州知州衙门送文书，把你的信捎带着送过去，由乔大人转交乔夙吧！”

乔夙的父亲正是黔州知州乔文澜。

见爹爹安排得如此妥当，似锦笑了起来：“多谢爹爹。”

似锦的及笄礼过后，“吏部尚书周胤的长女命硬克夫，须得遇到同样命格极硬之人，方可互相成就”的流言就渐渐在京城贵族圈传扬开去，原本有心上门提亲的人家，也都绝了提亲的念头。

进入腊月之后，天气越来越冷了，这日似锦正在西暗间书房画画，外面传来幽客的声音：“姑娘，孙妈妈送信来了！”

孙妈妈送来两封信，一封是黔州知州衙门转过来的，一封是泽州安国公府发来的。

似锦送走孙妈妈，回到书房，先用香胰子洗了手，然后用银刀拆开了从泽州来的信。

她没有立即读信，默坐了一会儿，这才展开信纸读了起来。

信大约是小凤凰在处理公务的间隙写的，略有些潦草，龙飞凤舞的，若不是似锦习惯了他的字体，怕是得细看才能读懂。

信的第一句便是他身子很康健，然后说自从他来到泽州，泽州就没有下过雨或者雪，只是风大，呜呜响，晚上常失眠。

似锦嘴角翘了起来：明明是胆子小，刮风的晚上独宿的话就会很害怕，睡不着，还不敢承认。

她接着往下看，小凤凰说他已经办完了事，预备离开泽州，前往甘州。

读到这一句，似锦陷入沉思。

小凤凰这句话的意思应该是，他已经成功地从安国公许继顺那里借到了兵，如今正率领这批西北军队前往甘州靖边。

腊月的西北，即使不下雪，可是那风也定是凛冽逼人，透骨地冷，小凤凰的身子能经受得了吗？

下面小凤凰就说了，因为路上风大，他身上穿的是西北常见的羊羔皮袄，有些臃肿，看上去没那么英俊了。

似锦“扑哧”一声笑了起来，心道：小凤凰还是那样爱漂亮！

先前在泽州，冬日出门，即使穿得臃肿不堪，小凤凰也得让自己洁净漂亮，从不懈怠。

在信的最后，小凤凰说他已经修好了永福寺后的别院，钥匙和房契都在李青那里，等她有空了可以派人去取，以后这院子及里面的所有物品都归她了。

似锦忽然笑不出来了。

她的手臂横在书案上，脸埋在手臂上，半日没说话。

冬日天黑得早，素心在明间，见屋子里有些暗，便点燃了烛台，送到了西暗间书房：“姑娘，我把烛台送来了。”

似锦忙坐直身子，用帕子拭了拭眼角，道：“放书案上吧！”

她不敢再看小凤凰的信，叠了起来，又塞回了信封里，想了一会儿，把这封信收在放贵重物品的锦匣里锁了起来。

在房间里踱了一会儿步，似锦这才拆开黔州州衙发来的那封信。

果真是乔夙寄来的。

乔夙不愧是举人出身，标准的馆阁体，语言十分简练，不过几行，就把事情全说清楚了。

他用小凤凰的血，不但配置出了毒药，也配置出了解药，已经在兔子身上试验过了，有解毒之效。

乔夙预备继续试验改进，估计明年春天，就可以赶往京城。

似锦心中欢喜异常，压抑不住心中的激动，起身在屋子里转了好几圈，然后亲自研墨，开始给乔夙写回信，让乔夙务必保证解药的安全性，又随信放入二百两银票，作为明年春天乔夙进京的路费。

把信封好之后，似锦吩咐春剑：“把那件娇绿缎面雪狐皮袄拿出来。”

这还是她从泽州带回来的御寒衣物。

春剑拿了皮袄过来，服侍似锦穿上，打量了一番道：“姑娘，你瘦了好多！”

原先极合身的皮袄，如今穿在她身上空空荡荡的。

似锦也发现自己瘦了，脸都小了一圈似的，虽然姑娘家变苗条了似乎应该开心些，可是她心里实在不觉得有什么可开心的。

到了外书房，见周胤正忙着见客，似锦便和孙妈妈在廊下的茶阁里等着。

孙妈妈拿出一个新茶盏，用开水烫洗了好几遍，这才点了一盏茶给似锦：“大姑娘别嫌弃，先喝盏茶暖暖身子。”

似锦接过茶盏，啜饮了一口，发现甘甜润滑，再看茶色，色呈琥珀，正是上好的闽州红茶，当下笑了起来：“妈妈，这茶可真好喝。”

这茶应该是闽州进贡的正山小种，十分稀罕，爹爹对奶娘很孝顺嘛！

孙妈妈也端着茶盏，一边暖手一边道：“我不爱喝白开水，嫌没味道，老爷就给了我一罐这种茶叶，我喝着还行。”

似锦又喝了一口茶，道：“妈妈，我爹爹对你很孝顺。”

孙妈妈听了这话，开心得很，笑得眼睛都看不见了，口中却道：“老爷是好人，不嫌弃我这老婆子又老又笨，还让我跟着伺候，我就趁着身子骨还能动，多做几年活儿吧！”

似锦陪着孙妈妈说了会儿话，喝了两盏茶，待周胤送罢客人，这才去了外书房。

进入腊月后，周胤忙得脚打后脑勺，天天早出晚归，有时甚至宿在吏部轮值房，再加上似锦大部分时间都在西宅待着，父女俩有一段时间没见面了。

周胤正低头忙碌，听到似锦的声音，一抬头，发现似锦竟然瘦了不少，脸都变小了，不由得大为心疼："似锦，你怎么瘦成这样了？"

看着一阵风都能吹跑似的。

似锦笑盈盈地屈膝行了个礼："爹爹，姑娘家瘦了好看，您不懂。"

她把给乔夙的信从袖袋里拿了出来："爹爹，这是我给乔夙的回信，还像上次一样随着吏部公文送到黔州州衙吧！"

周胤满口答应了下来："把信放那儿吧，待会儿小厮会过来拿。"

他把正在写的奏章合上，看向似锦："是不是西宅的小厨房厨子手艺不行？爹爹再给你换个厨子吧！"

似锦摇了摇头："爹爹，不用，我院里的厨子手艺不错，我就是吃得少了，不过我经常活动，身体还是很好的。"

周胤看了女儿一眼，见她脸瘦得只剩下巴掌大小了，眼睛越发显得大了，到底不忍心，似是随意道："似锦，爹爹这段时间之所以这么忙，是因为陛下有意派遣爹爹前往甘州，代陛下劳军。"

她的眼睛瞬间瞪得圆溜溜，声音都颤抖了："爹爹，真……真的吗？"

周胤心里酸溜溜，悻悻道："真的。要不然爹爹为何会忙成这样？"

似锦大喜，眼睛亮晶晶，笑容可爱又灿烂，飞快地绕过书案，跑到了周胤的身侧："爹爹，我给您捶捶背！"

周胤坐在那里，真的让似锦给他捶背。

似锦一边捶，一边问周胤："爹爹呀，您何时出发？"

周胤闭着眼睛享受女儿给自己捶背："后天。"

一路日夜兼程，除夕前一定得赶到西北军中。

似锦一边捶背，一边撒娇："爹爹，我离开西北这么久，好想回西北看看……"

周胤故意不接她的话。

似锦撒娇痴缠，漫天许诺，最后周胤实在是受不了似锦的肉麻了："好了，爹爹带你去，不过你只能带一个丫鬟，跟孙妈妈同车。"

孙妈妈原是甘州人。这几年她年纪大了，有时会念叨着想回甘州故乡看看。

周胤打算这次去甘州，也带着孙妈妈。

似锦大喜，也顾不得再给周胤捶背了，一溜小跑取回自己方才放在书案上的信："爹爹，这信我再改一改。"

得通知乔夙，让他直接从黔州去甘州。

似锦改好信，计算了一下路程，所谓穷家富路，从黔州到甘州，三千多里路，二百两银子怕是不太充裕。

她笑嘻嘻地看向周胤，声音甜甜的：“爹爹——”

周胤一看女儿这模样，便知她有所求：“找爹爹干吗？借钱吗？”

似锦笑眯眯道：“爹爹，董源的《寒林重汀图》，您想不想看呀？”

周胤笑了：“借给爹爹赏鉴一年，爹爹给你二百两银子。”

似锦等的就是爹爹这句话：“爹爹可真善解人意！”

她从周胤这里预支了二百两银票，和先前那二百两一起，凑够四百两，塞进给乔夙的信封里，把信封封好，放在了书案上，双手合十道：“爹爹，拜托啦，一定要把这封信送到黔州州衙，转交乔夙，非常非常重要。”

周胤见似锦刚才还蔫蔫的，如今重新活泼起来，心里很欣慰，道：“你回去收拾一下行李，和朋友道别，后天早上咱们就出发。”

似锦答应了一声，笑嘻嘻地屈膝行了个礼，回去收拾行李去了。

周夫人正在惠畅堂教倩兮和盼兮看账本，听说周胤回来了，忙带着倩兮和盼兮出了明间迎接：“老爷，回来了！”

倩兮和盼兮也笑盈盈地齐齐屈膝行礼：“爹爹！”

周胤笑着道：“外面冷，咱们进屋说话。”

周夫人得知周胤前往西北劳军，还要带着似锦和孙妈妈一同前往，吃了一惊：“老爷，天气这么冷，又一路劳顿，似锦和孙妈妈的身子能受得了？”

周胤笑着道：“孙妈妈年纪大了，如今唯一的念想就是回故乡看看。她抚养我长大，我总得尽些孝心。似锦愿意跟着照顾孙妈妈，也想出去见见世面，我就带着她一起去。”

周夫人点头道：“带似锦出去看看也行，她近来瘦了许多，心事重重的。”

倩兮和盼兮既羡慕姐姐能出门远行，却又担心路途艰险，和父母说了一会儿话就回蒹葭院了。

似锦在孙妈妈那里喝了两盏茶，晚上精神得很，带着春剑和素心一起收拾行李。

她预备留下素心看家，带着孙秀和春剑兄妹一同前往西北。

素心性格稳重，做事妥当，留在西宅看家是最合适的。

孙秀也带上，到底是男子，路上有事也方便些。

春剑听说哥哥也跟着去，挺开心的：“姑娘，我哥也早说想出去看看，看能不能找找生意经。”

似锦原本正在整理衣物，闻言道：“你哥哥现在有什么想法没有？”

春剑笑嘻嘻道：“他想做的多了，比如想开个生药铺子，专门卖某地特产的药材；还想开个松江布店，专门卖便宜些的松江布；对了，他还想开个特产铺子，专门卖哪个地方的特产……”

似锦认真地听着，想起了乔夙。

她和乔夙商议过一起开生药铺子，倒是可以考虑一下，在京城开一个专门卖黔州草药的铺子，兼卖乔夙制出来的解毒丸之类的成药……

晚上一直忙到了快子时，似锦疲惫到了极点，这才睡下。

第二天早上，似锦起得略有点晚，洗漱后来到西暗间书房，让春剑研墨，她提笔把自己今日要办的事情一一写了下来，免得忙起来忘记。

似锦刚把清单写好，放在书案上晾干墨迹，倩兮和盼兮就带着丫鬟过来了。

似锦笑着起身去迎：“你们是知道我要出远门了，特地来看我吗？”

倩兮微笑。

盼兮埋怨道：“你还不知道母亲？她现在日日拘着我们俩，要么跟着戴先生读书，要么教我们看账本，要么让人看着我们做针线，我们若不是要来看你，哪里有机会出门！”

似锦笑了起来，在她背上拍了一下，道：“你这小丫头，真是身在福中不知福，不知道多少人羡慕你和倩兮有母亲细心教养呢！”

盼兮还好，听了似锦的话，依旧噘着嘴，没有放在心上。

倩兮听了，有些敏感，看了似锦一眼，低下头去。

母亲这段时间，每日晚上都教她和盼兮如何看账本，如何管陪嫁铺子里的生意，起初盼兮提了一句“让大姐姐也来跟着学吧”，结果王妈妈就说：“你们大姐姐又没有陪嫁铺子，又不打算出嫁，学这个做什么？”

倩兮心里明白，母亲看着一碗水端平，其实待嫡出和庶出还是不同的，好在大姐姐心胸阔朗，不是那等小肚鸡肠之人，从不把这些放在心上。

盼兮道：“大姐姐，我真羡慕你，你什么都会，什么都不用学。”

似锦陪着两个妹妹在书房后窗前的贵妃榻上坐下，这才笑着道：“这些事情，我先前在泽州的时候学过的，再学一遍我可不愿意。”

想到远在西北的小凤凰见到自己时的表情，似锦不由得笑了起来，道：“你们将来出嫁，都是做高门主母，里里外外都得管，你们若不懂，容易被下人蒙蔽，所以这些还是得学的。”

盼兮伸出指头让似锦看：“姐姐，你看我的手指，它们得弹琴、写字、做针线、拨算盘、记账……我觉得它们好累啊！”

倩兮也跟着叹了口气。

要学的东西太多了，她也觉得疲惫不堪。

似锦听了，推心置腹道："你们不是各有四个大丫鬟和四个小丫鬟吗？从这些丫鬟里选出聪明晓事的，根据她们的特点，让她们跟着学，比如倩兮房里的丫鬟疏影，我瞧她脑子很快，心算特别快，可以教她算账啊！"

倩兮和盼兮听了，都觉得有理，忙向似锦道谢："谢谢大姐姐。"

似锦笑眯眯道："这就是知人善任，因材施教嘛！"

盼兮道："大姐姐，你懂得可真多，学问也挺深。"

倩兮也跟着点头："很多古代典籍上的知识，大姐姐也都知道。"

似锦心中得意：这就是我那些年跟着小凤凰读书的成果啊！

她可是跟未来会留名青史的景和帝一起读书的。

厚着脸皮的话，她还可以吹嘘，她的老师是天下知名的学者周群以及帝师和墨尘，反正别人去问周先生与和先生，他俩也不能否认周似锦跟着他们求学多年呀！

似锦越想越得意，笑意都要从眼睛里溢出来了，口中偏偏还得谦虚："我也只是懂得一点点罢了。"

其实她连兵书都跟着读了不少，只不过是被小凤凰逼着一起听课，囫囵吞枣没有消化一窍不通，不像小凤凰那样融会贯通，而且在战场上进行了验证。

姐妹三个聊了一会儿，倩兮忽然想了起来："姐姐，你要出远门，我和盼兮拿了些小物件，想送给你。"

她吩咐丫鬟疏影："疏影，把礼物拿过来。"

疏影提着一个大大的锦缎包袱从明间进来，解开包袱递给了倩兮。

倩兮抖开包袱，取出一个鼓鼓囊囊的莲青锦缎斗篷："姐姐，这是天鹅绒斗篷，里面填的是天鹅绒，穿在身上，轻软御寒，而且针脚极细密，里面有几层料子，也不用担心跑毛……"

她拿起来抖开："姐姐，你试穿一下吧！"

似锦起身，在倩兮的服侍下穿上了这件斗篷，只觉得果真轻软暖和，心中惊喜："还真是轻盈暖和！倩兮，多谢你！"

倩兮笑得甜美羞涩："姐姐喜欢就行。"

盼兮在一边起哄："这是秦家姐夫派人送来的，说是西洋来的物件。"

似锦更感动了："哎呀，连秦羽送的礼物，倩兮都愿意给我，姐姐好感动。秦羽知道了，一定会伤心的，我待倩兮如明月，奈何明月爱姐姐！哈哈哈哈哈！"

倩兮原本害羞，被似锦这么一调侃，自己忍不住也笑了。

盼兮也让大丫鬟仙客拿了个包裹进来："大姐姐，我记得你的脚和我一样大，这双靴子你应该可以穿上。是崭新的，我还没穿过。”

她从包袱里取出了一双又厚又笨重的鹿皮靴：“姐姐，这个靴子外层是鹿皮，内层是羊羔皮，暖和得很，踩雪也不怕。你先试试。”

似锦试了试，大小正合适，真的很暖和，脚热乎乎的，都有些烧了。

她心中感动，反倒有些说不出话了，吸了吸鼻子，道：“你们这俩小丫头……多谢你们了。等我从西北回来，再给你们带礼物。”

倩兮和盼兮一时都有些沉默。

过了片刻，倩兮才开口道：“姐姐，你路上好好照顾爹爹。”

似锦“嗯”了一声。

爹爹待她那样好，她一定会好好孝顺爹爹照顾爹爹的。

盼兮一本正经道：“姐姐，你好好看着爹爹，别让他出门一趟，给咱们再带个小姨娘回来。”

似锦忍不住笑了起来，道：“放心啦，我会看好爹爹的。”

似锦又道：“咱们爹爹不是那样的人，放心吧！”

盼兮默然片刻，道：“男人……谁知道呢！”

似锦见盼兮有些不对，眼波流转看向倩兮。

倩兮叹了口气，道：“她昨日才听王妈妈说，孟庆元房里有两个通房丫鬟，只等着她嫁过去，给她敬了茶，就正式梳上头做姨娘。秦羽房里也有一个通房丫鬟。”

似锦不知道说些什么好了。

似锦自己也接受不了，可贵族家的公子成亲前房里放几个通房丫鬟，确实是京城高门的常态。

现在似锦想起旧事，隐约有些明白了，许皇后那时候怕是也有让她给小凤凰做通房丫鬟的打算，只是小凤凰待她太好，她执意想要往上走，小凤凰就放她离开……

因为一旦成为通房丫鬟，即使以后抬了姨娘，也永远摆脱不了曾经的身份。

就像程德妃，如今儿子平王都那么大了，贵妇们私下里提起她，还会说“那个通房丫鬟出身的德妃娘娘”。

这样想来，不管是前世，还是这一辈子，小凤凰都在为她考虑……

他虽然瞧着清冷高傲，可是待她是真的好……

想到这里，似锦心里百感交集。

她深吸一口气，认认真真和两个妹妹说道：“事已至此，你们就不要放在心上，嫁过去后再说，能收拢的收拢，收拢不了的远离着点，心思阴险的防着点儿，

若是她们真的起了坏心思，就抓了现行撵出去……”

倩兮和盼兮认真地听着。

她们知道好歹，姐姐这是认真地在教她们，不像母亲，说起这个总是拿《女戒》《女子规》里的大话来压她们，一点实用价值都没有。

似锦蓦地想起旧事，忽然豁然开朗。

重来一次真好，那肮脏阴暗险恶的威远侯府，从此只是噩梦一场，小凤凰就像灿烂阳光，重新照进了她的生命，让她温暖起来，阳光起来。

第二天天不亮，似锦就带着孙妈妈和春剑坐上适合远行的马车，辞别周夫人和倩兮、盼兮，随着周胤的马队出城往西北方向而去。

因是代天子出行，所以周胤的车队由青衣卫副统领邱英亲自带了二百青衣卫扈卫，一路日夜兼程，不断在驿站更换驿马，不过十余日，就赶到了西安城。

周胤和邱英预备在西安城停留半日，补充一些物资，众人都洗洗澡歇息一下。

似锦她们乘坐的马车驶入了驿站，却被堵在了院子里——原来刑部的解差正押着一队戴着枷锁的犯人离开驿站，因为人犯太多，堵住了道路。

春剑把车帘掀起一条缝，悄悄地往外看。

她看了一会儿，忽然低声道：“姑娘，押的是程家的人，我看到了程三姑娘！”

似锦一愣：虽然卷入叛国谋逆案，可是因为程子赞承担了所有罪名，所以程家其余人并没有像程子赞一样人头落地，而是阖府被发配到泽州煤矿做苦工，却没想到在这里遇到了。

她凑到缝隙里往外看了看，却见萧瑟寒风中程三戴着枷锁，蹒跚着走在人群中，身上胡乱套着件男子穿的粗布棉袄……

一个解差走在程三的身边，似是伸手在程三脸上捏了一把……

似锦心里有些沉重，没有继续再看下去。

泽州的深山之中，有许多煤矿，大周朝的重罪人犯，不论男女，经常会被押解到泽州煤矿服苦役，进去后再想出来，可就难了。

程三这一生，不知又会有怎样的际遇……

在西安府停留了半日之后，车队继续西行，往甘州而去。

转眼间到了腊月二十九。

明日就是除夕了，该过年了，甘州边境大周军队的营地瞧着热闹得很，一座座军帐密密麻麻分布在营地上，辕门两侧的高杆上，帅旗在风中猎猎作响，士兵扛着羊腿猪腿，抬着酒坛子在营地里来来去去，高声说笑，一派过年气象。

正中间的大帐内却静悄悄的。

林岐正与几位将军围着正中央的沙盘细细研究着。

到了夜间，喧闹了一天的军营终于安静了下来，似进入了深沉的睡眠。

子夜时分，夜枭忽然凄厉地鸣叫起来。

在山谷中埋伏了许久的西夏骑兵得到信号，纵马扬刀，向大周营地冲杀而去。

杀到营地，西夏人才发现大周营地亮着灯，帐篷里却都是空的，正在这时，唢呐声在四面八方响了起来，同时响起的是惊天动地的喊杀声。

西夏人这才发现落入陷阱，顿时忙乱起来，四处冲撞，互相践踏，乱成一团。

经过一夜的鏖战，大周军队全歼夜袭军营的西夏军队，俘获西夏战马四千余匹。

林岐没有受伤，只是兜鍪和铠甲上溅了许多敌人的鲜血，瞧着有些瘆人。

他正骑着马带着部将看着士兵打扫战场，忽然李敬跑了过来："殿下，周胤周大人代陛下劳军，已经到了大营门口！"

林岐原本正要洗脸洗澡换衣，听说周大人来了，大喜："周先生来了，我要亲自去迎！"

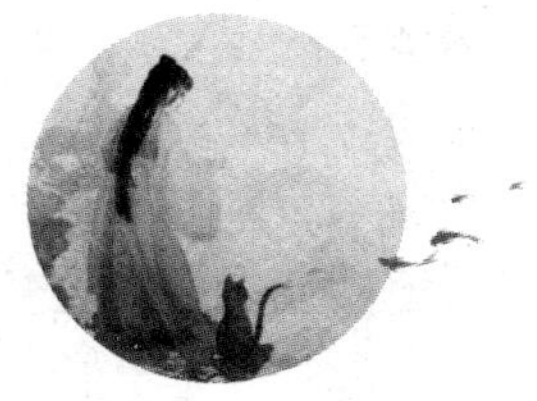

第三十一章
求亲

似锦穿着倩兮送她的莲青色斗篷，戴着兜帽，裹得严严实实紧随在周胤身后。

想到要见到林岐了，她的心都快要从胸腔跳出来了，眼睛睁得圆溜溜，直盯着前面看。

这时一群军人簇拥着一个满身是血身材高挑的将军大步流星迎了上来：“周先生！”

听声音是小凤凰啊！

可是这满脸满身的血是怎么回事？

她急忙探头去看，却正好与一双清澈纯净的眼睛四目相对——真的是小凤凰！

林岐没想到似锦居然跟着来了，一见到似锦，他顾不得许多，几步就跑了过来，到了周胤面前，这才定了定神，拱手道：“先生，您怎么来了？”

他说着话，瑞凤眼瞪得圆溜溜的，直往周胤身后看。

周胤没想到林岐一向瞧着细长的瑞凤眼，见了似锦居然能瞪成圆的，瞧着可爱得很，不由得笑了：“殿下，咱们去您的大帐里说话。”

林岐一向镇定的脸上难得显现出窘迫的神情，结结巴巴道：“先生，大帐……不能进人了。”

他的帅帐已经毁于昨夜的激战。

似锦原先见林岐脸上铠甲上都溅了血，心中担心，如今确定他无碍，这才放下心来，看向林岐身后，见士兵正在打扫战场，到处都是尸体，血迹处处……她眼前一黑，不敢再看，忙又看向林岐。

林岐已经恢复了镇定，道：“先生，我带你们去一处安全地方安置。”

周胤忙道：“西夏那边会不会反扑？”

林岐摇了摇头：“不会。”

进犯大周的西夏军队的主力已经被他用计逐一击溃，西夏军队如今在西边与安息国开战，一时半会儿还顾不得这边。

林岐不想似锦再看到血腥的战场，安排副将处理剩余事宜，自己匆匆引着周胤一行人离开了。

半个时辰后，周胤一行人终于在一处修建成堡垒的庄子安置下来。

自从进入秋季，西夏人就不停地越过国界烧杀劫掠，这个庄子的大周百姓抵挡了一阵子，后来实在是不堪骚扰，整个庄子的人都逃难离开了。

林岐就暂时让人征用了这个庄子。

寒冷暗淡的大堂里如今生了火盆，火盆里燃着一根木头，火焰熊熊。火盆上方的房梁上垂下一根铁索，铁索上的钩子上挂着一个铜壶煮着水，“咕嘟咕嘟”冒着热腾腾的白气，整个大堂都温暖明亮起来。

李越带着两个亲兵忙碌个不停，终于沏好了一壶茶，给周胤及其随从都斟了一盏：“各位大人，先喝盏热茶去去寒气。已经让灶上做饭了，羊肉糊汤面有些简陋，各位大人勿怪。”

林岐治兵，讲的是全军上下，无论职位高低，吃穿住用必须一致，因此即使朝廷钦差过来，也只能与士兵吃一样的饭。

周胤笑了起来：“李越，大家都是熟人，不必这样客气。”

李越笑了笑，吩咐亲兵好好服侍各位大人，自己退了下去。

旁边的小跨院里，似锦正带着孙妈妈和春剑在给周胤收拾房间，听到外面传来几声轻咳，认出是李越的声音，忙起身出去了。

李越正在外面等着，见似锦过来，忙行了个礼，轻声道：“周姑娘，您带针线了吗？”

似锦眯着眼睛笑了：“带了。”

从京城出发时，都要走了，她又让春剑回去拿了个针线包，里面常用的针和各色丝线都有。

李越顿时笑了：“太好了！”

似锦低声道：“等我一下，我这就去拿。”

她回到自己房里，拿出针线包，又拿了斗篷穿上，匆匆跑了过来：“走吧！”

李越微微颔首，引着似锦沿着回廊往前走，一边走，一边低声道：“殿下外衣破了还能忍受，就是里面的衣服破了受不了，嫌我们粗手大脚缝补得不好。”

想到殿下气急败坏的样子，他不由得笑了起来。

殿下在战场上指挥若定，下了战场也极好伺候，衣食住行四项，食住行都不讲究，和一般士兵一样就行，单单对贴身穿的衣物要求多多。

因为发现所有中衣都破了，他居然不肯从浴桶里出来了，真是小孩子……

似锦对林岐那点臭讲究了解得很，裹紧斗篷抵御着冷飕飕的寒风，口中道：“他对别的倒不在意，只是从小惯出来的臭毛病，中衣不能破，缝补的话，也得没有针脚，不然他会觉得浑身作痒坐卧不安，对不对？”

李越低头抿着嘴笑了：“周姑娘可真了解殿下。”

林岐住的地方距离此处不远，是一个小小的四合院。

似锦随着李越进了明间。

一进明间，她就闻到了混合着薄荷香胰子的水汽，知道林岐正在里面洗澡，见明间连圈椅都没有，只有一个两人座的长椅，便在长椅上坐了下来。

李越进了东暗间，很快就出来了，手里拿着一摞叠得整整齐齐的白绫衣物：“周姑娘，这些衣服全都有点问题，您先补出来一套，我给殿下送进去。”

似锦把这些衣服翻看了一遍，认出都是自己给小凤凰缝制的贴身衣物，忍不住道：“你们这些衣服都是洗破的吧？”

就不能多准备一些新的衣物，随时替换吗？

李越有些尴尬：“殿下贴身穿的衣服，一向是天天换的，他又不肯穿别人做的衣服……”

其实来西北的时候，因为做好了要长期待在西北的打算，所以李越准备了一整箱白绫中衣，只可惜殿下就盯着那几件穿惯的中衣穿……

似锦心中有些酸涩，又有些甜蜜，还有些好笑，却不再多说，选了一套中衣亵裤，取出针，配好丝线，开始飞针走线。

李越捧着似锦补好的衣物进了里间，轻轻道：“殿下，这是周姑娘刚补好的。”

他心里却道：周姑娘没来的时候，您老人家怎样都可以将就；周姑娘一来，您就瞬间变成娇滴滴了，破衣服也不肯穿了，还要洗澡，还要穿洁净衣服……

哎哟，可真是小孩子啊！

正待在浴桶里的林岐眼睛笑得弯弯的：“好了，你出去吧！”

李越亲自给似锦提来一个燃烧着木柴的火盆，放在似锦身前，让她取暖，这才退了下去。

似锦抬起脚，让靴底贴在火盆的外壁。

热气透过靴底，令她的脚终于有些暖意了。

她正在缝补衣物，闻到一股湿漉漉的薄荷气息逼近，抬头一看，就见林岐出来了，湿漉漉的长发还披散着，白嫩的小脸也湿漉漉的，中衣外面只穿着白绫袄和玄色绫裤，忙道：“头发还湿着呢，快过来烤火！”

林岐也在长椅上坐了下来。

似锦却坐不住了，她问李越要了大布巾，站起来给林岐擦拭长发。

擦完头发，似锦用手摸了摸，发现还是有些潮潮的，凑上去闻了闻，凉阴阴的，带着薄荷香胰子的芬芳，不由得用力吸了一口。

林岐整个人都僵硬了：“白又胖，你做什么！”

白又胖一定亲他的头顶了，他只觉一股麻酥酥的感觉从头顶蹿起，瞬间蔓延到了全身，手指尖脚指头都蜷了起来。

似锦笑嘻嘻道：“小凤凰，你好香啊！”

她松开林岐的脑袋，又伸手捏了捏林岐的脸颊：“瘦成这样了，怎么还这么软？”

他懒得反抗，坐在那里，任凭似锦揉捏。

似锦看了看林岐的嘴唇，浅粉色的，很饱满，亲起来软软的……

她蓦地想起上次小凤凰亲她的情景，脸有些热，连耳朵也热热的，心也有些慌乱，忙伸手把林岐的长发全拨到后面，让他光洁的额头露了出来，然后在长椅上坐了下来，强装镇定地拿起针线继续缝补，口中道：“小凤凰，你饿不饿？”

林岐见似锦与自己隔得有些远，便伸出胳膊，把似锦揽了过来，嘟囔道：“坐太远了，你说话我听不清。”

她瞅了林岐一眼，见他认真地看着自己，眼神清澈而温顺，如小猫一般，不由得笑了起来。

挨着坐就挨着坐吧，小时候她和小凤凰在青龙山住，冬天两人也是挤在一起坐在壁炉前，两人一人手里拿着一本书读。

寒冷的时候，她和小凤凰挤在一起，似乎更温暖，也更安全……

李越用食盒把午饭搬运了进来，似乎没看到林岐和似锦挤坐在一起似的，自顾自把饭菜摆在一张小案上，然后把小案搬运到林岐和似锦面前，恭谨地退了下去。

别的男女这样挨着坐一块，难免令人有别的联想；可是太子殿下和周姑娘这样紧挨着坐一起，却只是像两只幼兽紧紧挨着，相依为命，互相汲取温暖，而不会令李越产生别的联想。

待李越退下了，似锦小声问林岐：“小凤凰，咱俩这样坐一块儿，像不像两个小孩子？”

林岐瞟了似锦一眼，道：“要不要我……亲你一下？”

这样就不像两个小孩子了。

似锦：“吃饭吧！”

林岐没吭声，伸出右手捧着似锦的后脑勺，然后对着似锦的唇亲了上去。

他手挺大，手指很长，似锦的脑袋被他牢牢控制，根本没法挣扎。

似锦瞪圆眼睛看着小凤凰近在咫尺的浓长睫毛和高挺鼻梁，闭上了眼睛。

小凤凰的唇很软，却有些凉，不过很快就热了起来……

他的味道清新，似乎有点微微的甜……

原来亲吻的感觉竟然这样好……

似锦的心剧烈跳动，似乎马上就要挣出胸腔了，她浑身都软了，只能倚着小凤凰借力……

不知道过了多久，林岐终于放开了似锦。

似锦见他凤眼幽深，嘴唇也湿润微红，不敢再看，低头去整理自己被小凤凰揉得发皱的衣襟，可是双手却使不出劲儿来。

林岐轻轻道："还像不像小孩子了？"

他已经长成大男人了，似锦还把他当小孩子。

她瞟了林岐一眼，道："嗯，一点都不像小孩子——我饿了，咱们先吃饭吧！"

林岐到底有些羞涩，垂着眼帘想着心事，只是"嗯"了一声。

似锦起身，打开砂锅盖子，拿了两个碗，盛了两碗羊肉糊汤面，先端了一碗给小凤凰，另一碗放在了自己面前。

军中简陋，所谓的菜，不过是一碟凉拌白菜心和一碟黄豆酱。

似锦尝了尝，觉得味道实在不怎么样。

不过士兵都能吃这样的饭，她自然也能吃。

吃了几口之后，似锦去看林岐，却发现一向挑食的林岐居然也不挑食了，一碗汤面已经吃下去半碗了。她不禁笑了起来，柔声道："砂锅里还有汤面，吃完我再给你盛一碗。"

林岐似心事重重，头也不抬"嗯"了一声。

因下午要去军队劳军，周胤用罢午饭，就先在房里歇息。

他负着手在屋子里踱着步，考虑着下午及明日要做的事。

正在这时候，外面传来小厮的通禀声："大人，太子殿下到了！"

林岐穿着军中常见的青布棉袍，腰间像大部分军人一样只是简单系了条玄色腰带，却因为身形修长，越发显得宽肩细腰长腿，年轻的生命力扑面而来。

他一进来便屏退了侍候的人。

待房里只剩下自己和周胤，林岐长长一揖："请先生把似锦许配给我。"

周胤吃了一惊，却很快恢复了镇定。他看向林岐，眼睛带着审视，缓缓道："殿下，不知此时，您是以皇太子的身份，还是以周某学生的身份求亲？"

林岐认真地思索了一下，声音清冽而真诚："先生，我本来就既是大周的皇太子，又是您的学生——这两个身份，并不矛盾。”

周胤看着林岐：“殿下，您也知道，您是皇太子，大周帝国的皇位继承人，您的婚姻，并不只是家事，更是国事，牵涉错综复杂的利益纠葛与妥协，不可能会在这一室之内，由你我定下。

“再说了，我和似锦早有约定，她的亲事由她自己做主，我不会干涉，也决不替她做主。”

林岐被拒绝了，却不仅没有感觉难受，反而觉得心中舒畅得很。

他微微一笑，又是长身一揖：“得知先生如此珍爱似锦，我很欢喜。”

林岐语速有些慢，但是声音清晰：“先生，我会先取得似锦的同意。待忙完西北之事，回到京城，我再征求父皇母后的同意，由父皇母后出面，礼聘似锦为太子妃，请先生放心。”

周胤听了，不禁笑了起来：“殿下，一言为定。”

他面上带着笑，心里却在直呼庆幸。

要知道，皇太子有一个特点，就是面对他的时候，不管是谁，一与皇太子那小猫般纯净可爱温顺的眼神对上，一般人就很难拒绝他。

拒绝了他，就会内疚，会难受，会觉得自己对不起他。

比如方才，周胤遵从自己的理智，拒绝了林岐，可是他心里知道，若是林岐再求一次，他说不定就动摇了……

周胤在臆想中拭了拭额头的冷汗，温和地问林岐：“殿下似乎瘦了不少，是不是不习惯西北的饮食？”

林岐很乖地道：“先生，也不是不适应，就是太忙了，忙起来就顾不得吃饭。”

他转移了话题：“先生劳军完毕，是不是要继续西行，前往安息国？”

安息国就在西夏的西北，是农耕、游牧与商贸并举的一个大国，与大周一样，一直饱受西夏人骚扰，此时正与西夏人在边境交战。

周胤惊讶地看向林岐：“殿下为何这样说？”

林岐笑了，道：“我发现先生带来的幕僚中，有精通安息语的沈清佐，还有精通西域地形的韩志明。”

周胤素知林岐聪慧至极，便也不再隐瞒，低声道：“陛下有与安息联合之意，命我秘密进入安息，觐见安息王。”

林岐当下便道：“先生何时出发，我派精兵护送先生。”

周胤正要说话，外面传来似锦与李越说话的声音：“小李，你怎么在这里？”

周胤：“……”

似锦怎么这么大胆，居然称呼东宫总管太监李越为“小李”。

谁知那李越却对似锦甚是温和亲近："周姑娘，殿下在房里与周大人说话。"

林岐笑了，眼睛亮晶晶："似锦，进来吧！"

周胤："……"

当着人家亲爹的面，叫人家闺女的闺名，太子殿下也是够嚣张。

似锦答应了一声，也不用李越动手，一手端着托盘，一手掀开门上的厚棉帘子走了进来。

见爹爹和林岐都在，她大眼睛滴溜溜转，看看爹爹，又看看林岐，然后又看向爹爹，笑盈盈道："爹爹，我想着午饭有羊肉，怕您觉得腻，给您沏了壶普洱茶送过来。"

她眼波流转看向林岐："正好殿下也在，一起喝茶吧！"

林岐看了她一眼，见房里摆着四张杨木圈椅和一张杨木小方桌，便先请周胤入座，然后自己在周胤对面坐了下来。

似锦先把盛着点心的碟子放在了小方桌上，又斟了三盏茶，一盏奉给了周胤，一盏奉给了林岐，自己打横坐下，把第三盏茶放在了自己面前。

她端起茶盏尝了尝，看了林岐一眼。

林岐会意，知道似锦是想留下旁听，却又怕周胤把她撵走，当下抿嘴一笑，看向周胤："先生离开此地之前，要不要我陪先生看看这边的情况？"

他想要在甘州推行军屯，前几年需要朝廷每年几十万两白银的投入，因此想先带周胤看看，讲讲自己的想法，先拉一个支持者再说。

周胤思索片刻，道："殿下不是打算在甘州推行军屯吗？我去看看西北这边的土地，若是合适，我回京就向陛下进言。"

林岐笑了："我陪先生去看。"

他双手合十，继续道："西北光照时间长，昼夜温差大，又有通天河灌溉，其实极适合种植农作物和果品。如果用心经营，这里会成为大周的粮仓，只是这几百年来，这片土地一直被西夏人劫掠骚扰，以至于大量土地荒芜。若是朝廷能够加大投入，军队认真经营，军屯建成，士兵亦农亦兵，既能够抵御西夏侵略，巩固边防，保护大周与西域的商道，又能够向中原大量供应粮食瓜果，还能稳定民心，岂不是一举多得？"

见周胤点头，似锦便轻轻道："我来的路上看了这边的土地，应该是适合不少药材生长，可以专门种植适合的药材，然后通过商道发往大周全境……"

见爹爹和小凤凰都认真听她说话，似锦有些欢喜，忙道："我已经给乔夙写过信了，他正往这边赶来，到时候让他好好看看，看这边能种哪些药材。"

周胤还没说话，林岐先开口了。

他眼睛亮晶晶看向周胤："先生，似锦真聪明！"

似锦听林岐当着爹爹面叫自己"似锦"，忙给林岐使眼色。

周胤见似锦对林岐使眼色，又好气又好笑："似锦，爹爹待会儿要和殿下一起骑马出去转转，你若是想去，现在回房，换上男子装束。"

似锦简直不敢相信自己的耳朵，眨了眨眼睛，然后反应了过来，一下子站了起来，笑容灿烂："我这就去换！"

她到底还记得自己的身份，屈膝行了个礼，这才退了下去。

两刻钟之后，林岐陪着周胤一行人骑着马离开了庄子，在一队骑兵的扈卫下沿着白杨夹道往北而去。

似锦扮作小厮，戴着毡帽，穿着男装，骑在马上，紧紧跟在林岐身后。

今日乃是除夕，西北这边却没有什么过年的氛围。

通天河冲刷堆积出的沙地上，无数白杨树自生自长，在冬日苍白的阳光下，枝干光秃秃的，颇为萧瑟。

似锦看着这样的景致，心中颇为触动，亘古以来，这里就是这样，而自己只是一个匆匆过客……

周胤与众幕僚随着林岐整整转了三个时辰，实地探查了这边的水土和植物，又访问了当地还没有逃走的老农，获得了许多信息，其中很重要的一点就是甘州乃至西域这大片的土地，很适合种植棉花。

只是前些年往往还没有等到百姓收获，西夏侵略者就过来一把火烧光棉桃已经绽放可以采摘的棉田……

老农还怕周胤不信，起身进里屋，拿了一把棉花出来："大人请看，这是小的今年抢下来的棉花，你看看这棉花怎么样，是不是比中原的更好！"

周胤和林岐等人接过棉花，翻来覆去只是看。

似锦见他们不懂，便拿过一朵棉花，轻轻扯着棉絮，道："这种棉花，纺后织布，应该能织出比松江布更好的布料。"

她想了想，又道："京城延庆坊有不少松江工匠，可以重金聘请他们过来进行指导，建立织布作坊。"

林岐点头，吩咐一边负责此事的幕僚："你回去做个详细的计划呈给我。"

那幕僚忙答了声"是"。

西北这边天黑得晚，一直到了戌时，日头这才没入西山，天色渐渐暗淡了下来，林岐等人骑马回去。

作为女眷，似锦带着孙妈妈和春剑单独住了一个小院子。

一明两暗三间正房，似锦带着春剑住在东暗间，孙妈妈住在西暗间。

夜深了。

孙妈妈年老熬不得夜，早早在西暗间睡下了。

似锦洗过澡，和春剑一起围坐在火盆前晾头发。

她在火盆边支起画板，用从京城带来的炭笔画自己白日看到的景象，长河落日，枯直白杨，塞外古陌……这是离开西北后，她这辈子都再难见到的景象，因此似锦想画下来。

外面不知何时刮起了风，风很大，呜呜直响。

院子里白杨树上剩余的那几片枯叶被风吹得发出清脆的啪啪声，似锦总觉得这风有些不对，似乎还夹杂着细碎的沙沙声。

她放下画板，打开窗子往外看，发现外面下起了雪，不是京城常见的那种大大的雪花，而是细小的雪沙。

雪沙细而密，被风刮得漫天都是。

似锦却如堕冰窟——一旦下雨落雪，小凤凰的余毒就会发作！

第三十二章
约定

雪沙被风裹着刮进屋内，春剑冷得打了个哆嗦，忙缩着肩过来看："姑娘，下雪了呀！"

风很大，窗子都不易关上。

似锦用力关上窗子，插上窗闩。

她伸手捋了捋长发，发现头发已经晾干了，便把长发全梳了上去，绾成一个发髻，用玉簪固定住，然后拿出御寒衣物预备穿上。

春剑见她这么晚了还要出去，心中疑惑，刚要开口问，可是见似锦神情严肃，嘴唇紧抿，当下不敢问了，忙上前帮似锦系上衣带。

似锦穿好衣服，戴好兜帽，这才吩咐春剑："我要出去一趟。你先回去睡，不过警醒些，若是我明日早上还没回来，你就……"

她凑近春剑，细细交代着。

春剑用心记着，点了点头，道："姑娘，这点事情我可以的，您放心吧！"

似锦伸手在她肩膀上拍了一下，转身沿着游廊往东去了。

春剑立在那里，一直等到看不见似锦，这才回去了。

抄手游廊上挂的灯笼被风卷着雪沙刮得乱飞，大半已经熄灭了，只有少数还在风雪中散发着昏黄的荧荧光晕。

似锦东绕西绕，七拐八拐，终于来到了林岐住的院门前。

这时候地上已经落了一层薄薄的雪，踩上去会清晰地印下脚印。

似锦刚要抬手敲门，大门就从里面打开了，她忙往后退了两步，飞快地闪到一边。

大门内的人发现了外面的动静，一起走出来，举起灯笼照了过来——原来是李越和李涵。

似锦忙走了过去，低声道："小李，是我！"

一听到墙角那人叫自己"小李"，李越松了口气："周姑娘，快进来吧！"

这世上叫他李越“小李”的，也只有太子殿下和周姑娘了。

似锦也不多说，径直随着李越往正房而去。

还没走到正房前，她已经闻到了熟悉的药味。

李越引着似锦进了屋子，低声道：“大夫已经来过了。西北少雨，殿下的病已经好几个月没犯了，结果这次下雪，病就来得又快又猛，殿下已经疼晕过去一次了……”

似锦一声不吭。

她和小凤凰一起长大的，还有什么不知道？

看到蜷缩在被窝里咬紧牙关的林岐，似锦眼泪瞬间涌出。

她在床边坐下，右手探进被子里，握住了林岐的手。

林岐的手指一直在颤抖，一被似锦握住，就用力反握住了似锦的手。

他握得太紧了，紧得似锦都觉出了疼来。

她深吸一口气，把眼泪逼回去，低声吩咐李越：“准备温蜂蜜水、银汤匙、洁净的手巾，和药汤一起送进来。”

似锦一来，李越似有了主心骨一般，整个人都稳了下来。

他答了声“是”，飞快地跑了出去。

似锦弯下腰，额头贴在林岐额头上——林岐的额头烫得吓人。

林岐觉得冷极了，他蜷缩成一团，牙齿打战，意识到似锦来了，他轻轻呼唤着：“白……白又胖……”

似锦最烦小凤凰这样叫自己了，可是此时却顾不得许多，脸贴着林岐的脸，喃喃道：“小鸡仔，你自己也没好到哪里去，你说我白又胖，可你自己呢？都瘦成什么样子了？大男人腰细成这样，也不好看呀……”

李越是小跑着把托盘送进来的。

似锦用香胰子认真清洗了手，然后吩咐李越先去明间：“小李，我叫你，你再进来。”

李越点了点头，退了下去。

殿下交代过他，周姑娘是最亲的人，可以相信。

似锦抱起林岐，让他躺在自己怀里，先用手指在他唇上摩挲了几下，欺骗他张开嘴巴，又撬开他的牙关，然后才开始灌药。

先前在泽州，林岐也出现过像今晚这样严重到半昏迷状态的情况，她都是这样灌药的。

一大碗药汤喝下去后，林岐似清醒了一些，窝在似锦怀里，就着似锦的手，把半碗蜂蜜水喝了下去。

喝完蜂蜜水，他看着似锦，有气无力地诉说着：“白又胖，我好冷……骨头都是冷的……”

白又胖的怀里好暖和……

似锦抱紧他，低声道：“我今晚陪着你。”

她看向李越：“这房里有没有烧热的炕？”

李越忙道：“有！”

他指着窗前：“就在这里，还是烧热的。”

似锦忙道：“你把炕铺好，殿下发烧冷得慌，必须睡在炕上。”

李越铺好炕，刚要去移动林岐，却见似锦居然打横抱着殿下过来了，顿时吓了一跳，忙闪在一边，给她让路。

似锦把林岐安顿在了炕上，枕好白绫软枕，盖好锦被，这才发现自己居然这么容易就把林岐从床上抱到了炕上。

她不敢相信自己力气居然这么大，悄悄探身过去，左胳膊伸到小凤凰腿弯里，右胳膊探到他颈后，想再试一试，却没有托起小凤凰——大概方才心里着急，所以她才突然变得力气很大。

确定林岐睡熟之后，似锦趴在炕边，很快也睡着了。

她是被人给拍醒的。

似锦睁开眼睛，就看到了近在咫尺的小凤凰——他出了很多汗，潮湿的碎发黏在额头和脸侧，越发显得肌肤白得快要透明……

她瞬间就清醒了，伸手摸了摸小凤凰的额头——阴凉阴凉的，已经退烧了。

可是似锦心里清清楚楚，小凤凰之所以退烧，只是退烧药和止疼用的麻沸散的功效，如果不从根本上解毒，服下的每一碗药汤，都会令更多的毒素在他体内累积下来。

她拿了洁净手巾：“你躺好，我给你擦擦身上的汗。”

服药之后，小凤凰身上会出大量的汗，如果不擦会很不舒服。

林岐乖乖躺在那里。

似锦伸手进去，用手巾拭去他颈部和前胸的汗，又把林岐翻过去，开始擦他背上的汗。

确定林岐身上干爽之后，似锦又给林岐换了床锦被，喂他喝了盏温开水，这才道：“从京城出发前，我已经求我爹派韩勇拿了我爹的名刺和吏部的公文，前往黔州方向迎乔夙去了。乔夙已经制出了你服用的毒药和解药。

“韩勇拿着我爹的名刺和吏部的公文，可以动用驿站的驿马，应该能够尽快把乔夙接过来，让乔夙给你解毒。

“等你的毒解了，我让乔夙制出各种解毒丸药，我和乔夙合开一个药铺做生意……”

似锦絮絮地说着，试图转移林岐的注意力。

林岐经历了太多失望，因此不敢抱太多希望。

不过他不愿让似锦也失去希望，因此微笑着轻轻道：“那咱们就盼着乔夙过来好了。”

他问了似锦时辰，得知已经过了卯时了，忙道：“你先回去吧，免得你爹爹发现。你爹爹很快就要出发去安息，到时候我想法子把你留下。”

似锦答应了一声，却没有立即离开。

她握着林岐的手，低低道：“小凤凰，将来你做了皇帝，可要大力鼓励人学医，最好能在各地都建立专门的太医所，还要派人去西洋安息、波斯学习别国医术……”

林岐笑了起来，弯起的眼睛在昏黄烛光中熠熠生辉：“白又胖，我都答应你。”

似锦眼眶湿润了，松开林岐的手，在他脸颊上捏了一下：“小鸡仔，我走了。”

都走到门口了，她忽然扭头，道：“小凤凰，明早好好吃饭。你要记着，我将来可要倚仗着你的权势，在京城贵妇圈子里横行霸道，所以你要好好活着，将来当一个很厉害的皇帝，让我可以抱着你的金大腿，恣意快活地活着，谁也不敢惹我。”

林岐想象了一下似锦趾高气扬的嚣张模样，顿时笑了，哑声道：“放心，我都答应你，让你做自己想做的事情。”

似锦抬起右手，大拇指摁着脸颊，尾指翘了起来：“一言为定！”

这可是她和小凤凰小时候约定好的拉钩手势。

林岐抬起手，捂住嘴，拍了两下，回应了似锦。

似锦离开之后，林岐觉得浑身的力气都被带走了似的，有气无力地吩咐李涵：“让人把脚印都踩乱。”

外面还下着雪，不能让人怀疑似锦夜里出来过。

得知皇太子旧病复发的消息，周胤忙去林岐住的院子看望他。

屋子里暖融融的，氤氲着薄荷气息和隐约的药味，还挺好闻。

林岐正枕着白绫软枕躺在窗前炕上，得知周胤进来，轻轻道：“先生，请恕我不能起身相迎。”

李越在炕边放了张圈椅，请周胤坐下。

周胤在圈椅上坐下后，就着窗纸透过来的雪光，打量着林岐，见他脸色苍白，神情疲惫，瘦得下巴都尖俏起来，是一个生病的大孩子模样，心里不免有些心疼难过，温声安慰道：“我听小女说，乔夙已经制出了解毒之药，我派韩勇拿了吏部的公文去黔州迎乔夙了，殿下身上的余毒，一定会清除的……”

他是洪武帝的宠臣，自然了解林岐中毒的内情。

想到宫闱中那些肮脏阴暗之事，周胤眉头微不可见地皱了皱——他虽是洪武帝的宠臣，却也不太赞同洪武帝处理家事国事时那种模棱两可优柔寡断的态度。

林岐轻轻道：“多谢先生探问。先生打算何时出发去安息，我提前安排精兵护送。”

周胤道：“若是通天河结冰的话，我今日就打算出发。”

他是吏部尚书，不可能长久离开京城，必须尽快完成使命回京复命。

林岐嘴角翘了翘，是想要笑的模样，可是声音却有气无力：“先生，通天河已经结冰了，冰面很厚，能走人能过马。”

他虽然病倒，却也未曾放松对军队驻地周边环境的探查。

周胤点头道：“如此甚好，我用罢午饭就出发。”

林岐沉吟了一下，道：“先生，外面还下着雪，雪大道路难行；此去安息，还要穿过西夏的地界，险阻重重——”

见林岐都病成这样了，还要长篇大论试图劝说自己留下似锦，周胤哪里忍心，微笑着打断了林岐：“微臣正有件事要拜托殿下。”

林岐眼睛一亮，满是期待看向周胤。

周胤心中既觉得好笑，又觉得心酸，缓缓道：“此去安息，道路难行，险阻重重，微臣想把小女托付给殿下照顾一段时日。”

林岐眼睛里似有星光闪烁：“先生放心，我一定会好好照顾似锦的。”

见林岐固执地非要称呼似锦的闺名，周胤却无论如何生不起气来——眼前的林岐，明明该是跃马扬鞭神采飞扬的清俊少年，却因为宫闱的阴毒，被迫躺在这里，用悲伤温柔的眼神哀求自己，留下他喜欢的姑娘……

这样的林岐，周胤如何忍心拒绝？

今日是大年初一，虽然地处边陲，可汉人爱过年的天性是不会改变的，外面隐隐约约传来“噼里啪啦”的爆竹声。

周胤侧耳听了一会儿，看向林岐，声音温和：“殿下今日就不要起来了，好好养病，我离开时殿下也不必去送，你我虽是君臣，却也是师生，不必讲究那些繁文缛节。”

林岐不再坚持，轻轻道：“好。”

得知周胤今日就要出发，似锦呆住了：“爹爹，这也太早了吧？”

她一直以为爹爹到初六以后才出发的。

周胤正在喝茶，闻言笑了起来："似锦，爹爹此去安息，最快也得三个月才能回来，朝中公务积累许多，不赶时间可是不行。"

大周朝廷派系云集，他和赵贡、韩朝虽然结成了联盟，但是韩朝的夫人却与苏太后、苏贵妃一样，出自苏氏一脉，并不像他和赵贡那样坚定地站在皇太子这一边，只要诱惑足够，韩朝随时都可能倒向庆王一方。

因此周胤不能离开朝廷太久。

似锦明白周胤话中之意，低声道："爹爹，韩大人一向讲究实用，把国家利益看得比对个人的忠心更重。如果庆王那边能提出类似让韩大人的内阁权力越过皇权这样的条件，说不定韩大人就投向庆王那边了。

她想了想韩贞提到过的一些只言片语，继续道："爹爹，我觉得苏氏一族，对韩夫人并没有那么重要，您可以让人验证一下。

"据说安息王的后宫，王后和宠妃一直斗得你死我活，有一个流言，说安息王的宠妃是西夏王的初恋情人，您到安息后可以命人探查一下，说不定这个消息对咱们有用……"

父女分离在即，似锦絮絮说着自己的想法。

她一直对这些很有兴趣，虽然没有人专门和她谈这些，可是她总是能从朝廷的动向和贵妇间交谈中透露出的只言片语中总结归纳出有用的信息，提前做出正确的判断。

周胤从来都知道似锦聪明，更有灵敏的政治嗅觉，听似锦分析讲述着，心中颇有触动，也不禁感叹：似锦若是男儿，那该多好！

电光石火间，周胤意识到一个问题：似锦其实很适合嫁给林岐！

他看向正分析安息与西夏矛盾的似锦，在心里计议起来。

原先周胤一直以为林岐喜欢似锦，是把似锦当作小女人宠爱的，如今他才清楚地意识到，林岐对似锦，应该不只是宠爱这么简单。

林岐也许是把似锦看作精神伴侣……

这个想法令周胤心绪激荡起来，他来自鄂州小城，靠着自己的天分和努力一步步走到今日，他并非没有野心。

他愿意自己的女儿成为能与未来皇帝比肩而立的贤后，而不是深藏宫闱依靠圣宠度日的宠妃。

周胤内心千回百转，神情却一直未变，待似锦说完，这才道："似锦，爹爹都记住了。"

似锦见爹爹重视她的话，不禁笑了起来："爹爹，我让孙妈妈把药匣子、针线、包茶饼什么的，都交给您的小厮了，您路上要照顾好自己。”

周胤笑了，柔声道：“似锦，爹爹有句话一定要和你说。”

看着似锦睁得圆溜溜的清澈杏眼，周胤有些说不出口，便移开视线，看向贴着窗纸的窗户，沉吟着道：“似锦，你一定要记住，爹爹虽然看那些严苛礼教，就像看一堆废纸，心里是不在意的。可是我们活在这个世界上，不免要和光同尘，女孩子，还是要重视名声，不然你会因此失去一些东西，等你明白时就迟了……”

似锦听了，忍不住笑了起来：“爹爹，您说那么婉转做什么？不就是让我重视名节，不要失身嘛！”

她和小凤凰才不会有什么事呢！

似锦觉得自己和小凤凰亲吻什么的，不过是亲爱的人之间的相互抚慰，她没往那方面去想。

在她心里，小凤凰既不是男的，也不是女的，他就是小凤凰，似锦的小凤凰。

她和小凤凰是一体的。

哦，还真的有……

周胤：闺女太聪明了，既省心，也烦心。

他瞪了似锦一眼，这才道：“你知道就好。”

用罢午饭，周胤一行人在青衣卫及林岐派出的精兵的扈卫下，越过结了冰的通天河，继续向西而去。

孙妈妈因周胤前往险地，心中担心，做什么事都提不起劲儿来。

似锦也担心爹爹，她安慰了孙妈妈一阵子，把孙妈妈哄到房里睡下，自己带着春剑去了林岐那里。

李越正满面愁容端着托盘从房里出来，得知周姑娘来了，顿时大喜，忙把托盘交给小太监，自己飞奔去迎：“周姑娘，您可算是来了！”

似锦见他如此，当下便问道：“殿下不肯吃饭吗？”

李越连连点头：“说没胃口，一口都不肯吃。”

“这件事交给我。”似锦款促湘裙，疾步而行，“有没有准备鸡汤？”

李越紧紧跟着似锦：“周姑娘，熬了一夜的鸡汤，还在砂锅里小火咕嘟着呢！”

似锦一边走，一边交代：“用鸡汤下薄面片，有嫩蒜苗的话，切碎撒在上面，没有的话，姜末也行，送到房里去。”

李越欢喜地答了声“是”，请似锦进屋，自己去安排鸡汤面片去了。

他已经发现了，周姑娘就是殿下的克星，只要她出手，事情就没有办不成的。

似锦做事麻利得很，很快就把林岐给扶了起来，喂他吃了大半碗鸡汤面片，又给他按摩了半个时辰，然后服侍林岐起身穿衣，让他在屋子里走动走动。

病是病了，可是不能因为病了，就让自己躺倒认命，在力所能及的范围内，还是要多活动活动的。

林岐觉得身子无力，撒娇道："白又胖，你扶我吧！"

似锦笑盈盈地走了过去，让林岐右臂搂着自己："我扶你倒是可以，不过一会儿你得再喝盏热牛乳。"

她有力气又活泼好动，别说扶着小凤凰了，背着小凤凰都可以。

林岐只要能和似锦在一起，什么都愿意做，再不喜欢喝牛乳，他也满口答应下来："好。"

李越又去茶阁看着人热牛乳了，心里甚是欢喜：周姑娘可真厉害，有她照顾殿下，大家伙儿可算是省心省力了！

活动罢，林岐乖乖喝下一盏热牛乳，然后侧躺在炕上，和似锦一起处理公务——似锦把书信文件读给他听，两人一起分析，然后似锦写下批语，再拿了林岐的印章盖上。

先前在泽州的时候，林岐每每雪雨时节犯病，他和似锦都是这样处理日常事务的，两人配合极为默契。

转眼到了二月初。

雪早就化完了，西北大地又恢复了初春该有的寒冷干燥。

天空明净蔚蓝，万里无云，蔚蓝天空下是笔直的白杨树和一片接一片绿色的麦田。

这日大清早，似锦做男装打扮，骑着马与林岐在白杨夹道上并辔而行。

她很喜欢西北这边的景致，游目四顾，问林岐："在这边进行军屯，这些土地你打算怎么办？"

林岐道："初步计划是由朝廷出面，按照此地地价进行收买，然后统一建立军屯。"

似锦熟练地控制着马匹，口中道："我看有不少荒地……我昨日打听过了，有的是土地主人逃荒去了中原，有的是土地主人阖家被西夏人杀死，还有的人家倒是有人幸存，却被西夏人掳走做了奴隶……这几种情况，须得另行处理。"

林岐点了点头，道："可以定下一定年限，原主人或者其后代在年限内回来，就按照地价补偿；若是超过年限，土地收归朝廷。"

似锦抬眼看着前方起伏的丘陵，道："还有一部分人不愿离开故土，其实可以说服他们加入军屯……不过必须得让他们感受到军屯比他们先前的生活更舒适，不然他们也不愿意加入。”

林岐又点了点头。

讨论告一段落，似锦忽然看着林岐，杏眼含笑：“小凤凰，敢不敢再和我比赛一次？”

为了让林岐多活动起来，她这些日子，只要林岐有空，她每天都要陪林岐出门，有时是和林岐一起散步，有时是与林岐赛马。

林岐原本就好胜心强，当即接受挑战：“还是老规矩，以十八里岗的界碑为终点，输赢还是按照老规矩。”

他和似锦赛马的老规矩是输了的人要给赢了的人洗脚。

林岐已经给似锦洗过两次脚了，不过似锦给他洗脚的次数更多。

似锦答了声“是”，让李越做裁判，待李越数到“三”，她就一夹马腹，跃马冲出，向前疾驰而去。

林岐反应极快，几乎与她同一时间冲出。

一共三场，似锦只赢了第一场，其余两场都失败了。

林岐三局两胜，赢了今日比赛。

似锦的目的就是让林岐每日多活动活动，因此输了也很开心，笑盈盈道：“下次我一定会赢你。”

林岐看着似锦泛着红晕的小圆脸，心里满是甜蜜，面上却依旧高冷：“你就愿赌服输吧，咱们回去再说。”

晚上又可以让似锦给他洗脚了！

似锦和林岐说笑着骑着马回到勾砦。

林岐自去和部将议事，似锦则回了她和孙妈妈、春剑住的院子。

孙妈妈正在院子搭洗干净的衣服，春剑和小太监李涵都在一边帮忙。

似锦见全是林岐的衣物，不由得一愣——孙妈妈怎么在洗林岐的衣服？

孙妈妈见似锦回来了，忙吩咐春剑：“你去服侍姑娘换衣服。”

自从老爷离开，姑娘就常常穿男装与殿下一起出去，她都不知道该怎么办了，管又管不住，说又说不过，只得顺着似锦了。

顺着顺着，孙妈妈渐渐就改变了看法，觉得似锦出门穿男装还挺方便。

不过既然回来了，还是要换上女装的，毕竟是大家闺秀，该有的体统还是要有的。

搭完衣服，孙妈妈进来给似锦送茶，顺便看似锦换回女装没有。

似锦刚换了件月白色棉袄，系了条葱黄绫棉裙，正在春剑的服侍下梳头，见孙妈妈进来，当下含笑道：“妈妈，我正在梳头，把茶盏放外面桌子上吧！”

孙妈妈把茶盏放在了外面桌子上，进里间来瞧似锦梳头，口中道：“姑娘，我今日瞧见李涵他们给殿下洗衣服，简直是破坏衣料，我实在是看不惯，就把这活儿接了过来。”

似锦想起林岐那些被洗破的贴身衣物，不禁笑了起来：“妈妈，这下殿下的衣服有救了。”

孙妈妈一边给似锦拿涂嘴唇的玫瑰香膏，一边道：“不是我老婆子多嘴，咱们殿下可真是能吃苦，我这些日子算是开了眼界了，一般京城的大家公子，还都一天到晚软玉温香羊羔美酒，舒舒服服过日子，反倒是皇太子，生得白嫩俊俏，一看就是娇生惯养的孩子，却在这边境地带吃苦受累——殿下可真是做大事的人……”

似锦听着听着，不禁笑了起来。

小凤凰天生带着一种技能，无论男女老少，不管身份高低，只要与他接触过，就会喜欢上他，成为他的忠实拥趸。

孙妈妈可不就是这样？

她爹爹也是如此。

唠叨了一会儿之后，孙妈妈又道：“姑娘，我和李涵那臭小子说好了，待会儿去殿下院子里，帮他们拆洗锦褥被子——原来殿下那等好洁，天天都要换……”

似锦抿着嘴直笑——小凤凰就是好洁啊，好洁到有时候都有些烦人的地步了，可是这样的小凤凰也好可爱啊！

孙妈妈随着李涵去了林岐住的东院。

似锦振奋精神，支起画架继续作画。

不知不觉就到了傍晚。

似锦在画板前坐了大半日，屁股和腿都坐麻了，便在明间内蹦跳着活动活动。

她正在蹦，忽然外面传来李涵的声音：“春剑，周姑娘呢？殿下请周姑娘过去。”

似锦停了下来，一边整理衣裙，一边道：“我这就过去。”

春剑掀开门上的棉帘子进来，帮似锦理了理发髻和妆容：“姑娘，可以了。”

一进东院，似锦就看到韩勇的儿子春生立在廊下，与春生在一块的正是乔夙的小厮黄芩和黄芪，她当下大喜——乔夙到了！

似锦当即加快了脚步。

春生、黄芩和黄芪见她过来，忙拱手行礼。

似锦来不及多说，摆了摆手，几步上了台阶，径直进了明间。

明间内乔夙正与林岐说话，韩勇则立在一边。

见似锦进来，乔夙便起身与似锦见礼。

韩勇也要上前行礼，似锦忙道："不必多礼！"

她满含期待看向乔夙："乔夙，怎么样？"

乔夙瞧着比先前轮廓更明显了，也更精干了。

他打量了似锦一下，见她目清神秀，肌肤晶莹，分明是极康健的样子，当下笑了，点了点头，道："我在猴子等动物身上都试验过了，试验记录和治疗过程已经呈给了殿下。"

林岐正在看手里厚厚的手册："似锦，你过来看吧！"

看罢医案，似锦看向林岐，林岐也看着她，两人都没有说话，却明白彼此心意——这件事太过冒险，须得再斟酌一番。

似锦当下含笑道："乔夙，你一路日夜赶路，实在是太辛苦了，这件事咱们明日再议，你和韩勇先跟着小厮去洗漱换衣，用些酒菜，舒舒服服歇一夜，明日一早，咱们在这里见面，如何？"

乔夙没想到似锦都能做皇太子的主了，眼中满是好奇，看向林岐。

林岐笑容可爱："明日一早，我在这里候着乔公子。"

似锦说什么，就是什么，他都同意。

房里只剩下似锦和林岐了。

似锦胸中满溢着欢喜。

她走过去，立在林岐面前，弯下腰笑盈盈道："小凤凰，不管怎么说，到底有解药了。"

林岐心中百感交集。

失望了太多次，他不敢相信奇迹发生，生怕失望再次降临。

似锦看着林岐亮晶晶闪着泪光的眼睛，一颗心软化成了一汪春水。

她伸出双臂，把林岐抱在怀里，低声道："晚上叫来韩勇再问问，若是没有纰漏，明日开始咱们看着乔夙再试验一次——毕竟关系到你的命，咱们一定得慎重。"

似锦又道："小凤凰，不管如何，我都会陪着你。"

林岐反抱住了似锦："好。"

亲眼看着乔夙进行了好几次动物试验之后，似锦终于下定了决心，让乔夙放手为林岐疗治。

似锦按照乔夙的要求，布置好了用于解毒的屋子——密闭的房屋，三个浴桶，不停煮药的炉子，大量用开水煮过的布巾……

乔夙检查一遍，确定无碍，便交代似锦道："第一个疗程总共三天，三天后我需要取一些殿下的血，确定第一个疗程的解毒疗效，然后再进行第二个疗程的计划……"

似锦认真地听着，也点了点头，道："好。"

乔夙神情严肃，点了点头。

他忽然看向似锦："周姑娘，咱们两个……会不会……太胆大妄为了？"

此次疗治，事关大周未来皇帝的性命，他和似锦承担了太大的压力。

似锦看着他，声音镇定："乔夙，我相信你。"

记忆中前世乔夙就是名满天下的解毒圣手呀！

乔夙定定地看了她片刻，低声道："周姑娘，你放心。"

我一定能成功给皇太子解毒的。

似锦蓦地笑了起来，杏眼弯弯："此事若是成功，你我可就抱上了太子殿下的金大腿，从此吃香喝辣走上人生巅峰！"

他"扑哧"一声笑了，看了似锦一眼，起身继续做准备去了。

林岐正在东暗间卧室内看书，身上只穿着似锦做的白绫中衣亵裤。

似锦脚步轻盈走了过去，捧着林岐的脸，在他左脸颊上亲了三下："小凤凰，等一下我会一直在你身旁。"

林岐瑞凤眼清澈纯净，把右脸颊侧向似锦："白又胖，这边还没有亲呢！"

她又凑了过去，在林岐的右脸颊上亲了三下，然后略一犹豫，对着林岐的唇亲了过去。

良久之后，似锦终于松开了林岐柔软的唇，用极低的声音轻轻道："小凤凰，你活着，我也活着；你若死了，我就跟着你去。"

林岐默然良久，然后道："我也是。"

我也愿意与你同生共死。

白又胖，我们生死相随。

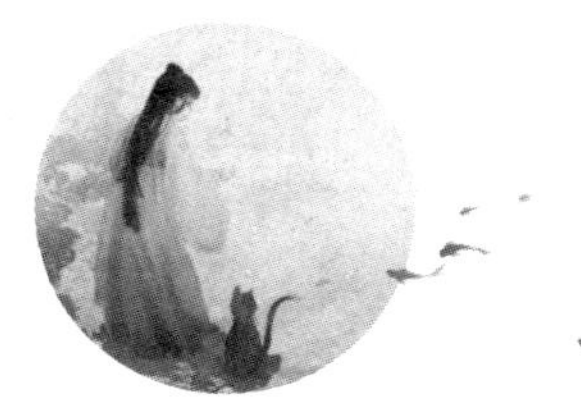

第三十三章

解毒

解毒的屋子里除了林岐和乔夙，便只有似锦、李越和李涵了。

乔夙和似锦在前面看着，李越和李涵扶着穿着中衣的林岐坐进了盛着药汤的浴桶里。

待药汤浸到了林岐的锁骨处，似锦就把要服用的药汤端了过来，低声道：“小凤凰，我已经试过温度了。”

林岐抬眼看向似锦，却被药碗里的药气熏得又移开了脸。

似锦低声道：“小凤凰，必须喝下。”

林岐抬头看她，看到了似锦眼中含的泪。

他伸出手，接过药碗，一饮而尽。

似锦不禁笑了——这估计是小凤凰这辈子喝药最爽快的一次了。

三个炉子不停地煮着药汤，浴桶下面有一个出水口，待泡够半个时辰，就重新换一桶药汤。

泡到第二桶的时候，林岐开始觉察到疼痛。

刚开始只是骨头缝里作痒那种疼，慢慢地疼痛开始明显起来，越来越疼，越来越疼，在疼痛最严重的时候，林岐双手青筋暴起，紧紧扒着桶壁，脚趾蜷缩着，恨不得整个人消失。

似锦不忍心看下去。

她搬张小凳子坐在浴桶边，伸手覆着林岐的手，低着头闭着眼睛陪伴着林岐。

泡了整整一个半时辰药汤后，这次疗程才算结束。

因林岐还要再洗一遍澡，似锦在这里不方便，便先离开了。

她带着春剑，把林岐卧室窗前的炕铺设得舒舒服服，放了两个白绫大软枕，又焚上了乔夙给的香，准备好温开水，就等着林岐过来了。

春剑鼻子凑到似锦肩处闻了闻：“姑娘，你身上药味好重呀，这身衣服算是毁了。”

似锦心事重重，缓缓道：“衣服毁了有什么打紧，人没事才是最重要的……”

她知道自己必须得转移注意力，便又道：“将来回了京城，把这袄放在熏笼上，用蜡梅蕊香熏一夜，药味不就被梅香压下去了？”

春剑凝神一想：“咦，好像可以。”

似锦游目四顾，见林岐的卧室有些单调，都是些黑白蓝这样的颜色，便吩咐春剑：“去看看院子里有什么开着的花，剪一簇过来。”

春剑跑去院子里采摘了一簇嫩黄的迎春花，插在小陶瓶里送了过来。

似锦心中还在担忧小凤凰，见到迎春花笑了起来，只是笑容很快就消失了。

她吩咐春剑：“你去和小厨房的人说，殿下快要出来了，现在就开始做鸡汤青菜面，你就在一边等着，做好就送过来。”

春剑答了声“是”，一溜烟过去了。

正在似锦心中满是忐忑的时候，李越和李涵扶着林岐出来了。

似锦忙上前帮忙，把林岐安置在了炕上，又服侍林岐喝了一盏温开水。

穿着件蓝灰色箭袖式样袍子的乔夙走了进来，把一个小瓷瓶递给了似锦：“夜里殿下疼得受不了，可以吃两粒这个。”

他沉吟了一下，又道：“不过，能坚持过去的话，还是不要吃的好。”

似锦记在了心里，把药瓶妥帖地收了起来。

乔夙又道：“夜里会大量出汗，须得准备好温开水，替换的贴身衣物、大量的白绫手巾，还有衾枕什么的，都得准备好。”

这些似锦已经带着孙妈妈和春剑准备好了，当下点了点头。

到了夜里，林岐果真开始大量出汗，出汗的同时全身泛起针扎一样的疼痛。

他实在无法忍耐，让似锦拿了洁净帕子，咬着帕子趴在床铺上。

似锦用白绫手巾去拭林岐身上冒出的汗浆，发现雪白的手巾被染成了黑蓝紫色，她忙拿去让林岐看：“小凤凰，真的在解毒！真的在解毒啊！”

林岐疼得满脸都是汗。

他看了一眼，又闭上了眼睛——啊，真的好疼！

林岐试着转移注意力：将来似锦生孩子，会不会也是这样疼啊……

似锦不知道林岐脑子里在想什么，换了好几条白绫手巾，把林岐全身上下都擦了一遍。

确定林岐身上干爽了，似锦便又端了茶盏过来，喂林岐喝了两盏温开水。

等林岐再次大量出汗，她又继续忙碌。

一直到了第二天清晨，林岐才停止了大量排汗。

似锦忙让人送来两盏加了酥糖的牛乳，喂林岐喝了下去。

林岐喝了牛乳，闭上眼睛，慢慢睡着了。

似锦又饿又累又瞌睡，见林岐睡着了，便吩咐人在明间摆饭。

她还要照顾小凤凰，决不能倒下。

孙妈妈到底放心不下，也过来帮忙了。

她亲自下厨做的早饭，一碟鲜肉馅小包子、一碟醋熘白菜心、一碟清炒豆芽，还有一大碗八宝粥。

似锦也不多说话，尽力吃着。

孙妈妈在一边唠叨着："我在灶上炖了鲜肉蔬菜粥，是用鸡汤炖的，放了腌过的肉馅、切碎的小青菜和胡萝卜，熬了一个时辰了，盛出来的时候再撒上切碎的小葱，别提多香了。等殿下醒了，姑娘您哄着殿下吃一碗……"

似锦一边吃小包子，一边点头。

孙妈妈见她脸颊被小包子撑得鼓鼓的，还一个劲儿地点头，不禁笑了起来。

用罢早饭，似锦和衣在林岐的床上睡下了。

林岐睡醒之后，似锦端了一碗孙妈妈煮的鲜肉蔬菜粥哄他喝。

看着这碗颜色复杂成分复杂的鲜肉蔬菜粥，林岐全身心地抗拒着："看起来太可怕了，我不喝！我绝不喝！"

似锦尝了尝，觉得滋味还挺鲜美，米粒入口即化，便道："小凤凰，你尝一口试试，好不好？"

林岐闭上了眼睛，也抿紧了嘴巴，竭力表达自己的抗拒。

她只好喂林岐吃了几个小鲜肉包子，又服侍他喝了一盏酥糖牛乳。

林岐用罢早饭两刻钟后，疗程又开始了。

一个疗程终于结束了。

似锦和林岐各自回房，先大睡了半天加一夜。

第四天是个大晴天，西北春天常见的风也停了，阳光灿烂，春花盛开。

林岐坐在院子里一株杏树下，乌黑的长发全梳了上去，用宝蓝缎带绑了一个高马尾，身上穿着月白锦袍，脚上穿着孙妈妈做的千层底布鞋，闲适地坐在杨木圈椅里，身子靠在椅背上，两条大长腿长长伸出，晒着太阳闭目养神。

乔夙和似锦围着林岐，一起研究。

乔夙吩咐似锦："把殿下的脸颊揪起来。"

似锦伸出两根指头，熟练地揪住了林岐的脸颊。

乔夙凑近看了看，道："解了毒，殿下变得更白了。"

似锦忙道："他本来就是天生的冷白皮，小时候就白，连耳朵都白，跟玉人

似的。”

闭着眼睛的林岐，听到似锦夸他“跟玉人似的”，心中颇为受用。

乔夙瞅了似锦一眼，又道：“你摸一下殿下的耳下和下巴下面，看看有没有异常。”

似锦毫不犹豫伸手过去，把林岐的脸颊、耳下、下巴下面和颈部都细细摸了一遍，道：“没有，很光滑，只有一层细小的浅金色半透明绒毛，这是殿下一直都有的。”

乔夙提笔在医案上记录了下来。

他已经发现了，周姑娘和殿下是真的很亲近，但这种亲近大大方方的，像是姐姐对弟弟，或者说是娘亲对儿子，不像是情侣之间那种含羞带怯的亲近。

乔夙又吩咐似锦：“观察一下殿下的舌头。”

所有检查都做完之后，乔夙开始取血：“中午试验就能完成，到时候咱们就能知道殿下身上的毒到底有没有解除了。”

乔夙回他的屋子忙碌去了。

李越等人都回避了。

院子里只剩下似锦和林岐。

林岐坐在圈椅里，似锦掇了张小凳子坐在他身前，身子靠在林岐腿上，两人一起晒太阳听鸟鸣，度过这难得的安适时光。

眼看着快到中午了，乔夙几乎是小跑着从屋子里过来：“殿下，周姑娘，殿下的毒已经解了！”

见林岐和似锦都愣在了那里，乔夙欢喜极了，又转身跑了回去，很快就用托盘端着三个盛着血液的白瓷碟子过来了：“殿下，周姑娘，你们看，我总共进行了三次检验，都没有反应，这说明殿下血里的毒已经解了，以后只需服药慢慢排出余毒就行了！”

林岐忽然站起来，弯下腰，一把将似锦打横抱起，在院子里转了好几个圈——除此之外，他不知道该如何表达自己的狂喜。

似锦被林岐转得头晕目眩：“哎呀，小凤凰，我太重，你抱不动我，快放下来！”

她真的好怕小凤凰抱着她转圈时把她给甩出去啊！

林岐哈哈笑了起来，他本来觉得太傻，不打算再转了，听到白又胖那句“我太重，你抱不动我”，他干脆又抱着似锦转了好几圈。

乔夙好似没看到一般，转身离开，口中喃喃道：“看来这个药方还可以，去掉一味，是不是可以用来疗治湿毒……”

似锦终于被林岐放回了圈椅里。

她无力地窝在圈椅里，只觉得眩晕犹在，却听林岐在一边道："白又胖，你这几日照顾我，为何把你自己给照顾胖了？"

小脸圆圆的，好可爱！

她睁开眼睛，看着近在咫尺的林岐，默默地伸出双手，一边一只，揪住了林岐的脸颊，用力一捏。

林岐"嗷"了一声，倒吸了口冷气，再也不说似锦"胖了"。

其实似锦不知道，他嘴里嫌弃，其实最喜欢肉乎乎软绵绵的自己，多可爱啊，抱在怀里也是软软的。

似锦刚来西北的时候，委实有些太瘦了……

用罢午饭，林岐带着幕僚去了军营。

他这些日子因为生病的缘故，很少去军营，如今身子恢复，还是得去看一看。

林岐素来治军很严，即使他不去军营，军队也能按部就班地运行着。

如今土地征收和军屯庄子的修建正在有条不紊地进行着，松江工匠和豫州棉农也都携家带口来到了军营，暂时在军营里住了下来，待军屯庄子修好，就给这些工匠和棉农一人发放一套带院子的宅子，让他们带着家小搬进去，在军屯庄子安心住下。

孙妈妈见今日风和日丽，阳光灿烂，便带着春剑、李涵等几人在林岐院子里拆拆洗洗，把整个小院里里外外收拾得干干净净清清爽爽。

似锦换了男装，和乔夙一起骑着马去看此地的土壤适不适合种药材，以及适合种哪种药材。

李越带着军队两个管药材种植的官吏李志恒和刘贤文跟着，负责引路和记录。

这大半日他们向北行了五十里，在众人的帮助下，乔夙收集了不少土壤，全都用油纸包了，贴上标签，标明采集地点，装在褡裢里运了回来。

接下来的这段时间，乔夙、似锦、李越和那两个官吏把整个军屯地界都走了一遍，采集了所有的土壤样本。

回到勾喾，乔夙开始教授那两个官吏如何分析土壤，试种药材，似锦在一边也跟着学了很多。

晚上回到自己屋子，似锦洗漱罢便趴在小炕桌上，开始制定和乔夙回京合作生意的计划。

到了三月初，乔夙已经把自己掌握的种植药材的知识传授给了李志恒和刘贤文，开始专心致志与似锦研究开铺子做生意的事。

似锦让人在院子里的杏树下摆了张方桌，她和乔夙相对而坐，开始商议。

她早拟订了计划，便先问乔夙："你记录的那些方子我都看了，我觉得咱们现在可以做的药是解毒丸、湿毒丸、止咳丸和排毒去火丸，你看怎么样？"

乔夙点了点头，道："其实卖得最好的应该是止咳丸和排毒去火丸，不过解毒丸和湿毒丸咱们也得少量地做，毕竟总有人会需要的。"

似锦点了点头，用笔记录了下来，又问道："乔夙，你有没有法子制成能够长期保存的药丸子？一般药铺子都是制成蜂蜜大丸子，吃的时候得分开搓成一个个小药丸子吃下，不好吃还不易保存。"

乔夙笑了，道："你忘了吗？给殿下解毒时我给你的那个小瓷瓶，现在在哪儿？"

似锦这会儿也想起来了，忙吩咐春剑："把药匣子里那个小瓷瓶拿过来。"

春剑很快就取了小瓷瓶过来。

乔夙拔开塞子，从里面倒出几粒绿豆大小的药丸让似锦看，然后道："你试着看能不能用手指弄扁弄碎。"

一般的蜂蜜药丸子都是软的，一摁就会扁了或者碎掉。

似锦用手捏了一粒药丸子，才发现它硬硬的，居然不是软的蜂蜜丸，又惊又喜看向乔夙："乔夙，这药丸子你怎么制的？"

这样没有水分的药丸子，才能更长久地保存啊！

乔夙笑了起来："因为黔州多雨，为了保存制成的药，我想了好多法子，最后终于成功了。我把那炉子的式样画下来，将来建在药坊里。"

似锦摩拳擦掌："我爹快过来了，我跟着我爹先回京城，开始选址买宅子修建药铺和药坊；你在西北照顾殿下，帮他们把军屯的药田先种起来。待你回到京城，咱们就着手开铺子，怎么样？"

她已经发现了，乔夙在药草解毒上是天才，却不善于处理这些庶务，而她虽然不懂药草，却很适合做这些琐碎之事。

她和乔夙合伙做生意，还真是合适。

乔夙笑了起来，答了声"好"。

似锦做事爽利，最喜欢和爽快人打交道，当即道："既然如此，那还按照咱们先前在合同里约定的，所需银子都由我出，得利十分为率，你三分，我四分，其余掌柜和伙计三分均分。可以吗？"

乔夙当即点了点头。

打过几次交道之后，他已经很清楚似锦的为人了。

似锦很聪明，却自有一股正气在，不搞那些歪门邪道，人品很好，值得信任。

反正他不懂那些，让似锦做主，他只负责研制药物，给人看病得了。

似锦又道："京城地处北方，冬日干燥，人容易咳嗽，我听说泽州有一个专治咳嗽及肺部病症的大夫，我已经让孙秀去请了，到时候也在咱们药铺里坐堂。"

乔夙挺有兴趣，点了点头，道："习学医术，不可能自己闭门造车，若是能与同仁常常交流，倒是一个好法子。"

似锦笑了，又道："我还有一个想法，咱们能不能在药坊里专门收一些有天赋的孩子做学徒，男孩子女孩子都可以，咱们提供食宿，免费教授他们学医，只是得提前立下合同，将来学成后，他们需要在咱们铺子里干若干年——不过咱们平时给工钱，年底有分红。"

乔夙听到似锦提到要收女孩子做学徒，很是高兴，拍手道："我早有这个想法，只是未曾想过实施——女子生病，没钱的只能熬着，有钱的去请太医，却也不过是悬丝诊脉，被耽误的病人不知有多少，咱们教出女医，专门给女子看病，收费低廉，就解决了这个问题。"

似锦和乔夙正说得兴起，忽然觉得不对，后脑勺麻麻的，她心里一动，扭头一看，便见林岐正负手立在她身后，不知道在那儿多久了。

她一见林岐就开心，还没开口，眼中就溢满了笑意，笑盈盈地起身："给殿下请安。"

似锦说着话，眼睛细细打量林岐，见他气色甚好，双目清澈，肌肤莹洁，很是清俊，顿时欢喜起来。

林岐也在打量似锦。

他这些日子去查验肃州那边的军屯了，刚刚回来，洗澡换衣罢就过来看似锦了。

见似锦一切如常，林岐向给他行礼的乔夙点了点头。

李越早在似锦旁边放了张圈椅。

林岐在圈椅上坐下，道："都坐下吧！"然后又道，"你们说的那个教授男女幼童学医的计划，可以由东宫出资，在全大周延请名医，遴选学童。"

似锦和乔夙四目相对，都觉得此事可行，当下都点了点头。

林岐看向似锦："似锦，这件事你拟定一个详细的计划，待我回到京城，我会派女官去和你接洽。"

似锦笑着点了点头。

这件事说起来容易，做起来却难得很，不过她愿意出一份力，集合众人的力量，把这件事办成。

林岐沉吟了一下，看向似锦："似锦，我已经接到消息，周大人事情办成，正在归途之中，不日就要赶到这里。”

似锦听说爹爹快要回来了，心中欢喜：“太好了！”

她还真有些想念爹爹了。

李越用托盘送了茶点过来，恭谨地摆在了方桌上，见乔夙没有离开，还在好奇地听殿下和周姑娘的对话，便给乔夙使了个眼色。

乔夙故意装作没看到，最后见李越使眼色使得眼睛都快抽筋了，这才忍着笑起身，寻了个理由拱手告辞了。

见乔夙终于识趣地离开了，李越松了一口气，也悄悄回避了。

人都回避了，院子里终于静了下来。

似锦何等聪慧，已经猜到林岐有重要的事情要说了，当下看向林岐，等着林岐开口。

到了此时，林岐却有了一种近乡情怯的感觉，反倒不想那么快开口了。

他用左手托着脸，伸出右手拈着方桌上落下的花瓣，垂下眼帘思索着。

似锦见他心事重重，也不催促，专心致志地坐在那里看美少年——到今年七月初三，小凤凰就要满十八岁了，可是无论怎么看，他都还是少年模样，比实际年龄要小不少。

而且小凤凰可真好看啊，明明五官也就那样，为何凑到他脸上就这么好看？

春风吹拂，杏花花瓣片片落下，落在树下美少年的乌发和锦衣之上……

这样的场景，一生能见几次？

想到这里，似锦不由得笑了起来。

林岐任凭她看了这么久，见她笑了，便也笑了，笑容可爱而稚气：“似锦，我是不是很好看？”

似锦杏眼发亮，用力点头起身摸了摸林岐的脸颊。

林岐笑容加深：“想不想一直看，随便什么时间，想看就看？”

她已经猜到林岐的意思了。

似锦没有立即拒绝。

她垂下眼帘，思索了片刻，这才看向林岐，缓缓开口道：“小凤凰，折磨你这么多年的毒，是苏太后下的，对不对？”

林岐面无表情。

似锦缓缓道：“小凤凰你一个稚童，身中剧毒，离开至亲，远赴边陲，艰难挣扎着活下去，还要学那么多东西，因为余毒未清，一个又一个雨雪之夜，你只能缩成一团哭泣挣扎，那么孤独痛苦，却只有我陪着你……

“我陪着你，你的一切我感同身受，我也恨苏太后，恨到恨不得抓住她，一刀一刀割她的肉，让她体会你这么多年经受的苦难。”

她的手指紧握成拳，似乎把苏太后给捏到了手心里。

似锦眼睛亮得吓人，声音喑哑：“小凤凰，以前和先生讲到汉宣帝故剑情深这个典故，叹息不已，说汉宣帝操之过急，白白害妻子丢了一条命，你忘记了吗？

“只要苏太后活着，只要苏太后背后的镇南侯苏家势力还在，你就永远不算安全，而我若是嫁给你，进宫成为太子妃，也同样不安全。

“苏太后不知道有多少法子可以弄死我，即使事后你给我报仇了，可是又有什么用？我已经死了啊！”

似锦深吸一口气：“小凤凰，等你在宫里能控制局面了，到了那时，你若不改初衷，那咱们就在一起，生儿育女，互相陪伴，互相照顾，一起走下去，好不好？”

林岐张开双臂，把似锦紧紧抱在怀里，然后道：“好。”

林岐抱得太紧了，似锦胸口被挤得疼得慌，她挣扎了一下，道：“小凤凰，快放开我，你抱得我快喘不过来气了！”

“别动。”林岐轻轻道。

似锦蓦地意识到了什么，吓得不敢动了。

她心里似有什么裂开了一条缝。

原来，小凤凰是……是正常的男人啊……

这个想法令似锦瞬间变得慌乱起来，她的心跳得很快，身子却僵在了那里，一定不动。

过了一会儿，林岐才松开了似锦，因为羞涩，他的脸红透了，连耳朵都变成了粉色。

他不敢看似锦，后退了半步，低声道：“似锦，你爹爹离开的时候，你随着他一起离开，我忙完这边的事再回京城。到了那时我们再见面。”

说罢，林岐转身头也不回，逃也似的疾步离开了。

似锦怔怔看着林岐的背影消失在院子门口，良久方在圈椅上坐了下来。

其实拒绝了小凤凰，她把话说完就开始后悔。

虽然可以用俗套的“两情若是久长时，又岂在朝朝暮暮”做安慰，可是与小凤凰分开后心里的孤独和彷徨，也只有似锦自己清楚……

晚上似锦极罕见地失眠了。

今日被林岐紧紧抱在怀中的感觉，似乎还停留在她脑海之中。

似锦蜷缩成一团，躺在空荡荡的被窝里，觉出了些孤独……

时近子夜，东院中依旧灯火通明。

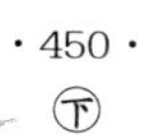

林岐正与部将幕僚在开军事会议。

到五月中旬左右，军屯的上万亩麦田就要成熟，待麦子收割归仓，就又到了西夏人一年一度劫掠大周边境的日子。

林岐预备调集泽州的西北军和西安府的驻军，集中三十万大军，与西夏军队在甘州和肃州决战，给大周边境带来十年和平。

战争在即，他得早些把周大人和似锦送走。

京城的四月，小雨一直下个不停。

一直到梅子青青，麦子泛黄，布谷声声，雨才停了下来。

这时候已经是五月初了。

趁着这几日太阳好，素心带着四个小丫鬟和守角门的韩妈妈，把西宅的被褥大衣服都晾晒了一遍。

这日傍晚，素心正带着众人把晒好的被褥衣服收进去，惠畅堂的小丫鬟菡萏跑过来道："素心姐姐，大姑娘回来了，刚到惠畅堂！"

素心一听，吩咐人去接行李，自己去了惠畅堂。

沉寂多时的惠畅堂人来人往，热闹得很，素心一走过去，就看到几个婆子正在廊下点灯笼，孙妈妈正和人在廊下说话，忙轻手轻脚走了过去："孙妈妈！"

半年没见，孙妈妈似乎黑了，也瘦了，不知道姑娘怎么样了……

孙妈妈见是素心，笑了，轻声道："素心长成大姑娘了！"

素心也笑了："妈妈，我都十三岁了，自然是大姑娘了。"

她又往挂着细竹丝门帘的堂屋门张望了一下，低声道："大姑娘在里面？"

孙妈妈点了点头："估计夫人要留大姑娘用晚饭，你先回去收拾屋子，预备好洗澡水，到戌时再打着灯笼来接大姑娘。"

素心得了孙妈妈的指点，心中感激，忙屈膝道了声谢，悄悄带着幽客离开了。

似锦端坐在惠畅堂西侧新添置的紫檀木雕花贵妃榻上，看着眼前清雅而华贵的一切，有一种如在梦寐的感觉。

周夫人坐在罗汉床上，含笑看着似锦与倩兮、盼兮说话。

倩兮和盼兮一左一右围着似锦坐着。

盼兮拉着似锦，叽叽喳喳问个不停。

倩兮笑盈盈地在一边听着，偶尔插上一两句话。

盼兮问罢似锦一路上的见闻，开始讲京中这半年来发生的事："大姐姐，你还不知道吧，威远侯府被夺爵了！"

似锦闻言一惊："什么？"

盼兮先看了看周夫人，见她在和王妈妈说话，便低声道：“听说是什么教子不严，纵妻行凶，反正好多罪证，是次辅赵大人亲自向朝廷上书揭露出来的……”

似锦没有说话。

威远侯府浮华表象下肮脏的内在，不生活在其间，是体会不到的。

盼兮低声道：“朝廷要收回威远侯府邸，威远侯自杀了，威远侯夫人中风了，如今威远侯府树倒猢狲散，各人自找各人门……都散了。”

她想起自己的婆家卫国公府，有一种兔死狐悲物伤其类的感慨，叹息道：“朝廷也太狠了，都是当年立国的功臣，怎能这样寡恩，岂不是让功臣心寒。”

似锦轻轻叹息道：“总不能长辈为国立过功，子孙后代就永远躺在功劳簿上，骄奢淫逸，不思进取，甚至成为国家的蠹虫吧？”

她看了盼兮一眼，到底是自家姐妹，盼兮再不爱听，她还是得提醒妹妹：“大周立国百年，不管是宗室，还是外姓勋臣，如今都由朝廷奉养，宗室和外姓勋臣繁衍甚多，朝廷不堪重负，势必要进行改革，爵位不会再世袭罔替，也许会逐级递减，也许会三代而斩……”

盼兮听了，先是觉得有些刺耳，可是再细细一想，又觉得振聋发聩。

似锦转移了话题：“倩兮，盼兮，我从西北给你们带回了些礼物，明日收拾齐备，再让人给你们送到蒹葭院。”

盼兮闻言，大为好奇：“大姐姐，西北那么偏僻荒远，能有什么好物件？”

似锦笑盈盈道：“我给你和倩兮的是波斯商人穿过沙漠带来的香水，特别小的水晶瓶，略微蘸一些抹在腕口、耳后，整个人都香香的。”

盼兮一听：“姐姐，那你明日一早就让人送去，晚了的话，我和二姐就要去桃夭阁上课了。”

似锦想了想，笑盈盈道：“那等你们下了课我再让人送去。”

她明日一早也许会睡会儿懒觉，还是不要胡乱答应的好。

答应了做不到，还不如一开始就不要随便答应。

在惠畅堂用罢晚饭，似锦正想要回去，恰好素心带着灯笼来接了，她趁机告辞，带着素心回西宅了。

似锦离开之后，周夫人把倩兮、盼兮叫到身前，慈爱地看了又看，最后道：“既然你们大姐姐刚到家，明日你们也歇一天吧，我让人去和戴先生说。”

倩兮、盼兮闻言大喜，齐齐屈膝行礼：“谢谢母亲。”

周夫人想了想，又吩咐道：“你们爹爹离家甚久，你们要多与爹爹亲近，孝顺爹爹。”

待倩兮、盼兮离开，周夫人起身在屋子里走动着，想着心事。

似锦这次出了一趟远门，明显眼界开阔了，说话做事也更加从容了，而且看事情也看得更深了。

比如她和盼兮说的朝廷也许会进行改革，爵位不会再世袭罔替，也许会逐级递减，也许会三代而斩，这样的见识就比一般闺秀要强不少了……

似锦实在是累极，回到西宅，来不及做别的，洗完澡就睡下了。

第二天她睡到自然醒，这才觉得体力和精神都恢复了过来。

似锦正在用早饭，小丫鬟国色在细竹丝门帘外禀报道："姑娘，孙秀求见，在二门外候着。"

得知孙秀也从泽州回来了，似锦大喜，吩咐春剑："你去带你哥哥进来。"

这次孙秀去泽州，除了请那位泽州名医进京，似锦还交给他一个任务。

孙秀由韩妈妈和春剑陪着，立在细竹丝门帘外回话："启禀姑娘，我已经把郭大夫从泽州请来了，安顿在了延庆坊的清茗客栈。"

似锦忙问道："清茗客栈环境如何？"

孙秀忙道："清茗客栈不是临街客栈，就在延庆坊后面的茶叶市场旁，是各地茶商们进京歇宿之处，前面卖茶后面住人，颇为安静清雅。"

似锦沉吟了一下，又问道："请郭大夫给你娘看脉息了吗？"

孙秀满心欢喜道："启禀姑娘，已经看过了。我娘服药后第二天早上就咳出来了，郭大夫真是神医啊！"

似锦笑了："这就好。"

她凝神想了想，吩咐道："我准备与乔夙乔公子合开药铺，前面药铺后面作坊的那种药铺。你这几日有空了就去街市上转一转，问一问。药铺周围环境不要太复杂，后面药坊要大，屋子要多，若是价钱合适，咱们或买或典或租，都是可以的。"

孙秀认真地听着，待似锦说完，便又问道："姑娘，咱们这个药铺要不要开在仲景坊？"

仲景坊是京城生药铺子云集之处，全大周都知名的。

似锦想了想，道："可以考虑，不过最重要的是，周围环境要好，后院作药坊的院子够大，屋子够多。"

仲景坊那边房价估计高得很，想找到合适的怕是不易。

不过有乔夙在，即使药铺不开在仲景坊，名声早晚也会打出去，似锦倒是不担心。

用罢早饭，似锦开始分派给各人的礼物。

给周夫人的礼物是一罐甘州红枸杞和一罐黑枸杞，用来泡茶喝的。

给倩兮和盼兮的礼物一样，一人一瓶波斯香水，一人一瓶玫瑰香露。

给韩贞和王菁的礼物一样，都是一瓶波斯香水和几样西域干果。

分派完毕，似锦便派素心去蒹葭院给周夫人送礼物，派国色去蒹葭院给倩兮、盼兮送礼物。

她又命人叫了韩勇媳妇过来，让韩勇媳妇乘了她的油壁车去给韩贞和王菁送礼。

给崇宁公主的礼物还没送出，似锦起身在屋子里踱步，默默计算着时间。

去年九月，她和王菁、韩贞去碧漪园别业看望崇宁公主，那时候公主是四个月身孕。

这样一算，崇宁公主应该是在二月生产的，只是不知道是儿子还是女儿……

似锦想了想，叫了自己房里的千里眼顺风耳幽客进来："幽客，你听没听说崇宁公主那边的消息？"

幽客笑容狡黠："姑娘是不是想知道崇宁公主生的是小姑娘还是小公子？"

大姑娘不在家的那半年，她有空就去惠畅堂和菡萏玩，那边的消息她都知道。

似锦忍不住笑了："对。快说吧！"

幽客这才道："崇宁公主是二月底生产的，是位千金，咱们夫人派人送了贺礼过去。公主府办满月酒，夫人也带着二姑娘、三姑娘过去了。"

似锦想到崇宁公主本来就喜欢女儿，一心一意盼着第一胎是个闺女，也为她高兴，忙吩咐素心："把给崇宁公主的礼物搬出来，我再看一遍。"

看罢礼物，似锦写了个帖子，等素心回来，让素心带着礼物，拿了帖子乘了油壁车送往公主府。

一直到傍晚时分，素心才从公主府回来："姑娘，公主接了您的帖子，很欢喜，带着才两个多月的小姑娘过来了，这会儿先去了夫人那里，等会儿就来看您！"

似锦大喜，忙起身去了卧室，把小凤凰给崇宁公主的信拿了出来——临出发，小凤凰交代她，这封信一定要当面交给崇宁公主。

想到小凤凰，似锦一时有些怅然，抚摸着信封上小凤凰龙飞凤舞的字迹，心里空落落的。

此时的西北边陲，残阳如血，麦浪似金，白杨静静矗立。

林岐身穿铠甲骑在马上，右手握紧长刀，刀尖向下尚滴着血。

副将蒋飞云打马赶了上来："殿下，西夏残部被围在一字沟了，如何处理？"

林岐抖了抖刀尖上的血，淡淡道："全解决了。"

对这些劫掠大周百姓的敌人仁慈，就是对大周百姓的残忍。

蒋飞云答了声"是"，一夹马腹，打马带着人往一字沟方向去了。

林岐抬手遮在眉上，眯着眼睛看着夕阳下的金色麦浪，吩咐李越："传我命令，尸体拖走掩埋，让附近的屯兵明日日出前把这些麦子收割了。"

看这日照的强度，这麦子再不收割，就要晒焦了。

李越答应了一声，叫来传令兵吩咐起来。

回到大营，林岐第一件事就是洗澡换衣。

他在帅帐前下了马，把缰绳扔给了紧跟在后面的亲兵，一边往帅帐走，一边解下铠甲——铠甲上溅了不少血迹，须得赶紧刷洗。

等走进帅帐，林岐身上就只剩下白绫中衣、白绫裤和脚上的鹿皮靴了。

他的白绫中衣是掖在白绫裤腰里的，白绫裤腿则掖在靴筒里，越发显得肩宽腰细腿长，很是高挑挺拔。

走到冒着热气的浴桶前，林岐双手齐上，把白绫中衣的衣摆从白绫裤腰里扯了出来，正要解衣带，却听帐外传来李涵的声音："殿下，安国公来了！"

林岐原本面无表情，转身却是一脸的可爱乖巧："舅舅来了！"

他顾不得穿衣，直接迎了出去。

安国公许继顺在几个副将和幕僚的簇拥下大步而来，见林岐穿着白绫中衣和白绫裤出来迎接，雪白脸颊上还有几滴血迹，分明是战斗结束正要洗澡，听到自己过来，顾不得穿衣急忙出来迎接的，心中满意，道："小凤凰，你穿着这样出来迎舅舅，像什么样子！"

林岐笑了起来，笑容带着几分天真稚气："舅舅脾气急，我若是洗了澡换了衣服再出来迎接舅舅，说不定舅舅已经气得骑马回泽州了！"

许继顺："你这孩子，瞎说什么大实话！哈哈哈！"

众人都笑了起来。

进入帅帐后，林岐向许继顺拱了拱手，笑嘻嘻道："舅舅先坐，我去洗把脸穿上衣服再来陪舅舅。"

许继顺见帅帐主位摆着一张圈椅，其余都是板凳，便在圈椅上坐了下来，又吩咐自己带来的部将和幕僚在板凳上坐了下来。

林岐的幕僚和部将也都在场，见此情状，却似没有看见一般，各自寻了板凳坐下了。

林岐的谋士和墨尘若无其事，出帐吩咐亲兵再去寻一张圈椅搬过来。

自从大周开国，安国公许氏一脉就把持了泽州，势力范围甚至向同在西北的甘州和肃州辐射。

安国公许继顺在泽州当惯了土皇帝，来到了皇太子军中，也不知收敛。

林岐很快就洗了脸出来了。

他在中衣外面套了件灰蓝圆领袍子，腰间围了根黑玉带，越发显得宽肩细腰大长腿，只是白嫩的脸还带着婴儿肥，看起来还是少年模样。

许继顺打量着林岐，这才意识到林岐已经长大了，不是先前那个扮成女孩子的清秀小少年了。

他笑着道："小凤凰，舅舅才想起来，到七月你可要满十八岁了，是个男子汉了！"

听到许继顺当着众人的面叫皇太子"小凤凰"，许继顺的人都跟着笑起来——皇太子生得这样好看，又气质高华，的确当得起"小凤凰"这个乳名。

林岐的部将和幕僚却都面无表情。

在他们心目中，皇太子是带领他们浴血奋战的战神，是铁血皇太子，怎能用这样娇滴滴的乳名去弱化皇太子？

林岐见舅舅坐了自己的位置，便在和墨尘搬进来的圈椅上坐了下来，然后笑道："舅舅，我就要满十八岁了，早就是男子汉了。"

许继顺哈哈笑了起来。

他和许皇后是龙凤胎，虽然飞扬跋扈桀骜不驯，对林岐这个外甥却是真的疼爱："小凤凰，舅舅借给你的兵不错吧？用着可还顺手？"

去年小凤凰去甘州，开口就要借二十万西北军来甘州抵御西夏侵略。

舅甥俩讨价还价好几日，最后他借了十万西北军给小凤凰。

如今见甘州形势大好，许继顺便来到甘州看望小凤凰，一方面是打算把甘州也纳入自己的势力范围，另一方面也想把十万西北兵要回去。

林岐也笑了，眼睛清澈："舅舅果真很会练兵，这些士兵战场上特别勇猛，屯田时又吃苦耐劳，我很喜欢，已经答应他们，待战争结束，立有战功的士兵，我给他们假期和赏银，让他们回乡娶妻，带着家小来甘州，一起建设甘州军屯。"

许继顺的笑容渐渐消失，眉头皱了起来——小凤凰话中之意，是不想还他的十万西北兵了？

随着安国公过来的部将和幕僚也都皱起了眉头。

帅帐内一下子静了下来。

林岐笑容天真看着许继顺。

许继顺盯着林岐：“小凤凰你的意思是，要把甘州也给舅舅？”

瞬息之间，帐中情势已由舅甥一家亲变得剑拔弩张，双方各自警惕，都看向林岐。

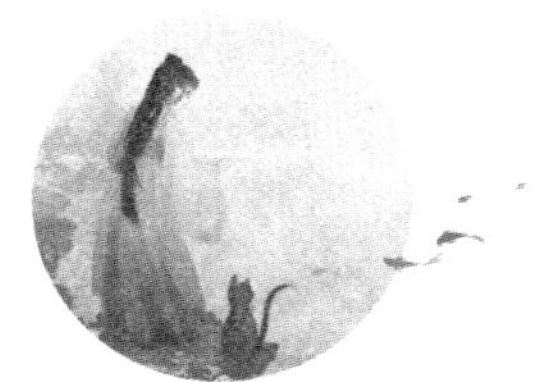

第三十四章

欢聚

林岐忽然笑了起来，笑容纯真中带着一丝懵懂：“舅舅，普天之下，莫非王土，这甘州自然也是陛下的，是朝廷的，难道我可以随意处置甘州？”

许继顺没想到林岐居然先把一顶大帽子给压了下来，与林岐极为相似的眼睛闪着光：“小凤凰，这句话原句是‘溥天之下，莫非王土；率土之滨，莫非王臣’，出自《诗经》。‘溥天之下，莫非王土’的意思是天下之大，都是王需要为之负责的，不要把自己的责任推卸给别人——你这可是曲解人家原文的意思。”

见舅舅故意歪了话题，林岐索性把话题歪得更远：“哦，原来是这样，我竟错了这许多年。”

他微微一笑：“舅舅，我如今在甘州和肃州同时建立军屯，每年所需之费超过百万，今年下半年的费用朝廷还没调拨，不如咱们来个省事的，泽州前年、去年和今年的税银不必运往京城，直接交付给我，由我来和朝廷交接，多退少补，舅舅看怎么样？”

他吞下的这十万西北军已经消化得差不多了，是绝对不可能再吐出来了；而舅舅这些年昧下的泽州税银，却不知有多少。

林岐去年查过户部的账，泽州前年和去年的税都还没交给朝廷。

许继顺沉默。

这几年泽州欠朝廷的税银，足有几百万两，认真清算的话，他去哪儿弄这几百万两银子？

小凤凰这崽子可真是长大了，不好糊弄了。

许继顺呵呵一笑，转移了话题：“小凤凰，听说你这里军屯建得很不错，不如你带舅舅去看看吧！”

林岐笑容灿烂：“既然舅舅想看，那我自然从命。舅舅，请！”

众部将和幕僚簇拥着林岐和安国公离了帅帐，各自上马，真的在暮色中巡视军屯去了。

到了最后，林岐热热闹闹开开心心地送走了安国公。

做舅舅的没能要回自己借给外甥的十万西北兵，做外甥的也没能收到舅舅欠朝廷的几百万两泽州税银。

在外甥实力足够强大之前，舅舅和外甥还能再和平相处几年。

崇宁公主带着一群女官、嬷嬷、奶娘、丫鬟浩浩荡荡来到了周府西宅。

似锦出去迎接。

她先看崇宁公主，发现崇宁公主富态了许多，肌肤润泽白皙，仿佛有一层莹光似的，比先前更美了。

似锦心中欢喜，道："公主比先前更好看了。"

崇宁公主抚了抚脸颊，喜滋滋道："连母后都是这样说的，说我富态了些，却比先前好看了，气色也变好了。"

似锦急着看小婴儿，忙道："公主殿下，令千金呢？"

公主满面春风："咱们去屋子里说，樱儿太小了，见不得风。"

似锦闻言忙道："哎呀，那咱们赶紧进屋说话。"

进了明间，似锦陪着崇宁公主在罗汉床上坐下。

崇宁公主坐稳之后，吩咐跟着的奶娘："把樱儿抱过来。"

她和似锦解释道："因她出生时，碧漪园庭院里的樱花开了，雪白浅粉开满庭院，所以小名唤作樱儿，大名唤作许樱，是她爹爹给她取的名字。"

似锦单是想象，就觉得樱儿这个名字很美，她点了点头："很美的名字，意境很好。"

奶娘上前，小心翼翼地把小婴儿递给了崇宁公主。

崇宁公主抱着襁褓，让似锦看襁褓里的小女婴："你看，肌肤白白的，眼睛大大的，是不是长得像小凤凰小时候？"

似锦细细看了看，觉得樱儿还真有些像舅舅小凤凰，除了肌肤和眼睛像，还有鼻子也像——小凤凰的鼻子和一般人比，有些过于高挺了。

不过想想也正常，樱儿的娘，是小凤凰的同父异母的姐姐，樱儿的爹，是小凤凰的表哥——樱儿和小凤凰的血缘关系确实很近，长得像也是正常的。

……那将来她和林岐有了女儿，会不会也是长这个模样？

崇宁公主见似锦一直在看樱儿，眼睛满是欢喜，便凑近似锦，低声道："驸马嫌樱儿鼻子大，我却觉得好看。我记得小凤凰还是小婴儿的时候，鼻子也大，因为脸小，越发显得鼻子大了，所以那时候父皇私下里给他起了个外号，叫——"

似锦还不知道这个典故，忙问道："叫什么？"

崇宁公主见似锦感兴趣，偏偏卖起了关子："你自己问小凤凰去吧，我可不能说。我若是说了，小凤凰说不定怎么生气呢！"

她"扑哧"一声笑了："不说算了。"

反正她总有法子知道。

崇宁公主问似锦："似锦，要不要抱抱樱儿？"

似锦一时有些紧张——她还没抱过小婴儿呢！

见似锦紧张得眼睛都瞪圆了，崇宁公主笑了起来，一把将樱儿放在了似锦怀里。

似锦手脚都不敢动了，紧张地抱着樱儿，眼睛一瞬不瞬看着她。

樱儿不知为何，忽然看着似锦咯咯笑了起来。

似锦不禁也笑了，眼睛亮晶晶看向崇宁公主："公主，她……她对我笑呢！"

崇宁公主笑眯眯道："小闺女是不是很可爱？将来你自己也可以生呀！"

似锦抱着软软的带着奶香的樱儿，心中满溢着欢喜：我和小凤凰，会生出这样可爱的小姑娘吗？

在这一刻，她先前所想象的她和林岐的孩子，如今都有了具体的模样，就是像樱儿这样可爱的小姑娘，白白嫩嫩，大眼睛，大鼻子，玫瑰花瓣似的小嘴巴，肥白可爱的手脚……

崇宁公主又陪似锦坐了一会儿，这才告辞离去。

似锦目送公主登车而去，心里空落落的。

和朋友相聚时很欢乐，分开时却很不好受。

还有，她真的很想念远在西北的小凤凰……

接下来的这几日，似锦开始给林岐准备生日礼物。

林岐的生日是七月初三，似锦打算先给他准备好生日礼物，再想法子把这些礼物捎到甘州去。

因林岐自己说过，最喜欢似锦给他做的中衣和白绫袜，似锦便预备多给他做一些。

似锦让孙秀去延庆坊买了几匹上好的松江阔机尖素白绫，觉得有些单调，见库房名录上有几匹月白绫和几匹玉色绫，便带了春剑去了西跨院库房。

似锦先看了看那几匹月白绫，见质地甚好，便又去看那几匹玉色绫，发现同样是极好的质地，心中惊讶，问春剑："这些都是从哪里得的，市面上没有这么好的衣料吧？"

春剑翻开库房名录，看了看日期，忙道："姑娘，是跟着宫里的家具一起送来的。"

似锦这下子明白了——是小凤凰让人送来的，应该是松江那边的贡品。

她不禁莞尔，心道：拿小凤凰送的料子，给小凤凰准备礼物，这叫什么？肥水不流外人田吗？

不行，太粗俗了！

似锦吩咐春剑："全都抬到正房去吧！"

她闲来无事，把库房里的物品一一看了一遍，发现居然有一个小小的锦匣，里面放着好些翡翠指环、翡翠坠子和翡翠珠子，水头极好，便吩咐春剑拿了出去，预备放在房里，待得了空，给好友们分一分。

回到正房，似锦让人在东厢房的临窗炕上铺上红毡，准备好木尺、软尺、剪刀、粉笔和熨斗，然后卸下珠翠簪环，绾了个简单的发髻，换了件玉色窄袖衫，系了条方便活动的鹅黄色百褶裙，便开始裁剪衣料。

似锦整整花了两日时间，这才把所有衣料裁剪完毕，便趁热打铁，开始缝制中衣。

先前她给小凤凰的白绫中衣，都不怎么绣花，这次似锦做活儿时，一抬头看到的就是窗外庭院中郁郁葱葱的花木，心情舒畅得很，便在每件中衣的内层衣摆处绣上些藤蔓。这些藤蔓细看的话，其实是花体的"小凤凰"三个字，因为在内层衣摆处，也只有林岐自己能看到，也不显得花里胡哨。

似锦正拿着绣绷在绣花，韩贞和王菁约着一起来看她了。

随同韩贞和王菁一起来的，是韩贞送来的一篓桑葚和一篓樱桃。

韩贞笑着道："我娘给我买了几个陪嫁庄子，其中有一个就在中牟县杏花营，那里是黄河故道，全是沙土地，种出的水果特别甜，昨日庄头送了些桑葚和樱桃，我尝了尝，觉得挺甜，就让人给你和王菁一人送一些尝尝。"

似锦谢了韩贞，命丫鬟各洗了些，用水晶盘盛了送过来。

这些桑葚和樱桃都是酸中带甜，味道新鲜，似锦便吩咐素心："你把这些分一分，给父亲、母亲和两个妹妹各送些过去。"

素心笑着答应了下来，自去安排分派。

似锦、韩贞和王菁在西暗间书房后窗前的贵妃榻上坐定，吃着水果聊着天，后窗开着，带着蔷薇花香的微风轻轻吹进来，煞是舒畅。

聊了一会儿，似锦想起自己从库房里拿回来的那一锦匣的翡翠小物件，忙起身去卧室拿了过来，打开让王菁和韩贞看："你们一人挑几个，我瞧着水头不错。"

王菁选了一枚翡翠指环和一对翡翠坠子。

韩贞选了一些翡翠珠子，预备穿成手串戴。

似锦也颇有兴致，选了一对翡翠珠，预备用银线穿了做耳坠。

她又选出两枚翡翠指环，预备等会儿去惠畅堂时，送给倩兮和盼兮。

韩贞很爱热闹，忽然提议道：“今天不冷不热的，天气甚好，咱们去碧漪园看望崇宁公主和樱儿吧！”

似锦想念肥白可爱的小樱儿，王菁想念在碧漪湖上泛舟的感觉，三个人一拍即合，便不再拖延，一块起身。

王菁和韩贞陪着似锦去向周夫人请示，顺便也给周夫人请安。

三人专门走树荫下，穿过角门进了东府，往惠畅堂去了。

周夫人正在正房明间陪着吏部侍郎陈大人的夫人说话，听了通禀，含笑道：“请她们进来吧！”

似锦与韩贞、王菁一起走了进来，三人齐齐屈膝行礼。

周夫人给她们引荐了陈夫人：“这是吏部陈大人的夫人。”

似锦三人又见了礼。

陈夫人见似锦生得白皙甜美，韩贞俏丽婀娜，王菁温柔清秀，也喜欢得很，细细问她们喜不喜欢做女红，有没有读书什么的。

待陈夫人问完，似锦这才趁机和周夫人说了想要和韩贞、王菁一起去碧漪园看望公主的事。

周夫人自然答应了。

似锦试探着问：“母亲，能不能让倩兮和盼兮也去散散心？”

周夫人沉吟了一下，道：“戴先生今日有事出去了，倩兮和盼兮不用上课，正闷在屋子里，让她俩也跟着你们去散心吧！”

半个时辰后，五个女孩子乘了马车，出城而去。

碧漪园因在湖边，凉爽得很，崇宁公主爱热闹好朋友，再加上驸马许雁回甘州去了，便把似锦五个人都留了下来。

似锦很喜欢许樱这小婴儿，天天抱着许樱玩。

崇宁公主见她如此喜欢许樱，当即命叶韶红进宫去见许皇后：“你就禀报母后，说我这里有人想看小凤凰小时候的画像。”

叶韶红会意，领命去了。

崇宁公主笑着和似锦说道：“小凤凰那些画像，是画院专画工笔人物的苏年慈画的，当年每个月都画，从小凤凰刚满月一直画到十岁。等你见到画像，你就知道我的阿樱和她舅舅有多像了。”

这时韩贞她们都在湖边林荫树下钓鱼，韩贞耳朵灵，听到崇宁公主在和似锦说什么“画像”“阿樱”“舅舅”，便扭头问道：“你们在说什么‘阿樱’‘舅舅’的？”

似锦取笑她道："阿樱的舅舅，可不就是平王殿下！"

韩贞听了，哈哈一笑："平王可是我的，你们不要多聊他！"

众人都忍俊不禁，被她给逗笑了。

似锦依旧住在玉堂春。

晚上她正拿了一本书在看，崇宁公主带着叶韶红过来了。

崇宁公主从叶韶红手里接过一个锦匣，打开后取出一大摞画让似锦看："这是母后让画院的画师临摹的，原来苏年慈画的被母后珍而重之地收起来了。"

似锦只要能看到十岁以前的小凤凰就很开心了，哪里管是原版还是摹本？

她与崇宁公主一起一张张翻看着。

刚满月时的小凤凰胖乎乎的，脸颊鼓鼓的，眼睛却大大的，很可爱。

百天时的小凤凰变瘦了好多，胳膊腿都变细了，只是脸颊依旧鼓鼓的。

一岁时的小凤凰又变得胖乎乎的。

三岁以后的小凤凰都是瘦瘦的，可是脸颊的婴儿肥始终保留着……

似锦看完之后，眼睛笑得弯弯的："公主，我知道小凤凰小时候的绰号叫什么了？"

崇宁公主饶有兴致地看着她："叫什么？"

似锦摸了摸鼻子："大鼻儿！"

崇宁公主惊讶极了，接着便拍手笑了："似锦，你……你怎么猜到的？"

似锦忍着笑，把小凤凰刚满月时、百天时、一周岁时和三岁时的画像挑了出来："画家在画像时，特地凸显了小凤凰的大鼻子！"

崇宁公主哈哈笑了起来，道："小凤凰小时候因为脸小，就越发显得鼻子大，所以父皇叫他'大鼻儿'；不过他到了八九岁以后渐渐长开了，鼻子就变得挺秀好看，而不显大了。"

似锦心道：小凤凰如今长得跟天仙似的，原来他小时候，鼻子大大的，也不见得就很出众……

她思索了一下，实在是喜欢这些画像，便问崇宁公主："公主，这些画能不能借给我临摹一遍？"

崇宁公主伸出白嫩纤细的手指在她额头上轻轻点了一下："傻似锦，母后没把原版给我，而是把摹本送了过来，其实就是借花献佛，借我的手，把这套画像赐给你呢！"

似锦又惊又喜看着崇宁公主。

崇宁公主见似锦的眼睛因为吃惊睁得圆溜溜的，不禁笑了，柔声道："母后虽然嘴巴不饶人，性子又要强，却是最疼爱小凤凰的，她也是爱屋及乌，很喜欢你，你不必担心。”

似锦到底有些羞涩，低下头去看那些画像。

明确得知许皇后不反对她和小凤凰在一起，似锦心中其实是颇为欢喜的……

从碧漪园回来，似锦就开始专心致志给小凤凰做衣服。

到了五月二十，所有的衣服都做好也装好了。

似锦刚吩咐春剑和孙秀乘马车把两箱衣服送到金石街，孙妈妈就过来了：“姑娘，老爷请你过去一趟。”

外书房的木地板刚用井水擦洗过，凉阴阴的。

周胤开门见山问似锦：“似锦，你有法子联络皇太子的部属吗？”

似锦却不答周胤的问话：“爹爹，出了什么事？”

周胤把一沓文书放在一边，道：“庆王的腿已经痊愈。苏贵妃求了陛下，陛下今日下了旨意，让庆王主管金水河道所有税关。”

周胤拿出一张运河水路图，展开让似锦看：“你看，这是金水河，贯通京城和江南，是大周最重要的商道和漕运通道，每年的税收占了大周年收入的近四成……”

听了爹爹的话，似锦长长吁了一口气：“唉，这日子都不能消停些——庆王可不是省油的灯，安排他做金水河道税务总管，就相当于让老鼠去看粮仓，陛下的心可真大。”

周胤看了她一眼，道：“陛下正值壮年，皇太子却将满十八岁，而且能力极强，颇得朝野拥戴。父壮子强，陛下对皇太子有所防范，扶植同样外家强大的庆王来与皇太子分庭抗礼，不是很正常的吗？”

似锦心里很清楚这一点，所以才更烦。

记忆中庆王也是这时候做了金水河道税务总管，后来因为疯狂敛财，压迫江南百姓，激起民愤，金水河沿岸船民奋起反抗，最后还是皇太子林岐前去收拾的残局，其间还发生了皇太子林岐遇刺事件，事态复杂至极。

若是一开始，就没有庆王担任金水河道税务总管这回事，事情就会简单得多。

似锦想了想，道：“爹爹，我倒是能联络上殿下的部属，只是殿下如今忙着在甘州、肃州建立完善军屯，并且还得与安息联合抵御西夏，哪里能分神管朝廷的事？”

周胤把舆图收了起来，道：“赵次辅已经竭力向陛下进言了，可是陛下不肯采纳，我和韩首辅……唉！”

似锦抬眼看向周胤：“爹爹，您和韩首辅不能再进言了，不然陛下更是疑心内阁偏向太子殿下，说不定更要坚持己见。”

周胤眉头紧锁：“正是如此，所以我和韩首辅都没有插手。”

似锦突然全明白了：“父亲，是不是陛下的旨意已经到了内阁，而内阁还没有把草拟的旨意呈报陛下批准，您的意思是看殿下的部属能不能处理了此事，让这道旨意没法下发？”

周胤见似锦反应过来了，点了点头，道：“事已至此，我也是尽力而已。”

似锦神色郑重：“爹爹，我知道了。我这就想法子去传话。”

周胤端起茶盏饮了一口，道：“内阁顶多能压五日，再多就做不到了。”

似锦记在心里，屈膝行了个礼，便退了下去。

女儿离开后，周胤看着落下的细竹丝门帘，不由得叹了口气——似锦若是他的长子，那该多好，许多事情都可以派给似锦去做了，他这做爹爹的可就省心了。

唉，真是可惜可叹。

似锦不知道她爹的心声，若是知道，非要认真驳斥一番不可。

她发现世间很多女子比男子更有能力，只是这个世道，禁锢了女子的出路。

似锦不可能瞬间改变这个世道，但是她愿意从自己做起，做力所能及的事，让女子越来越多、越来越广地出来做事，掌握自己的命运，而不是被禁锢在家中，成为男子的附庸，被随意处置。

春剑和孙秀被似锦派去了金石街。

没过多久李青扮作小厮，亲自跟着春剑从西宅大门进来了。

似锦屏退侍候的人，让素心守在廊下，待屋里只剩下自己和李青了，这才低声把从爹爹那里得来的信息说了。

李青听了，神情肃穆，拱手道：“周姑娘，多谢您。我会尽快把消息传到殿下那边的。”

似锦没有再多说话。

送走李青后，她心里略有些烦闷，便带着幽兰她们在庭院里踢毽子玩。

踢出了一身汗，烦心的感觉也没了，似锦洗了个澡，在西暗间书房待着临摹小凤凰幼时的那些画像，让自己的心静下来。

第二天孙秀就来见似锦——他这些日子一直在看房子，终于看中了一个铺面，过来请似锦去看看。

似锦借口去地藏庵上香，禀了周夫人，戴着眼纱，带了孙妈妈和春剑，随着孙秀出去看铺面。

这个铺子就在距离仲景坊不远的嵩岳街，街上有两家生药铺子，也住着好几家太医。街道上铺着被踩得滑溜溜的青石板，两旁种着百年老槐树，树荫浓密，很是清幽。

临街的铺面是两层的大通间，颇为宽敞。

似锦对铺面特别满意，又随着经纪通过铺面后面的小门，进了铺子后的院子。

铺子后是两进的院子，前院正房、厢房、耳房俱全，房间是够多的，庭院里种了几株玉兰树和几株香樟树。

后面的院子有一栋两层的楼房，东边还有一个大大的月台，总共有十五个房间。

经纪介绍道："这家铺子先前是卫国公夫人的陪嫁，租给人开染坊，这些屋子都是染坊的工匠们住的。如今卫国公府急着用银子，不肯租给染坊了，急着要出手，要价一万八千两银子。"

他觑了似锦一眼，道："这位姑娘，若是能一下付清的话，价钱方面还可以再商量。"

似锦很满意这个宅子，面上却是不显，道："我回去与家里人商议一下再说。"

经纪也没想着一次就能做成生意，因此和和气气送了似锦等人出门，拱手作别。

似锦坐在马车上，思来想去，总觉得卫国公府卖国公夫人的陪嫁宅子，实在是有些奇怪。

到了傍晚，似锦听说爹爹回来了，忙去外书房堵他。

周胤听了也觉得奇怪："卫国公府居然要卖宅子……"

他略一思索，叫来一个叫宋城的幕僚，吩咐了一番，让宋城去打听底细。

卫国公府是盼兮的婆家，还是得小心一些。

宋城很快就打听出来了。

庆王要被任命为金水河道税务总管。

庆王府预先放出风来，说庆王打算在金水河沿岸再增添几个征收商货税款的税关，因此卫国公有意走庆王的门路，给世子孟庆元弄个税关主事当当。

周胤听了，不禁叹气，只得亲自去了卫国公府一趟。

卫国公倒是听劝，没有去庆王那里给世子孟庆元买官，却依旧把嵩岳街那套临街铺面加两进院子的宅子给卖了，卖价一万四千两现银，买家正是周似锦。

似锦得了套宅子，手里的积蓄也花得差不多了。

她预备典当几样值钱却无用的物件，用来修缮宅子，装修铺面。

庆王被任命为金水河道税务总管的旨意还是颁布了出去，顷刻之间，庆王府门庭若市，贵客盈门。

不过从五月底到六月底一个月时间，单是那些江南巨商和买官权贵奉上的银票，庆王就收了五六十万两。

六月天气热，周府的冰却是有数的，就连周胤周夫人，也不能天天有冰可用，因此似锦因为苦夏，过了一个夏天人倒是清瘦了些。

炎热的六月很快过去了，转眼间七月就要到了。

京城地处北方，白天依旧燥热，但是晚上已经颇为凉爽了。

七月初二这天傍晚，起了风，有些凉快，似锦带着素心和春剑去了西跨院库房，想要挑选几样可以典当的物件。

她预备修缮嵩岳街宅子，可是银子却还短缺，因此打算先典当些银子使用。

似锦从来不觉得典当丢人。

她觉得适当的典当，能让银子流动起来赚钱，总比东西扔在库房里不见天日落灰强。

最先被似锦挑选出来的是几样翡翠摆件：一对翠缠枝莲纹盖碗、一个翡翠太极纹浅盘、一个蕉叶纹翡翠觚和一对翡翠凤纹盏。

这六样翡翠摆件，起码值八千两白银了。

选好之后，似锦小心翼翼地用锦盒装了，让素心拿着，一起去了外书房，预备请周胤的清客蔡羽之估价。

蔡羽之是京城有名的玉器鉴定家，一般京中翡翠玉器买卖，都是请他去估价。

似锦把这六样翡翠物件一一摆在了周胤的书案上：“爹爹，请蔡羽之蔡先生帮我估一下价，我想典当了换些银子周转。”

周胤听说似锦要典当这些宝物，简直不知道说些什么好了，看似锦像看大傻子一样。

这可都是皇太子从洪武帝那里弄来的宝贝啊！

原本洪武帝是要用这些宝贝装饰沁芳殿的，却被皇太子给哄了出来，如今却被似锦如此轻易就要典当……

似锦在爹爹面前甚是坦诚：“爹爹，我和乔夙要开药铺药坊，如今铺面和宅子已经买到了，还得好好修缮改建，这都需要银子。”

见爹爹还是一副痛心疾首的模样，似锦笑盈盈地凑过去：“爹爹，要不等蔡先生估完价，我把这些物件典当给您？”

据她前世哄爹爹私房银子的经验，她爹这会儿手中应该还有不少私房银子。

周胤看着这些宝物，想到它们这么美好，却要被送进当铺，心里就针扎一般，连连叹气：似锦这孩子，太俗气了！

这时候蔡羽之过来了。

见到书案上这些宝物，蔡羽之眼睛一亮，看向周胤：“大人，这是——”

周胤满脸晦气："蔡先生，你估一下价吧！"

说罢，他不由自主又叹了一口气。

似锦见爹爹这样子，心里乐开了花——若是能典当给爹爹，可比典当给外面的当铺强太多了！

这六件宝物，蔡羽之最后估价是九千两银子。

似锦见爹爹眼中满是不舍看着那六件翡翠摆件，便笑盈盈道："爹爹，不如我把这六样物件典当给您，您借我六千两银子，以三年为期，年利三分，请蔡先生作保，怎么样？"

蔡羽之是个玉痴，一听似锦的话，眼睛一亮，看向周胤："大人，如此宝物，怎能流落民间！"

周胤叹了口气："既如此，那就成交吧！"

拿了银票回到西宅，似锦坐在西暗间书房书案后，拿了纸笔，预备开始制订详细的计划。

这六千两银票，说多也不多，说少也不算少，钱都花在刀刃上，还是差不多可以支撑着药铺和药坊开起来直到盈利的。

素心见书房里只有一个烛台，便又点了一个烛台送了过来，放在了书案上，道："姑娘，您还没有用晚饭，幽兰和香祖去厨房取饭了，等会儿多少用些吧！"

姑娘过了个夏天，瘦了不少，待天气凉爽了，须得好好养一养。

似锦放下笔，看向窗外，庭院里花木郁郁葱葱，在夜风中摇晃着，别有一种凄凉之意。

她起身道："怎么起风了……"

似锦走到廊下，趴在栏杆上看庭院里的葱郁花木，见风越来越大，分明是风雨将至的模样，她不由得想起了小凤凰。

明日是七月初三，小凤凰的十八岁生日，他在甘州会不会过生日？能不能吃到一碗长寿面？

如今再下雨，小凤凰还会不会犯病？

正呆想着，似锦忽然觉得脸湿湿的，似是雨滴打了过来。

她伸手到栏外去试，发现果真下雨了，手上落了好几滴雨。

春剑忙道："姑娘，下雨了，快进屋吧！"

似锦刚进屋，就听到外面传来急促的脚步声，想着是幽兰和香祖取晚饭回来了，便头也不回道："摆在西暗间的小炕桌上吧！"

身后没有人说话，只有隐约的呼吸声。

似锦疑惑地转过身，却见一个穿着青纱斗篷身材高挑的人正立在细竹丝门帘后。

那人抬起手，掀开兜帽，露出雪白一张小脸，凤眼朱唇，鼻梁挺秀，眼神干净澄澈，清冷而高贵，不是小凤凰又是谁？

似锦如在梦寐。

她怔怔看着近在咫尺的小凤凰，有些分不清是梦还是现实。

林岐抿嘴一笑，那种琉璃易碎的脆弱感和清冷感瞬间消失。

他向似锦招了招手："似锦，过来。"

似锦乖乖走了过去，走到了林岐身前，仰首看他，还是不敢相信。

她伸手去摸林岐的唇——柔软饱满温暖，的确是小凤凰的嘴唇啊！

林岐伸手抱住似锦，低下头，吻住了她。

平生第一次，似锦完全失去了主动，任凭林岐做主。

不知过了多久，林岐终于放开了似锦，手却依然环着似锦的腰肢："似锦，我饿了。"

他急着回来见似锦，一路疾行，已经饿得没了感觉，谁知一亲似锦，居然觉出饿来了。

咦？似锦怎么瘦了？

似锦身子有些软，凭借林岐的双手勉强支撑着，索性反抱住林岐，低声道"你……怎么进来的？"

林岐笑着抱起似锦，走进了西暗间书房，把她放在了后窗前的贵妃榻上，这才道："小傻子白又胖，你这宅子门房里的那些人全是我的人，你忘了？"

一见到小凤凰，她的脑子好像不管用了一般。

似锦深吸一口气，忙起身去叫人："晚饭取回来没有？"

春剑在外面答道："姑娘，已经取回来了。"

似锦忙道："快送进来吧！"

春剑提着食盒进来，默默地在小炕桌上摆好饭菜，然后把小炕桌搬到了贵妃榻中间。

素心送了水和香胰子进来，和春剑一起退了下去，两人在外面廊下守着。

似锦帮林岐脱去淋了雨的斗篷，服侍他用香胰子洗了手脸，两人在贵妃榻上相对而坐，开始用饭。

因为是晚饭，很是清淡简单，两荤两素四个菜，外加一碟馒头和一砂锅红稻粥。

林岐是真饿了，不再多说，默默开吃。

所谓秀色可餐，似锦单是看着小凤凰，就觉不出饿了。

她左手支颔，看着林岐用晚饭，偶尔用右手拿了红箸给林岐布菜。

林岐虽然号称晒不黑，可是一路风尘仆仆回来，还是比先前略黑了些，不过他的黑，还是比一般人白得多，而且轮廓比先前更明显，也比先前更好看了……

待林岐用罢饭漱罢口，似锦才问道：“你西北的事忙完了吗？”

林岐把小炕桌搬走，又走了回来：“忙完了。”

如今甘州军屯，由他的副将蒋飞云负责；肃州军屯，由他的亲信部将霍翎负责。

似锦忙又问道：“不是说和安息联合对抗西夏吗？”

林岐笑了，灯光中笑容灿烂至极：“西夏已经投降了，你不知道吗？”

她还真不知道。

林岐看着似锦，眼睛里满是笑意：“已经结束了，如今次辅赵大人和兵部尚书马正阳已经前往西北，预备接受西夏新王的归降。”

他也不知为何，一看见似锦，就想把她抱在怀里，揉揉她，摸摸她，捏捏她。

似锦正要说话，猝不及防被林岐抱进了怀里，吓了一跳，急急挣扎起来。

林岐抱紧她，忽然道：“别乱动。”

似锦感受到了异常，顿时僵在了那里。

林岐俊脸微红，连耳朵都成了粉色——自从解了毒，他似乎跟以前不一样了，刚才一抱住似锦，就……

屋子里静悄悄的。

似锦悄悄放松了身子，窝在林岐怀里，心道：小凤凰才是傻乎乎什么都不懂呢，我可是什么都知道的，我怕什么？

该怕的是小凤凰才是！

这样一想，她就大胆多了，左手撑在榻上，右手在林岐胸前一推，把林岐给推倒了。

林岐躺在那里，雪白的牙齿咬了咬嘴唇，眼睛湿漉漉看着似锦，跟软绵绵的小狗似的。

这样纯洁可爱的小凤凰，她没法下手啊！

似锦笑着躺在了林岐身侧：“小凤凰，你太可爱了，我没法亲你！哈哈哈哈！”

他刚才还以为似锦真的要怎么样了呢，真是白欢喜一场。

过了一会儿，似锦听到林岐带着点委屈的声音：“似锦，我想洗澡。”

似锦爬了起来：“你不回东宫吗？”

林岐今晚特别美貌，眼睛大大的，嘴唇润润的，声音里有些委屈：“我想陪陪你，明早再回去。”

他真的好想似锦，这样的风雨之夜，他想抱抱似锦，亲亲她。

理智告诉似锦应该拒绝，可是她实在是无法拒绝眼前的小凤凰。

片刻后，似锦凑到林岐唇上吻了一下，柔声道：“好吧！”

外面雨越来越大，雨滴打在后窗上，“啪啪”作响。

似锦帮林岐擦拭着长发，口中问着：“我给你做的衣服，你收到没有？”

林岐依偎着似锦，声音低低的：“我路上碰见李青了，已经让他把那两箱衣物送回东宫了。”

似锦听了很是欢喜：“我瞧你身材没有大变，那些衣服应该很合身。对了，你脚长长没有？”

她嘴里说着话，弯下腰去看林岐的脚。

林岐人白，脚也是白白的，瘦瘦的，脚指甲是粉色的，还挺可爱。

似锦大致量了量：“脚没长长。”

林岐披散着长发，懒洋洋地倚着靠枕：“我都十八岁了，哪里还会长个子？个子不会长了，脚自然也不会再长。”

似锦瞅着烛光中林岐越发好看的脸，忽然道：“小凤凰，我有你小时候的画像。”

他的脸忽然有些红，结结巴巴道：“全……全都有吗？”

似锦见他脸红得甚是可疑，便点了点头：“对啊，怎么了？”

林岐没说话。

似锦忽然想起来了：“啊，你百天的那张画像，只穿着肚兜！”

林岐似被定住一般，忽然看向似锦：“画在哪儿？都有谁看过了？”

似锦拍着手哈哈笑：“怎么了？难道小凤凰你想灭口？”

林岐俊脸涨红，起身就要走。

似锦愣住了：小凤凰气性也太大了吧？

她忙追了出去，却见林岐端着明间的烛台，径直进了西暗间，不由得暗笑。

过了一会儿，没找到画像的林岐又回来了，面无表情：“画像呢？”

似锦才不怕他，双手环抱在胸前，笑吟吟道：“你找呗，找到就给你。”

反正她已经临摹过一遍了。

他忽然笑了，眼中似有星光闪烁：“白又胖，让我看看那些画，好不好？”

似锦最怕他使出这一招美男计，她明明知道林岐是在耍花招，却还是忍不住上当：“就在拔步床最里面的抽屉里。”

林岐凑过来，在似锦脸颊上轻轻吻了一下，然后又在似锦唇上吻了一下，轻笑一声，去拔步床里找画像去了。

似锦摸了摸脸颊，又摸了摸唇，只觉得方才那羽毛一般轻柔的吻似还停留着，一颗心扑通扑通直跳……

林岐终于把画像都找了出来。

他坐在拔步床上，对着床头小几上的烛台一张张翻看着，把其中过于暴露的那几张挑选了出来。

这几幅画有的是露出胳膊，有的是露出腿，有的露出脚，最过分的就是那幅百日画像，他只穿着大红肚兜，胳膊腿脚什么的全都露出来了，只有肚子被遮住了。

似锦挤了过去，把林岐那张百日画像给抢了过来，盯着看了看，哈哈笑了起来：“小时候听街坊的婶婶大娘们开玩笑，说什么鼻子大……原来是大实话啊！哈哈哈哈哈！”

林岐觉得自己要疯了。

他从似锦手里抢过那张百日画像，也不说话，直接去了廊下茶阁，也不嫌麻烦，蹲在那里，一张张在茶炉上给烧了。

看着那一张张画化为灰烬，林岐这才松了口气。

他一个大男人，这样的画像若是被人看去，以后还要不要做人了？

似锦这套是摹本，原版应该还在母后那里，明日去寻母后，把那套原版也烧了。

一想到自己有可能成为世上第一个因为裸像被载入史册的皇太子，林岐就觉得头皮发麻。

似锦忍着笑回到东暗间卧室，看了看衣柜顶上那个樟木箱子，嘴角忍不住翘了起来——小凤凰再狡诈，却也想不到她还留有后手。

林岐回来后，似锦见他眉头还皱着，一脸不高兴，便温声劝解道：“那画上题写的是‘小凤凰百日’‘小凤凰一岁’，又没指出小凤凰就是你，谁会想到是你呀？”

林岐悻悻道：“那些考据家有多厉害，你又不是不知道。难道你忘了先前读书时，和先生讲的前朝宣宗皇帝那个情诗典故？”

似锦想起来了：“哦，就是宣宗皇帝十四岁时，在潜邸给邻家少女写的那首情诗。对了，拜宣宗皇帝那首情诗所赐，人人都知宣宗的初恋情人的闺名唤作秀灵。”

想起那首名为《赠秀灵》的打油诗，似锦忍不住笑了起来。

林岐其实怀疑似锦手里还有自己画像的摹本，有心引着似锦露出马脚，因此故意瞟了她一眼，悻悻道："若是写得好也还罢了，偏偏是打油诗，所以史书上宣宗皇帝又被称为打油诗皇帝。"

他瞅了似锦一眼，又道："就像我那幅百日画像，将来后世的考据家根据这幅画像，纷纷考据我那个……的大小，那我简直是被钉在了历史的屈辱柱上，说不定绰号就是——"

他自己倒吸了口冷气，没法说下去了，简直是越想越恐怖。

似锦不说话，眼睛直往他下身瞟。

林岐快要被似锦活活气晕了，他也不说话，拿过外衣，便要离开。

似锦幽幽道："其实，我还有一套摹本呢……"

林岐已经装模作样走到了卧室门口，终于等到了似锦这句话，当下便停住了脚步。

似锦清楚林岐的性子，知道他平时好性子，可是一旦真生气了，那可是相当执拗的。

她生怕林岐真生气了，忙道："好好好，我全拿出来给你。"

林岐转过身，面无表情，等着似锦动手。

似锦乖乖地求林岐过来："小凤凰，你个子高，还是你来搬吧！"

林岐忍住笑，走了过来。

似锦指挥着林岐把那个樟木箱搬了下来，拿了钥匙打开："好了，都在里面了。"

林岐翻看了一番，只把那张百日画像挑出来给烧了，其余都给似锦留了下来。

两个人彼此都让了一步，友情得以持续，继续开开心心聊天。

似锦去明间看了看去年搬家时林岐送她的西洋金自鸣钟，见快到子时了，便探头进来问林岐："小凤凰，要不要吃点消夜？"

林岐对吃没什么想法："我听你的。"

似锦叫了今夜轮值的春剑过来，低声吩咐了一番。

春剑认真听了，记在心里，打着伞穿着木屐往西宅的小厨房去了。

似锦端着一水晶盘切好的西瓜进了卧室，与林岐并排坐在窗前锦榻上，一边用银叉子吃西瓜，一边闲聊。

她自己先尝了一块，觉得又沙又甜，便又叉了一块，喂给了林岐："陛下封庆王为金水河道税务总管的事，你有什么打算？"

林岐嘴里吃着瓜，没有说话。

似锦双目盈盈："小凤凰，庆王这人，根本不懂民生疾苦，只知道捞钱。自从他被任命为金水河道税务总管，还不到一个月时间呢，他就已经在金水河沿岸增添了六个征收商货税款的税关。”

林岐吃下了那口瓜，这才道：“大周钞关，本来只有十三个，已经足够密集了，如今林嶂再加六个，再加上各税关主事税丁的吃拿卡要，将来必将酿成巨祸。”

似锦忙道：“小凤凰，那怎么办？咱们不能眼看着事态恶化啊！”

她可是经历过金水河巨变的，百姓士兵俱死伤无数，就连皇太子也差点被牵连进去。

林岐见似锦目光灼灼，甚是担忧，心里一阵温暖，却故意瞅了水晶盘中的西瓜一眼。

似锦见状，忙用银叉子叉了一块，用左手托着，一脸谄媚地送到林岐面前：“小凤凰，再吃一块西瓜。”

林岐吃下了这块西瓜，这才道：“白又胖，我有法子，你放心吧！”

似锦最是崇拜林岐，听他说得这么肯定，就放下心来，不再理会此事，专心致志喂林岐吃西瓜：“这西瓜是韩贞给我送来的，她在中牟县黄河故道上有一个庄子，因是沙土地，种的时候埋了麻饼，出产的西瓜特别甜。”

林岐点头：“真的很甜，和西北那边的西瓜差不多一样甜了。”

似锦和他正絮絮说着话，外面传来脚步声，似锦忙起身道：“我去看看。”

林岐正靠在锦缎靠枕上想着心事，忽然闻到了鸡汤面特有的气味，直起身子一看，就见似锦用托盘端着一个大大的青瓷盖碗立在卧室门口。

似锦笑盈盈地看着林岐，待身后金自鸣钟“当”地响了一声，便道：“子时已过，小凤凰小寿星今日满十八岁了，祝小寿星身子康健，福如东海，寿比南山！”

林岐又惊又喜，怔怔看着似锦，眼中隐有泪光闪烁。

似锦端着托盘走了过来，连托盘一起放到了小炕桌上，然后把小炕桌搬了过来，放在了林岐面前：“小凤凰，你的长寿面！”

林岐眼眶有些湿润。

他垂下眼帘，接过似锦递来的红箸，一边拨着细而筋道的寿面，一边道：“只是祝我‘身子康健，福如东海，寿比南山’，没有生日礼物吗？”

似锦在他身侧挨着他坐下，先凑过去在林岐脸颊上亲了一口，然后道：“吃完寿面，再给礼物。”

林岐道：“白又胖，咱俩一起吃。”

以后每一个生日，他都要和白又胖一起过。

似锦道："傻大鼻儿，寿面不能分的。"

听到那句"大鼻儿"，他满心的柔情瞬间化为乌有，简直是无话可说，只得默默地吃起面来。

送走空碗后，似锦转身回来，看着双目炯炯等待礼物的小凤凰，发现他耳朵又变成了粉色，不由得"扑哧"一声笑了："小凤凰，你是不是想歪了？"

林岐的脸有些红，低下头拨弄着手指头。

他方才真的有点想歪了，其实认真想一想，白又胖什么时候解过风情，每次都这样子糊弄他。

似锦见小凤凰低着头，只是玩手，分明是极失望的模样，心里一阵不忍，凑过去吻住了他……

不知道过了多久，林岐浑身紧绷，紧紧抱着似锦，低声道："似锦，咱们早些成亲，好不好？"

似锦没有说话，只是依偎在林岐怀里，过了一会儿方道："你还是早些回去吧，万一被我爹的人发现……那可真是捉奸在床了。"

林岐："我们又没有……怎么就叫捉——"

他实在说不出那四个字。

白又胖这傻丫头，总是能有效地把旖旎美好的气氛轻而易举地驱散。

似锦笑嘻嘻道："快走吧，别依依不舍了！"

林岐气得一句话也不肯说了，果真起身离开了。

外面雨小多了，淅淅沥沥下着。

似锦立在廊下目送林岐离去。

林岐打着伞走到了台阶下，却又忍不住扭头去看似锦。

廊下昏黄的灯笼光照在他的脸上，他的眉梢眼角清冷，眼底却有一抹温柔。

周似锦心一颤："小凤凰，快回去吧！"

福宁宫寝殿内，许皇后早早就醒了。

她再也睡不着，索性起来了。

天色未明，福宁宫灯火通明。

许皇后走到廊下，看着外面密密落下的雨滴，低声问王云芝："小凤凰到底什么时候能赶到京城？"

王云芝轻轻道："皇后娘娘，为了防止有心之人行刺，殿下不得不隐瞒行踪。"

许皇后叹了口气，道："这样的日子，什么时候才能到头。"

片刻后，她吩咐王云芝："把蓍草拿出来，我卜一卜吉凶。"

王云芝知道许皇后笃信易学，也不阻拦，命人取了蓍草，看许皇后卜卦。

许皇后净手焚香罢，正要取蓍草，外面就传来通禀声："皇后娘娘，陛下和皇太子殿下到了！"

第三十五章
庆王

已过卯时，可是外面下着雨，瞧着灰蒙蒙的，甚是暗淡。

福宁宫灯火辉煌。

勤政殿总管太监何琛和福宁宫总管太监沈四泉在殿外静立，殿内只有女官王云芝侍候。

洪武帝和许皇后并肩坐在凤榻上，林岐端端正正行了个礼。

洪武帝道："岐儿，今日是你的十八岁生辰，父皇也很高兴。"

他打量着林岐，总觉得林岐似乎有什么不一样了。

林岐起身，笑微微地立在那里看着洪武帝和许皇后。

许皇后也发现林岐的不同了，看看林岐，又看看洪武帝："陛下，小凤凰他——"

林岐笑容更甜，眼睛显得大大的，肌肤白白的，嘴唇润润的："父皇，母后，我有一个好消息要告诉你们。"

洪武帝和许皇后相视一看，彼此都盼着一个共同的好消息，却都生怕又是一场空。

他们齐齐看向林岐，几乎要屏住呼吸了。

林岐眼睛弯弯的："父皇，母后，我身子的毒已经解了。"

殿内一下子静了下来。

静到能听到外面淅淅沥沥的雨声。

许皇后眼泪瞬间涌出，低头拭泪。

洪武帝眼眶也湿润了。

他张开双臂："岐儿，过来。"

林岐乖巧地过去，单膝跪在了父皇母后的膝前。

洪武帝伸手抚着林岐散在肩头的柔软长发："岐儿，说吧，想要什么生辰礼物，父皇都给你。"

在这一瞬间，他觉得就算是林岐开口要他的皇位，他都愿意退位做太上皇。

毕竟作为父亲，他是真的对不起林岐。

许皇后泪眼婆娑，却知这会儿自己绝对不能开口。

林岐看着洪武帝，笑容软糯："父皇，您哄我吧？"

洪武帝见他如此，一颗心软成了水："岐儿，父皇可是大周的皇帝，一言既出驷马难追，决不食言。"

林岐"哦"了一声，道："父皇，我想让胡岫做金水河道税务总管。"

洪武帝："……"

户部侍郎胡岫，进士出身，为官清廉，极善理财，是从金水河道税关主事一职开始，一步步升任现职的。

他为人踏实肯干，是一个能吏，的确比林嶂更适合金水河道税务总管这一职务。

最重要的是，这位户部侍郎并非林岐的人，而是洪武帝亲手提拔上来的亲信。

洪武帝想起自己答应苏太后、苏贵妃的那些话，有些为难地看着林岐："岐儿，林嶂刚刚上任……"

林岐从衣袖里拿出一个折子，奉给了洪武帝："父皇，这是从五月底到六月底这一个月时间，贿赂林嶂数额超过五千两的人的名单。"

洪武帝展开折子，看着上面清清楚楚的时间、地点、在场之人和贿赂数额，一下子沉默了下来。

林岐道："父皇，这些人送了银子，得了税关上的官职，还不得在任期内疯狂捞钱，把自己的损失给捞回来，到时候受损的是谁？还是父皇您，这天下都是父皇的呀！"

他一脸认真："若是父皇默许林嶂这样给您挖坑，那请父皇发布旨意，让儿臣我去出巡江南，我保证，一个月时间，我能弄到一百万两白银，比林嶂弄钱还要麻利。"

半日，洪武帝才道："好，我答应你，派胡岫接任金水河道税务总管，只是岐儿你得和胡岫说一声，前任的事就不要追查了。"

林岐一脸诧异："父皇，胡岫是您的人，为何要我去说？若是您答应的话，我可以推荐我的人上啊，我手里还有一大串名单呢！"

他作势要从衣袖里掏名单。

许皇后当即笑着道："你这孩子，非要挤对你父皇吗？！"

林岐甜甜一笑，过去挤在许皇后和洪武帝中间坐下，撒娇道："我一夜没睡，好饿啊，父皇母后陪我用早膳！"

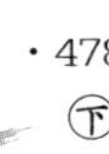

洪武帝满心的烦恼都被林岐的亲近给驱赶到了九霄云外，笑得眼睛眯着：“好好好，父皇母后陪岐儿用早膳。”

用罢早膳，林岐陪着许皇后送走洪武帝，母子俩又一起回了福宁宫。

许皇后在凤榻上坐定之后，看着林岐，眼中满是感慨：“小凤凰，你今日可是行了一着险棋。”

林岐挑眉：“哪里险了？胡岫是父皇的人，又不是我的人；是林嶂收受巨额贿赂，又不是我收受巨额贿赂？我怕什么？”

林岐洒然地在一边的紫檀雕花圈椅上坐下：“我忙了这么一大圈，都是为父皇、为天下做了嫁衣裳，父皇和天下都应该感谢我。”

许皇后一想，发现小凤凰说的居然很有道理，不禁笑了起来，声音也温柔了许多：“小凤凰，你想要母后送你什么礼物？不如母后去求你父皇，礼聘周姑娘做你的太子妃？”

林岐脸上的笑渐渐消逝。

他垂下眼帘，把玩着自己的衣带，问道：“母后，今日还要去延寿宫给太后请安吗？”

许皇后点了点头，道：“自然是要去的。”

她又道：“大苏嫔为你父皇生下一个小公主，如今小公主养在太后宫中，颇为康健可爱，你父皇也常常去延寿宫看望小公主。”

林岐抿了抿嘴：“母后，我陪你去给太后请安。”

虽然下着雨，苏太后却也没免了皇后和宫里众嫔妃的请安，大清早的，后宫有头脸的嫔妃就在许皇后的带领下，来到了延寿宫，给苏太后请安。

延寿宫正殿里灯火通明，却空荡荡的，苏太后还在寝殿没有起身。

许皇后是早习惯了的，默然带着众嫔妃在正殿上等着。

此时苏太后正端坐在妆台前。

苏贵妃亲自服侍，指挥着兰女官等女官和宫女服侍苏太后梳妆打扮。

苏太后头发已经花白，脸却保养得甚好，肌肤甚是细嫩，不笑的话，一点纹路都不显。

装扮完毕，苏太后戴上全套的宝石头冠，穿上礼服，这才扶着苏贵妃和大苏嫔的手离开了寝殿。

一到正殿，大苏嫔便悄悄走到许皇后身前，屈膝道福，然后进入许皇后身后的嫔妃队伍。

苏贵妃笑容甜美，扶着苏太后在宝榻上坐下，自己顺势立在一边。

许皇后带领众嫔妃给苏太后行了礼，然后开始静听苏太后训话。

苏太后这段时间心中得意，训话就有些长，从汉宫的班婕妤讲到唐代的长孙皇后，滔滔不绝，偏偏枯燥无味。

许皇后基本上一夜没睡，这会儿就有些支撑不住，恰在此时，外面太监唱道："皇太子到——"

苏太后的长篇大论戛然而止：林岐不是在千里之外的甘州吗？他什么时候回京城的？他又要搞什么破坏，坑什么人？

不待苏太后想明白，头戴玉冠，身穿杏黄纱袍，腰围碧玉带的林岐就大步流星走了进来，端端正正拱手行礼："给太后请安！"

众嫔妃的视线都聚在了林岐身上：

皇太子依旧是宫中最俊美的少年啊！

啊，皇太子笑得好甜好可爱！

皇太子是不是又长高了？肩膀好像也更宽了，更像男子汉了……

这样的美少年，单是看看，就让人神清气爽啊！

苏太后看到林岐，从来都不觉得神清气爽，只觉得胸口发闷。

她皱起眉头："你不是在西北吗？怎么回京了？"

林岐一脸焦急："启禀太后，孙儿听说母后身子不适，甚是忧心，这才赶了回来。"

他看向许皇后："母后，您怎么样了？"

许皇后顺势晃了晃，道："本宫只觉头目眩晕，眼前发黑……"

林岐忙上前扶住了许皇后，满是焦急："快传太医！"

他又看向苏太后："太后，母后身子不适，孙儿先送母后回福宁宫！"

不待苏太后反应过来，林岐已经一阵风般扶着许皇后出去了。

正殿内鸦雀无声，众嫔妃都看向苏太后。

苏太后抬手扶住额头，叹息道："哀家也有些不适……"

她得赶紧病倒，这样就可以逼许皇后侍疾了。

太医很快赶到福宁宫给许皇后看了脉息，言之凿凿说许皇后需要静养。

林岐办事效率极高，当即禀了洪武帝，然后亲自送许皇后前往金明池行宫静养。

等许皇后在金明池行宫的临水殿安顿下来，宫里才传来了苏太后病倒的消息。

许皇后立在临水殿前，看着前方烟波浩渺的金明池，不由得笑了，和王云芝说道："还是有儿子好，儿子和娘贴心。"

苏太后大约是为了折磨她，牢牢抱着"以孝治天下"这个匾额，隔几日就要病一场，要她带着众嫔妃轮流侍疾，真是让人烦不胜烦。

还是小凤凰聪明，没等苏太后“病倒”，就先让她“病了”，这下她可以在金明池行宫过些安逸日子了。

延寿宫里，苏太后正卧床装病，苏贵妃和大苏嫔在一边服侍。

苏太后咬牙切齿：“林岐这小崽子，到底什么时候回来的，一回来就给哀家添堵！”

苏贵妃道：“林岐一向狡诈，让人防不胜防——他怎么还不死！”

苏太后是她的嫡亲姑母，大苏嫔是她的庶妹，在这两个人面前苏贵妃没什么忌讳，咬牙切齿地诅咒着：“林岐早些死了吧！”

这时候外面传来兰女官的声音：“启禀太后，夏公公回来了。”

延寿宫总管太监夏飞弓着身子走了进来，拱手行礼：“太后娘娘，贵妃娘娘，苏嫔娘娘，大事不好，庆王殿下的差事被人给抢了！”

苏太后一下子坐了起来：“怎么回事？”

夏飞用衣袖擦了擦汗，道：“陛下刚刚颁布的圣旨，着户部侍郎胡岫接任庆王殿下的金水河道税务总管一职……”

苏太后眉头一下子皱了起来。

庆王刚让苏贵妃给她送来了五万两银子，可见这差事油水之丰厚，怎么这么快就被人给抢走了？

苏贵妃气得俏脸通红：“到底是怎么回事？庆王不是做得好好的吗？”

夏飞忙不迭道：“启禀贵妃娘娘，小的不知。先前任命庆王殿下为金水河道税务总管时，内阁整整拖延了好几日；这次陛下让胡岫接任金水河道税务总管，内阁只用了半个时辰，就通过了此议，如今圣旨已经发出去了……”

相较上次洪武帝任命庆王林嶂担任金水河道税务总管时内阁的拖沓延迟，这次内阁效率惊人，户部侍郎胡岫调任金水河道税务总管的旨意一传下来，内阁就通过并呈交洪武帝批准，然后由六科校对下发了下去，根本没有给苏太后、苏贵妃及其背后的镇南侯苏家反应时间。

苏太后咬牙切齿道：“定是林岐那小崽子搞的鬼，哀家就知道，他一回来，准没好事。”

苏贵妃恨恨道：“姑母，这林岐留不得了，咱们——”

苏太后咳嗽了一声，道：“都退下吧！”

众人都退了下去，寝殿里只剩下苏太后和苏贵妃。

苏太后思索良久，这才道：“说吧，你有什么法子除掉林岐？”

离开这么久，东宫还是旧日模样。

林岐不肯让人帮他打伞，自己打着油纸伞走进东宫。

红墙黄瓦，雕梁画栋，俱在雨中静默着。

李越迎了上来："殿下，寝殿和东暖阁都收拾好了。"

林岐脚步不停："去东暖阁吧！"

寝殿太大太空了，他还是喜欢歇在东暖阁。

待似锦嫁过来，再和她商议住在哪里，似锦愿意住哪里，他就跟着似锦住哪里。

林岐醒来，已经是傍晚时分，外面雨早停了。

李越和李涵进来服侍，见皇太子坐在床上发呆，跟个懵懂的小孩子似的，忙低声道："殿下，大苏嫔那边传了话来，说太后和贵妃痛恨殿下，在寝殿内破口大骂，怕是近来会有所行动。"

"她们骂我呀……"林岐这才清醒了过来，道，"这不是很正常的吗？"

不骂才不正常。

李越端了一盏温开水，奉给了林岐。

林岐接过茶盏，慢慢喝了几口，彻底清醒了过来，开始起身洗漱。

李越一边服侍，一边道："殿下，陛下这些日子与镇南侯推荐的道士白灵素颇为亲近，甚至允许白灵素在宫内开炉炼丹。"

林岐闻言一愣："炼丹？炼什么丹？"

李越轻咳了一声，道："殿下，陛下自从服食了白灵素炼的丹药，如今宫里又多了几个新晋封的嫔妃。"

林岐这才明白了过来，自己这位父皇在女色一道上可真够执着的，为了能宠幸嫔妃，居然开始服食丹药。

他颇有种恨铁不成钢的感觉，最后恨恨道："随便他。"

父皇若是自己的儿子，林岐非要好好揍他一顿，直到把他打得悔改，让他好好爱惜自己，不再作妖。

穿好衣服，林岐吩咐道："派人好好看着延寿宫和御景殿的动静。"

御景殿正是苏贵妃居住的宫殿。

李越答了声"是"。

林岐穿好衣服，看了看时间，起身去了东华殿。

周胤和户部尚书宋启翎在东华殿内一边下棋，一边等着皇太子。

听到太监通报皇太子到了，周胤和宋启翎起身迎接。

林岐态度很是温和，上前一步，扶起两人道："周先生，宋大人，不必多礼。"

周胤一边打量林岐，一边缓缓道："待会儿韩首辅要带着刑部尚书张大人、都察院左都御史钱大人和大理寺卿欧阳大人来见殿下。"

陛下不管别的如何，在培养太子一事上还是颇为用心的。

太子一回京，陛下就吩咐韩朝引着三法司的人来见太子，让太子用三个月的时间熟悉三法司的运行机制。

林岐微微颔首，道："父皇也和我说过了。"

他话音刚落，首辅韩朝就带着刑部尚书张涵之、都察院左都御史钱涌进和大理寺卿欧阳长明过来了。

似锦自己没法子经常出去，便让素心管银子，孙秀跑腿，乔夙设计，让他们三个人一起修缮嵩岳街的铺面和后院。

乔夙和孙秀都是踏踏实实做事的人，不过二十天时间，就把嵩岳街的铺面和后面的药坊都修缮完毕。

忙完这些，乔夙就带着孙秀前往黔州收购药草去了。

似锦前世是做过生意的人，知道在这街市上做生意，必须得有一个妥当的靠山，便预备开业那一日，寻几个有些势力的人前去捧场。

她第一个想到的就是小凤凰。

可是美滋滋地想了一会儿，似锦自己又给否定了——她若是敢请小凤凰，没过几日，庆王和苏氏那边的人就敢把她药铺的招牌给砸了，夜里泼了油，把她药坊给烧了。

想到这里，似锦才意识到，自从上次夜里给小凤凰过生日，她已经差不多一个月没见小凤凰了，也没有一点小凤凰那边的消息。

意识到这一点，似锦就有些坐不住了。

她起身出了屋子，在院子里踱步。

如今刚入八月，似锦这庭院里依旧花木葱茏，一株早桂甚至开了花，小小的嫩黄的桂花散发着甜甜的幽香。

似锦揪了几粒桂花，放在鼻端一边轻嗅，一边计算着时间。

那夜小凤凰离去时已过了子时，算是七月初三了，今日已经是八月初五了，也就是说，她足有一个月没见小凤凰了。

他到底在忙什么呢？

似锦没想小凤凰时倒也罢了，如今一旦想起，心里就如同藏着一只小猫咪，不停地拿它的小猫爪轻轻抓挠，痒得不得了。

她实在是忍耐不住，便吩咐小丫鬟幽客："你去问问孙妈妈，看爹爹有空见我没有，我有一个礼物要送给爹爹。"

幽客离开之后，似锦取了一个白玉瓶，在庭院里剪了些花木瑞草，最后选了一枝红叶、一束白菊、几棵秋草，插入瓶中，组成了一套秋景花艺。

幽客来去如风，很快就回来了：“姑娘，老爷请您过去呢！”

周胤正在临摹古画。

似锦把白玉瓶放在书案上，先聊了会儿插花，又品了品闽州贡茶，然后才把话题引到了小凤凰身上：“爹爹，皇太子回了京城，您是不是又开始给他上课了？”

周胤含笑看了似锦一眼，道：“如今陛下爱好修道炼丹，把政务都交给了皇太子。皇太子要负责的事情太多了，哪里有时间上课。”

似锦见爹爹不肯多说，便又试着问道：“爹爹，庆王殿下已经回京了吧，他如今怎么样了？”

周胤端着茶盏饮了一口，乐滋滋道：“庆王已经和新任总管胡岫做了交接，回了京城，如今和平王、宁王、献王、永王一起在文华殿读书。”

似锦想象了一下已经成年的庆王，和几个年纪尚小的弟弟拘在一起读书的情景，觉得他怕是憋屈得慌，便道：“爹爹，庆王和苏家应该不会善罢甘休吧？”

周胤神情严肃起来：“自然不会善罢甘休，所以太子殿下须得小心谨慎。”

他忽然道：“我有一个门生，叫何青，现如今担任临清税关的主事，以鼻子灵敏著称。何青给我写了一封信，今日信才到京城。他在信中说庆王回京时，座船经过临清税关，他带着人上船检查，在船舱里曾闻到浅淡的奇怪味道，再要细查，却被庆王的人给赶走了。”

似锦忙问道：“爹爹，他有没有说是什么样的奇怪味道？”

周胤道：“何青悄悄用手在舷板上蹭了蹭，手上蹭到了一种油脂，他又蹭到了纸上，给我寄了过来。”

似锦忙道：“爹爹，让我看看！”

周胤起身，在一边的架子上翻找了一会儿，把那封信找了出来，递给了似锦：“你自己看吧！”

似锦从信封里抽出了几张叠在一起的信纸。

最下面那张信纸上没有写字，却有一处似浸了油一般，有点透明。

似锦闻了闻，发现这不是家常使用的那些油，比如豆油、麻油和桐油之类，而是一种散发出从来未曾闻过的奇怪味道的油。

她想起前世曾有西域商人带了一种叫猛火油的液体来京城，在她的铺子里推销，说这种猛火油点着之后，火势极大，水泼不灭——这纸上的油脂会不会就是猛火油？

似锦那时候嫌这种猛火油数量太少价钱又贵，再加上她的布坊使用木炭做燃料，成本也不算高，便没有购买。

若真是猛火油，庆王带猛火油回京做什么？

想到这里，似锦忙道："爹爹，这封信能不能给我？"

周胤看了女儿一眼，把信封给了似锦："你拿去吧！"

他是似锦的爹爹，自然要为女儿考虑。

似锦聪明灵慧，应该能由此猜到庆王怕是要利用猛火油坑害皇太子。

他且不说，看似锦会怎么做。

回到西宅，似锦叫来春剑，吩咐道："你去金石街一趟，和李青说，我有很重要的事情要见他，让他来这里一趟。"

在她心中，没有人比小凤凰更重要。

想到庆王和苏家有可能打算用猛火油伤害小凤凰，似锦心中恨极。

林岐今日在大理寺忙碌了一日，傍晚的时候才回了东宫。

他刚脱去常服，换上似锦给他做的便服，李涵便来通禀，说庆王带着四个弟弟平王、宁王、献王和永王过来了。

林岐起身去迎。

他虽然讨厌庆王，可是该讲的体面还是要讲的。

庆王自从回到京城，就被洪武帝拘在文华殿陪着这些弟弟读书，每日学那些君君臣臣父父子子之类伦理道德，都快要被烦死了。

今日下午的课更是无聊，是大儒朱超逸讲《孝经》，庆王实在是忍耐不住，便以去向太子求教学问为借口，向朱超逸朱老先生请了假，带着四个弟弟去了东宫。

一进东宫大门，宁王林嵘就感叹道："东宫好漂亮啊！"

庆王酸溜溜道："对啊，咱们兄弟都比不上人家太子，谁让人家会投胎。"

引路的小太监正是李涵。

李涵似没听见一般，颇为周到地引着庆王兄弟五人继续往前走。

宁王继续道："东宫铺地的砖，怎么和我王府不同？"

庆王等人都看向地下铺的地砖，发现地砖呈现细腻的黑色，瞧着墨玉一般光滑，然而踩上去不但不滑，而且没有什么声音。

平王林峥瞅了宁王一眼，道："东宫地上铺的是御窑烧制的砖，和父皇勤政殿的砖一样，林嵘你装什么装呢！"

宁王被林峥抢白了一通，脸有些红，不吭声了。

庆王哼了一声，却没再说话。

这时林岐已经在正殿的台阶上候着了。

他微微一笑，下了台阶迎接。

庆王虽然桀骜，却因被次辅赵贡修理过，因此见了林岐，老老实实带着四个弟弟拱手行礼：“给太子殿下请安。”

林岐笑了：“自家兄弟，不必客气，请！”

在正殿喝了一会儿茶之后，平王林峥觉得大家都规规矩矩扮演君臣兄弟，怪无聊的，便提议道：“二哥，你这里有没有什么好玩的？”

林岐想了想，道：“我带你们去西偏殿看看。”

除了庆王林嶂比林岐大，其余四个弟弟里，最大的平王林峥，今年十六岁了；其次是宁王林嵘，今年十五岁；献王林峻和永王林峡，今年都是十二岁。

林岐从十岁到现在，要么是跟着先生读书习武，要么是跟似锦在一起，还没怎么和年纪相仿的男孩子在一起玩过，他也不知道如何陪这几个弟弟玩，索性带着他们去了西偏殿，教他们几个做沙盘。

他动作干脆利落，一边做一边解说着，很快就用石青色的胶泥做了个假山，又拿着银镊子，小心翼翼地把用桐油浸过的松枝柏叶一个个粘了上去，然后又拿了一支极细的笔，蘸了些红颜料，却不题字，而是让弟弟们猜：“你们猜猜我做的是什么山？”

平王林峥、宁王林嵘、献王林峻和永王林峡都好奇得很，盯着看来看去，想猜一猜到底是哪座山。

庆王林嶂懒得搭理这几个弟弟，自己在一边玩手指头，可是见这几个小的都被林岐吸引去了，他又有些酸溜溜的，不自觉地翻了个白眼。

永王林峡猜测道：“二哥，我瞧着像是父皇勤政殿后面的艮岳。”

献王林峻佩服得很：“二哥做得太精巧了，的确是艮岳，只是二哥还未题字罢了！”

平王林峥道：“二哥脑子聪明，做什么都是又快又好。”

宁王林嵘见别的兄弟都夸过了，不好落于人后，便也走心地夸了一句：“二哥制作的艮岳，与真的艮岳一模一样，堪称具体而微者也。”

林岐觉得四个弟弟，顶数林嵘夸的话深得自己的意，含笑提笔重新蘸了些红颜料，在一面“石壁”上写了两个瘦金体字——“艮岳”。

这下四个弟弟都鼓起掌来——他们真的都没想到林岐居然这么厉害，还有这一手。

他们先前都觉得林岐之所以受宠，一出生就是皇太子，而且地位稳固，父皇从未有过废太子之意，一是因为他会投胎，投到了许皇后肚子里；二是因为林岐长得好看，谁见了他那张脸都忍不住对他好。

现如今真的在一起玩了，他们才发现，林岐是真的优秀，性格也很好。

兄弟五个越玩越开心，越聊越投机，就商议着一起吃酒，然后再去东宫演武场练习射箭。

庆王一个人在一旁，却也不肯离开，见林岐带着四个弟弟去东暖阁吃酒，便也跟了上去。

吃酒的时候，庆王貌似不在意地问了一句："二弟，再过十日就是中秋节了，今年宫里的中秋夜宴你参加吗？"

林岐亲自端起酒壶，给弟弟们斟满银盏："这是菊花蜜酒，喝不醉人，多喝几盏也没事。"

斟罢酒，林岐含笑看向庆王："我自然是要参加的。"

他心里却道：看来今年的中秋夜宴，林嶂怕是要搞什么阴谋诡计了。

用罢酒，林岐又带着五个兄弟去了东宫演武场，开开心心玩了半个时辰射箭，这才命人送他们各自回府。

林岐酒量还算可以，自我感觉清醒得很，又回到西偏殿，自己坐在那里玩沙盘。

他虽然不说话，可是李越却能够感受到他的孤独，便给他斟了一盏温开水，然后自言自语道："一个多月了，也不知周姑娘在忙什么。"

林岐原本拿了刻刀在削胶泥制作山石，听到"周姑娘"三个字，手里的动作停了下来。

他当然想念似锦。

这么些年，他和似锦日日夜夜在一起，早已你中有我，我中有你，密不可分。

可林岐知道，似锦说得对，此时庆王和苏家的人正在盯着他，若是被庆王和苏家发现他与似锦的关系，似锦就有可能陷入危险之中。

所以再等等吧，等苏家倒台，他就可以和似锦在一起了。

这时候，李涵忽然在外面通禀道："殿下，李青有急事求见。"

待李青说完，林岐沉吟了一下，道："把那封何青的信给我。"

李青展开信纸，奉了上去。

林岐用银剪把浸了油的信纸剪了一部分，用银镊子夹着，先嗅了嗅气味，然后凑到烛台上点着，用茶盏泼了些水上去，发现火并未被熄灭。

他又闻了闻燃烧时的气息，然后道："《新五代史》记载，后梁末帝贞明三年，契丹主使用从占城国购买的猛火油攻城，'以此油燃火焚楼橹，敌以水沃之，火愈炽'；《梦溪笔谈》中也记录猛火油'生于水际，沙石与泉水相杂，惘惘而出'，燃烧时'遇水不灭'。似锦的猜测是对的，信纸上浸染的，应该就是遇水不灭的猛火油。"

李青道：“庆王殿下为何偷运外国产的猛火油入京？”

林岐想起了今日庆王特地问他那句“今年宫里的中秋夜宴你参加吗”，冷冷一笑，道：“为了烤小凤凰啊！”

殿下，这个玩笑一点都不好笑。

第三十六章
谋杀

李青想起春剑，忙道："殿下，春剑姑娘明日还要去金石街等我的回话——"

林岐闻言，顿时认真起来，思忖了一下，道："你就说我一定会小心，请她们姑娘放心。"

他不愿似锦担心自己。

李青离开之后，林岐洗了个澡，穿上似锦给他做的中衣亵裤，舒舒服服坐下，专心致志坐着想心事。

待心中计议已定，他这才躺下睡觉。

似锦得知林岐那边已经有了准备，先松了一口气。

小凤凰有了防备，她就不那么担心了。

小凤凰从小做事靠谱，他只要这么说，似锦就相信他。

八月初十是王菁出嫁的日子，似锦和韩贞寻了个机会，预备单独给王菁添箱。

似锦拿出的是一支赤金镶红宝石凤簪，韩贞拿出的是一对赤金镶红宝石手镯。

王菁见了，忙道："这也太贵重了……"

韩贞笑吟吟地把这对赤金镶红宝石手镯戴到了王菁的手腕上。

似锦认认真真地把那支赤金镶红宝石凤簪给王菁插戴上，道："我有一支凤簪，和你这个有些像。"

她说的是小凤凰给她的那支皇后赐的赤金镶宝石凤簪。

韩贞笑盈盈地把脑袋探过来，指着发髻上那支平王送她的凤簪道："是不是像我这样的呀？"

似锦笑着打了她一下，虽然没承认，却也没否认。

目送王菁乘坐的大轿出了二门，在人流簇拥下远去，似锦心里难受，眼睛也酸酸的。

韩贞悄悄握住似锦的手，道："别难过，她出嫁了，咱们以后看她就更方便了。"

似锦吸了吸鼻子，“嗯”了一声，拉着韩贞到一处女贞丛前说话：“你何时出嫁？我提前预备添妆。”

韩贞不缺首饰，她想亲手给韩贞做一架可以摆在新房的山水炕屏。

韩贞脸有点红，低声道：“林峥是老三，上面还有太子殿下没有成亲，他起码得等太子成亲了，才可以娶亲的……”

她都忘记这回事了。

韩贞又问似锦：“似锦，今年宫里的中秋夜宴，你还去参加吗？”

似锦想了想，道：“去年还真是峰回路转跌宕起伏，今年我挺想去凑凑热闹的，不过也得看能不能接到帖子。如今我命硬的说法谁都知道，万一宫里的人怕被我给克了，不给我下帖子，那我就没法去了。”

韩贞被似锦给逗笑了：“反正我是肯定去的。你若是去，咱俩就在一处；你若是不去，待我回来和你讲述。”

两人约定好后，不禁相视一笑——又一年的中秋夜宴，大家又要多许多谈资了。

八月十二这日，周夫人刚送了新任金水河道税务总管胡岫的夫人离开，学士府王夫人就带着王蕙过来了。

王夫人刚才和胡岫的夫人打了个照面，颇为艳羡地跟周夫人说道：“胡大人如今青云直上，胡夫人以后可要夫荣妻贵了。”

周夫人知道自己嫂子嘴上说不在乎，心里却因为大哥只是画院待诏若有憾焉，便笑着转移了话题，一边引着王夫人进惠畅堂，一边道：“大嫂，阿蕙接到宫里中秋夜宴的帖子了吗？”

她其实已经知道娘家侄女王蕙接到帖子了，故意这么问的。

王夫人闻言喜笑颜开：“昨日刚接到的，阿蕙开心得不得了，说要和表姐妹们商议穿什么衣服首饰合适，急急催着我来你家。”

这几家亲戚里，只有周府的长女周似锦参加过宫里的中秋夜宴，因此王夫人带着王蕙过来请教了。

周夫人会意，当即吩咐小丫鬟睡莲：“你去西宅请大姑娘过来，就说舅太太来了，请她见一见。”

王蕙在一边竖着耳朵听，见姑母让人去叫似锦了，这才放下心来。

她先前和似锦说话时，老是说话带刺，还真怕似锦不理她。

姑嫂俩在惠畅堂明间坐下，王夫人问周夫人：“你家接到宫里的帖子没有？”

周夫人点了点头，道：“刚接到的。似锦、倩兮和盼兮都接到了，我还没来得及和她们说。”

王夫人忍不住道：“不都说你家似锦命硬得很嘛，宫里不忌讳这个，还给她发帖子？”

这话周夫人就不爱听了，道：“似锦是七杀命格，命虽硬，却只克夫，又不刑克别的。再说了，她若是遇到同样命格极硬之人，却又能变成互相成就极为富贵的命格。”

她对丈夫周胤实在是爱得极深，爱屋及乌，也希望庶女周似锦能够嫁个好女婿，生儿育女过日子，而不是独处一辈子。

王夫人见这话周夫人不爱听，当下就转移了话题，又聊起了今年的选秀：“你听说今年的选秀没？宫里都好几年没选了，怎么今年又开始了？”

不待周夫人回答，又道：“先前选秀，都是从官家女中选，今年也奇怪，专门从民间选。”

周夫人沉吟了一下，道：“谁知道呢。”

其实周胤私下里和她说了，这次选秀，是因为洪武帝听信了镇南侯推荐的道士白灵素的话，要选择九九八十一个美貌处子，一一御之，以检验丹药的功效。

这实在是太恶心了，周夫人绝对不会和人说的。

正在这时，外面传来丫鬟水芝的声音：“夫人，大姑娘到了。”

似锦行礼的时候，王夫人细细去看，见似锦比先前瘦了些，颇有韵致，美貌了许多，当下笑了：“似锦真是女大十八变，越变越好看！”

似锦微微笑着，也给王夫人行了礼。

周夫人这才道：“似锦，宫里刚才下帖子了，你们三姐妹和你蕙表姐都收到中秋夜宴的请帖了，你去年去过一次了，和你蕙表姐和两个妹妹说说里面的情形吧！”

似锦心中吃惊，面上却是不显，答了声“是”，便笑着和王蕙说道：“咱们去蒹葭院寻倩兮和盼兮。”

王蕙也觉得在这里说话不方便，便起身随着似锦去了。

待倩兮一及笄，秦家就要迎娶她过门，因此这些日子倩兮已经停了学，每日在房里做绣活。

如今就盼兮一个人在桃夭阁跟着戴先生上课。

似锦吩咐丫鬟去桃夭阁叫了盼兮回来，几个女孩子一起商议中秋夜宴之事。

似锦也不藏私，把自己的经验都说了，又细细说了些注意事项，然后又查看了王蕙、倩兮和盼兮的宫廷礼仪，发现王蕙还略有欠缺，就认真纠正了一番。

王蕙先前一直不待见似锦，见她如此真诚，不禁有些感动，拉着似锦道：“似锦，先前是我不对，态度不好……”

似锦才不在乎王蕙怎么样，她根本就没把王蕙放在心上，因此笑着道：“先前有什么事啊，我怎么不知道？”

王蕙见似锦不计较，怪不好意思，也笑了，叹了口气道：“我母亲说了，今年我若再没被宫里看上，就要给我说亲了。”

她一心想要进宫，却一直未能如愿。

似锦不知道该如何接话了。

如今宫里除了洪武帝有可能会选妃充实宫掖，也就几个皇子——太子、庆王、平王和宁王年龄符合。

可是庆王的侧妃名额已经满了，宁王比王蕙小两岁，年龄合适的也就太子和平王了。

平王的王妃已经定下韩贞了，韩贞怎么可能接纳王蕙做平王的侧妃？

再说小凤凰吧，似锦可不能想象小凤凰娶了王蕙的情形，这俩人实在不是一路人。

王蕙却有些羞涩地道：“若是能跟了太子殿下，就是做妾，我也愿意的……”

看着王蕙含羞带怯的模样，她心里一阵酸溜溜。

过了一会儿，似锦才意识道：啊，我竟然吃醋了！

似锦想象了一下小凤凰将来和别的女人在一起的情形，胸口一阵发闷，头皮也有点发麻，手指和脚趾齐齐蜷起，想做点什么，却又不知道做什么……

不行，我接受不了小凤凰和别的女人在一起！

小凤凰的软脸颊，只能我摸；小凤凰的嘴唇，只能我亲；小凤凰的胸膛，只能我贴，只能我抱他……

似锦坐在那里，藏在衣袖里的手指微微颤了颤。

这就是吃醋啊！

原来我早就喜欢上了小凤凰，在他还扮作女孩子的时候……

这会儿许皇后正在接见延寿宫总管太监夏飞：“太后已经确定要在太液殿举办中秋夜宴了？”

太液池是御花园里的一个大湖，湖中心建有五层高的太液楼，夜间点着所有灯火，美倒是够美，就是容易发生火灾。

夏飞笑道：“启禀皇后娘娘，太后说她年轻时曾在太液楼曼舞一曲，这才得了先帝青目，选入宫掖。她如今年纪大了，思念先帝，想要重温一下旧梦。”

许皇后略一沉吟：“那就依太后的。”

得知苏太后要求在太液楼举办中秋夜宴的消息，林岐当即吩咐李越：“把库房里那金丝料子拿出来，改制成两件女子穿的大袖衫和一件男子穿的合领单衫。”

无论是女子穿的大袖衫，还是男子穿的合领单衫，都是穿在外面，不用系带，脱时也极方便，而金丝料子制成，则能隔开猛火油的火。

他和似锦一人一件，再给母后准备一件。

太子殿下急着要，不过两天工夫，两件金丝料子的大袖衫和一件合领单衫就全做好了。

李越呈上的时候，林岐颇有兴致地翻开衣服看了看，发现李越很有巧思，给他母后制作的大袖衫上面绣着大朵的牡丹，十分雍容华贵；而给似锦的那件大袖衫，则绣了绿色的藤蔓，很是素净。

他点了点头，道：“甚好，让李青把给周姑娘的那件送到周府西宅，母后那件待会儿我给母后送去。”

李越吩咐亲信把给似锦的那件大袖衫送到李青那里，然后回来服侍林岐。

他到底没忍住好奇心，试探着问林岐：“殿下，周姑娘那件大袖衫您为何不亲自给周姑娘送去？”

别人不清楚，他李越可最是清楚殿下对周姑娘的感情的，因此更是理解不了，殿下为何一个多月不去见周姑娘。

康嬷嬷这一年多一直在崇宁公主府上待着，因为实在是思念林岐，昨日回了东宫。

她一口咬定林岐瘦了，今日亲自下厨给林岐蒸了一笼小虾饺。

虾饺小小的，蒸熟之后呈半透明的粉色，林岐蘸了些醋，一口一个，虾肉弹牙，滋味鲜美。

林岐嘴里吃着虾饺，没法说话，待咽下了，这才慢慢道：“一则是为了她的安全，我不想林嶂和苏家那起子人关注她；二则……”

他垂下眼帘，没有说下去。

第二个原因是他从小和似锦一起长大，深知似锦有一个特点——不管什么，若是得到得太容易，她就不是很珍惜。

因此从小时候到现在，林岐对似锦总是欲擒故纵，而且绝大部分时候都是屡试不爽。

只有一次例外，就是前年似锦要离开他，离开泽州前往京城那次，他真的是差点“翻车”。

好在似锦悬崖勒马，而他也鬼使神差提前到了京城，要不然两人就要彼此错过了。

林岐想起上次自己差点失手，和似锦彼此错过，至今还心有余悸。

他又用红箸夹了一个虾饺，蘸了些醋慢慢吃了，心道：按照白又胖的性子，我越是一天到晚求着她嫁给我，她就越是不愿意，老想着追求自由，好像我就一定不能给她自由似的。

若是我忍耐得住，一个月不见她，白又胖就会忍不住，一定会很想我，下次见面，我就又变成她的心肝小宝贝了……

到了那时，白又胖就会亲亲我摸摸我，对我温柔又体贴。

林岐一边吃，一边想，浑不知自己因为八年如一日地琢磨白又胖，已经变成了一个撩拨女孩子的高手。

似锦不知道她的小凤凰在琢磨她。

她实在是太想念小凤凰了，无论做什么都无情无绪。

似锦知道这种状态不对，她有好多事情要做，有好多目标要一个个实现，不能一味沉浸在儿女私情里。

夕阳西下，似锦一个人在西宅后面的园子里踱步。

韩妈妈的孙女二妞正好在草丛里捉蚂蚱。

似锦帮她捉了一只蚂蚱，用狗尾巴草穿了，一大一小两个女孩子并肩坐在秋千的踏板上，看着西边的落日发呆。

春剑来给似锦回话，见这一大一小的模样，不由得笑了，走过去道："姑娘，李青派人过来送了件东西。"

似锦闻言，眼睛瞬间圆溜溜亮晶晶："他送的是什么？"

春剑见似锦如此开心，忙道："姑娘您自己去看吧！"

似锦急着回去，干脆一把抱起了二妞："二妞，咱们回去啦！"

把小姑娘一个人放在园子里，到底不安全。

素心正在西暗间书房等着，见似锦进来，忙道："姑娘，你快过来看！"

这会儿光线已经很暗了，书案上点着烛台。

似锦走过去，就见素心拿着一个精致的青绸荷包，松开了系绳，伸了两根手指头进去，然后从里面夹出了一方叠好的丝织品。

素心像变戏法一般，把这沓薄而轻软的丝织品展开——原来是一件薄如蝉翼的金丝大袖衫，上面绣着浅绿色的藤蔓，甚是精致，在烛光照耀下，金灿灿的光华流转，美得令人炫目。

似锦眼睛都瞪圆了："这金丝大袖衫是——"

素心和春剑都笑了。

素心道：“姑娘，这就是李青让人给您送来的礼物呀！”

似锦却不急着试大袖衫，而是拿过那个青绸荷包，从里面取出了一张叠得极小的字条。

字条上写着银钩铁画一行字——“明晚务必穿上，此衣防火”。

似锦看罢，把字条凑到烛焰边烧了。

看来小凤凰已经对庆王及苏氏有所防范了，这样她就放心一些了。

似锦吁了一口气，笑吟吟道：“来，我试一试这件新衣服。”

要试衣服了，她又觉得自己身上的衣服和这件大袖衫不搭配，带着素心和春剑回卧室忙了半日，重新搭配了明晚进宫要穿的衣物和要戴的首饰，穿戴上对镜照了照，心里美滋滋的——小凤凰还没见我打扮得这样漂亮过，到时候一定会眼前一亮。

可是转念一想，小凤凰自己长得那样好看，她打扮得再漂亮，他估计也没什么感觉。

这样一想，似锦又有些失落。

等在床上睡下，似锦想起自己这点儿小情绪，脸都红了，把脸埋进白绫软枕里，心道：周似锦，你可是经历过大风大浪的人，不就一个月没见小凤凰，怎么变得如此多情。

第二天傍晚，宫里来接人的马车到了，似锦、倩兮和盼兮三姐妹辞别爹娘和刚从嵩山书院赶回来的弟弟周韶，登车而去。

三姐妹先是到了蕴芳殿。

蕴芳殿里已经到了不少闺秀了，其中韩贞和王蕙都在，见周家三姐妹到了，齐齐迎了上去，携手进去坐下说话。

韩贞打量着似锦身上的大袖衫，最后还上手捏了捏摸了摸：“似锦，你这件大袖衫是用金丝制成的？”

似锦笑得甜蜜蜜：“就不告诉你。”

韩贞嘟着嘴道：“太漂亮了，回头让我娘也给我做一件！”

似锦逗她：“现在八月勉强还能穿，等你做好，怕是已经九月了，你穿着这样材质的衣服，冷不冷呀！”

韩贞一想：的确如此，这种用极细的金丝织就的衣料制成的衣物，好看是好看，却并不保暖。

她笑了，道：“那我明年夏天再做。”

似锦故意逗她：“哦，夏天啊，到时候就不是你娘给你做一件了，而是平王殿下给你做一件了。”

韩贞又是害羞，又是想笑，最后抱住了似锦的胳膊：“你别逗我了。”

似锦见她一副甜蜜小儿女模样，心里也为她欢喜，道：“你也有一阵子没见平王了吧？今晚正好能见到了。”

韩贞把脸埋进似锦衣服里，嘤嘤嘤撒娇。

那边王蕙是第一次参加宫廷宴会，心中正紧张，见韩贞和似锦玩闹，忙和倩兮、盼兮说道：“你们大姐怎么一点都不紧张？”

盼兮笑吟吟道：“我大姐姐从不怯场的。”

似锦招手让倩兮、盼兮她们过来，低声交代道：“你们今晚紧紧跟着我，别走远。”

倩兮和盼兮齐齐点头：“好的，姐姐。”

王蕙也跟着答应了一声。

韩贞刚被似锦打趣过了，反过来又要打趣倩兮和盼兮：“今晚秦羽和孟庆元也都要来呢，到时候你们可以见一见未来夫婿了！”

倩兮和盼兮都有些害羞。

盼兮拉着似锦道：“大姐姐，韩姐姐打趣我，你说说她！”

似锦还没开口，王蕙就怯怯道：“那太子殿下也会参加吧……”

韩贞道：“太子殿下应该会来，不过也不一定，宫里的宴会，太子殿下并不是每一次都参加的，他实在是公务繁重，我听说陛下现在把许多政务都交给太子殿下处理了。”

似锦却是知道，小凤凰今晚一定会来。

想到要见到小凤凰了，似锦的心跳得有些快。

终于要去太液楼了，众闺秀在太监和宫女的导引下，离开了蕴芳殿，沿着一条白色鹅卵石铺就的小道，一直走到了太液池边。

似锦立在太液池边，看着一座汉白玉拱桥从太液池岸边开始，横跨半个太液池，拱桥的另一端是巍峨壮美的太液楼。

拱桥上点着无数的水晶灯，在夜色中远远望去，如同一串珍珠蜿蜒伸向灯火通明如同神仙宫阙的太液楼。

真美啊！

倩兮和盼兮也是第一次看到这样壮美的景象，都看呆了。

这时候延寿宫总管太监夏飞带着太监和宫女过来了，亲自引着众闺秀登上拱桥，往太液楼走去。

这次中秋夜宴甚是热闹，不但苏太后、洪武帝和许皇后到了，宫里的嫔妃、皇子、公主、王妃等也都在场，高官贵族家未婚的公子闺秀也来了不少，甚是热闹。

欢饮到了子时，歌舞散去，太液殿里开始上演苏太后喜欢的小戏，而太液池外面则开始燃放烟花。

年轻人不爱看小戏，三三两两出了太液楼，到太液楼外面去看太监放烟花。

太液楼前是一个极大的汉白玉雕成的广场，广场三面围着汉白玉栏杆，栏杆上每隔一段距离，就有一盏水晶灯，映着栏杆外的粼粼碧波，如同天上宫阙。

太监乘了一艘画船停泊在栏杆外，立在甲板上放烟花。

一朵朵烟花在夜空盛放，美不胜收。

庆王拎着一个酒坛子出来，游目四顾，见林岐正被一群年轻人围在栏杆前赏烟花，顿时笑了起来，拎着酒坛子走了过去。

太液楼内的小戏演完了。

大苏嫔和小苏嫔缠着洪武帝，要去外面看太监放烟花。

洪武帝经不起美人纠缠，又不好意思单独带宠妃出去看烟花，干脆请了苏太后、许皇后和苏贵妃等一起出了太液殿，到广场上看烟花。

出了太液楼，洪武帝见林岐正和林嶂在放烟花的画船前说话，其余人都远远站着，心里奇怪，便陪着苏太后和许皇后，在苏贵妃、大苏嫔和小苏嫔等嫔妃的簇拥下，也走了过去。

庆王刚才故意屏退众人，说要和太子说话。

这会儿他故意装作喝醉了，醉醺醺地和林岐闲扯着：“二弟，咱们今晚不是君臣，而是兄弟，是兄弟，就要一醉方休，来，尝尝哥哥的好酒——”

他说着话，举起了手里的酒坛子就要往林岐身上倒。

林岐反应极快，见他把坛口朝向自己，当即左手扶住了坛底，右手捏住了坛口，顺手往上一抬，酒坛子里的液体就全泼到了庆王身上。

庆王一下子蒙了。

这时画船上苏太后安排的放火的太监，按照约定，看到有人被泼，闪电般就把点烟花的火信子给扔了过来。

火信子落在庆王身上，“轰”的一声燃了起来。

广场上乱成一团，尖叫声、哭喊声、救命声响成一团。

似锦等闺秀距离这里很近，见状似锦当下便要冲过去救林岐。

林岐看了似锦一眼，示意她不要过来，口中大声道：“大哥，你怎么着火了？”

庆王在熊熊烈火中尖叫着冲向林岐。

林岐抬脚踹去，口中道：“大哥，先到水里灭火！”

只听“扑通”一声，庆王落在了湖中。

似锦见此情形，松了一口气，忙扶住了白玉栏杆。

庆王落在湖中，拼命挣扎着号哭着，可是说也奇怪，他身上的火在水中竟然不灭，依旧熊熊燃烧。

洪武帝和苏贵妃等人也都疾步跑了过来。

林岐甚是镇定，指挥着太监把画船驶近去救落水的庆王。

苏贵妃见状，便要冲过去救儿子。

洪武帝忙拉住了她。

苏贵妃救子心切，再加上心中恨极，用力推了洪武帝一把，在突然响起的尖叫声中翻下栏杆，跃入湖中要去救庆王。

洪武帝猝不及防，再加上近来身子被丹药和女色掏空，下盘不稳，整个人向后跌倒，“砰”的一声撞在了铺着汉白玉的地上。

众嫔妃这才反应过来，一起围了上去，却见地上鲜血蜿蜒，洪武帝已经晕了过去。

林岐指挥若定，让李越带着船上的太监救庆王和苏贵妃，请许皇后扶了苏太后回太液殿，自己则和几个弟弟上前救治洪武帝。

倩兮和盼兮没想到居然会赶上这样的事，两人紧紧挨着似锦和韩贞，一动也不敢动。

王蕙脸色灰白，整个人跟傻了似的。

似锦低声抚慰她们:“没事，都别担心了，方才是庆王拿了酒坛要给太子殿下，谁知他没拿稳，把酒全倒在自己身上了……”

她们距离庆王和太子距离很近，等宫里查案时一定会被查问，因此她先趁众人心中慌乱，固定这个印象。

半个时辰后，众闺秀被东宫的人引着去了蕴芳殿。

没人敢睡着，也没人能睡着，她们一直熬到了第二天上午，又被宫里女官和太监一个个盘问录口供，最后到了傍晚时分，这才被家里人接了回去。

似锦一回到家，就从周胤那里得知，洪武帝依旧昏迷不醒，庆王和苏贵妃被救了上来，却都被烧得没了人形。

她顾不得许多，忙道：“爹爹，那镇南侯苏家会不会以‘清君侧’的名义发兵入京？”

周胤没想到似锦居然能看到这一点，看了看房里的周夫人、周韶和倩兮、盼兮，略一思索，道：“辽州总兵邱正彤和闽州总兵王永志，一个月前被调往赣州举行水陆合练。”

似锦这下子明白了，林岐早就有所防备，以练兵为由，调集辽州骑兵和闽州水兵在镇南侯进京必经的赣州进行水陆合练，防备镇南侯引兵入京。

她轻轻道：“镇南侯苏氏不会这样轻易罢休的。”

“既然是疥疮，那就要早治，不一定非得等这疥疮烂透了再治。”

似锦看向周胤：“爹爹，您也支持治疗疥疮，对不对？”

周胤神情肃然，深深看了似锦一眼：“那是自然。”

他虽然是洪武帝的亲信，可是在他心目中，最重要的不是洪武帝，而是大周。

如果太子殿下能够结束镇南侯苏氏和安国公许氏割据一方的局面，避免大周走向分裂，他自然支持太子殿下。

似锦松了一口气。

周夫人见这父女俩似乎是在打机锋，便道：“你们在说什么，什么疥疮不疥疮的，多恶心啊！”

周胤和似锦当下不再谈论此事。

周韶正听得心潮澎湃，见母亲打断了爹爹和长姐的话，心里有些不满，道：“母亲，您快让人摆饭吧，我饿了。”

周夫人忙张罗着让王妈妈摆饭去了。

似锦疲惫到了极点，不过吃了几口菜，用了一碗粥，就起身告退：“父亲，母亲，我先回去歇息。”

倩兮和盼兮也都脸色苍白，随着似锦站起身来。

周胤看着三个女儿，见她们神情疲惫，眼下都有青晕，显见是熬了太久，而且倩兮和盼兮明显情绪紧张，便安抚道：“昨夜宫里的事，太子殿下会处理好的。

“太子殿下处事公平公正，为人慈和，你们姐妹不会被牵涉进去的。回去好好睡一觉，明日盼兮也别上课了，倩兮和盼兮都去西宅，和你们姐姐一起看书、作画、弹琴、散步，好好散散心。”

倩兮和盼兮从昨夜担心到现在，如今得了父亲的安慰，心中一块石头落了地，眼圈都有些红，答了声“是”，随着似锦退了下去。

夜色茫茫。

似锦和两个妹妹站在惠畅堂大门外，看着苍茫夜色中前方屋子的灰瓦白墙，一时都有些怅然。

盼兮看向似锦：“姐姐，宫里好可怕。”

似锦握住她的手，低声道：“都过去了，回去好好歇着吧！”

姐妹三个屈膝道别，倩兮和盼兮往东回蒹葭院，似锦则向西回西宅。

素心和幽兰打着灯笼，陪着似锦向西走。

今晚的周府，人来人往，从外院来内院回话的婆子匆匆而来，见了似锦一行人，道了福便又急急去了。

似锦知道，爹爹这一夜，怕是别想睡觉了。

小凤凰估计也睡不了多久，他要操心的事情太多了。

春剑迎了出来："姑娘，洗澡水预备好了，被褥晒了半日，如今正放在熏笼上熏着，保证暖暖和和香喷喷。"

似锦洗了澡，钻入温暖的被窝里，几乎在瞬间就进入了梦乡。

勤政殿寝殿中，洪武帝已经醒了，许皇后带着大苏嫔、小苏嫔在御榻前侍奉。

何琛立在一边服侍。

太监在外面通禀："太子殿下到。"

大苏嫔和小苏嫔姐妹俩忙回避到了紫檀底座大理石屏风后面。

林岐从外面进来，轻声问道："母后，父皇怎么样了？弟弟们都在外面等消息，想进来探望父皇。"

许皇后看向洪武帝。

洪武帝头上裹着纱布，因为后脑勺跌破的缘故，连仰卧都不能，只能侧身躺着。

他虽然醒了，可是头很痛，而且有些头晕，感觉恶心、耳鸣、怕光。

许皇后低声道："你父皇虽然醒了，可是一句话都不肯说，也不肯服药吃东西，非要用锦被遮住脸。"

林岐在御榻前坐下，道："先前在西北作战，我有一个部将叫张昂，他曾经从马上摔下来过，症状和父皇相似，后来休养一阵子就好了。父皇也会没事的。"

洪武帝看到林岐，觉得安心，伸手握住了林岐的手，却依旧不说话。

林岐抬眼看了何琛一眼。

何琛会意，忙引着大苏嫔和小苏嫔以及在寝殿侍候的宫女太监退了下去。

林岐这才低声道："父皇，太后派出好几路人秘密前往镇南侯镇守的雍州送信，好在辽州总兵邱正彤和闽州总兵王永志如今正在赣州进行水陆合练。若是镇南侯起兵，朝廷还有缓冲时间。"

洪武帝没有说话，握着林岐的手略微用了些力。

林岐又道："林嶂拿去的酒坛子里盛的是遇水不灭的猛火油，李信喆已经问讯过了，这猛火油是林嶂从青州带回来的，原本是要浇到我身上的，谁知反害了他自己。"

洪武帝的手又紧了紧。

林岐接着道："林嶂已经烧得没了人形，太医一直在救，但是烧成那个样子，我觉得不太容易。"

洪武帝眼角流出了泪水。

林岐似没看到一般，接着道：“苏贵妃没事，只是身上被烧伤了，她是父皇的女人，等您恢复了，您来处理这件事吧。”

洪武帝怔怔的。

虽然醒来了，但是他能感觉到自己脑子比以前迟钝了许多，反应慢了许多。

许皇后在一边道：“小凤凰，苏贵妃可是你父皇的小心肝儿，你可别让人动她，不然你父皇会心疼的。”

想到苏氏多次下手害林岐，而洪武帝一直包庇苏氏，令她不得不借易理之名，把才十岁的小凤凰送往千里之外的泽州，母子俩一别许多年，许皇后心中就更加怨愤，恨不得把洪武帝和苏贵妃捆绑在一起，浇上猛火油给烧了。

林岐温声道：“母后，您从昨夜一直熬到了现在，该歇息一会儿了，父皇这边就让两位苏嫔服侍吧！”

他也不等皇后反对，起身向洪武帝道了别，扶了许皇后出去了。

洪武帝感激地看着林岐——自从他醒来，许皇后说话句句带刺，听得他耳朵嗡嗡响。

大苏嫔和小苏嫔从屏风后转了出来，温柔恭顺地服侍洪武帝。

看到这一对爱妾，洪武帝总算是舒服了些，觉得还是岐儿体贴，一阵风般把他这浑身带刺儿的皇后给摄走了。

许皇后回到福宁宫寝殿，屏退侍候的人，只留下心腹王云芝侍候，这才道：“小凤凰，这个时候你怎么能让大苏嫔和小苏嫔单独侍候你父皇？万一你父皇有个三长两短——”

林岐在许皇后对面的绣墩上坐下，低声道：“母后，大苏嫔和小苏嫔是我的人，可以信任。”

她沉默半日方道：“你这孩子，可真是沉得住气。”

许皇后心里却甚是安慰：“既然你都安排好了，你娘我也不用担心了。”

林岐看着母亲疲惫苍白的脸，温声道：“母后，我父皇有的是年轻美貌的妃嫔侍候，您只管出面安排大苏嫔、小苏嫔、肖婕妤、秦贵人、上官贵人和尹美人两人一班侍候，自己有空了去看一眼就是，何必亲自在榻前侍候。我父皇不喜欢，您也累得够呛。”

这几个嫔妃，都是他安排在洪武帝身边的。

许皇后低头道：“我还不是担心你……”

林岐笑了，道：“母后，我已经十八岁了，可以照顾您了。您得空就在宫里读读书，散散步，或者宣了崇宁姐姐和小阿樱来陪伴您，不必操心。”

许皇后满心的焦虑，都被儿子的温言劝慰给抚平了。

她眼眶有些湿润，道："怪不得人家要生孩子，到底是自己肚子里爬出来的，和亲娘贴心。"

林岐微微一笑，道："崇宁姐姐可不是从您肚子里爬出来的，也够贴心了。好了，母后，我已经让人去接崇宁姐姐和阿樱了，让她们陪您。"

服侍许皇后用了晚饭，看着她睡下，林岐这才离开了。

回到东宫，林岐也睡下了。

进入深沉的睡眠前，他脑海里浮现的是昨夜他面临危险时似锦要冲过来时的样子……

是啊，换作是他，也会不假思索去救似锦的……

似锦一直睡到了第二天巳时才醒。

素心和春剑正在外面候着，听到动静，一起走了进来。

春剑走到窗前拉开青锦窗帘，屋子里一下子亮堂了起来："姑娘，已经巳时了，太阳都爬得老高了。"

素心过来分开了鲛绡帐，挂在了银钩上，道："姑娘，二姑娘、三姑娘、蕙姑娘和菁姑娘——如今应该叫曹大奶奶——过来看您，现如今正在东暖阁等着。"

听说王菁也来了，似锦忙道："快把衣服拿过来。"

春剑、素心带着小丫鬟，麻利地服侍似锦起身洗漱装扮。

待一切齐备，春剑这才问道："姑娘，我让人摆饭吧？"

似锦看了看镜中的自己，容颜焕发，甚是明丽，自我感觉还挺好，便道："我这会儿去东暖阁，饭直接送到东暖阁好了。"

东暖阁里，王蕙正缠着倩兮问："宫里会不会再派人把咱们抓起来，我吓得夜里醒了好几次……"

倩兮一言不发，抬手扶着额头。

盼兮在一边道："蕙表姐，你都问多少遍了？你不烦，我们都烦了！"

王菁担心似锦，在一旁没有吭声。

这时候外面传来似锦的声音："蕙表姐，你若再提此事，宫里可真要派人来抓你了。"

王蕙吓了一跳，忙闭上了嘴。

丫鬟掀起了东暖阁明间门上的锦帘，似锦含笑走了进来。

似锦道："宫里的事和咱们没关系，只要不出去乱说，就不会有事；若是出去乱说，那绝对会有事。"

王蕙听了，捂着胸口，心里不那么慌了。

她发现周似锦似定海神针一般，她原本心里慌慌的，做什么事都沉不下来，可是一见周似锦，听周似锦说不用担心，她整个人都放松了下来。

王菁看向似锦，见她容光焕发神采奕奕，这才放下心来，迎上去道：“似锦，我来看你。”

似锦握着王菁的手，细细打量，见她眉目润泽，分明心情舒畅，心中也为她高兴，道：“我很好，就是有点饿。”

她看向屋里众人：“我让人摆饭，你们要不要一起？”

结果除了王菁是吃过早饭来的，倩兮、盼兮和王蕙三人都还没有用早饭。

似锦叫了幽客进来，吩咐她再去西宅小厨房多要三份早饭

用罢饭，似锦见外面阳光灿烂，便带着众人去后面园子晒太阳散心去了。

王蕙和倩兮、盼兮在菊畦赏菊。

似锦和王菁想要清静些，便一起去小径那边散步。

待走得远了，似锦才笑着问王菁：“你家曹大人怎么样？”

王菁忍不住笑了起来，眼睛弯弯：“他挺好看，对我也好，公公婆婆对我也好，小姑子也懂事。”

似锦心里为她高兴，道：“你就好好过日子吧，得空了就来我这里做客，不必去东府打照面，直接从大门进来就行——西宅门房里的人，都是我自己的人。”

王菁点头：“这样可太好了。”

似锦笑吟吟地低声道：“我过些日子，去你家一趟，给你公婆请个安，以后你再来我这里，就算是走了明面了。”

她睨了似锦一眼：“明明是好友相交，可是被你这么一说，好似我是你养在外面的外室一般。”

似锦不禁笑了起来：“可不是吗！”

她又问王菁：“明儿我约了韩贞去你家，方便吗？”

王菁笑了，道：“方便。到时候我让婆子去醉春风酒楼买些卤肉，再备一坛桂花酒，咱们好好玩半日。”

傍晚时分，客人离开之后，似锦心情放松了下来，坐在西暗间书房里继续画要送给韩贞的山水屏风。

香祖立在一边帮她调颜料。

四个小丫鬟中，顶数香祖聪明刻苦，字写得最好，也最爱读书，如今她又跟着似锦开始学画画。

似锦刚画了没多久，素心就进来了：“姑娘，嵩岳街咱们定制的那些药柜、

柜台什么的，陈木匠那边说都做好了，刚才陈木匠的大女儿陈大姐儿来了，问什么时候运过去？”

似锦闻言，放下了画笔，道：“明日下午吧！”

她又吩咐素心：“明日你带着韩妈妈去一趟嵩岳街，让金掌柜带着两个伙计下午在铺子里等着陈木匠送家具过去，你和韩妈妈也在场，若是金掌柜验收合格，就当场把陈木匠的账给结了。”

金掌柜是似锦拜托姑母郑夫人帮忙，从京城有名的生药铺子杏林斋挖来的掌柜，那两个伙计也是金掌柜带来的，十分能干。

素心答应了一声，自去和陈大姐儿说。

似锦又画了一会儿画，手有些累了，这才停了下来。

这会儿外面早黑透了。

该用晚饭了，似锦却没有一点食欲。

她出了屋子，在廊下立了一会儿。

廊下挂着灯笼，烛火摇曳，灯笼散发着昏黄的光晕，在晚风中摇摇晃晃。

似锦觉得冷，裹紧了身上的披帛，心道：洪武帝不知道醒来没有，小凤凰到底在做什么……

洪武帝病倒，无法处理政务，便传下口谕，由皇太子林岐监国理事。

林岐没有事必躬亲的打算，把政务都交给内阁，由韩朝带着吏部尚书周胤、户部尚书宋启翎等六部官员负责，而他则专心致志处理与苏家有关的事情。

苏太后察觉到自己送出的消息都如泥牛入海没了影踪，有些沉不住气了，闹着要去城外丹霞寺烧香。

林岐不能弄死苏太后，若是苏太后死了，作为名义上的孙子，他还得守孝，就不能早些娶似锦了。

为了省心，他让青衣卫统领李信喆出面，封锁了苏太后居住的延寿宫和苏贵妃居住的御景殿。

苏太后这边消停了，林岐又着手处理庆王之事。

庆王已经被送回了庆王府，虽然御医竭尽全力，他也只剩最后一口气了。

庆王身上涂满了药膏，已经没了人样，就连眼睛也被烧瞎了一只。

庆王妃见庆王睁着剩下的那只独眼看着自己，心里也满是怨愤，恨恨道：“你若是不害人家太子，哪里会有如今之祸？你死了就死了，为何还要连累我们娘们几个！”

庆王眼睛里最后那点光渐渐消失了。

庆王妃再去看，发现他已经咽气了，顿时号啕大哭起来。

外面廊下候着的侧妃、姨娘和通房丫鬟们听到动静，也都哭了起来，一时整个庆王府哭声震天，不知道这些女眷是在哭庆王，还是在哭自己。

林岐得知消息，吩咐李越："让人把消息传进御景殿。"

李越答了声"是"，自去安排。

林岐独自坐在冬暖阁窗前的榻上，右手支颌趴在小炕桌上，看着外面渐渐变得萧瑟的秋景，心中却没有胜利者的喜悦。

为何苏太后和苏贵妃庆王母子，这么多年一直锲而不舍地害他和母后，还不是因为他母后是嫡妻，他是唯一的嫡子，是大周皇朝正统的继承人。

这是从他出生的那一刻起，他和庆王林嶂、平王林峥、宁王林嵘、献王林峻、永王林峡等皇子之间永远不可调和的矛盾。

大家都是一个爹，谁也不比谁高贵多少，因此人人都想要最高的那个位置，所以斗争永远都在，阴谋诡计永远不可能离开。

林岐叹了口气，起身换了素服，吩咐李越请青衣卫统领李信喆进来，两人商议一番，一起去了勤政殿，向洪武帝禀报庆王薨逝一事。

洪武帝的病情依旧没什么好转，失眠、怕光、注意力不集中和反应迟钝等症状还在，倒是能说话了，只是反应有些迟钝，说话也慢慢的。

李信喆行罢礼，直接禀报道："启禀陛下，庆王薨逝了。"

洪武帝靠着大迎枕躺在那里，起初脸上一片茫然，过了一会儿才反应了过来："嶂儿……薨逝了？"

他不再说话，心中一片茫然，眼泪却从眼尾流淌下来。

林岐一言不发立在一边，清俊的脸上没有一丝表情，连假装悲痛都不愿意。

父皇心里清清楚楚，庆王一心一意要弄死他，好自己上位，而他林岐，也一心一意想要庆王死，庆王死了，他别提多开心了。

李信喆见这父子俩如此怪异，忙道："陛下，请节哀。"

洪武帝迟钝地想着：节哀？节什么哀？原来是丧子之哀……

他的确偏心林岐，因为林岐不仅是嫡子，也是最聪明、最好看、最可爱的孩子。

正因为自知偏心，所以他觉得自己亏欠了林嶂，亏欠了苏氏，明明林嶂才是他第一个儿子，因此苏氏和林嶂对林岐做的许多事情，他都想息事宁人掩盖了。

到了今日，他才知道，根本不可能息事宁人。

林岐不会主动去伤害人，可是一旦别人伤害了他，他绝对会报复回去，无论等多久。

而对他这个父皇，林岐也并不是很亲近，林岐从小就是一个有感情洁癖的人，他只要最纯粹的爱，最纯粹的感情……

林岐也很奇怪，不是吗？

这人世如此复杂，哪里有最纯粹的爱，最纯粹的感情……

即使许皇后，心里不也有安国公府吗？

不知道过了多久，洪武帝开了口，语速极慢地问林岐："林嶂的家眷，你预备如何处置？"

林岐道："请父皇明示。"

洪武帝在心里叹了口气，正要说话，外面传来一阵急促的脚步声，接着何琛的声音便传了过来："启禀陛下，启禀殿下，苏贵妃服毒自尽。"

寝殿内一片寂静。

过了良久，洪武帝慢慢道："庆王家眷，贬为庶民，在京中由青衣卫监视居住。"

庆王的那几个儿子，若是离开京城，定会被镇南侯弄去扶为傀儡，与朝廷对抗。

为了保住这几个皇孙的性命，洪武帝只得出此下策了。

李信喆答了声"是"。

洪武帝不说话，眼睛只是看着林岐。

林岐拱手行礼，低声道："父皇请放心。"

洪武帝知道林岐不爱说谎，他既然答应了，就不会再出手弄死那几个侄子了，这才疲惫地闭上了眼睛。

晚上起了风。

林岐独自坐在东暖阁里，觉得孤独凄凉。

他想似锦了。

林岐起身，负手在屋子里踱步：怎样才能光明正大地见到白又胖呢？

总不能还扮作"林女官"吧？头皮和太阳穴都被勒得难受。

要不换个别的身份？

换什么身份过去，才不会给白又胖带去麻烦呢？

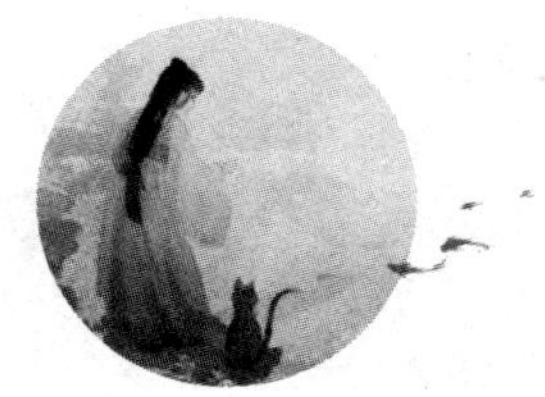

第三十七章
表白

似锦早上起来，装扮罢刚到明间，二门的婆子就来禀报，说韩姑娘到了。

得知韩贞这么早就到了，似锦忙出去迎接。

韩贞今日装扮比平时素净许多，发髻上只插戴了一支红宝石花，耳朵上则是一对红宝石耳坠，身上是白绫夹衣，蜜合色纱挑线缕金拖泥裙子，外面罩了件大红遍地金比甲，越发显得俏丽精神。

似锦笑盈盈道：“你穿红色可真好看！”

韩贞也打量了似锦一番，见她也是简简单单的打扮，只插戴着一支翡翠簪。一对翡翠耳坠，身上穿着白银条纱夹衣，系了条鹅黄色裙子，越发显得发如乌云，肌肤白皙，眼如水杏，便道：“你也很好看，很清新。”

两人互相夸赞了一番，彼此都很开心，便一起去惠畅堂见周夫人。

周夫人得知似锦要和韩贞一起去看王菁，思索一下，道：“曹家应该是在僻巷子里，不免有些简陋……这样吧，让韩勇媳妇跟车过去，再多派几个家人跟着。”

似锦答了声“是”，和韩贞一起退了下去。

待马车齐备，礼物也装好，似锦便和韩贞登车出门，往曹家住的小银匠胡同去了。

曹翔带着衙役去乡下办案了，王菁和婆婆曹太太及小姑子曹希灵在二门内接了似锦和韩贞，彼此相见。

曹太太四十多岁的模样，长得又高又胖，眉眼慈和，笑眯眯的，不是很爱说话的样子。

曹希灵今年才十三岁，生得清秀可爱。

见嫂嫂的两个闺中好友如此美貌，曹希灵眼睛睁得圆圆的，接着就用手捂住了嘴。

王菁笑着揽着小姑子道：“我们希灵是没见过你们两个这样美貌的人，所以惊讶。”

曹希灵有些害羞地笑了。

似锦道："咦，我什么时候也有资格与韩二姑娘并称美貌佳人了？"

韩贞得意地笑了，故意道："能和我并列，你就知足吧！"

王菁道："那我呢？咱们三人不是说好，韩贞是带刺红玫瑰，似锦是白牡丹中的玉楼点翠，我呢，则是盛开在春风中的一株白玉兰，为何变成你二人独秀了？"

似锦笑得眼睛弯弯，伸出右臂揽着王菁的腰肢："走吧，白玉兰，快请妹妹吃杯茶去。"

曹太太见她们姐妹如此和睦，笑得合不拢嘴，忙吩咐丫鬟："赶紧把点心水果都送到大奶奶房里去。"

一时似锦她们在后院王菁房里安顿下来，曹太太寒暄了几句，便带着曹希灵离开了。

王菁陪着似锦、韩贞饮茶聊天，说起婚后生活，她眼睛发亮，道："我先前在娘家的时候，出一次门好难，即使出去了，也是婆子媳妇家人一大堆簇拥着，跟傀儡似的，做不得主。如今嫁到曹家，我才知道，原来一般人家，女眷是可以随意出门的，只要戴了眼纱，带着家人跟随就行。"

她接着道："我昨日还和小姑子一起出去了一趟，想着你们要过来，就买了些草编的蛐蛐，竹丝编的鸟笼、花篮和小簸箩，还有成套的绣花绷子，反正好多，你们俩来挑吧。这些在街市上虽然常见，可是深宅大院却难得见到。"

从门第上来说，王菁其实算是低嫁，不过她很会调整自己，婚后生活颇为愉快。

似锦很喜欢王菁这种对待生活的态度，暗暗记在心里，提醒自己也得这样。

罗汉床上放着一个大大的竹编簸箩，里面果真放了不少精巧玩意儿，有草编的蛐蛐，竹丝编的鸟笼、花篮和小簸箩，还有成套的绣花绷子。

似锦和韩贞都很喜欢，各自挑了好几样，让丫鬟收了起来。

午饭是三荤三素六道菜，一甜一咸两道汤，再加上王菁命人从醉春风买来的卤猪蹄、卤排骨、卤鸡爪子和卤鸡翅拼盘和家常桂花蜜酒，真是美味又丰富。

曹太太很是开明，并不过来打扰儿媳妇和两个好友的聚会，命丫鬟摆好菜，招呼了两句，便带着曹希灵回前院去了。

似锦、韩贞和王菁吃得很是痛快，三人吃酒猜枚，热闹得很。

玩到了傍晚，曹太太又命人送了四样精致菜肴和一壶玉楼春酒进来。

似锦、韩贞和王菁难得聚会，彼此都依依不舍，不免多吃了几杯酒，都吃得微醺。

一直到了夜幕降临，似锦和韩贞这才扶着丫鬟，别了曹太太、王菁和曹希灵，告辞登车离开。

马车在西宅二门外停了下来。

似锦晕乎乎的，眼睛都快睁不开了，扶着车门就要下车，口中道："我头好晕，腿上一点劲儿没有，春剑，你再叫一个人来扶我……"

外面静悄悄的。

似锦觉得有人把自己打横抱了起来。

她以为是春剑，伸手去摸春剑的脸，口中道："春剑，你力气变得这么大？"

"咦？你的脸好软好细滑……"

似锦摸了两下觉得手感不对……怎么摸着像是小凤凰的脸？

也只有小凤凰的脸颊，才有这样婴儿般细嫩柔滑的手感了。

她竭力睁开了眼睛，看了过去，庭院里灯笼光晕暗淡，可小凤凰洁白如玉的脖颈脸颊，那完美的下颌弧度，却是光线再暗淡似锦也能辨认出来的。

似锦怀疑自己是在做梦。

她怔怔看了一会儿，直到眼睛支撑不住，闭上了，还把鼻子凑过去，在对方胸前深深吸了一口——真是小凤凰身上的味道呀，这梦可太真实了。

似锦喃喃道："我是太想小凤凰了吗？居然梦到他了……"

似锦有一个特性，不管是坐车，还是坐船，抑或是坐轿子，只要有那种晃晃悠悠的感觉，她很快就能入睡，更何况如今又有了酒意。

此时她被人抱着，晃晃悠悠走着，很快就睡着了。

林岐把似锦抱回了卧室，放在了床上，站在床边看着床上的似锦犯愁。

似锦这家伙过得可真是逍遥自在啊，他还以为似锦会因为思念自己衣带渐宽人憔悴呢，好家伙，一个多月没见，她不但没衣带渐宽，反倒又胖了些！

林岐悻悻地探身过去，隔着衣服在似锦的腰肢上捏了一下——果真软乎乎的都是肉。

似锦被捏了一下，有点疼，翻了个身道："我要睡了，小凤凰，别烦我。"

林岐："你是猪啊，吃饱就要睡。"

他叹了口气，坐在床边，任劳任怨帮似锦脱了绣鞋，又脱了白绫袜，然后又帮她解开裙带，帮她把裙子脱了下来。

似锦鞋子和裙子被脱掉了，觉得舒服了些，没了那种拘束感，在床上打了个滚，四肢摊开躺在床上，伸手拽了拽衣领，口中道："还有上衣，领口那里有些紧……"

似锦如今真是胖了好多，怪不得上衣也紧得慌。

他叹了口气，伸手帮似锦解衣带，解开了外面的衣带，又去解里面的衣带。

衣襟全都松开了，似锦这才觉得舒服了些，她闭着眼睛喃喃道："有点冷，帮我盖上被子……"

她夹衣里只穿着件浅粉色抹胸，这会儿就觉得有些冷。

林岐没有立即给她盖被子。

他坐在那里，看着烛光中饱满雪白的似锦，这才发现自己是个傻子——怪不得似锦上衣紧呢，他还诬赖她，说她变胖了……

林岐拿过锦被，展开帮似锦盖上。

他正要为似锦把被角都掖好，忽然觉得鼻孔痒痒的，似有什么流了出来，伸手一摸——啊，是血！

他流鼻血了！

天果真太干燥了！

似锦正迷迷糊糊睡着，忽然就被人给摇醒了："似锦，我流鼻血了！"

是小凤凰的声音，还带着哭腔！

似锦一下子清醒了过来，猛地坐起来，看向床边——果真是小凤凰！

见林岐用手捂着鼻子，似锦忙从枕边抽了方白绫帕子，爬了起来，跪在床边："你松开手，我给你擦血。"

林岐松开了手。

似锦跪坐在林岐身前，左手捏着林岐的下巴，右手拿着白绫细细擦拭了一遍，道："还有些血，得蘸水才能擦掉。我让人送热水进来。"

林岐"哦"了一声，道："还流吗？"

似锦凑过去看他鼻孔："不流了。估计是天太干，上火了。咦？怎么又开始流了？哎哟，你的皮肤怎么这么好，都十八岁了，毛孔还看不见……"

她手贱得很，忍不住又捏了捏林岐的脸颊。

林岐只觉得一股馨香直透过来，柔软饱满的感觉令他整个人僵在了那里。

他闭上眼睛："白又胖，你离我远一些。"

似锦正麻利地给他擦鼻血，闻言反驳道："离远了我怎么给你擦？用意念擦吗？"

小凤凰气得不说话了，不理似锦，而且仰着脸尽力离似锦远一些。

擦完后，似锦正要下床叫人送热水和手巾进来，却发现自己虽然下面穿着浅粉纱裤，可是上面却只穿着抹胸，腰肢都露了出来，再加上忙了半日，抹胸有些松动，往下落了不少……

她这才意识到小凤凰为何流鼻血。

看着小凤凰跪坐在床边，仰着脸捏着鼻子，生怕再流鼻血的样子，似锦觉得实在是太好笑了——哎呀，小凤凰真是又凄惨又好笑！

她忍不住捶着床笑了起来。

林岐气急："白又胖，你等着！"

似锦忍着笑，起身拿了件小袄穿上，隔着窗子叫春剑和素心送热水、洁净手巾和香胰子进来。

吩咐罢，似锦拿了条玫瑰红缎裙围上，一边系裙子，一边走到镜前，揭开镜袱，对镜照了照，见发髻有些乱，索性又解开发髻，重新绾了绾，这才又去笑林岐："小凤凰，你怎么会在这儿？是你把我抱进来的？有没有被人看见？"

小凤凰这会儿很气，气她刚才笑自己，就是不理她。

一般女孩子遇到刚才的情形，不是应该含羞带怯嘤咛一声扑进他怀里吗？

可恨白又胖，反倒是捶床大笑，令人生气。

这时候春剑和素心送了热水、香胰子和手巾进来。

似锦先用香胰子洗了手，换了水，这才把手巾浸湿，细细给林岐擦拭了鼻子，又让春剑换了水，自己顺便给小凤凰洗了脸。

洗罢脸，林岐坐在妆台前，嘟着嘴，一脸的委屈，满心的柔情不见影踪，只余羞恼。

似锦拿来青竹香露瓶子，倒了些香露在手上，均匀地敷在了林岐脸上，又用手轻轻拍了一遍，感受小凤凰脸颊那细滑柔软富有弹性的手感，心里不停赞叹着：喔，小凤凰的脸，可真好摸啊！

她又趁机摸了摸小凤凰的嘴唇，觉得更软，还挺想亲一口的。

林岐被她这样照顾抚弄着，方才的羞恼生气薄怒如同深秋清晨竹叶上的白霜似的，太阳一出来就消失了。

他声音里带着点委屈："我就是天气干燥的缘故，你还胡说八道……"

似锦这才想了起来，忙吩咐素心："去沏壶金银花茶送进来，不用放蜂蜜。"

小凤凰就是血气方刚少年郎，多喝些清热去火茶，应该就没事了。

素心答应了一声，和春剑一起拾掇了盆子、水壶、手巾等物，然后一起退了下去。

似锦最见不得林岐不开心，便走过去握着他的手："小凤凰，咱们去锦榻上坐着说话。"

两人隔了个小炕桌，在窗前榻上坐了下来。

似锦双手捧着下巴趴在小炕桌上："小凤凰，我给你按摩脚，你回答我刚才的问题，好不好？"

林岐当即想了起来："先前在西北勾砦，你打赌输了，还欠我一次洗脚呢！"

似锦："我是你的洗脚婢吗？凭什么我给你洗脚？"

林岐眨了眨眼睛："要不，你先给我洗，我再给你洗？你是我的洗脚妹，我是你的洗脚哥！”

似锦觉得这个提议不错，刚要答应，忽然觉得不对：“哎呀，小凤凰，咱俩太无聊太低级趣味了！”

林岐瞅了似锦一眼，他倒不觉得自己无聊和低级趣味，反而觉得自己的提议还挺好的。

他靠着锦缎靠枕舒舒服服躺下，两条长腿先是长长伸了出去，又觉得不够舒服，就改为右脚压在左腿上跷着二郎腿，道：“先回答第一个问题，我怎么会在这儿。

“我感觉到了你对我的思念，所以我来看你。

“是我把你抱进来的，不过没人看见，我已经命人清过场了。”

似锦趴在小炕桌上看他，旁边的赤金枝形灯照得满室通明，灯光中小凤凰的脸和颈部如白玉雕就，好看极了。

外面起风了，窗前竹子随风摇曳，簌簌作响，窗纸上竹影参差，室内格外温暖静谧。

似锦正要伸手去摸小凤凰的手，这时候外面传来素心的声音：“姑娘，茶点来了。”

似锦忙正襟危坐：“送进来吧！”

素心和春剑一前一后走了进来。

素心把泡了金银花茶的水晶壶和两个水晶盏放在了小炕桌上。

春剑把盛着椒盐薄脆和桂花糕的两个水晶盘也放在了小炕桌上。

摆完茶点，素心轻轻道：“姑娘，我和春剑去茶阁看茶。”

说罢，她俩道了福退了下去。

似锦提起水晶壶斟了两盏茶：“小凤凰，起来喝清火茶。”

林岐懒洋洋地躺在那里，穿着白绫袜的脚还摇了摇：“等茶放凉了再喝。”

似锦起身把小炕桌搬到东边，也靠着锦缎靠枕躺了下去。

她左手伸了过去把林岐的右手拿了过来，先用力把林岐手臂上的血都搓到了指尖，然后再猛地松开手。

这是她和小凤凰小时候常玩的游戏。

似锦刚到小凤凰身边时，正是冬天，十根手指头被冻成了十根胡萝卜。

小凤凰有空就搓她的手臂和手指头，年长日久，从第二年冬天开始，似锦的手就再也没有冻过了。

和先生解释说这样做是加速血液的流动，所以才会不被冻肿。

后来这就变成了似锦和小凤凰在一起闲着时常玩的一个小游戏。

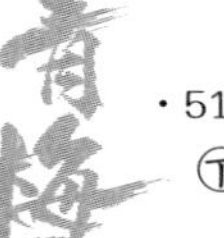

似锦认真地搓着林岐的指尖，口中轻轻问道："庆王和苏贵妃薨逝，陛下是什么反应？"

林岐的手指尖麻酥酥的，舒服得很。

他双目微合，语气轻松愉快："嗯，父皇伤心得不得了。"

林岐带了些嘲讽："父皇一生多情，对他的女人都很好，每死一个嫔妃，都要写好几首悼亡诗的。"

"左手给我，"似锦凑近林岐，"儿子不都像爹，那你怎么不多情啊？"

这么多年，林岐身边可不缺侍女，不过他只和她亲近。

林岐换成侧躺的姿势，把左手给了似锦："何必把事情搞得那么复杂，父皇的后宫怨女还不够多吗？我有你，你有我，不就行了。"

似锦双手齐齐用力，捋着他的手臂一直到指尖，然后松开："只有一个女人的话，万一将来生不了孩子，或者只生一个呢？"

林岐看向似锦，跟看傻子一样："父皇已经有些日子不能理事了，你看现在的朝廷运行，有没有妨碍？没有啊，因为内阁在，朝廷还照常运行着，大周的运转一切正常。这世界，只要形成了规矩和规律，谁都离得了，不用把自己看得太重要。

"没有后代又怎么了？我活着时尽我的力量做事，扶植内阁运转。等我死了——我都死了，我管那么多做什么！我提前选好继承人，不管是你我的后代，抑或是别人的，只要能做好皇帝，不就行了。

"继承人是咱俩的孩子的话最好，没有的话，我也不强求，我有点看不上我父皇的血脉。万一孩子的性子像我父皇，那可够你我烦心的。"

想到他儿子像他父皇，林岐不由自主打了个寒战——那可真够糟心的。

有的皇帝自己没有后代，就从侄子里面选，林岐想了想自己那些兄弟，放弃了这个想法。

他那些兄弟，还不如他父皇呢！

起码他父皇心软善良，不像他那些兄弟，一个个心眼奇多心狠手辣。

似锦："小凤凰，你这话可够离经叛道的啊！"

林岐鄙视地看了她一眼："和先生讲诸子百家的时候，你果真没好好听课。"

似锦怪不好意思的："哎呀，那时候和先生讲得太难了，我听不懂。"

林岐也笑了："你那时候挨了和先生好多打，好可怜啊！"

似锦："和先生先前讲史我还能听懂，后来开始讲天道，开始讲君主与子民，我就有些蒙了，觉得太宏大了，我听不懂做不到。不过我愿意尽自己的力量，脚踏实地做一些事，帮助需要帮助的人。"

林岐看着她，眼睛亮亮的："白又胖，你这样就很好，我喜欢你这样。不，你怎样我都喜欢。"

似锦脸有些热，心脏麻酥酥的，脚趾也悄悄蜷缩。

她好想抱住小凤凰好好亲一亲摸一摸呀！

似锦想到就要做到，她爬了起来，把小凤凰推倒，变成了仰躺的姿势，然后扑了上去……

林岐猝不及防，被似锦咬了一下嘴唇，这才意识到发生了什么。

他很快反客为主，抱着似锦一翻身，变成了他在上控制局面的姿势，然后低头吻住了似锦……

过了许久，林岐抱着似锦躺在那里，下巴埋在似锦散开的长发里，低声道："似锦，嫁给我吧，咱们别分开了……"

不待似锦说话，他就接着道："天越来越冷，你得给我暖被窝；别人给我准备衣服，都记不住我的习惯；李越居然不知道我早上醒来，要先喝一盏温茶；我喜欢吃面，他们都不知道给我天天准备面……"

他和似锦在泽州时，在青龙山时，似锦都给他安排得妥妥当当……

似锦正在感动，却又听到了他下面这一段话，满心的感动温馨不翼而飞。

她挣脱林岐坐了起来，双手齐上，捏住了林岐的脸颊往两边拽："你烦不烦人啊，我才不照顾你呢！"

林岐不说话了，湿漉漉乌溜溜的大眼睛只是看着似锦，跟会说话似的。

她最受不了小凤凰这样看她了。

似锦哼唧着去捂林岐的眼睛。

林岐笑了起来，伸出手臂把似锦抱进了怀里："似锦，等我把宫里的事处理完毕，你就嫁给我，好不好？"

似锦听着小凤凰的心跳声，然后轻轻道："好。"

我想要陪伴你，照顾你，给你暖被窝，给你准备柔软的白绫中衣，给你准备早上的那盏温茶，让你天天都能吃面……

似锦服侍小凤凰喝了好几盏清热去火的金银花茶，吃了一块桂花糕和几片椒盐薄脆，就开口撵人了："小凤凰，夜深了，你快回去吧！"

小凤凰在她眼前，她老是对他起歪心思，万一两人把持不住，那就糟糕了。

林岐不想走。

待在白又胖这里，有好吃好喝的，还有香香软软的白又胖陪着，还能时不时损损白又胖，逗白又胖玩，多有意思啊！

他瞟了白又胖一眼，侧身躺在那里："白又胖，我饿了。"

似锦是眼睁睁看着林岐吃桂花糕和椒盐薄脆的，见他如此，知道他舍不得走，心里也有些软，吩咐春剑去让小厨房下两碗臊子面送过来。

吃完臊子面，林岐知道自己必须得走了，便不再腻歪，起身抱了抱似锦，低声道：“等我消息。”

说罢，林岐松开似锦，转身离去。

要立似锦为太子妃，他还得再用些心思，下点功夫。

在没有成功以前，他还是不要再撩拨似锦了。

似锦愣了片刻，追了出去。

院子里竹声飒飒，竹影婆娑，哪里还有人在？

似锦洗漱罢脱衣睡下了。

她心里空落落的，在被窝里缩成一团，回忆先前在泽州天一冷就与小凤凰挤在一起睡的情形，不知不觉就睡着了。

转眼就进入了十月。

朝廷与镇守南疆雍州的镇南侯苏于臣从八月对峙到了十月。

在这两个月时间内，在监国皇太子林岐的主张下，大周各州物资人员一律不得进入雍州，却不禁止雍州人员及各种物资出来。

与此同时，起初在赣州进行水陆合练的辽州骑兵和闽州水兵，如今已经行进到了雍州北驻扎；驻守泽州的安国公许继顺派了世子许鹤唳率领三万大军开往雍州西部山区清剿山匪，声援朝廷。

坚持了两个月后，镇南侯苏于臣终于顶不住巨大的压力，派嫡长子苏真前往朝廷，觐见洪武帝，给苏太后请安。

长达两个月的南疆危机，以镇南侯向朝廷服软，把嫡长子苏真派往京城做质子为结局落下帷幕。

天气越来越冷，乔夙和孙秀带着人押了几大车的草药从黔州回了京城，似锦和乔夙的黔州草药铺万事俱备，只待开业了。

金掌柜请大师算了日期，预备在十月二十六这日开业。

似锦和乔夙商议了一下，打算给他们的草药铺子起名为“黔药堂”。

定好铺子名称之后，乔夙、郭大夫和金掌柜在外筹备开业事宜，似锦则承担了请周胤题写匾额的任务。

她知道爹爹忙，便先让幽客去东府外书房看看。

幽客很快回来了：“姑娘，老爷请您过去呢！”

今日有些冷，似锦在白绫袄外面又套了件大红遍地金比甲，这才带着幽客去了东府外书房。

周胤听了似锦的话，满口答应了下来：“好，爹爹给你题写匾额。”

似锦忙上前研墨，看着爹爹写了好几幅“黔药堂”，最后认认真真选了一幅，道：“爹爹，就这幅吧！”

周胤见似锦选好，便拿出私章，蘸了红印泥盖了上去。

似锦早知爹爹的别号是“竹影居士”，可是看了还是觉得好笑：“爹爹，您怎么起这么俗的别号！”

周胤微笑道：“爹爹觉得‘竹影居士’挺雅致。”

他又问似锦：“似锦，你这铺子何时开业？”

似锦道：“金掌柜请人看了日子，大师说十月二十六是个好日子。”

周胤便道：“你记得我那个叫何青的门生吗？”

似锦记性极好，当即道：“就是那个担任临清税关主事的何青吗？我记得爹爹您说他以鼻子灵敏著称。”

周胤笑了：“经上次之事，殿下很欣赏他，如今提拔他做了祥符知县。嵩岳街恰在祥符县治内，你开业那日，可以请何青去一趟，县官不如现管，祥符县的父母官都去了，街上那些地痞流氓自然就不敢寻衅闹事了。”

似锦闻言大喜，忙道：“爹爹，我原本想着开业那日，请王菁表姐的相公曹翔过去一下呢！”

周胤笑了：“何青和曹翔都请去，做生意讲究和气生财，但也不能被人欺负。”

似锦答应了一声，道：“爹爹，您写个帖子，我让金掌柜去见何青何大人。”

她到底是女眷，不方便见外男。

周胤道：“我这就让人请他过来，你明日让金掌柜直接去见他就行。”

他正好有事要与何青商量。

似锦忙道：“爹爹，我给您做双鞋子吧！”

五天后，周胤果真收到了似锦亲手做的千层底布鞋。

他穿上试了试，觉得十分合脚舒适，便让周夫人看：“似锦手艺还不错。”

周夫人也笑：“做鞋子挺费事的，真是辛苦似锦了。”

周胤甚是欢喜：“我有三个女儿，可真不错，荷包、布袜和家常穿的布鞋，都有人做啦！”

夫妻俩说说笑笑，倒也温馨。

进入十月之后，京城一直阴雨连绵，湿寒异常。

御书房早早生了地龙，焚着速水香，馨香满室，温暖异常。

洪武帝后脑勺的伤口已经痊愈，可是和受伤前相比，他反应有些迟钝，也不怎么爱说话，说话做事都慢慢的。

这日镇南侯世子苏真在御书房觐见洪武帝，皇太子林岐和首辅韩朝陪同在侧。

苏真悄悄观察，发现皇太子林岐一直侍立在洪武帝身侧，而洪武帝说话很少很慢，心里猜测道：难道林岐已经控制了洪武帝？

他暗自记在心里，最后提出要去给苏太后请安。

洪武帝默然片刻，这才慢慢道："何琛，你陪苏真去见太后。"

何琛答应了一声，引着苏真退了下去。

韩朝也要忙内阁的事，便也告退了。

御书房只剩下洪武帝和林岐。

洪武帝仰首看了看林岐，慢慢道："岐儿，你也过来坐下。"

林岐乖乖地在洪武帝旁边的矮脚杌子上坐了下来。

洪武帝身子靠在背后的锦缎靠枕上，听着外面淅淅沥沥的雨声，过了一会儿才慢慢道："岐儿，白灵素呢？"

他习惯了服用白灵素炼制的丹药，如今保存的丹药已经吃完了，白灵素却依旧不见影踪，也不知道是被岐儿杀了，还是关了起来。

林岐看着洪武帝枯瘦的手，道："父皇，白灵素炼制的丹药有毒，我让一位黔州名医做过试验了，医案不是让您看过了吗？"

洪武帝忽然瑟缩了一下，缓缓道："可是不服用的话，父皇更难受啊。"

林岐把脸埋在洪武帝的衣袖里："父皇，明日我就让那位黔州名医来给您看脉息，他极善解毒。"

自从苏贵妃薨逝，洪武帝就觉得活着没什么意思，和年轻嫔妃们在一起，开心倒也开心，可是开心过后就是巨大的空虚。

他觉得自己活着无聊，活着无用，还不如死了。

洪武帝正要拒绝，却听林岐低声道："父皇，我不想没有父亲。我才十八岁，我不想做孤儿。"

对自己这位父皇，林岐是各种看不上烦得很，可是他也不想没了父皇。

他希望自己很老了，还可以和父皇斗智斗勇。

洪武帝忽然道："岐儿，你该迎娶太子妃了。你不是喜欢周胤的长女吗，父皇为你礼聘周胤的长女为太子妃，好不好？"

他不想活了，可是临走前，得把岐儿的终身大事给解决了。

林岐抬头看着洪武帝，眼睛睁得圆溜溜的。

他自然想要迎娶似锦为太子妃，可是他不能主动，一旦他主动，父皇母后就会提各种要求，还会塞各种良娣、良媛给他，因此林岐一直按兵不动，看到底是父皇母后能坚持，还是他能坚持。

林岐还以为自己要坚持到十九岁生辰呢，没想到父皇先举起白旗投降了。

洪武帝见他难得露出傻乎乎的模样，心中觉得好玩，嘴角牵了牵："父皇知道你的心事。"

"你去看你母后吧，和她商议一下这件事，父皇命人宣周胤。"

林岐起身拱手行礼，然后退了下去。

周胤正在吏部忙碌，听说陛下召见，打了把油纸伞，随着太监急急过来了。

洪武帝心情灰暗，可是看到周胤还是有点开心的。

他懒得说话，索性开门见山道："子承，朕想要和你做亲家，你可愿意？"

他早知有这一天。

虽然似锦是庶女，与皇太子似乎不是很般配，可是不管是洪武帝，还是许皇后，都奈何不了皇太子林岐，为了林岐，洪武帝和许皇后早晚会同意似锦做太子妃的。

只是他没想到会这么快。

洪武帝见周胤沉吟不语，便道："怎么，你不乐意吗？"

周胤依旧沉吟。

洪武帝哼了一声，大约是心中极为不忿，语速居然也快了不少："朕的岐儿，多么聪慧俊秀，你女儿比得上吗？别吹牛说比得上，单是岐儿这张脸，还有这通身的清贵气派，全大周有谁能比得上？朕的岐儿要做你女婿，你应该感谢老天感谢朕！"

周胤这才道："陛下，微臣的长女性子倔强，微臣做不得主啊！"

洪武帝鼻子都快被气歪了："朕不管，朕要直接下旨，难道你的女儿敢抗旨不成！"

周胤依旧不说话，做出一脸为难的样子，立在那里叹了一口气，又叹了一口气。

他是洪武帝宠臣，多年来一直陪伴洪武帝，最是了解洪武帝的性子。

似锦是真喜欢皇太子，为了似锦能顺利嫁给心上人，他这做爹爹的得好好演一场戏。

洪武帝病弱了足足两个月，一天到晚做厌世状，这会儿被气得没法厌世了，站起身来在铺着大红绣锦地毡上来回走动，转了几圈后，指着周胤鼻子开始喷："周胤你这小人，朕还没嫌弃你，你倒给朕拿上乔了。朕告诉你，想得美！宣韩志云，朕这就下旨！”

林岐陪着许皇后来到御书房外，听到里面传来洪武帝中气十足的吼骂声，都有些发愣。

母子俩相视一看，眼中都有惊喜——陛下这病看来是痊愈了。

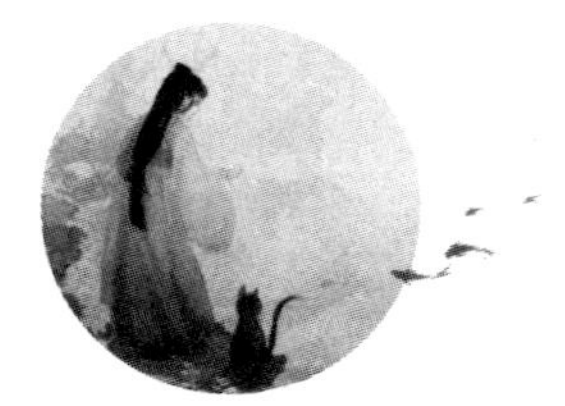

第三十八章
皇太子妃

林岐和许皇后没有立即进去。

见廊下的太监要通传，林岐摆了摆手，示意不用。

林岐、许皇后以及随扈许皇后的女官、宫女和太监们都立在御书房外廊下，听着洪武帝在御书房里叱骂周胤。

“周胤，你不就仗着岐儿心悦你女儿才敢拿乔吗？朕警告你，别再给朕摆架子，回去好好为你女儿准备嫁妆，朕明日下旨，你就在家等着接旨吧！”

片刻后，周胤的声音传出：“陛下，臣遵旨。”

洪武帝喷了周胤一顿，用了不少力气，身上出了一层汗，倒是舒服了许多，指着躬身行礼的周胤：“你给朕回去吧，等着明日接旨，钦天监那边朕自会安排。”

周胤面无表情地答了声“是”，退了下去。

他一出门就看到了候在廊下的许皇后和林岐，当下神情肃穆，给许皇后和林岐行礼请安。

许皇后忍着笑，道：“周爱卿，陛下既然心意已定，你就早些回去准备吧！”

周胤恭谨地答了声“是”，抬眼看向林岐，见他穿着月白圆领锦袍，鸦青长发用宝蓝缎带绑了，肌肤白皙，目似寒星，笑容灿烂，当真是芝兰玉树，清俊异常，诚如洪武帝所说——“单是岐儿这张脸，还有这通身的清贵气派，全大周有谁能比得上？”

他不由得微笑，心道：陛下别的不说，这点还不算自夸，皇太子的确生得比似锦更好看些。

想到这里，周胤颇有一种“老丈人看女婿，越看越欢喜”之感，含笑拱了拱手：“微臣告退。”

林岐乖巧极了，认认真真还了个礼：“先生慢走。”

等周胤走远了，许皇后才伸手在林岐背上拍了一下：“进去瞧你父皇吧，傻小子。”

这孩子心悦周胤的长女这件事，怎么连陛下都知道了。

洪武帝出了一口闷气，舒服了许多，见许皇后和林岐进来，不待他们母子行礼，便摆了摆手道：“不必多礼。岐儿，朕有话要和你母后说，你不用回避，在一旁听着即可。”

林岐因得了好消息，心情愉快得很，把浑身的刺儿都收了起来，认真地看着洪武帝，双眼清澈，眼神柔软，眼中满是信任：“父皇，方才多谢您，我心里都明白。”

洪武帝：“岐儿，周胤那厮不识抬举，已经被父皇训过了，你就放心等着娶他的长女吧！”

虽然明明知道林岐绝不像这会儿看上去那样乖巧纯真，而是随时都有一千张面具准备着调换，可是做父亲的看自己的孩子，总是愿意往好的方面想。

此时此刻，洪武帝只觉得林岐太好太乖巧了，眼神太干净澄澈了，让自己这做父皇的想要保护他，把天下最美好的东西都给他，不忍心让他受一丝一毫的委屈。

林岐乖起来是真乖，他斟了一盏茶，试了试水温，这才奉给了洪武帝：“父皇，您渴了吧？先喝盏茶，这是桐柏山的雨前雀舌，极为甘甜润口。”

许皇后见这父子俩父慈子孝，也不肯让小凤凰不开心，便道：“既然陛下主意已定，臣妾自然遵从。”

洪武帝喝了两口清茶，觉得喉咙润泽了许多，便道：“朕已命人去宣韩志云，命他明日前往周府，宣纳周氏女为皇太子妃的旨意，行纳采问名礼。”

许皇后看向林岐，见他眼睛满是笑意，知道他是真心欢喜，便答了声“是”。

许皇后难得如此恭顺，洪武帝更是心情舒畅，看向林岐：“岐儿，既然父皇替你做主，纳你的心上人为皇太子妃，你是不是也得投桃报李一下？”

林岐一时错愕：“父皇的意思是——”

洪武帝哼了一声，道：“你别以为朕好糊弄，朕被你勒索走那八幅画，米芾的《春山瑞松图》，赵佶的《听琴图》和《枇杷山鸟图》，居然的《秋山问道图》，赵幹的《江行初雪图》，徐熙的《雪竹图》，卫贤的《高士图》，董源的《寒林重汀图》，你是不是都送给周大姑娘了？”

上次周胤拿了那些古画来让他赏鉴，他起初还有些迷糊，很快就明白过来了——周胤手里拿的所谓赝品绝对是真迹，应该是林岐用许二姑娘那个身份送给人家周大姑娘的。

这臭小子巴结人家姑娘，居然送自己父皇的心爱之物，真是可恨。

林岐没想到父皇居然还记得那些画，顿时笑了起来，眼睛亮晶晶：“父皇，您放心，那些古画，一定会随着皇太子妃陪嫁进宫的，到时候儿臣再还给您。”

洪武帝想起了林岐的制假做旧能力，忙又追加了一句：“朕只要真迹。”

林岐满口答应了：“放心吧，父皇。”

见父皇这会儿心情不错，他忙道：“父皇，儿臣身上的余毒便是由儿臣今日所说的那位黔州名医解的，明日儿臣带他入宫，给父皇看看脉息。”

洪武帝思索了一会儿，道：“好吧！”

林岐闻言，大为欢喜，眯着眼睛笑了起来：“父皇，母后，儿臣今日陪父皇母后用膳。”

外面下着雨，寒意侵人。

惠畅堂内已经生了地龙，暖融融的。

倩兮将要及笄，秦府送了一套赤金红宝石头面和许多绫罗绸缎过来做贺礼。

周夫人和过来做客的王夫人一起欣赏着这些宝光灿烂的宝石头面和绫罗绸缎。

旁边倩兮、盼兮和王蕙凑在一处说话。

王夫人称赞道：“秦府出手就是不一样，你看这宝石，粒粒火红，通透澄澈，还有这些绸缎，全是最上等的松江货，这些礼物下来，可不得几百上千两银子——可见秦府多看重咱们倩兮，倩兮嫁过去可是要享福的。”

周夫人心中欢喜，眼睛里满溢着笑意，正要谦逊几句，却听丫鬟在外面通禀：“夫人，老爷回来了。”

王夫人起身便要回避，却被周夫人拉住了：“自家亲眷，不必回避。”

周胤进来与王夫人见了礼，便吩咐王妈妈：“你去西宅请大姑娘过来，我有话交代她。”

王妈妈答应了一声，忙带了个小丫鬟，带着伞出了惠畅堂往西去了。

周胤进了里间，自有丫鬟服侍着洗手更衣，换了家常衣服，这才又去了明间。

周夫人已经命丫鬟收了罗汉床上摆的礼物。

待周胤在罗汉床上坐下，她又亲自奉了茶，这才问道：“子承，下着雨你让似锦过来做什么？”

周胤再深沉的人，今日得了一个佳婿，也忍不住炫耀起来：“告诉你们一个好消息，陛下今日宣了我过去，说要为皇太子求娶咱们似锦为皇太子妃！”

屋子里瞬间静了下来。

周夫人怀疑自己听错了：“子承，你说什么？”

王夫人也不敢相信自己的耳朵，瞪大眼睛看着周胤，等着他解释。

就连在一边说悄悄话的倩兮、盼兮和王蕙也停止了说话，都看着这边。

周胤实在是太喜欢林岐了，一直颇想当林岐的爹。

当皇太子的爹这辈子自然不可能了，可是如今他要做林岐的岳父了！

做不了爹，做岳父也挺好的！

周胤难得这样情绪外露，笑得合不拢嘴："似锦要做皇太子妃了，陛下明日就派礼部尚书韩大人前来行纳采问名礼。"

王蕙忽然道："姑父，不是说似锦是'命硬克夫'吗？陛下不担心皇太子吗？"

王夫人忙斥责道："胡说什么，还不住嘴！"

王蕙忙低下头，拈着衣带不吭声了。

周胤倒是不肯和小姑娘计较，当下解释道："陛下已经命钦天监的人看过皇太子和似锦的八字了，皇太子同样命格极硬极贵，与似锦的八字命盘互相成就，若是成婚匹配，有利于大周国运。"

他方才在外书房，已经安排下去，只待明日圣旨一宣，就让人在外面宣扬类似的话，想必很快就能传遍京城。

屋子里又静了一瞬。

王夫人笑着起身："我先给姑爷，二姑奶奶道喜了！"

周夫人乍闻这个消息，一颗心忽热忽冷，忽上忽下，也说不出自己心里是什么滋味。

周似锦做了皇太子妃，未来的大周皇后，她自然也是欢喜的。

可是一想到以后自己和自己的儿女，将来要给似锦行跪拜之礼，她心里又极不好受。

倩兮和盼兮欢喜极了，齐齐向周胤和周夫人行礼："恭喜父亲母亲。"

王蕙心不甘情不愿，却不得不也跟着过来："恭喜姑父姑母。"

周胤到底还有理智，含笑道："这个消息暂时不要传出，免得别人说咱们周家轻浮。"

周夫人答了声"是"，却看向王夫人。

王夫人爽朗地笑了："你请放心吧，我这嘴巴严实着呢，不该说的绝对不多说。"

这时候丫鬟通禀："大姑娘到了。"

水芝掀开门上锦帘，似锦走了进来。

屋子里众人都看向似锦，只见她头上绾着漆黑润泽的发髻，只插戴着一支珠花，耳朵上是一对银丝珍珠耳坠，身上穿着大红妆花通袖袄儿，系了条金枝线叶百花裙，艳色衣服衬得眉睫浓秀，眼如水杏，嘴唇殷红，身段窈窕，果真很是美丽。

似锦见众人看自己，有些疑惑，端端正正屈膝道福：“给父亲母亲请安。”

又给王夫人也行了礼。

王夫人先笑了起来，用极亲热的口气道：“似锦，以后你的礼，舅母可当不起了。”

似锦双目盈盈看向周胤。

周胤见女儿分明是大姑娘模样，心中甚是欢喜，道：“似锦，明日就是你十六岁生辰了，爹爹有一个好消息要告诉你。”

想起似锦初到京城时懵懂的模样，周胤鼻子一阵酸涩，道：“似锦，陛下要为皇太子求娶你做皇太子妃。”

似锦眼睛瞬间溢满泪水：我真的能和小凤凰在一起了？

她看向周胤，声音微颤：“爹爹，您……没有骗我吧？”

周胤百感交集：“傻孩子，爹爹骗你做什么。”

似锦用手帕拭去眼泪，灿烂笑了起来：“这可太好了。”

她以后可以堂堂正正与小凤凰在一起了，这可真是太好了！

周胤见似锦虽然含着泪，却笑得甚是灿烂，知道她也很欢喜，心里也为她高兴，和周夫人说道：“夫人，让厨房备下酒席，咱们一家开开心心吃顿饭。”

周夫人笑着答应了，忙吩咐人去通知厨房。

王夫人闻弦歌而知雅意，寻了个理由，带着王蕙告辞离开了。

待马车驶出了周府，王蕙这才哭出声来：“母亲，为何她周似锦能做太子妃，是不是因为她有一个好爹爹？”

王夫人抚摸着女儿的背脊，柔声道：“傻孩子，这是各人的缘法，羡慕不得的，你瞧倩兮和盼兮，不也没当王妃太子妃吗？你如今正在相看人家，你的表妹做了皇太子妃，以后你的亲事，只有跟着水涨船高的，咱们也可以往上看一看了。你这可是沾似锦的光，见了似锦，以后可不能再任性了。

“册封皇太子妃流程繁杂，其间亲戚多有来往，你切莫在似锦面前摆架子，要好好奉承她，诚心待她。似锦是个聪明人，心胸宽广，她不会计较你先前的事的……

“回家之后，嘴巴闭得紧紧的，今日之事一句也不要提，免得泄露出去，你周家姑父怪罪……”

她絮絮说了一路，王蕙虽然不爱听，却也知母亲说的都是实情，一一记在了心里。

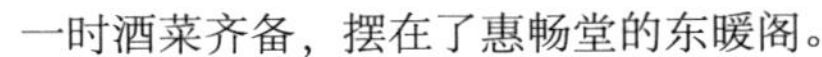

一时酒菜齐备，摆在了惠畅堂的东暖阁。

周家五口移席就座。

众人齐饮一盏酒后，周夫人问周胤："子承，家里有了这样的喜事，要不要把韶儿从嵩山书院接回来？"

周胤端着酒盏道："不必。册封皇太子妃程序极其烦琐，不用急着接周韶。"

似锦端起酒盏，起身给周胤和周夫人敬酒："似锦多谢父亲母亲照拂。"

周胤和周夫人笑着接了酒，一饮而尽。

似锦又和两个妹妹互敬了一盏。

今日周胤甚是欢喜，饮了几盏后，他有了酒意，在妻女面前忍不住说了实话："皇太子当真是'欲使其生于庭阶耳'的芝兰玉树，我能做皇太子的岳父，真的很开心。"

周夫人是见过皇太子的，想起皇太子清冷高贵的模样，心里也很欢喜，道："似锦也好，美丽大方，与皇太子很是般配。"

盼兮也凑趣问似锦："大姐姐，那以后我和二姐姐见了皇太子，是叫姐夫呢，还是叫太子殿下？"

倩兮在一边道："若是真的见了太子殿下，就怕你吓得说不出话来呢！"

似锦不禁笑了起来。

小凤凰私下里跟个小奶狗似的爱缠人磨人，可是在外人面前看上去就是清冷高贵不好惹的模样。

他在长辈面前乖巧懂事，在平辈面前则以礼相待，在下属面前严肃认真……似锦都不知道小凤凰到底有多少张脸呢！

若是倩兮和盼兮成了他的姨妹，他最大可能是以礼相待，倒也不会热情到哪里去……

酒阑人散，雨也停了，似锦、倩兮和盼兮三姐妹各自扶着丫鬟出了惠畅堂大门。

下了台阶，倩兮、盼兮和似锦不约而同停下了脚步。

大门两侧挂着两盏灯笼，上书"惠畅堂"三个字，昏黄的灯笼光照在湿漉漉的青砖地面上，似有粼粼波光。

倩兮看着似锦，眼神真切，笑意盈盈："姐姐，恭喜你！"

盼兮笑着道："姐姐，恭喜恭喜，我好开心！"

似锦平静了一下心绪，轻轻道："宫廷生活，哪里像在家里这么简单轻松，不过我会好好适应的，到了那时，咱们姐妹好好欢聚，同游皇家园林。"

姐妹三人都笑了起来。

似锦与两个妹妹分手后，带着春剑和幽客沿着青砖路向西走。

地上有不少积水，似锦脚上的木屐踩在积水上，啪嗒作响。

饮了酒，似锦的脸热热的，被带着湿意的初冬寒风吹着，倒是舒服了许多。

曾经错过，如今她终于要和小凤凰在一起了……

似锦的眼泪不由自主又涌了出来。

这一世，她定要好好和小凤凰在一起，不能重蹈前世覆辙。

走到西宅与东府之间的角门外，似锦轻轻叮嘱春剑和幽客：“今晚之事，回去不要提起。”

春剑和幽客齐齐应了一声。

回到房里，似锦洗了个澡，倚着熏笼想了一阵子心事，待长发晾干了，就回床上睡下了。

似锦半梦半醒之间听到雨又大了起来，噼里啪啦跟炒豆子似的。

大约是日有所思夜有所梦的缘故，似锦做了个梦，梦见她和小凤凰的新婚之夜，不禁笑出了声。

笑着笑着，似锦醒了，这才发现居然是在做梦。

她发现自己脸颊有些酸，应该是在梦里笑得太厉害了。

似锦揉着脸颊，想起方才那个梦，不禁又笑了起来——她和小凤凰算是青梅竹马了，彼此太熟悉了，新婚之夜可怎么过啊！

真到了那时，她可不能像梦里那样，起码得有点新嫁娘的羞涩……

想了一会儿，似锦脸又有些发烧，她捂着脸，轻轻告诉自己：“似锦啊，你可不能对小凤凰太禽兽了，他还不懂事呢！”

锦帐外传来小凤凰幽幽的声音：“白又胖，我怎么不懂事了？你要对我做什么禽兽之事？”

似锦吓得“啊”的一声，抱紧锦被缩成一团瑟瑟发抖。

锦帐被人从外面撩开了，林岐探身进来，隔着锦被在似锦身上拍了拍：“似锦，是我。你怎么睡得这么早？”

听到小凤凰的声音，似锦一颗心这才落回了原处，从锦被里探出头来，见果真是小凤凰，这才松了一口气：“方才吓死我了，真的吓出了一身冷汗……”

她把自己严丝合缝地用锦被围好，这才问林岐：“小凤凰，这会儿是什么时辰了？你怎么来了？”

林岐探身从床里另拿了一个白绫软枕，放在了似锦身旁，自己却没有躺下去，而是盘腿坐在床边看着似锦：“这会儿刚过亥时。我想着你要嫁给我了，怕你担心害怕忧惧，想着过来安抚你，谁知听到你在说什么‘似锦啊，你可不能对小凤凰太禽兽了，他还不懂事呢’。你就说吧，你要对我做什么禽兽之事？”

似锦脸瞬间红透，眼睛也水汪汪的，看着烛光中小凤凰精致好看到了漂亮这个地步的脸，一颗心扑通扑通直跳。

林岐凑过去道："咦，你脸红了？到底在想什么？"

似锦拉高锦被蒙着脸小声："我梦见咱俩的新婚之夜了。"

按照小凤凰的性子，他若是有兴趣，真的会不依不饶探究到底的，与其被他纠缠半日说出来，不如现在开门见山地说出来，把他活活给羞走，说不定就能躲过一劫。

外面半日没有声音。

似锦有些奇怪，悄悄探头去看，却见小凤凰面红耳赤坐在那里，垂着眼帘，咬着嘴唇，不知道在想什么。

她忽然灵机一动："小凤凰，你不会是什么都不懂吧？"

林岐涨红着脸："我……我哪里不懂了？我都懂的！"

似锦眨了眨眼睛，试探着问："是不是谁给你什么图画之类了？哦，对，应该是叫《避火图》！"

林岐点了点头，从衣袖里掏出一个崭新的小册子："父皇命人洗手焚香，然后抄录给我的，说是大周皇室历代皇子都是用这个启蒙的。我都看过了，什么都懂，什么都会。"

似锦把胳膊从锦被里伸了出来，接过小册子翻了翻，一边翻一边道："这里面的男子，身材不如你好看，肚子有些大，不像你宽肩细腰大长腿，恰到好处。"

林岐哼了一声，颇为矛盾地看着似锦翻看小册子："那是，一般男子身材都不如我，不过好多人比我壮。"

他不是很想让似锦看避火图上的男的。

似锦一边看小册子，一边道："小凤凰，我就喜欢你这样的。"

林岐用手捏着似锦的手臂："白又胖，你这是什么意思？你喜欢我这样的？也就是说，是别人也行吗？"

似锦见林岐故意烦人，瞅了他一眼，道："要不是你这张脸好看，我还真不想搭理你。"

林岐自动把这句话当作似锦对自己的赞美，心里挺开心的，在床外侧侧着身子躺了下去，口中道："白又胖，你不用担心，只管做你的事情就好，宫里那边自有我安排。"

似锦很快就把小册子翻看了一遍，觉得不过如此，就把小册子还给了林岐，把胳膊缩回被窝里："小凤凰，你先出去，我穿衣服起来。"

林岐把小册子放回衣袖里，起身出去了。

似锦起身穿上衣服，又在妆台前重新绾了头，对镜照了照，觉得没有什么不妥的，这才也出去了。

明间亮着灯，却没有人，倒是西暗间书房隐隐有烛光透出。

似锦撩开锦帘一看，林岐正在看她画的画，便笑着走了进去，道："这是韩贞和王菁要我画的画，你看看怎么样？"

林岐立在书案边翻看着，发现画的是一个园子，最左边是一丛开得如火如荼的红玫瑰，中间是一丛清艳华贵的名品牡丹玉楼点翠，而右边则是远景，是两株紫玉兰，背景是隐约的亭台楼阁。

似锦凑过去道："小凤凰，你猜哪个是我？"

林岐嘴角翘了起来，抬手指了指那丛白牡丹："玉楼点翠，对不对？"

似锦一愣："你怎么猜得这么准？"

林岐似笑非笑瞅了她一眼，却不肯说，而是道："白又胖，我饿了，让人送消夜过来吧！"

白又胖之所以叫白又胖，就是因为她白而且胖啊，白牡丹花朵洁白晶莹又硕大圆润，岂不正是白又胖？

似锦伸手在他上臂捏了一下，然后乖乖地出去了。

春剑和素心正在走廊西端的茶阁候着，见似锦出来，忙走了过来，齐齐道了福。

春剑笑嘻嘻道："姑娘，是不是要消夜？"

似锦点了点头，忍不住笑了："小机灵鬼！"

她吩咐道："小厨房不是卤有鸭掌、鸭舌头吗？送两碟过来，再加一碟砂糖橘和一碟雪梨，还有上次咱们制的金银花酒，倒一壶热好送来，再来两碗鸡汤细面，面揉得筋道一些。"

春剑听了，记在心里，穿上木屐，拿了把油纸伞撑开，下了台阶出去了。

素心道："姑娘，那我去温酒吧！"

似锦想了想："再加些槐花蜜。"

槐花蜜也是去火气的，对上次小凤凰流鼻血，她还心有余悸。

素心抿嘴笑了，答了声"是"，自去茶阁预备。

外面雨还在下着，空气湿漉漉的，又冷又清新，似锦深深吸了一口气，转身掀开门上暖帘进了屋子。

林岐正立在书案前提笔疾书。

似锦凑过去看，发现他在画上题写了韦庄的《白牡丹》一诗，便轻轻吟道："'闺中莫妒新妆妇，陌上须惭傅粉郎。昨夜月照浑似水，入门唯觉一庭香。'哦，这是写白牡丹的。"

见似锦笑得可爱甜蜜，林岐心里一动，忽然靠近，在似锦唇上亲了一下，觉得一下不够，他伸出手臂，揽着似锦的腰把她搂了过来，低头亲了上去……

似锦推拒了两下，却没承想林岐力气甚大，牢牢控制着她，她反抗不了，就故意含着林岐的下唇轻轻咬了一下。

林岐轻笑起来，终于放开了她。

两人你看我，我看你，俱双目盈盈嘴唇殷红。

似锦不由自主屏住呼吸，闭上了眼睛。

林岐刚重新把她揽在怀里，外面就传来春剑和素心的声音："姑娘，消夜送来了。"

似锦埋在林岐胸前笑了起来。

林岐不禁也笑了，一把将似锦抱了起来："出去吧，我饿了。"

似锦伸手在他脸颊上拧了一下。

林岐在西暗间锦帘前把她放了下来，两人一起走了出去。

似锦一点都不饿，因此只是倚在那里吃些水果。

她看着林岐吃面，见他吃得甚香，不由得笑了，道："你来我这里到底要做什么，总不是为了吃面。"

林岐吃着面，心道：傻白又胖，我夜里不睡觉，费这么多功夫跑到你这里来，自然是想你了呀！

他咽下口中的面，一本正经道："镇南侯的世子苏真已经到了京城，明日册封你为太子妃的流程就要开始了，我担心他们使坏，想着给你送两个人过来。

"明日下午李飞带她们来见你，你随意安置就是，不过出门一定要带着她们。"

他观察过似锦身边的这六个丫鬟，发现最大的春剑、素心也才十四岁，都太小了，有些事怕似锦指望不上她们，因此让李越帮着选了两个人给似锦送来。

似锦心中感动，伸手摸了摸林岐柔软的脸颊："小凤凰，你对我真好。"

她正在吃梨子，手上黏黏的全是梨水，这下都蹭在了林岐脸上。

林岐气得没法，放下红箸，把似锦的手拽了过来，衣袖往上一捋，然后把脸在似锦白皙细嫩的手臂上用力一蹭，然后继续吃面。

似锦"扑哧"一声笑了。

林岐吃完面，重新洗了脸，被似锦逼着抹了一层青竹香露，就预备离开了。

似锦帮他系斗篷上的衣带时，林岐开口道："白又胖，银子够用吗？"

似锦若无其事道："够用，我从我爹那里借了好几千两，足够支撑到铺子赚钱了。"

林岐从不和似锦客气，从腰间解下锦囊放在了妆台上："这是你凤凰哥哥给你的陪嫁，到时候十里红妆，气死那些醋精。"

他想着周胤并不是世家大族出身，给似锦准备陪嫁可能力有不逮，不愿将来他和似锦年老，回忆往事，白又胖对两人的婚礼留有遗憾，因此特地拿了六万两银票过来。

听到那句“气死那些醋精”，她“扑哧”一声笑了，踮着脚亲了林岐一下：“好的，凤凰哥哥！”

林岐嫌弃似锦绑得不好看，自己解开系带认认真真绑了个蝴蝶结，然后特别高冷地摆了摆手：“再会，白又胖妹妹！”

他转身就走了。

第二天一大早，似锦打扮齐整去了惠畅堂。

倩兮和盼兮已经在惠畅堂正房的西暗间书房内等着了，姐妹三人一起用了早饭，然后在西暗间书房聊天玩耍，等待宫里派的使者过来。

到了吉时，洪武帝派来行皇太子纳采问名礼的使者终于过来了，正使是内阁首辅韩朝，副使是礼部尚书韩志云。

似锦和倩兮、盼兮在西暗间内，静静地听着外面行礼如仪。

先是韩朝持节行纳采之礼：“皇帝制谕吏部尚书、文华殿大学士周胤。朕惟经国之道，必本于正家婚姻之礼，必慎于择德。兹皇太子年及婚期，须得贤淑以为之配。今特遣使持节以礼采择。”

接着是韩志云行问名之礼：“朕惟正始之道，婚礼为先。皇太子之配，宜选名家。特遣使持节以礼问名，尚俟来闻。”

周胤拜受毕，把表敬献给了正副使，口中道：“臣胤伏承嘉命，臣女，先臣杭州同知维之曾孙，先臣文之孙，今年十六，谨具奏闻。”

一时礼毕，周胤自送正使韩朝和副使韩志云离开。

过了良久，周胤和周夫人这才从外面回来。

似锦和倩兮、盼兮出去迎接。

周胤和周夫人在罗汉床上坐了下来，屏退了侍候的人，又让王妈妈守在廊下，这才道：“这个月是行皇太子纳采问名礼，十一月行皇太子纳徵告期册封礼，咱们也得给似锦准备嫁妆了。”

似锦早有准备，闻言起身，道了福，笑吟吟道：“父亲，母亲，女儿这里倒是有些银子，请父亲母亲拿去准备嫁妆吧！”

她把林岐给她的香囊奉给了周胤。

周夫人笑了：“你这孩子，你能有多少银子！”

盼兮忙道：“我有一千两银子，给姐姐添妆。”

倩兮也不紧不慢道：“我也给姐姐一千两银子添妆。”

似锦心里感动，搂着倩兮和盼兮道：“还是有妹妹好！”

姐妹三个笑闹成一团。

周胤原本没把似锦这银子当回事，笑着解开了锦囊的系带，口中道：“爹爹给你准备的陪嫁，虽然比不上皇后娘娘当年，也不至于太差——”

锦囊里是厚厚的一沓银票，面额都是一千两，而且上面盖着全大周最有名的票号永福号的戳——永福号是洪武帝名下票号，早就给了皇太子林岐。

他先是一愣，接着就明白了——这是皇太子给似锦的，要替似锦长脸。

周胤心中感慨万千，最后道：“似锦，这些爹爹收下了。”

周夫人在一边看了，也暗自纳罕，看向周胤：“子承，这是——”

周胤给周夫人使了个眼色，示意她不要再问。

周夫人会意，当下端起茶盏道：“子承，那咱们这几日就开始给似锦置办嫁妆吧。你那边清客幕僚那么多，安排几个懂行的去办。”

周胤“嗯”了一声，道：“我再从吏部派两个师爷过来，明日就开始置办。”

似锦想着周胤和周夫人还要商议事情，忙道：“父亲，母亲，我带着倩兮、盼兮去西宅玩吧！”

周夫人笑了：“快去吧，让我和你父亲也静下心好好商议一番。”

延寿宫内，得知周胤的长女被册封为皇太子妃的消息，苏太后默然良久，方低声吩咐前来报信的苏真的密探：“告诉世子，让他命人仔细探查，总能找到那周氏女的短处，到时候相机行事。”

密探是一个瘦骨伶仃的小太监，答了声“是”，退了下去。

兰女官在廊下候着，目送那小太监匆匆离去。

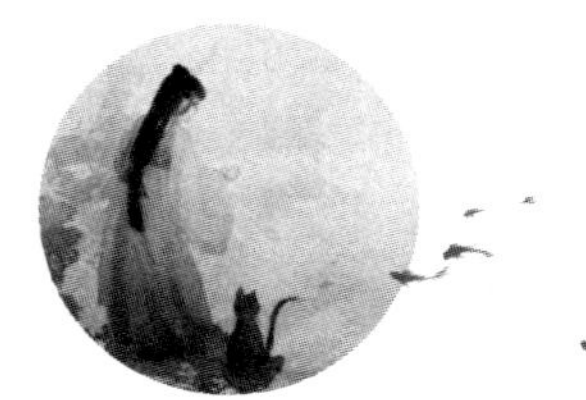

第三十九章

远行

到了下午，韩贞和王菁都过来向似锦道喜。

用罢午饭，似锦、王菁和韩贞歪在临窗大炕上歇息聊天。

三人絮絮说着话，不知不觉有些疲倦了，索性宽去外面衣服，让丫鬟在炕上铺设好衾枕，一起睡下了。

傍晚送王菁和韩贞离开后，似锦正要回屋，看守二门的婆子就来回话："姑娘，门房的李飞带了两个丫鬟过来，说是姑娘您让他送来的。"

似锦一听，便知是林岐安排的人，忙道："你带着两个丫鬟进来见我。"

过了片刻，那两个丫鬟就过来了，齐齐屈膝行礼："给姑娘请安。"

似锦细细打量，见两个丫鬟都是十七八岁年纪，左边的那个中等身量，脸略有些大，两眼距离略宽，看起来特别顺眼；右边的那个瘦瘦的，小小的窄脸，还挺清秀的，便道："你们叫什么名字？"

左边那个道："启禀姑娘，奴婢名叫李竹。"

右边那个道："奴婢名叫李兰。"

似锦抿嘴笑了："在我这里，不用自称奴婢，既然来了这边，就按这边的规矩吧！"

李竹和李兰含笑道了福，答了声"是"。

似锦吩咐春剑："你带着李竹和李兰去西跨院安置，一人先发十两银子，两套棉衣，两套袄裙，两匹白绫。"

春剑答应了一声，自带着李竹和李兰去了。

转眼间到了十月二十五，明日就是黔药堂开业的日子了。

似锦一大早就起来了，在韩妈妈的陪伴下，隔着屏风听金掌柜说了今日开业流程，便道："金掌柜，一切都拜托你了。"

金掌柜大约二十七八年纪，很是精干，他拱了拱手道："姑娘请放心，金某定当尽心竭力。"

似锦到底不放心，吩咐道："祥符县何知县和曹县尉两位大人，你要好好伺候。"

金掌柜全都记在了心里，答应了一声，这才告辞离开了。

十月二十六这日，似锦清早起来，正在庭院里踱步，韩妈妈过来了。

和似锦说了"老爷请您过去"之后，韩妈妈又低声道："皇太子也在书房里，穿的是便装，是富贵人家的小公子打扮。"

似锦一听，心里一动，忙吩咐春剑："把我那件青莲哆罗呢斗篷拿出来，还有那双鹿皮靴子。"

周胤坐在书案后，打量着正行礼的似锦，见她穿着件带兜帽的青莲哆罗呢斗篷，脚上则是一双鹿皮靴子，手里还拿着眼纱，分明是出门打扮，不禁莞尔：似锦这小精灵鬼儿！

似锦行着礼，却把外书房看了一遍，心道：咦，怎么没见小凤凰？

她都好些时候没见小凤凰了！

周胤见状，咳嗽了一声，道："似锦，我记得今日你在嵩岳街的那个铺子开业？"

似锦点了点头，道："爹爹，虽然都安排下去了，不过我心里还是有些不放心。"

她说着话，大大的杏眼只是看着周胤，眼里满是祈求。

周胤见她眼睛简直像是会说话，心中暗笑，道："不放心那你就去看看，我这里正好也有人要去嵩岳街，让他陪你去吧！"

这时穿着杏黄袍子围着黑玉带的林岐就从一列书架后转了出来，眼中含笑，一本正经地拱手行礼："林某见过周姑娘。"

似锦心中欢喜，眼睛熠熠生辉，笑得嘴巴都合不拢了。

林岐见了似锦，心中也是欢喜，微微一笑，看向周胤："先生，我带她去看看，您请放心，我会照顾好她的。"

周胤见似锦如此模样，心知她必定是极心悦太子殿下的，便也不再阻拦，只是道："记得掩藏行迹，不要被人注意。"

似锦答应了一声，拿出眼纱戴上，又戴上兜帽，然后笑盈盈道："爹爹，还能看出是我吗？"

周胤笑着道："怎么看不出来！好了好了，快出去吧！"

似锦拉低兜帽，戴着眼纱，大摇大摆跟着林岐出了外书房。

林岐也披上了件宝蓝斗篷，戴着兜帽，扶着似锦上了马车，自己也坐了进去。

马车驶入了嵩岳街，在黔药堂斜对面的碧梧茶馆前停了下来。

林岐先下了车，然后伸手扶似锦下车。

似锦戴着眼纱，轻巧地跳下马车，随着林岐进入了碧梧茶馆。

李青早在茶馆里候着了，见林岐和似锦进来，上前拱手行了礼，然后引着他们去了三楼雅间。

雅间是个套间，极为雅致，墙上糊着雪浪纸，一面绘着青竹图，一面绘着碧梧图，临窗榻上铺设着青锦褥子，小炕桌则是竹木的，上面摆着精致的甜白瓷茶具。

林岐在似锦对面坐下，这才道：“碧梧茶馆是李青管着的暗卫的产业。”

似锦惊讶极了。

这碧梧茶馆分店遍布全大周，甚至扩展到了辽国，却没想到居然是林岐的产业。

她展开双臂扑了过去，一把将林岐压倒在榻上，胡乱在他脸上亲了好几下：“小凤凰，你好厉害呀！”

林岐正打开匣子取出里面的千里镜，好让似锦看斜对面的黔药堂，冷不防被似锦扑倒，刚开始他还试图挣扎，挣扎了两下被似锦亲在脸上，顿时一动也不敢动了，任凭似锦乱亲。

似锦亲了几下，发现林岐的脸实在是太软太嫩了，不知道心里是怎么想的，忽然就含住了林岐的脸颊，用力吸了起来。

林岐疼得倒吸冷气，真是又疼又舒服，忙抬手揪住了似锦的耳朵：“白又胖，太……太疼了……我的天！”

似锦终于松开了林岐的脸，看着他白嫩小脸上被自己亲出的湿漉漉的红印子，不禁趴在林岐身上笑了起来。

林岐的脸是真疼，他一边揉脸，一边道：“白又胖，你是小狗吗？我的脸一定被你咬出牙印了，我可怎么见人！”

似锦哈哈笑了起来，往上爬了爬，道：“要不，我在你右脸上也亲一口？”

林岐忽然脸有些红，眼睛亮晶晶的：“你要是真想亲也行……”

似锦扑了过去，道：“我没用牙咬，不会留牙印的！”

她还真的在林岐的右脸上也用力亲了一口。

林岐认命般躺在那里，任凭似锦乱咬乱亲，心道：唉，和白又胖在一起，总是幸福与疼痛并存……

白又胖手特别贱，总是爱捏捏他，摸摸他，拧拧他，今日又开始亲他的脸了，明日不知道又要有什么新花样。

可是这样的白又胖，他还是很喜欢，喜欢到愿意天天和白又胖在一起，即使她爱折腾自己。

林岐都不知道自己是不是有毛病……

两人正在笑闹，外间传来“咚咚咚”的敲门声，接着便是李青的声音：“公子，镇南侯世子带着几个人进来了。”

似锦原本还在咬林岐的耳垂，闻言一下子停在了那里。

林岐当即抱着似锦坐了起来。

镇南侯世子苏真出现在嵩岳街黔药堂斜对面的碧梧茶馆，这可真有些奇妙了。

似锦挣开林岐，跪坐在一边听着。

林岐一边用手揉脸，一边吩咐道：“听着他们在说什么，黔药堂那边继续让人看着。”

李青离开之后，似锦低声道：“苏真算是镇南侯送到朝廷的质子了，他也敢明目张胆地搞事情吗？”

林岐继续揉脸，他的脸还有些痒痒的：“反正全天下都知道父皇仁善耳根子软，即使犯了错，到时候让苏太后或者大小苏嫔在父皇面前一求，基本就没事了。”

似锦观察着林岐的脸，见他白皙细嫩的脸被自己亲得两颊各红了一片，只是那两片不是很对称，不由得心中暗笑，道：“小凤凰，你这会儿别出去。”

林岐“嗯”了一声，心知自己的脸一时半会儿还真没法见人：“以后你再亲，亲别的地方，脸太惹眼了，别人一看就能看出来。”

似锦慢条斯理道：“可是别人一定认为是我打你了，或者拧你了，而不会想到是我亲的呀！”

林岐被怼得哑口无言。

他拿起刚才被他放在一边的匣子，取出千里镜递给似锦：“这是军中用的千里镜，你试试吧！”

似锦接过千里镜，坐在窗边，向黔药堂那边看去。

只见黔药堂那边热闹得很，铺子外面围了好多人，乔夙、郭大夫、金掌柜和曹翔陪伴着一个二十七八岁穿青色锦袍的年轻人立在中间，正被几个商人打扮的人簇拥着，似乎是在说话。

似锦道：“那个穿青色锦袍的人，就是祥符县知县何青吗？”

林岐和似锦并排坐着，接过千里镜看了看，道：“正是何青。”

他接见过何青，发现何青年纪不大，却机警灵敏，是个人才。

似锦想起爹爹说的何青在临清税关发现庆王的船运送猛火油的事，不由得笑了：“何青可真是心细如发，而且反应很快，一发现异常，当即给我父亲送了一封快信。”

她又道：“曹翔也很厉害，我去他家看望王菁，去过曹翔的书房，里面有一个占了半面墙的架子，上面摆的全是曹翔用来探案的工具，特别用心。”

林岐还挺有兴趣：“下次我让人把曹翔的卷宗调过去看看。”

似锦拿着千里镜继续看对面的黔药堂："今日若有人想要把事情闹大，放火是最便捷的，临街铺子一楼都是人，不可能在那里放火，因此须得提防二楼和后面的药坊。"

两人絮絮说着话，却见孙秀和一个伙计打扮的人举着一长串爆竹，似乎在预备燃放。

何青和乔夙一见如故，正与乔夙说话，见孙秀他们举着爆竹要放，便先阻止了，然后叫了曹翔过来，交代了几句。

曹翔当即挥了挥手，带着一群祥符县县衙的衙役进了黔药堂。

似锦一见，忙道："我已经提前让人做好防火准备了，不过猛火油这个的确不好办，因为用水浇不灭，只能想别的法子。"

林岐伸出右臂，把似锦揽在怀里，道："不必担心。"

李青也安排了人在里面防备镇南侯那边的人捣乱。

曹翔带着人进了黔药堂临街的铺面，挥了一下手，他的副手带了几个人直奔后院药坊，曹翔则带了几个人冲上楼梯。

铺面的二楼静悄悄的，上面收拾得颇为雅致，靠北墙是一排排药柜，东边屏风前则是两张医案，医案后各有一张圈椅，窗前有一个临窗长榻，上面放着小炕桌。

曹翔很快做出了判断，抬了抬手，带着人闪电般冲到了屏风后面——一个手里拎着坛子的人正蹲在屏风后，见曹翔从天而降，当下起身就要用坛子砸曹翔，却被曹翔用手接了过来。

衙役扑上去制住了这人。

冲到后院的衙役也搜到了两个预备放火的人。

似锦用千里镜看到祥符县的衙役押着三个人从铺子里出来，有些纳闷："小凤凰，苏真到底是什么用意？"

林岐轻声道："我想，他是想让黔药堂在开业这一日发生大火，最好再烧死十几个人，让此事闹大，然后在京城宣扬，就说你命格不好，若是你我成亲，有损国运云云。"

似锦低声道："也许会反过来说，说你的命格不好，有损国运……"

想到镇南侯世子苏真的计谋，似锦还是有些意难平："嵩岳街这边的房屋都是木结构，若是黔药堂起火，这一条街都要烧起来，说不定还会蔓延更远——这么多条无辜百姓的性命，苏家的人都不怕吗？"

林岐想起自己得到的情报。

镇南侯去年在雍州修祖坟，听了奸邪之言，在祖坟内坑杀九十九个活人，以祭祀祖先改变风水。

他自己的治地雍州九十九个活人说活埋就活埋，京城一条街的人命又算什么？

镇南侯一脉，立国时的确是大周的功臣，可是这一百年来，权力极盛，镇南侯一脉已经蜕变成了恶魔，绝对不能再留。

这时窗外响起噼里啪啦的爆竹声，原来黔药堂燃放爆竹，正式开业了。

金掌柜站在那里，大声道：“黔药堂今日开业大优惠，开业前三日，名医诊脉，专看疑难杂症，不收药费。

“黔药堂长期招收选拔男童女童免费习学医术，有意者请到黔药堂洽谈。”

围观的百姓也跟着欢呼起来。

金掌柜声音很大，音色特殊，极有穿透力，似锦在碧梧茶馆的雅间里，也能听得清楚。

她不禁点头，道：“金掌柜选择在这个时候宣布招收男童女童免费习学医术，的确很合适，也许刚开始没有女童上门学医，但是只要有人开了头，以后就会越来越多。”

似锦的本意，还是想要尽可能多地培养能光明正大行医的女医，为因男女大防耽误治疗的女子看病。

林岐也觉得这个主意好：“黔药堂开了个好头，若是真的办成此事，就让太医院也跟着学。”

两个人絮絮说着，也没什么重要的事，却也不觉得无聊。

似锦见黔药堂的事情解决了，就很想和林岐一起出去玩，当即有了一个主意。

她忽然把手放在了肚子上：“哎呀，我的肚子在说话，它在说什么呢？小凤凰你快听听吧！”

林岐配合似锦，俯身把耳朵贴上去听似锦的肚子。

似锦笑嘻嘻道：“小凤凰，我的肚子是不是在说，它想吃金石街那边的吴记砂锅米线？”

林岐哈哈笑了起来：“对，尊肚还想吃吴记的芝麻小烧饼呢！”

似锦一本正经：“那还等什么？满足它吧，毕竟是我的肚子。”

林岐笑得眼泪都快出来了，抬手隔着衣服在似锦身上拍了一下：“走吧，好友，以后的几十年，我都会满足你的！”

似锦默然片刻，忽然道：“那个，小凤凰，你摸的不是肚子，是小腹……”

林岐抬眼看似锦，又看似锦的小腹，然后俊脸瞬间红透，连耳朵都变成了粉红色。

他的本意真的是满足似锦的肚子，让她吃遍佳肴……

似锦见林岐害羞，笑了起来，起身下了榻："小凤凰，我饿了，快走吧！"

林岐在榻上又坐了一会儿，待脸上的热度退了下去，这才起身。

似锦自己穿好了斗篷，又拿了林岐的斗篷，要服侍他穿上。

林岐不由得微笑："白又胖，你那么矮，怎么帮我穿？"

话音未落，似锦弯腰拉了靠墙放着的矮凳过来，放在林岐面前，然后站在矮凳上，展开斗篷服侍林岐穿上，还炫耀似的托起兜帽合在了林岐头上。

似锦这会儿与林岐一般高了，笑嘻嘻地平视着他，道："小凤凰，自从你开始长个子，我好几年没与你平视过了。"

林岐也笑了："小矮人！"

似锦伸手摸他的脸："瘦竹竿！"

林岐微微一笑，轻而易举地抱起似锦，放在了地上，帮她戴上兜帽，伸手拉住她的手："走了。"

似锦坐在马车里，故意道："小凤凰，咱俩能不能直接去吴记砂锅品尝米线？"

林岐抬手在她脑袋上拍了一下，道："别痴心妄想了。不安全。"

似锦笑得眼睛弯弯："那你得补偿我！"

林岐看她："怎么补偿？"

似锦笑意盈盈，忽然凑到林岐耳边，低声道："新婚之夜，你穿女装好不好？"

他不搭理似锦了，待马车停稳，自顾自跳下了马车。

这辆马车车厢有些高，林岐腿长，一抬腿就下去了，似锦可没那么容易，她忙扶着车门道："小凤凰，帮帮忙，我腿短，穿着裙子没法跳！"

她若是真要跳，也不是没办法，把裙子撩起来往下一跳就行，只是她到底是大家闺秀，未来的皇太子妃，被人看到，多不好啊！

听到白又胖自称"我腿短"，林岐不由得莞尔，转身走了回去，探身进马车内："重新提个条件吧！"

似锦乖乖道："求殿下扶我下车。"

林岐不禁笑了起来，如春花乍放，明月朗照，好看极了。

似锦一时有些看呆了。

见似锦变得傻乎乎的，林岐笑容加深，张开双臂，把似锦给抱了下来，放在了地上："白又胖，走吧！"

大约是想要补偿似锦不能亲临吴记砂锅的遗憾，林岐命人买回了不少美食，摆了满满一桌子。

似锦一看，不禁笑了："太多了，咱俩哪里能吃这么多。"

她拿了双筷子，除了两个砂锅米线之外，其余都分出一大半，让李青把一大

半拿到前面铺子里给众伙计分食。

用罢午饭，似锦吃得有点饱，懒洋洋地倚着小炕桌坐在锦榻上。

林岐命人收拾了鸡翅木方桌出去，问似锦：“我今日都有时间陪你，下午想做什么？”

他前段时间太忙碌，有一段时间没见似锦了。

明日他就要奉旨前往晋州了，又要与似锦分离，因此今日特地挤出时间来，专门陪伴似锦。

似锦坐直了身子：“这样吧，咱们乘马车去城外十里原那个别院骑马。”

到了别院，林岐和似锦换上骑装，一起去马场骑马去了。

这个别院依山傍水，风水极佳，景致很好，马场就在山脚下的松林旁，甚是开阔。

似锦和林岐先是控马缓步而行，待适应了马场，两人便约定了彩头，开始赛马。

似锦连输四局，不过最后一局却赢了林岐，开心极了。

因骑马出了汗，似锦和林岐便分开各自洗澡换衣去了。

似锦在丫鬟的服侍下穿上新衣，然后对着西洋穿衣镜照了照。

她上身穿着件大红缎子遍地金袄，系了条翠蓝宽拖遍地金裙，鹿皮靴自然不能穿了，换了双崭新的大红高底绣鞋。

不管是衣服，还是鞋子，都合身得很。

似锦出去问林岐：“我穿这些衣服鞋子怎么都这么合身呀？”

林岐也换了件大红圆领锦袍，腰围玄玉带，脚蹬皂靴。

他看向似锦，似不在意地道：“这个别院是给你准备的啊，房契什么的，我都放在李青那里，让你去取，你却一直没去。”

去年临去西北前，他以为自己怕是回不来了，特地给似锦准备了这个别院。谁知似锦找到了乔夙，解了他身上缠绵多年的余毒，他又活着回来了，能和似锦在一起了。

似锦也想起了往事。

林岐握住她的手：“我答应过你，给你在永福寺后建一座别院，等你老了，可以搬进去养老，死了也葬在那里，我在十里原陵寝，百年后也可以护着你。

“现在看来，咱们俩可以一起住在这里，将来百年，也葬在一起。”

似锦眼泪早已涌出。

她挣脱林岐，背对着他：“再过一个多月，咱们就要成亲了，提那些往事做什么！”

林岐从背后抱住她：“嗯，我不提了。”

似锦吸了吸鼻子：“我得赶紧回去了，嫡母还不知道我出来呢！”

林岐抱紧似锦。

他舍不得和似锦分开。

林岐其实并不是喜欢沉溺于柔情之中的人。

他想要的东西太多，想做的事情太多。

他想要对土地制度和税务制度进行从上而下的根本性的革新，想要大周军事实力更加强大，想要大周政治清明，商业发达，粮食充裕，百姓和乐……

他的时间似乎总是不够用。

可是无论何时，林岐知道，自己在心底最柔软的地方，为白又胖准备了一个小而温暖的房间，想要照顾她，保护她，爱她，一生一世与她守在一起……

似锦也舍不得林岐，她试着转移话题：“小凤凰，咱们还有一个多月就要成亲了，东宫你打算怎样修缮？”

林岐松开了似锦：“我正要和你商议呢！”

似锦和林岐认认真真商议了一番，最后决定住在东宫正殿，东暖阁似锦用来待客，西偏殿则是林岐的地盘。

商议完毕，似锦起身：“小凤凰，送我回去吧！”

林岐忽然有些淘气，弯腰凑上去在似锦唇上吻了一下。

似锦笑着瞅了他一眼，道：“小凤凰，你走近些。”

林岐果真上前一步。

似锦先前还在笑，待林岐走近，双臂伸出揽过林岐，踮着脚吻住了他……

片刻之后，林岐推开了似锦，捂着嘴道：“白又胖，你是狗啊！”

他嘴唇被白又胖给咬伤了。

似锦也很无辜：“我就是轻轻咬了一下，谁知你的嘴唇那么娇嫩……”

林岐真生气了，不搭理似锦。

似锦也故意不理他。

等两人登上马车，并肩坐下，你看看我，我看看你，又都笑了起来，算是和好了。

似锦今夜睡得不好，一直蒙蒙眬眬似睡非睡。

等到了寅时，她又醒了。

想到这会儿林岐已经要出发前往晋州了，似锦心里很是牵挂，明明不信佛的，却也双手合十朝着北边祈祷，祈求菩萨保佑小凤凰一路顺风平平安安健健康康。

天色幽暗未明，东宫灯火通明。

洪武帝和许皇后一起来到东宫，为林岐送行。

许皇后舍不得林岐，握着他的手：“小凤凰，从京城前往晋州，要穿过太行山，路途艰险，你路上谨慎些，注意安全。”

洪武帝和许皇后一向不对付，顺口道：“邱正彤带了两千人护送，他是岐儿的亲信，可是文武全才有勇有谋的少年将军，你瞎担心什么。”

许皇后听了：“需要穿过太行山，带两千人如何够？”

她看向林岐：“小凤凰，再多带些人吧！”

林岐笑了起来，单膝跪地，仰脸看着许皇后：“母后，您不放心邱正彤的能耐，难道还不放心我吗？我可是平定过肃州叛乱，击溃过西夏大军的。”

许皇后一想，也笑了——她总把小凤凰看作需要自己保护的小男孩，殊不知他已经经历过许多血与火的考验了。

见许皇后与林岐母子亲近，洪武帝心里酸溜溜的：“岐儿，回来你就要大婚了，要保护好自己。”

林岐灵活地转向了洪武帝，握住了洪武帝的手，仰脸看着他，笑容灿烂得很：“父皇，儿臣已经把东宫修缮图纸交给您了，您可得好好帮儿臣修缮啊！”

他握着洪武帝的手，小孩子般摇了摇：“父皇，儿臣最相信您的眼光了。”

洪武帝：“知道了。”

岐儿这是看中了他为沁芳殿准备的材料，他又要被岐儿讹走一大笔银子了。

看来他的梦中宫殿沁芳殿，永永远远修不成了。

许皇后见洪武帝又被林岐敲诈了，不禁莞尔。

洪武帝别的不说，对美人、美景、建筑和装饰，的确很有眼光，小凤凰请他主持修缮东宫，确实选对了人。

林岐见父皇母后都被自己逗笑了，这才起身，端端正正拱手行礼，然后认镫上马，在众随从扈卫下打马远去。

洪武帝与许皇后并肩而立，目送林岐的背影消失在东宫外的甬道上。

待林岐回来，宫里就要办喜事了。

洪武帝忽然道：“你瞧见没，岐儿的下嘴唇破了。”

许皇后“嗯”了一声，道：“看破别说破。”

她早看到了，怕小凤凰不好意思，因此不肯提。

洪武帝远望着林岐远去的方向，心道：岐儿这孩子倒也不是看上去那样不解风情啊！

这时镇南侯府的一支暗卫，也悄悄离开了镇南侯府在京城西郊的巢穴，扮作商队，骑马往北而去。

进入十一月之后，天气渐渐寒冷起来。

郑夫人从洛阳赶了过来。

在惠畅堂用罢晚饭，似锦陪着郑夫人回了西宅。

春剑已经把西偏院收拾得妥妥当当，把郑夫人的人和行李都安排了进去。

郑夫人很欣慰，点头道：“似锦，你倒是把手底下这几个丫鬟都调教出来了。”

似锦奉了茶给郑夫人，含笑道：“调教时虽然麻烦，可是调教成之后，我可太省心了。如今我院子里的事，都由她们分管了，我只管忙我自己的事。”

郑夫人饮了一口茶，吩咐贴身大丫鬟小福：“把那个锦匣拿来。”

小福笑嘻嘻应了一声，进了里屋，很快就拿了个锦匣出来。

郑夫人接过锦匣，递给了似锦，温声道：“似锦，以前我就和你爹爹说过，我没有女儿，把你当女儿待的，等你出嫁，我给你四千两添妆。现如今你要嫁进东宫了，姑母想着以后再见面怕是难了，就又给你添了两千两，总共凑了六千两给你——你不用推让，你知道姑母有钱。”

似锦接过锦匣，眼睛酸酸的。

她自小没有母亲，却在姑母身上感受到了母爱……

似锦吸了吸鼻子，微笑道：“姑母，谁说以后再见面就难了？到时候我想您了，就宣您进宫，谁又能拦我？”

郑夫人一想，还真是的，不禁也笑了起来。

林岐一行人离了京城，第一站歇在怀州城外的驿站。

大约歇了两个时辰，林岐一行人就在两千士兵的扈卫下，浩浩荡荡继续往北而去。

到了第二天清晨，好几批商队离开了驿站，其中有一批正是易容为盐商的林岐和青衣卫统领李信喆。

整个太行山沐浴在漫天飞雪之中。

林岐一行人在雪中跋涉着艰难前行。

李信喆把手中的信鸽扑棱棱放飞，把密信递给了林岐。

林岐停下脚步，展开了密信，看罢后道：“邱正彤带的那一队人马在青龙峡谷遭遇了伏击，不过他早做准备，提前埋伏了人在后面包抄，把苏真派去的人全给捉住了。”

李信喆笑了起来：“殿下，咱们这一路北上去晋州，不知道还要拔出多少颗镇南侯府埋下的钉子。”

林岐抬头看了看漫天飞雪，继续向前跋涉：“走吧！”

他这次奉旨前来晋州，是为了视察工部的官营煤矿。

借此机会，林岐对镇南侯府张开了罗网，接下来就要慢慢收网了。

山坡上的松柏林罩上了一层厚厚的雪，苍翠的松柏枝被雪压得直往下垂，松柏林一直往山谷里蔓延，远远看去能看到谷底松柏林中隐约的灰瓦白墙——那里应该就是能炼出比灌钢更加精炼的钢材的官营煤矿了。

内阁盼着这种精炼钢材制成的武器能配备给全大周的军队，提高大周军队的战斗力。

可是林岐还有一个想法——这种精炼钢材能不能用在农业器具上？

比如割麦割草用的镰刀，比如犁地用的犁铲，再比如锄头、铁锹之类，这些农业器具，若是能用上精炼的钢材，必定能令耕作效率大大提高。

还是先见了这些精炼钢再说吧！

若是真这么有效，就让军队参与进来，大规模进行生产。

想到这里，林岐脚步更加稳固，抹去脸上的雪，继续向前跋涉而去。

在大雪中走了这么久，他身上热腾腾出了汗，脸上却因不停落雪，触手冰冷。

林岐一边走，一边想着似锦。

等他完成这件事回到京城，父皇应该已经把东宫修缮好了。十二月初行了纳吉纳征告期之礼，他和白又胖就要大婚了。

想到以后自己能天天和白又胖在一起，林岐就不由自主翘起了嘴角。

太行山飞雪漫天，京城也下起了雪。

这日是盼兮生日，周夫人命陶妈妈备了席面，一家人聚在惠畅堂吃酒说笑，热闹非凡。

酒席散后，周胤因要回外书房处理公务，和周夫人说了一声，起身就要离开。

似锦忙道：“爹爹，等等我，我有话要问您！”

周胤微微一笑：“似锦，不用着急，我在外面等着你。”

似锦在春剑的服侍下穿上娇绿缎面皮袄，戴上海獭卧兔，向周夫人屈膝道福：“母亲，我先回去了。”

周夫人笑着道：“去吧！”

似锦出了明间，跟着爹爹一起往前走。

春剑远远缀在后面，一边走，一边看着人。

似锦低声问周胤：“爹爹，太后宫里的兰女官，我想和她见一面，怎么才能和她联系？”

周胤低声道：“等你嫁入东宫，她会和你联系的。”

似锦记在了心里，笑吟吟地转移了话题。

大雪整整下了三日，等雪化完，又是五六日过去了。

眼看着十一月就要过完了。

这日药坊的女管事来给似锦回话。

金掌柜得了似锦的传话，下雪时收留了不少无家可归之人，其中有一些愿意留下的女子和孩童，都被留在了药坊后院。

似锦思忖了片刻，道：“愿意留下的这些，得让她们吃饱穿暖，然后细细查看，根据每个人的资质品性不同，安排不同的活计，让乔大夫他们也留意一下，选些聪慧的男童女童做弟子。”

女管事用心记住了，答应了一声，告辞退下。

似锦立在廊下，目送女管事离开。

把每个人每件事都安排好了，似锦却依旧提不上劲儿来。

她真的好想小凤凰啊……

许皇后正与几个女道士在福宁宫偏殿讨论易学，探讨蓍草和龟甲哪个更适合演算天数。

自从小凤凰去了晋州，她对宫里嫔妃的动向再也没了兴趣，任凭年轻嫔妃争奇斗艳，自顾自投入易学和明理之中，快要成为易理大师了。

讨论得正激烈时，女官王云芝急急来报：“启禀皇后娘娘，陛下驾到！”

许皇后起身去迎。

洪武帝穿着明黄缎面玄狐披风，一见许皇后便道：“东宫已经修缮完毕，皇后可愿陪朕去看看？”

许皇后见洪武帝满脸的欢喜掩盖不住，心中诧异，却恭顺地答道：“臣妾自当从命。”

洪武帝亲手扶着许皇后上了辇车，往东宫而去。

在东宫外下了辇车，洪武帝却不急着进入。

许皇后正诧异，却见前方甬道上一群青衣卫簇拥着一个穿着宝蓝斗篷的人骑马而来。

当先那人打马到了前方下马石旁，翻身下马，抬手推下兜帽，露出了一张清俊异常的脸——正是林岐。

许皇后心跳加快，一把握住了洪武帝的手腕：“是……是小凤凰！”

小凤凰回来了！

洪武帝甚是得意："皇后，朕安排这个惊喜还算不错吧？"

林岐笑容灿烂，大步上前，拱手行礼："儿臣见过父皇母后！"

第四十章
大婚

今日天气还算晴朗，天上也有太阳，只是这太阳似是隔了冰块照过来，白惨惨的，且没有一丝热度。

似锦与倩兮、盼兮一起去了惠畅堂。

因惠畅堂庭院里的红梅开了，似锦姐妹三人就剪了些梅枝和冬青，一人一个土陶瓶，在东暖阁坐着插花。

周夫人在一边坐着看书。

似锦刚插好自己那份，正和倩兮、盼兮讲解，孙妈妈就过来了："大姑娘，老爷请您到外书房见客。"

"见客？"似锦一愣，"什么客人？"

到底是什么客人，还需要她去见？

总不能是小凤凰吧？

孙妈妈笑了："是一位姓和的先生。"

似锦一听，就知道是和墨尘和先生了，忙道："我知道了。"

周夫人笑道："似锦，你的瓶梅既然插好了，顺带给你爹爹送去，摆在他书房里，到底雅致些。"

似锦答了声"是"，亲自捧着瓶梅，与孙妈妈一起离开了。

外书房院子里也是一片萧瑟，房顶上和竹林里的雪还没有化，堆在那里，看着就让人觉得冷得很。

大约是太冷的缘故，书房院子里、走廊里一个人都没有，静悄悄的。

孙妈妈掀开了门上的暖帘，请似锦进去。

似锦一进去，就闻到一股极清澈的茶香，分明是沏了上等的毛尖，定睛一看，就见爹爹坐在东边靠窗的榻上，爹爹对面是一个清瘦英俊的中年文士，正是她和小凤凰共同的老师和先生，当下又惊又喜："和先生！"

想起和墨尘教授的礼仪，似锦瞬间收敛喜意，裙裾款摆，莲步轻移，缓步上前，端端正正屈膝行礼：“给父亲请安。给先生请安。”

和墨尘打量着似锦，道：“小丫头长成大姑娘了。”

似锦笑意盈盈：“先生却依旧是老样子，卓尔不群，清新俊逸。”

和墨尘挑眉看了她一眼，觉得似锦这丫头虽然生得还不错，却根本配不上如高山冰莲般的林岐，最重要的是，似锦不学无术，贪玩好动，过于活泼，老是引着小凤凰沉溺玩乐。

可是无奈，小凤凰就是喜欢这丫头。

他叹了口气，道：“似锦，你既然要嫁给小凤凰了，以后要做一个贤妻，好好照顾他，体贴他，不要欺负他，不要淘气。”

她就知道，和先生一定会觉得她配不上小凤凰。

不过不管怎么说，和先生最喜欢的小凤凰还是归她了。

想到这里，似锦就更加欢喜了，得意扬扬道：“先生放心，小凤凰既然归我了，我一定好好待小凤凰，保证不打不骂不掐不欺负他！”

和先生见似锦又像小时候一样淘气起来了，当即长长地“嗯”了一声，看看似锦，然后道：“小凤凰，出来吧！”

似锦眼睛瞬间瞪圆——小凤凰也在这里？

她看向周胤。

周胤见似锦受到惊吓，杏眼圆睁，不由得也笑了，端起茶盏饮了一口——他不知道自己女儿在天下知名的“帝者师”和先生面前竟是这般惫懒模样。

一个身材高挑的青年从书架后走了出来，身着玄色锦袍，腰围碧玉带，目如寒星，鼻梁挺直，肌肤细白，清俊异常，不是林岐又是谁？

似锦看着林岐，正要上前，余光掠过端坐在榻上的和墨尘和周胤，忙屈膝行礼：“给殿下请安。”

林岐难得见似锦如此乖巧，也似模似样拱手回礼。

和墨尘是知道似锦和小凤凰在青龙山是如何相处的，见他俩当着大人的面装模作样，不禁笑了，道：“小凤凰，我和周大人有事要谈，你们两个到外面说话去吧！”

林岐答了声“是”，看了似锦一眼，率先走了出去。

似锦忙也跟了出去。

周胤看着似锦随着林岐出去了，这才道：“和先生，小女顽劣，真是……”

和墨尘沉吟了一下，道：“他俩从小就这样，一个愿打，一个愿挨，做大人的，也只能成全他们了。”

周胤感叹了两句，便与和墨尘商议起朝中之事：“和先生，您这次游历，对雍州形势有什么看法？”

和墨尘双目深邃，看着手中的素瓷茶盏，淡淡道：“只需一场灾荒，雍州之僵局，便可土崩瓦解。”

周胤吃了一惊，身子前倾：“先生这是何意？”

和墨尘声音中带了些疲惫：“朝廷今明两年要暗中备好大量粮食，雍州明年怕是要有灾荒发生，到时候镇南侯赈灾不力，朝廷就有了出师之名，且能得到雍州百姓的拥护。”

周胤知道和墨尘这样的名士，往往善于观察天象，演算天命，只是国运不可测，窥知天机易受反噬，因此也不再追问，只是把和墨尘的话记在了心里。

李越带了李涵和另一个小太监候在廊下，见林岐和似锦出来，默不作声地行了个礼，然后取出一件叠得整整齐齐的大红羽纱面雪狐斗篷抖开，服侍林岐穿上，又帮林岐戴上了兜帽。

似锦：“这是姑娘家穿的斗篷啊？”

林岐瞟了她一眼：“不这样，我能去你那里？”

似锦这才明白了过来，小凤凰是要扮作女子，随她前往西宅呢！

她欢欢喜喜打量着林岐，不禁笑了——方才在书房里的时候，林岐分明就是铁骨铮铮的男子汉，如今他穿戴上女子衣物，马上就变成了肌肤胜雪双目盈盈的清冷佳人！

似锦笑容灿烂，上前挽住林岐的手：“姐姐，咱们去我房里坐会儿吧！”

似锦刚出外书房后面的角门，迎面就遇到了王妈妈。

王妈妈眼睛打量着与大姑娘手挽手的高挑“美人”，屈膝道福：“大姑娘，这是来客人了？”

似锦笑吟吟道：“这是我的好友，姓林。”

王妈妈忙道福：“给‘林姑娘’请安。”

林岐微微颔首，与似锦相携往西去了。

王妈妈看着他们走远，这才去惠畅堂回话：“路上我遇到了大姑娘和一个姓林的姑娘，那‘林姑娘’穿着大红羽纱斗篷，脚上是鹿皮靴子，身材高挑，生得好生俊俏，只是瞧着清清冷冷的，让人不敢靠近。”

周夫人手里正拿着书在看，听了便道：“既然似锦的好友来访，你去厨房吩咐陶家的，让她把给惠畅堂准备的那桌席面送到西宅去。”

王妈妈答应了一声，自去安排。

北方冬天奇寒无比，就连甬道两侧的泥地也被冻得硬邦邦的。

似锦笑得脸颊都酸了，挽着林岐的手从角门进了西宅，直奔正房。

回到正房之后，她吩咐春剑：“沏一壶正山小种，再拿些水果点心过来。”

春剑离开后，似锦和林岐宽去大衣服，让丫鬟送来热水、香胰子和手巾等物，洗了手坐在东暗间卧室窗前的榻上说话。

榻东边摆着个熏笼，热腾腾地散发着梅花暖香。

似锦倚着熏笼，一边揉自己笑得有些酸的脸，一边道：“小凤凰，这一趟事情办得怎么样？”

林岐走过去，把似锦推到里侧，自己在外侧坐了下来，道：“路上辛苦些，不过事情都办成了。”

他这次前往晋州，一方面是为了代替父皇视察晋州的煤矿和炼钢作坊，另一方面就是要引蛇出洞，把镇南侯在北方安插的暗桩一个个拔出。

如今两个目标都实现了。

似锦闻言，忙道：“那些精炼钢制成的武器怎么样？是不是很锋利？”

林岐瞟了她一眼，道：“过几日你就要嫁进东宫了，到时候我带你去西偏殿看。”

似锦听了，正要开口，这时春剑来禀报，说王妈妈和陶妈妈用保暖食盒送了席面过来。

待两位妈妈摆了饭退下，林岐才从卧室走出来，道：“白又胖，如今周夫人的亲信待你甚是周到热情呀！”

似锦笑眯眯道：“你天生容易被人喜欢，不知道受人冷淡是什么感觉。自从我被册封为太子妃，我活得别提多滋润了。大家待我特别好，特别热情，说话也特别好听，说起来，我可得感谢小凤凰你呀！”

林岐知道似锦心胸宽广光风霁月，不在乎这些人情冷暖，心里却依旧有些怜惜，故意道：“不用谢，等你嫁进东宫，我就吩咐东宫侍候的人，每天奉承你巴结你，把你当女皇敬着。”

似锦哈哈笑了起来，道：“你以为我没看过历代皇帝的《起居注》啊，皇帝常常被大臣喷得狗血淋头，我才不要当女皇，我要做你的小娇妻，让你保护我。”

林岐看着似锦笑了起来。

小娇妻这个词，他无论如何没法和似锦联系在一起。

三日后，便是行皇太子纳徵告期册封礼的日子。

正使依旧是内阁首辅韩朝，副使是礼部尚书韩志云。

韩朝持节宣读册书。

似锦跪受金册，行礼如仪。

副使韩志云宣读成婚的黄道吉日，然后两位使者持节回宫复命。

皇太子林岐和皇太子妃周氏的大婚之期，定在了十二月十六。

大婚在即，似锦也开始做各种准备。

黔药堂的生意，她全权托付给了金掌柜和乔夙。

安排好生意上的事，似锦又备了羊肉锅子，专门请她的闺中好友崇宁公主、韩贞和王菁，倩兮和盼兮两个妹妹自然也请了过来。

这一日，似锦六人聚在一起，涮羊肉锅子，吃薄荷蜜酒，猜枚划拳掷骰子，开开心心玩闹了一日。

到了分别时分，似锦与众姐妹洒泪而别。

一入深宫，崇宁公主和即将成为平王妃的韩贞还好说，见面并不难，可是似锦再想见王菁、倩兮和盼兮就没那么容易了。

送走好友，似锦有些酒意，眼睛发涩，可是脑子却异常清醒。

她把四个大丫鬟春剑、素心、李兰、李竹，四个小丫鬟国色、幽客、幽兰和香祖，全都叫到了正房明间，自己端坐在明间榻上，认认真真地道："大婚的吉日已经定下，我就要嫁入东宫了，今晚把你们都叫来，是想问一下你们各自的打算。"

她顿了顿，道："愿意跟着我进宫的，我自然会好好待你们，到了年龄，愿意嫁人，或者留在宫里做女官，我都会为你们做主。

"不打算进宫的，我会一人给一百两银子，放了你们的身契，给你们自由。"

今晚的决定，关系着八个丫鬟今后的人生，所以似锦让她们好好思索。

说罢，似锦端起茶盏饮了一口，细细品味。

香祖给她泡的是普洱茶，似锦今日吃了不少酒肉，再喝普洱茶，觉得甚是舒适。

待一盏茶饮完，似锦这才开口道："愿意跟我进宫的，站在西边吧！"

先是四个大丫鬟站到了西边，接着四个小丫鬟也跟着站了过去。

似锦一向是喜聚不喜散的，见状心中甚是欢喜，道："我也舍不得你们，你们愿意随我入宫，实在是太好了！"

她眼睛亮晶晶，声音真挚："只要你们忠心耿耿，好好做事，我保证，将来会给你们一个好的前程。"

她们既然跟了她，她自会护着自己这八个心腹丫鬟的。

女儿即将嫁入东宫，周胤自然得跟女儿好好谈一次。

可是他有一种类似近乡情怯的情绪，因此一直拖着这件事。

到最后还是周夫人看不下去了，寻了个机会私下劝周胤："子承，似锦不是嫁入寻常人家，而是嫁人皇家，成为皇太子妃。侯门一入深似海，以后我还能递牌子进宫候见，你却再难见她，若是有什么话，就好好和她说一说，有什么安排布置，也都和似锦说清楚。”

周胤低声道：“我就是想到以后再难见到似锦，心里空落落的，才一直没和她说……”

他这四个儿女，唯有似锦不是在他膝下长大的，可是似锦却最像他，无论是智商、性格还是长相，因此他到底偏心似锦些。

以后倩兮、盼兮在婆家受了委屈，还可以回来让他这当爹的做主，可似锦是作为皇太子妃嫁入宫闱的，以后若是被人欺负了，他这做爹爹的，又怎么去给似锦做主？

深宫幽幽，似锦只能靠她自己了。

想到这里，周胤心里更难受了，眼眶也湿润了。

他垂下眼帘，良久方叫了水芝进来吩咐道：“去西宅和大姑娘说一声，让大姑娘去外书房见我。”

似锦得知爹爹让她过去，心知爹爹是要交代她重要的事情，以后怕是再没机会和爹爹这样亲近地说话了，所以特地换上第一次见爹爹时的装扮，带着素心去了外书房。

孙妈妈在外书房角门外等着似锦，见她戴着海獭卧兔，绾着一窝丝杭州攒，插戴着一支碧澄澄的翡翠簪子，耳朵上则是一对银丝珍珠坠子，身上穿着娇绿缎面雪狐皮袄，系了条月白绵裙，显得娇美至极，不由得呆住了：“大姑娘，您初来府里时——”

似锦嫣然一笑，道：“孙妈妈，我比初来时长高了，对不对？”

孙妈妈用帕子拭了拭眼泪，道：“都两年多了，姑娘自然长高了。”

似锦伸手拍了拍孙妈妈的背，心中也有些惆怅，道：“妈妈，走吧！”

外书房依旧是老样子，假山上盘绕着苍绿的藤萝，竹林中枯叶瑟瑟作响。

似锦不用孙妈妈通报，直接进了书房。

书房还是老样子，十分宽敞轩朗，只是光线有些暗淡，不像第一次过来，里面燃着比人还高的赤金枝形灯，满室亮堂。

周胤在书案后端坐着。

似锦看着爹爹，心中百感交集。

两年前的冬日，她第一次进来见爹爹，那时的爹爹年轻英俊，如今不过两年，爹爹已经增添了许多沧桑。

她怕自己眼泪流出来，垂下眼帘，端端正正地行了福礼：“似锦给父亲请安。”

周胤看着分明是大姑娘的女儿，心中无限酸楚，过了一会儿才低声道：“起来吧！”

一旁的掐丝珐琅的三足香炉正燃着松柏香，带着松柏气息的香气氤氲在室内。

周胤端起茶盏饮了一口，这才道：“似锦，入宫之后，不可任性，没有皇太子在场，不要单独去见苏太后。”

似锦规规矩矩坐在那里，手臂平放在书案上，答了声“是”。

周胤又道：“御书房总管太监何琛，与爹爹有几分交情，若是到了紧要时候，你可向他求救。”

似锦抬眼看向爹爹，“嗯”了一声。

周胤看向前方的雕花窗子，低声道：“爹爹在吏部经营多年，门人弟子甚蕃，在朝中还算有些势力，你不必顾及爹爹，爹爹会竭尽全力帮你的。”

似锦再也忍耐不住，声音哽咽了：“我知道了，爹爹。”

周胤声音有些哑：“爹爹不求你光耀门楣，你自己开心很重要。将来做了皇后，不要学史书上那些贤后，一心只要做贤后，却忘了自己首先是妻子，然后才是皇后。”

似锦知道爹爹说的是掏心窝子的话，低低答应了一声。

周胤眼前浮现出最后一次见似锦亲娘的情景。

那时他得了鄂州知州陈大人的赏识。

陈大人奉调入京为官，要带着他一起进京。

为了前途，他告别兰氏，去了京城。

后来……

后来都是他的错。

大错既已铸下，无法挽回，可是似锦是他和兰氏的骨肉，他定会护着似锦，尽父亲的责任，弥补自己当年的过错。

想到这里，周胤继续道：“苏太后无论怎么挑衅，你都先避其锋芒。”

似锦闻言，抬头看向周胤。

周胤低下头，拿出一个大大的荷包推到似锦面前：“宫中开销极大，若是手头紧张，就以赏赐你嫡母的名义，派你的心腹丫鬟回府见我。这里面都是十两面额的银票，你在宫里赏人方便。”

似锦含着泪笑了：“爹爹，我不缺钱的，您放心吧！”

周胤叹了口气：“傻丫头，皇太子是你的丈夫，可是你也不能老伸手问他要银子花。”

似锦笑得眼睛弯弯，话音中满是得意：“小凤凰最喜欢给我银子了，根本不用我要。”

周胤想起和墨尘在这书房里交代似锦的话——“以后要做一个贤妻，好好照顾他，体贴他，不要欺负他，不要淘气”——不由得也笑了，道：“似锦，你还真的要记住，不要仗着皇太子喜欢你，就肆无忌惮欺负他。”

似锦“扑哧”一声笑了：“爹爹，小凤凰都习惯了！”

周胤见似锦笑容灿烂，也笑了起来，书房里沉重的氛围一扫而空。

似锦离开时，到底没要爹爹给她的银票。

十二月十六日，担任正使的内阁首辅韩朝和担任副使的礼部尚书韩志云向洪武帝行礼毕，拿上制案和节案往大正门而去。

到了大正门，韩朝和韩志云把制案和节案放到迎娶皇太子妃的彩舆中，乘马而行，带领迎亲仪仗浩浩荡荡直奔梧桐里周府。

似锦在导引女官服侍下，穿上皇太子妃礼服，戴着红宝石花冠，跪受金册、金宝，然后在吉时扶着导引女官登上彩舆，在鼓乐声中离开周府，经过御街，进入宫城。

彩舆进入东宫，似锦扶着导引女官，下了彩舆，进入东宫正殿，与皇太子林岐拜了天地，行了大礼，然后才被送入寝殿。

林岐几乎一夜没睡，到了此时，看着戴着红宝石花冠穿着华丽礼服的似锦，他才有了一丝真实感。

他低声道：“再过一刻，咱们去拜谒太庙，然后再回来行合卺之礼。”

似锦眼波流转，看了他一眼，微微一笑，“嗯”了一声。

到了规定时辰，林岐与似锦坐了八抬八簇肩舆明轿前往太庙谒庙。

太庙甬道两侧满植松柏，安静肃穆。

似锦紧跟着林岐，行走在甬道上，天气极为寒冷，她却因紧张背上出了一层汗。

拜了太庙出来，似锦这才松了一口气，又和林岐坐轿回了东宫，预备行合卺之礼。

大约是青梅竹马一起长大的缘故，林岐和似锦很自然地交臂饮酒，在赞礼官的高声吟唱中行了合卺之礼。

婚礼到此，才算告一段落，两人终于成了夫妇。

林岐沉声道：“都退下吧！”

寝殿内服侍的女官、太监和宫女潮水一般退了下去，偌大寝殿，只剩下林岐和似锦。

外面隐隐还有乐声，寝殿内却静得出奇。

似锦抬头去看林岐：“小凤凰，我身上出了好多汗，得先洗澡。”

林岐觉得脸有些热，他看向似锦："我叫人进来——还是我带你去吧！"

似锦见他耳朵都红了，纳闷道："小凤凰，你紧张什么？"

林岐辩解道："我没有紧张。"

他起身就要带着似锦去寝殿东边的浴间。

似锦不肯起来，笑盈盈道："我身上的礼服不好脱，还是叫人进来服侍吧！"

林岐这才意识到，忙拿起叫人的金铃摇了摇。

半个时辰后，似锦在宫女的服侍下洗罢澡出来，却见林岐已经在寝殿内待着了。

林岐歪在床上，身上穿着红绫交领中单，下面是红绫亵裤，微湿的长发瀑布般披散了下来，两条长腿长长探出，分明是舒适至极的模样。

似锦待侍候的人都退下，这才笑盈盈地叫了声"小凤凰"。

林岐看了似锦一眼，只觉得她可爱极了，心跳也快了起来。

似锦见林岐待在婚床那端不过来，不由得笑了起来，眼睛亮晶晶："小凤凰，你不敢过来吗？"

林岐俊脸通红，结结巴巴道："谁……谁不敢过来！"

他起身走到似锦身边，挨着似锦坐下。

寝殿内燃着龙凤烛，婚床这边光线却有些暗。

似锦心中欢喜至极，看着林岐丰润好看的唇，到底还是凑过去吻住了。

林岐抱住了似锦，却扭脸躲避，口中道："白又胖，你得保证别咬我！"

明日还要去给父皇母后请安，可不能再被白又胖咬破嘴唇了。

似锦"唔"了一声，伸手捧过林岐的脸，又吻住了他的唇……

早上醒来，似锦觉得身体甚是沉重。

她咬着下唇，艰难地翻了个身，缓缓吐出了一口气。

林岐已经起来了，听到动静，便走过来撩开大红锦帐往里看，见似锦也醒了，便道："白又胖，你醒了？"

他似乎刚洗过澡，身上带着湿漉漉的薄荷清香。

似锦睁开眼看他，见烛光中林岐肌肤白皙光洁，眉目润泽，嘴唇殷红，堪称精神奕奕，就道："你出去吧，让春剑、素心她们进来。"

林岐坐在床边看似锦一眼。

似锦见他还不走，忙拉高锦被，故意做出凶巴巴的样子："小凤凰，你还不走，是想要我打你吗？"

林岐抿着嘴笑了——和似锦在一起了，真好！

他起身离开了。

李越正带了小太监李涵和李飞在廊下候着，见林岐出来了，脸上笑着，眼睛特别温柔纯净，分明是极开心的模样，忙上前行礼："给殿下请安。"

林岐点了点头，瑞凤眼中笑意满溢："太子妃嫌我碍事，把我赶了出来，我去西偏殿换礼服吧！"

李越见他说话中带了撒娇之意，分明是和太子妃这样惯了，不禁也为林岐开心，笑容满面："殿下不如先陪太子妃用了早膳，再换礼服不迟。"

林岐这才想起自己太开心了，居然都忘记用早膳这件事了，不禁笑了，心道：似锦可是不耐饿的，得先吩咐人备好早膳。

安排好早膳，估计似锦已经起身了，林岐这才又进了寝殿。

似锦果真洗漱完毕，正扯着衣领凑在西洋穿衣镜前照。

四个大丫鬟都在一旁侍立，见太子殿下进来，忙齐齐屈膝行礼。

行罢礼起来，李兰给春剑她们使了个眼色，四人一起退了下去。

李兰和李竹原本便是宫里的女官，通晓宫内规矩，春剑和素心得了似锦的叮嘱，事事都跟着李兰和李竹学，倒也处处妥当。

林岐想着似锦这会儿该饿了，忙道："白又胖，走了，用早膳去！"

似锦笑盈盈地答应了一声，疾步赶了上去，挽着林岐的手一起出去了。

用罢早膳，林岐和似锦各自换上礼服。

似锦头上戴着红宝石花冠，内着青纱中单和长裙，外面罩着大红大袖罗衫，妆容严整。

林岐戴着远游冠，穿着绯红礼服，腰围白玉带，脚蹬黑舄。

两人再见面，都笑了起来——他们自己都不知道为什么，反正一见对方就抑制不住笑意，老是想笑。

洪武帝已经很久未曾留宿过福宁宫了，为了今日佳儿新妇礼见方便，他昨晚就歇在了福宁宫。

许皇后早习惯了独宿，洪武帝留宿，她倒是不习惯了。

睡到半夜，嫌洪武帝打鼾吵得很，许皇后索性起身去西偏殿睡了。

早上起身，洪武帝和许皇后耐着性子，互相忍耐，等着林岐和皇太子妃过来。

在他们快要忍耐不住的时候，女官终于来报："皇太子、皇太子妃到——"

洪武帝和许皇后坐在宝榻上，看着并肩行礼的林岐和新妇，心中都觉得欣慰极了。

见林岐穿着红色礼服，越发显得肩宽腿长英气勃勃，洪武帝很是喜欢，道："甚好甚好。"

许皇后看罢儿子，又去看儿媳妇，见似锦肌肤白里透红，双目莹润，分明也是神采奕奕的模样，不由得笑了。

洪武帝和许皇后纵有再多的不和，一看到林岐就全部烟消云散，絮絮问了小两口好多话。

还没等林岐提出要去延寿宫见苏太后，洪武帝就道："太后今日身子不适，在静室礼佛，你们这几日就先不必去给太后请安了。"

许皇后又补充了一句："此事你们不要自作主张，待太后凤体痊愈，我和你们父皇会通知你们的，到时候再带你们过去。"

林岐微笑起来："哦，原来父皇和母后要亲自带着我和似锦去见太后。"

洪武帝见林岐领会了自己的意图，不禁拈须微笑，以示一切尽在不言中。

许皇后和儿子开玩笑："没办法，小凤凰可是父皇母后的小心肝小宝贝！"

她听崇宁公主说过，似锦和小凤凰闹着玩，说小凤凰是她的小心肝小宝贝，因此故意逗他俩。

似锦倒是面不改色，反倒是林岐俊脸微红："母后！"

许皇后哈哈笑了起来："好了，你们也累了，回东宫歇着吧！"

似锦随着林岐离开了福宁宫，乘坐着辇车回了东宫。

回到东宫，似锦和林岐各自分开，换了家常衣服后才又在寝殿相见。

宫里地龙烧得很旺，寝殿里暖融融的，穿得太厚反倒有些热。

似锦除去花冠，松松绾了个发髻，身上穿着件大红锦袍，系了条百花裙，正立在妆镜前去掉繁复的宝石耳饰，见林岐穿了件月白常服进来，当即笑盈盈娇滴滴道："小凤凰，我的小心肝小宝贝儿！"

林岐见她淘气，也不多说话，打横把她抱了起来，轻轻松松走到婚床前，弯腰把似锦放下，左手撑在床上，右手去解衣带："再叫一次！"

似锦有些怕，翻了个身，急急要爬走，却被林岐给拽了回去……

她先前还咯咯笑个不停，渐渐就没了声音……

先前林岐一直觉得东宫寝殿过于宽阔轩朗，歇在里面只觉得空荡荡的，无依无傍，所以他不肯歇在寝殿，都是在东暖阁歇着。

如今似锦嫁了进来，林岐有了似锦做伴，觉得寝殿还挺好。

婚床很宽大，可是睡觉的时候林岐和似锦两人还是紧紧挤在一起，睡到了自然醒。

刚醒来，似锦有些蒙。

蒙了一会儿之后，她爬了起来，看着林岐，眼睛里满是笑意。

林岐怕似锦又要欺负他，双目圆睁，专注地看着似锦，随时预备抵抗。

见他如此警觉，似锦笑得眼睛眯着，伸手扒拉他：“好了好了，我不理你，小凤凰你快起身吧！”

林岐将信将疑，一边起身，一边眼观六路观察着似锦的动静。谁知他刚下床，似锦就扑到了他背上：“小凤凰，背我到浴间。”

这对林岐可不是负担，他乖乖地把似锦背到了浴间。

浴间里有一面西洋妆镜，似锦和林岐凑在一起，看着镜中的对方，都笑了起来——终于能在一起了，真好！

用罢午膳，似锦撺掇林岐：“小凤凰，咱们去西偏殿玩，好不好？你不是想要再制作一座太行山沙盘，正好这几日有空，咱们就开始着手做吧！”

林岐初尝似锦滋味，正是兴趣浓厚之时，可是听了似锦的话，便和似锦一起去了西偏殿，两人在西偏殿一直待到了傍晚。

许皇后叫了康嬷嬷来问，才知道小凤凰小两口花了大半日时间待在西偏殿做沙盘，又好笑又纳罕，道：“他俩倒真是情投意合。”

康嬷嬷笑道：“娘娘，殿下和太子妃毕竟从小青梅竹马一起长大，到底与别人不同。”

许皇后很快转移了话题：“延寿宫那边还没有动静吗？”

康嬷嬷道：“一直没有动静，据说很虔诚地在礼佛。”

许皇后闭上眼睛，自有宫女上前为她按摩头部：“她这一生，手上沾满鲜血，礼佛？呵，难道还想放下屠刀立地成佛？想得美……”

此时似锦和林岐也未曾就寝。

两人在西偏殿欣赏林岐画的《太行山雪景图》。

看着那苍茫寂寥大雪纷飞的太行山，似锦很是向往：“小凤凰，我好想去太行山看看呀……”

林岐揽着似锦，轻轻道：“等明年夏天我带你去太行山消暑。”

似锦笑盈盈地抬起右手，大拇指摁着脸颊，尾指翘了起来：“小凤凰，一言为定！”

这是她和小凤凰小时候约定好的拉钩手势。

林岐抬起手，捂住嘴，拍了两下，回应了似锦。

两个人四目相对，都开心地笑了。

原来有彼此相伴，是如此的美好。

似锦跟熬鹰似的，想把小凤凰给熬累了，谁知道小凤凰精力极其充沛，她没把小凤凰熬累，自己倒是一个哈欠接着一个哈欠。

林岐心知肚明，觉得似锦好可爱，故意吓她：“白又胖，咱们回寝殿歇息吧！”

似锦原本眼睛似睁非睁昏昏欲睡，一听到这句话，马上精神起来：“我还不想睡呢！”

真没想到，居然有她躲着小凤凰的一天，昔日可都是小凤凰被她调戏得无路可走的。

林岐笑容灿烂：“傻白又胖，我说的歇息，是真的歇息——我也累了，明日还得去给父皇母后请安。”

似锦这才放下心来，趴在林岐背上哼哼唧唧撒娇：“小凤凰，你背我回去……”

林岐真的把她背了起来，一起回了寝殿。

一夜无事。

早上似锦蒙蒙眬眬间觉得眼前冷森森的，睁开眼睛一看，却原来是林岐正捏着一团雪悬在她上方。

林岐眼睛清澈，笑得温柔得很：“白又胖，再不起床，我要用雪冰你了！”

小凤凰怎么又回到十岁了，跟个小孩子似的，好幼稚啊！

她刚要拉高锦被蒙头，忽然明白了过来：“小凤凰，外面下雪了？”

林岐笑着点头，眼中似有星星闪烁：“咱俩踏雪前往福宁宫，给父皇母后请安。”

按照大周皇室婚仪，婚后第三天，皇太子和皇太子妃仍需要穿着礼服去拜见皇帝皇后，而且得行八拜大礼。

到了婚后第四天，皇太子需要到奉天殿，由文武官员上贺表，行庆贺大礼。

婚后第五天，皇太子夫妇还要行“盥馈礼”，然后婚礼才算完成。

似锦想了想，噘着嘴道：“咱们这是成婚第三天，还得穿礼服呢，怎么踏雪前去？”

她伸手摸了摸林岐的脸颊，发现凉凉的软软的，知道他去外面看过雪了，就一边想一边道：“等咱们给父皇母后行过礼，回来脱去礼服，穿上厚衣服和靴子，再去踏雪访梅。”

这次再来福宁宫，似锦可算是知道什么叫作后宫佳丽三千人了。

上次来福宁宫，正殿内只端坐着洪武帝和许皇后，福宁宫正殿显得空荡荡的，白玉香炉上檀香飘散，令人不由得产生一种寂寥空洞的感觉。

这次过来，似锦随着林岐一进正殿，先是眼睛一花——正殿内美人无数，满头的珠翠宝石，浑身的绫罗绸缎，色彩缤纷争奇斗艳，简直要闪花了似锦的眼睛。

似锦刚定了定神，好让眼睛适应这繁复的色彩，一股诸多香气综合在一起在密闭空间里形成的奇香就袭了过来，她察觉鼻子被刺激得有些痒，一个奇大无比的喷嚏即将来临，忙用强大的意念竭力压制了下去。

林岐看了似锦一眼，见似锦神情肃穆，端端正正，可是眼神闪烁，不禁嘴角微翘，心知她看到父皇这后宫场面，被震撼住了。

小夫妻俩齐齐上前，按照大周皇室婚仪，行了八拜大礼。

礼成起身，洪武帝还要处理朝政，起身先退场了。

按照规矩，接下来该让皇太子妃认一认后宫诸位妃嫔了。许皇后心疼儿子儿媳妇，不愿让小夫妻过多行礼，妃位便只介绍了程德妃、董淑妃、梁贤妃和洪宸妃四妃，其余嫔妃，则只介绍了近来颇受宠爱的大苏嫔、小苏嫔、上官婕妤、秦贵人、陈美人和尹美人。

似锦从来没见到过这么多顶级美人聚在一起，简直是目不暇接叹为观止，眼睛发亮，一一赏鉴，心道：梁贤妃应该是京城人，说话带着京城本地口音；洪宸妃必定是江南美人，娇小白皙，眼波如水；大苏嫔、小苏嫔一看就是混血，颇有异国风情；上官婕妤面如银盆眼若水杏，分明是端庄秀丽的大家闺秀；陈美人和尹美人，一看就是小家碧玉，只不过陈美人生得风流艳丽，尹美人则是个黑里俏杨柳腰……

见礼中，许皇后见林岐眉头微蹙，想着他是因为待在女人堆里，有些不耐烦了，便道：“小凤凰，你去忙自己的事情吧，不必待在我们这女人堆里了。”

她话中之意是让太子妃留下，让林岐自己先走。

林岐正等着他母后这句话，当即看向似锦：“既然母后发话，咱们回去吧！”

似锦温婉地答了声“是”，屈膝道福，随着林岐退下了。

外面大雪纷飞，整座皇宫沐浴在漫天飞雪之中。

宫内甬道上的雪略积存了些，就有人出来扫去，饶是如此，地砖上依旧铺上了一层白毡似的薄雪，辇车行驶在甬道上，划出了两道深色车辙。

似锦与林岐并肩坐在辇车里，倒不怎么说话，只是偶尔眉眼交流罢了。

进了寝殿，脱去厚重华丽的礼服之后，似锦便打开了话匣子：“小凤凰，陛下后宫佳丽众多，他老人家可真是辛苦了！”

林岐“哼”了一声，道：“父皇一向怜香惜玉，并不觉得这些是负担。”

似锦见林岐不是很想提起洪武帝那些后宫佳丽，便也不再提起，和林岐一起穿了保暖衣物和适合踩雪的鹿皮靴子，带了春剑和李越往御花园赏雪去了。

因似锦想要看梅花，林岐便陪着她去了梅林。

梅林在山坡上，似锦和林岐立在山下向上看去，只见山脚下的松林也落了一层厚厚的雪，松枝被雪压得直往下垂，而松林再往上，便是红梅林了。

一朵朵红梅在雪中盛开着，鲜明美丽。

再往上是一座建在半山腰的宫殿，总共六重院落，一重比一重高，一直蔓延到了山顶，金黄的琉璃瓦和红墙沐浴在漫天大雪中，颇有一种寂寥之美。

似锦仰首看去，问林岐："山上是什么宫殿？"

前世她也进过几次宫，却未曾到过这里。

林岐负手而立："是丹霞宫，先前进京的秀女们暂时住在里面。"

似锦没想到这批秀女居然还在宫中，不由得一愣："陛下没有挑选吗？"

两人说着话，一起沿着盘山路往前走。

李越和春剑等人缀在后面。

大约是为了方便帝后嫔妃上山，山路修得甚是平整，盘旋而上，道路外侧则是一株又一株女贞。

女贞探出的枝丫上，也落了不少白雪，绿叶白雪，颇有韵致。

四周静悄悄的，只有簌簌的雪声和靴子踩在雪上的沙沙声清晰入耳。

林岐一边扶着似锦往前走，一边低声道："父皇嫔妃够多了，不打算再选了，苏太后却不肯放这些女孩子离开，说是先留下，让皇室年轻子弟挑选了做妾室。"

似锦叹了口气："上位者的一句话，这些正值妙龄的美貌佳人，就此被耽搁在这深宫内苑……"

林岐瞅了她一眼："白又胖，你怎么知道这些美貌佳人不想被耽搁在深宫内苑？"

似锦正要争辩，却听前方传来一阵鞋子踩在雪上发出的沙沙声，不由得一愣。

这会儿雪还在下，这御花园内只有她和林岐以及跟着他们的人了，这山上怎么会有人下来？

却见山路前面拐弯处，走出一个身材高挑的女孩子来，这个女孩子穿着大红羽缎斗篷，在雪中分外醒目，深一脚浅一脚走了过来。

似锦忙挽住了林岐的手，做出防卫的姿态来。

那女孩子发现前面有人，也停下了脚步，惊讶地看了过来。

似锦凝神看去，发现这女孩子肌肤雪白，气质清冷，看上去莫名有些熟悉。她疑惑地看向身旁的林岐，顿时明白了——这女孩子眉目气质像女装的许凤鸣。

她低声问林岐："这是——"

林岐摇了摇头，低声道："应是丹霞宫的秀女。"

那个红衣女孩子大约也认出了林岐，上前屈膝道福："秀女姚莲儿给皇太子、太子妃请安。"

她的行动举止甚是大方，带着一股清冷之意。

林岐点了点头："平身。"

他揽着似锦转了个身："山上路滑，我带你去御花园的东北角看蜡梅去。"

似锦都被林岐揽着往回走了，还忍不住又回头看了一眼，见这位有几分像许凤鸣的女孩子还在那里立着，脸侧的秀发被风卷了起来，遮在了雪玉般的脸上，颇有一种遗世独立的意味，不由得暗自叹息：这样的美人儿，不知道会被谁挑选去……

似锦和林岐一起在蜡梅林里逛了半日，采了不少蜡梅枝条、女贞枝叶和干枯竹叶回去，宽去大衣服，坐在寝殿窗前的榻上插花。

林岐在外面低声吩咐李越："丹霞宫有一个叫姚莲儿的秀女，查一查是谁选送进来的。"

到了傍晚，雪终于停了。

似锦抖擞精神，要去查看东宫的各个院落。

林岐自然是陪着她了。

把所有院落都看了一遍之后，似锦这才道："小凤凰，我瞧西北边那座怡岚阁不错，够偏僻，也能住不少人。"

见林岐认真地看向自己，眼中带着疑问，似锦笑着解释道："按照皇室婚礼流程，明日是婚后第四天，你需要到奉天殿，由文武官员上贺表行庆贺大礼，而我则要随着皇后去给太后请安，并认皇室宗亲了。

"到了那时，苏太后极有可能当着皇室宗亲的面，赏给我几个美人儿，说不定就有今日咱们巧遇的姚秀女，我提前安排好住处，到时候咱们也不至于手忙脚乱。"

林岐："你不担心我移情别恋？"

似锦瞟了他一眼："你爱我爱得要死，哪会移情别恋！"

林岐不由得笑了。

他爱似锦，就像爱自己一样，自然不会移情别恋了。

见林岐不反对自己对怡岚阁的安排，似锦就吩咐人开始收拾："不必华丽，务必要洁净舒适雅致，最好明日午时前整理出来，可以让人搬进去住。"

她有一种感觉，明日去延寿宫给太后请安，自己回来时，怕是要多几个"姐妹"。

似锦觉得凡事预则立不预则废，自然要先收拾好安顿众"姐妹"的场所，这样自己和小凤凰就能掌握主动了。

李越认真聆听着，待似锦说完，便答了声"是"，自去安排。

皇太子已经吩咐过了，太子妃是东宫的女主人，让东宫的人都听从太子妃吩咐。

用罢晚膳，林岐要在西偏殿处理公务并见人。

他让人在西偏殿里放置了一个山水屏风，屏风后放置了一个锦榻，这样似锦愿意过来的时候，就可以在锦榻上或看书或歇息。

似锦却有些累了，不肯去西偏殿陪林岐。

她拉着林岐的手撒娇："小凤凰，我太累了，我想早些歇着……"

林岐也无话可说。

似锦推他出去："好了好了，小凤凰你快去忙你自己的事吧！"

赶走林岐，似锦泡了个热水澡，浑身的酸疼总算是缓解了些，早早就睡下了。

这段时间积压的事情太多，林岐一直忙到过了子时才回寝殿，发现似锦窝在锦被里睡得正香，就在她脸颊上亲了一下，自去洗漱。

洗漱罢回来，林岐进入舒适的被窝，抱着温暖柔软馨香的似锦，在似锦头顶亲了一下，几乎瞬间进入了梦乡。

成亲居然治好了他的失眠症。

早上醒来，似锦和林岐用罢早膳，穿上礼服，预备出门——林岐要去勤政殿给洪武帝请安，然后与洪武帝一起去奉天殿，由文武官员上贺表行庆贺大礼；似锦则要去福宁宫给许皇后请安，然后随着皇后去延寿宫给苏太后请安，与皇室宗亲认亲。

林岐虽然知道似锦聪明又坚强，足以应付今日局面，却依旧担心，吩咐今日跟着似锦的女官李兰和李竹："务必保护好太子妃，一切以太子妃的安全为第一考量。"

李兰和李竹穿着女官服饰，齐齐答应了一声。

似锦见林岐紧张，便先让侍候的人出去，自己先对镜照了照，然后笑盈盈地让林岐看："小凤凰，我今日的装扮会不会太繁丽了？"

因今日要见人，她装扮都偏华丽，头上戴着红宝石花冠，脸上严妆，身上穿着太子妃的正红礼服，自己瞧着都红彤彤的。

林岐看似锦是看惯了的，既没有惊艳之感，也没有觉得不好看，反正就是挺顺眼。

他认认真真看了看，道："挺好。"

似锦相信林岐的审美，笑吟吟地走上前，挽住林岐的手："走吧！"

林岐忽然伸手捏了捏似锦身上的衣物，确定似锦穿得足够保暖，便又摸了摸似锦的手，也是又暖又软。

他还是不放心，又掀起似锦的裙子看了看，然后问管似锦衣服的春剑："太子妃有没有毛皮护膝之类衣物？"

春剑忙道："启禀殿下，箱子里收了一条冬日用的大红锦缎面雪狐里子膝裤。"

林岐吩咐道："拿过来服侍太子妃穿上。"

似锦在春剑和素心的服侍下穿上大红锦缎面雪狐里子膝裤，觉得膝盖暖融融的，甚是舒服，只是走路有些不够灵便，便和林岐抱怨，又道："小凤凰，我这样会不会穿太厚了？"

林岐也不解释："到时候你就知道了。"

刚出寝殿，林岐忽然低声交代似锦："白又胖，不要吃太后宫里的任何食物，连水都不要喝。"

似锦见他神情郑重，便低低答应了一声，握了握林岐的手，让他放心。

见林岐有些紧张，似锦故意逗他："小凤凰，你是不是把我当小孩子看，怎么紧张成这样子！"

林岐轻轻拥住似锦，低声道："我做过一个梦，梦里你早早殁了，我也没活多久……"

在那个梦里，他亲眼见到已经去了的似锦。

醒来后，林岐还记得梦中自己用手抚摸似锦脸颊时那种冰冷的触感……

他要保护好似锦，和似锦快快活活在一起。

似锦的脸瞬间变得苍白起来，她仰首看着林岐，许多话充溢在胸腔之间，最后她还是默默咽了下去。

以后吧，等时机再成熟些，她把一切都讲给小凤凰听。

两人乘坐的辇车在雍丽门分开，一个往勤政殿而去，一个往福宁宫而去。

似锦的辇车在福宁宫外停了下来，她扶着李竹的手下了辇车，却见一群女官宫女簇拥着一个同样穿着正红大袖衫礼服的女子迎了出来，正是崇宁公主，不由得笑了起来，迎上前去。

两人实在是太熟悉了，也不多礼，携手往福宁宫走去。

崇宁公主道："我想着今日认亲，就提前过来陪你。"

似锦知道崇宁公主的心意，低声道："多谢你。"

两人相视一笑，彼此会意。

似锦又问："崇宁姐姐，你家阿樱呢？"

崇宁公主轻轻道："今日人多事多，不太安全，我没有带她进宫，让驸马在府里陪着她。"

似锦原本轻松怡然的心情，被崇宁公主这句话给压了下去。

她再一次意识到，自己已经进入了这人吃人的后宫，随时都有风刀霜剑袭来的权贵之家女人的战场。

似锦深吸一口气，让自己冷静下来。

怕什么，兵来将挡，水来土掩，她周似锦可不是怕事的人。

第四十一章
赐妾

许皇后正被女官和宫女们环绕着梳妆，见女儿和儿媳妇进来请安，摆手示意侍候的人暂停，发话道：“崇宁、似锦，你们先等一等，我这边很快就好了。”

崇宁公主笑吟吟道：“母后不用急，我和似锦到外面散会儿步。”

似锦和崇宁公主携手出了福宁宫，立在廊下看着殿前景致。

福宁宫前种着几株梧桐树，如今正值隆冬，梧桐叶早落得干干净净，枝干上光秃秃的，倒是留着不少积雪。

庭院里铺着地砖，地砖上的雪被清扫得干干净净。

崇宁公主轻轻问似锦：“似锦，新婚感觉怎么样？”

似锦眼中浮现笑意，也低声道：“姐姐应该知道，我和小凤凰打小就在一处，早习惯了。”

崇宁公主也笑了，这时候女官王云芝出来传话：“皇太子妃、公主，皇后娘娘梳妆完毕，请两位进去。”

许皇后戴着金凤冠，穿着大红礼服，清丽的脸上也是严妆：“似锦，今日去太后宫中，什么都不要吃，什么都不要喝，记住了吗？”

似锦见许皇后甚是郑重，忙道：“母后，我都记住了。”

许皇后又看了看似锦和崇宁公主的衣服，询问了一番，确定她们穿得够暖和，这才道：“咱们娘仨出发吧！”

延寿宫寝殿内，苏太后正端坐在华丽的妆台前，由女官给她梳妆。

苏太后年轻时高鼻深目，肌肤白皙，颇为美貌，只是如今上了年纪，又过于瘦削，便显得眼窝深陷，颧骨高耸，看上去有些刻薄。

严妆完毕，苏太后又在女官服侍下换上礼服，然后开口问延寿宫的首席女官沈莉：“雍州那边为何送了那个姚莲儿过来？”

沈莉笑了，她嘴巴似有些歪，一笑就更明显了：“那边得到一个消息，皇太子痴恋安国公府已经殁了的许二姑娘，当年为了见许二姑娘，皇太子曾夜探安国公府。这姚莲儿有几分像许二姑娘。”

她低声道：“启禀太后，即使皇太子看不上姚莲儿，咱们还有其他安排呢，那种媚香，没有男的能抵抗得了……”

苏太后点了点头，道：“镇南侯府如今被林岐这崽子弄得步履维艰，大小苏嫔又是一对傻子，指望不了，我也只能在林岐身边埋线了。”

延寿宫庭院里已经候着不少嫔妃和公主、王妃了，听到太监报“许皇后到”，当下齐齐上前迎接。

似锦和崇宁公主随着许皇后下了辇车。

许皇后沉声道：“平身。”

一时延寿宫正殿外鸦雀无声，无论皇后还是嫔妃，抑或公主王妃，都静静伫立在隆冬寒风中等着太后起身。

似锦现在明白了，为什么小凤凰非逼着她穿厚实笨重的大红锦缎面雪狐里子膝裤，为什么许皇后要确认她和崇宁公主穿得是否足够暖和，原来如此啊！

不知道过了多久，延寿宫的太监才高声唱道：“太后娘娘起身了——”

众女眷在许皇后的带领下，进了延寿宫正殿，继续等苏太后升殿。

饶是似锦穿得厚，在外面凛冬的寒风中立了那么久，她也被冻透了。

一进正殿，似锦便觉得一股带着异香的融融暖意扑面而来，很是舒适。

延寿殿内铺着大红描金地毡，踩上去软绵绵的。

正殿内的家具器具全是紫檀木制成，两侧的紫檀木架上摆着各种奇花异草。

不过方才那股异香闻得久了，却令似锦有些不舒服，她觉得这香料的后调太甜腻了，怪怪的。

不多时，不知从何处传来悠扬的乐声，在乐声中六对宫样装束执巾执扇的美人簇拥着苏太后从寝殿出来，登上了紫檀雕凤宝榻。

众贵妇贵女随着许皇后行礼如仪。

苏太后倒是没有继续刁难大家，说了声“平身”。

众女眷随着许皇后起身。

苏太后讲了一会儿话，便让人请了皇太子妃出列认亲。

认亲过程不停行礼还礼，极为乏味疲累，好在似锦身体康健，又经常活动，因此她还算能够承受。只是她穿得厚，再加上不停行礼，身上出了密密一层汗，脸上瞧着脂浓粉艳，眉目浓秀，倒是更添艳丽情致。

似锦见罢诸王妃公主，苏太后还不开口让她退下。

苏太后一双利眼打量着周似锦，心道：这位皇太子妃长得也不过如此。

想到这里，苏太后直接开口，吩咐延寿宫的首席女官沈莉：“去把那几个秀女带过来。”

片刻之后，沈莉引着四个美貌少女走了进来。

这四个美貌少女上前屈膝行礼，莺声呖呖：“给太后娘娘请安。”

苏太后看了看，觉得春兰秋菊这四个女子，各有擅长，个顶个都是美貌出众的佳人，便吩咐周似锦：“周氏，婚姻以嗣，万世寔关，惟选淑德，你既然做了皇太子妃，就要恪修妇道，惟孝惟诚，惟勤惟俭，为皇室子嗣绵延尽一份力。这四位秀女，贤良淑德，可为皇室绵延子嗣，今日哀家就做一次主，把她们赐给皇太子。”

正殿里静极了，众人都看向皇太子妃周氏。

她才嫁进东宫第四天，苏太后就要给这位皇太子妃周氏一个下马威了。

许皇后正要开口，似锦却已恭恭敬敬行了谢礼：“谢太后赏。”

苏太后原本想着太子妃既是周胤的女儿，也许会有几分硬骨头，像许皇后当年那样反抗一番的，没想到周氏居然十分平静地接受了，自己一拳头打在了棉花上，不禁也愣了，一时没有说话。

似锦乘胜追击：“太后娘娘有赐，妾身感激不尽，这就带四位秀女回去好好安置。”

延寿宫正殿里的地龙烧得太热，她身上出了好多汗，黏腻难受，恨不得立即跑出去吹吹冷风。

这和苏太后设想的场景不太一样，她一时也不好阻拦，顺势答应了下来。

似锦又行了个礼，带着四位秀女退了出去。

到了殿外，寒风拂来，似锦舒服得快要叹息了。

她总觉得延寿殿里的香料味道怪异，不敢过多停留，免得再生事端，当即把李竹叫了过来，吩咐道：“好生引领这四位秀女，回了东宫再向我回话。”

李竹答应了一声，引着这四位秀女进了东宫的队伍里。

回到东宫，似锦急着宽衣洗澡，便吩咐李竹：“把她们四个安置在怡岚阁，到了晚上，待殿下回来，再带她们过来请安。”

姚莲儿没想到太子妃居然不吃醋，也没有阻拦她们见皇太子的打算，心里颇有些讶异，面上却是不显，安安生生随着东宫女官前往怡岚阁安置。

似锦打发走了这些人，急急走进了寝殿，吩咐春剑等人：“快帮我宽衣卸妆，我要泡澡，哎哟，身上都快黏死了，延寿宫正殿里到底燃的是什么香，甜腻腻的，恶心死了，所有的衣服都洗了，然后用素梨香好好熏熏！”

李兰和春剑、素心等丫鬟，一直见似锦四平八稳的，还没见过她如此急躁的样子，不由得都笑了，一边宽慰似锦，一边麻利地帮她宽衣卸妆。

似锦卸了妆才去洗澡。

泡在撒了玫瑰花瓣的浴桶里，似锦长长吁出了一口气，吩咐道："把我头发也洗了吧，先用薄荷香胰子，然后再用薄荷香露浸一浸，把延寿宫那气味给去掉。"

傍晚时分，林岐从外面回来陪似锦用晚膳。

他整个下午都和工部侍郎秦涟泡在工部的作坊里，回到东宫，依旧兴奋得很："白又胖，我今日弄回了不少好东西，待会儿咱俩一起看看。"

似锦得知林岐去了工部，当即猜测道："是不是用精炼钢制成的武器，抑或是农具？"

林岐顿时笑了起来，忽然凑近，低头在似锦头顶吻了一下："我的白又胖好聪明啊！"

似锦："这算什么聪明啊，不过是因势推理罢了！"

林岐却不管，道："我的白又胖最聪明，我带你看看去。"

姚莲儿等四个美人随着女官李竹过来的时候，恰好看到皇太子和皇太子妃穿着箭袖并肩立在庭院里，一人手里握了一把雪亮的长弯刀，齐齐向前方横担在凳子上的一根两双手都圈不住的松木砍去。

暮色中雪刃挥出两道闪光，过了片刻，松木断成了好几截。

四个美人儿都愣在了那里。

原来清瘦斯文的皇太子和娇美可爱的皇太子妃，居然是一对大力士！

似锦又惊又喜看向林岐："小凤凰，好刀！"

林岐得意扬扬："还有斧头呢，要不要试试？"

似锦跃跃欲试："来吧，咱俩还是一起砍！"

这时李竹觑了个空，忙道："启禀皇太子、太子妃，四位秀女请安来了。"

林岐一愣，抬眼看了过来。

似锦犹自在一边道："对了，太后已经下了懿旨，把她们四人都封了淑女，以后都是东宫的人了。"

淑女是太子妾室中的最低等级。

林岐凤眼微眯，打量着这四个新晋封的淑女。

廊下挂了无数的宫灯，灯光柔和，四位秀女娉娉婷婷立在那里。

林岐方才还满是笑意的眼睛，这会儿已经满是冰碴儿。

姚莲儿四人被皇太子这样盯着看，想要娇羞，却无论如何娇羞不起来，仿佛被猛兽盯着的小兽一般，浑身的寒毛都竖了起来，而且整个人都僵在了那里，动

弹不得。

似锦还没意识到异常。

见这四个美人儿一动不动低头缩肩立在那里，似锦颇为怜香惜玉，忙道："外面太冷了，李竹，你带姚淑女她们去东暖阁候着，我和殿下一会儿就去。"

林岐待似锦说完，便冷冷道："在外面等一会儿又怎么了？等着。"

他和白又胖不也在外面吗？

李竹看看太子妃，再看看太子殿下，到底还是怕太子殿下，答了声"是，殿下"，便如鹌鹑般立在那里，等着皇太子和太子妃忙完。

似锦见林岐一脸赌气模样，还以为他试新武器被人打扰了，所以不开心，忙吩咐李涵："把那个斧头拿两把过来，我和殿下再试一试。"

李涵从木箱里取出了一双斧头，奉给了林岐和似锦；李越则指挥着人，重新架起了一根松木。

似锦握着斧头柄，笑盈盈地看林岐："一起还是我先来？"

林岐看见她就喜欢，眼睛清澈润泽："一起。"

两人齐齐举起斧头，李越在一边数数："三，二，一，砍！"

四位淑女在一边战战兢兢，眼看着两把斧头在灯光下划出两道雪痕，随着"砰"的一声巨响，这根松木又被砍断成了三截。

似锦拎着斧头走上前，蹲下看松木被砍处的情形。

林岐也过去了，还用斧头又砍了好几下，砍得松木的木屑乱飞。

似锦也试着砍了几下，捡起一片木屑感叹道："这斧头可真锋利。"

姚莲儿四人这才悄悄往后退了退。

她们以为太子妃再不喜欢她们，也不过是争奇斗艳，在穿戴装扮上力压她们，或者用些心机争宠什么的，谁知太子妃看着娇美窈窕，居然是个手握利刃举斧砍木的大力女。

东宫这宫斗模式着实有点吓人。

似锦细看了看，又举起斧头，聚力在已经砍断的松木上砍了一下，发现这截松木又被砍断了。

她抬眼看向林岐，眼睛里满是惊喜："小凤凰，好锋利！"

她力气不大，砍的也是木头，就有这样效果，若是在战场上呢？

林岐微微颔首，道："还有些农具，要不要试一试？庭院里的土都被冻结实了，咱们正好试试锋利程度。"

似锦对这个很有兴趣，正要答应，可是眼睛的余光看到姚莲儿四人缩着肩立在不远处，分明是冻得慌，当下道："明天再试吧！"

回了正殿，林岐和似锦并肩坐在宝榻上，姚莲儿四人齐齐行礼。

似锦道："既然来了东宫，就安心住下，只要不生是非，你们在东宫会过得很舒适。"

只要这四位淑女不出手，不充当别人害人的工具，似锦就不会主动出手。

姚莲儿等四人刚刚见识过太子妃的"风采"，这会儿还心有余悸，齐齐答了声"是"。

林岐坐在一边，端着茶盏在喝，显得心事重重。

偏偏他生得跟仙童似的，这灯光中心事重重的模样，也美好得似一幅画。

秀女中有人看了一眼，心脏就怦怦直跳，忙低下头去。

似锦打量着眼前这四位小美人，含笑道："各自介绍一下自己吧，叫什么名字，多大了，老家是哪里的，都说一说。"

姚莲儿站在最左边，当下便出列道福，道："启禀太子妃，妾身名唤姚莲儿，十六岁，来自京畿开封县。"

第二个出列的是一个肌肤微黑，高鼻深目，妆容艳丽，颇有特色的高挑美女，她道福，道："妾身名唤钱丽香，十七岁，来自闽州。"

声音果然带着些微的闽州口音。

第三个出列的是娇小玲珑、白皙秀美的刘珠儿，十五岁，来自蜀州。

第四个是来自雍州的于婀娜，身段高挑，长相极美，十六岁，是四人中五官最美的。

似锦吩咐春剑："把那四对水晶玲珑钗拿过来，给四位淑女一人一对。"

四位淑女接了玲珑钗，齐齐屈膝："谢太子妃赏赐。"

似锦该说的都说完了，眼波流转看向林岐。

林岐会意，微微颔首，看向前面立着的这四位美人，淡淡道："怡岚阁的庭院还算宽敞，足够你们活动了。以后没有宣召，不得离开怡岚阁，不得私自向外传信，不得私自见太子妃，有事就命服侍的人去见李越，让李越传话。"

四位新晋淑女一阵错愕——这……这和幽禁有什么区别？

似锦也是一愣。

可是想到这四位还不知道是哪些牛鬼蛇神派来的伥鬼，她就没有吭声。

林岐不想再看到这四个美人："都下去吧！"

用罢晚膳，林岐想起似锦一向活泼好动，也想让她消消食，便道："白又胖，我带你去花园散步。"

似锦大喜，当即吩咐春剑拿来她和林岐的斗篷。

她亲自帮林岐穿上，又踮着脚为林岐戴上兜帽，然后开开心心和林岐一起往

东宫后面的园子散步去了。

散步时，林岐状似随意地说："白又胖，怡岚阁那四个女的，极有可能是各家的奸细，你不要与她们过多接触。"

似锦点了点头："我知道了。"

她仰首透过蜡梅枝条看上方挂的八角宫灯，觉得梅香幽微，如梦似幻。

林岐仗着个子高，伸手折下那枝蜡梅，递给了似锦："要不要再转转？"

似锦"嗯"了一声："再走一会儿吧！"

两人手挽着手，放松地在蜡梅林里转悠了半日，这才回去了。

明日便是大婚第五日了，按照皇室婚俗，皇太子夫妇还要行"盥馈礼"，然后皇室婚礼才算完成。

林岐去浴间洗澡去了。

似锦叫来通晓皇室礼仪和历代史书的李竹，问她大周立国以来历代皇太子的盥馈礼都是如何进行的。

李竹略一思索，便从第一代皇太子的盥馈礼开讲。

林岐洗罢澡来到寝殿，却见似锦正在与李竹商议明日的盥馈礼，便走了过去，道："民间行盥馈礼，新娘拜见公婆要用一只豚，进献于公婆席前，而公婆以室之事授予新娘；在皇室没这么麻烦。"

他走到锦榻前，挨着似锦坐下，道："明日咱们一起去福宁宫，你奉上一道烤乳猪，然后咱俩陪父皇母后用了早膳即可。"

似锦笑盈盈道："父皇母后宽容大量，我这儿媳妇当得省心省事。"

林岐微笑："那是因为母后当年被苏太后折腾狠了，以至于产生了逆反心理，决不在礼仪上为难儿媳妇。"

他说着话，淡淡看了李竹一眼。

李竹和另一个女官李兰相比，虽然忠心耿耿，办事靠谱，而且为人淳善，却不够机灵。比如方才皇太子穿着白绫中衣进来，她就该退下了，偏偏李竹一直等到被林岐冷眼一瞟，这才醒悟了过来，忙带着幽兰和香祖退了下去。

似锦想起林岐从工部作坊带回来的新农具，不试一试，她总觉得心里痒痒的，道："小凤凰，咱俩明日再找个时间，去后面花园试试那些农具。那些农具若是好用的话，就在全大周推行……"

林岐也不说话，专注地看着似锦，听她说话，他的眼睛很亮，眼神又专注，似锦原本正说个不停，察觉到林岐温柔的眼神，心脏猛地一跳，整个人有些酥麻，身子也有些软。

林岐凑近似锦，在她耳畔轻轻吻了一下，道："似锦，睡去吧。"

他声音低沉，带着泠泠余音。

似锦整个人都酥软了……

第二天一早，似锦和林岐穿着常服，预备乘了辇车前往福宁宫。

李越跟着伺候，觉得皇太子和太子妃这小两口今日有些怪，根本不和对方说话。

说皇太子和太子妃是闹别扭了吧，可是他俩偶尔四目相对，皇太子耳朵变成粉色，而太子妃则低下头去。

洪武帝昨夜歇在大苏嫔和小苏嫔的永丽殿，早上起来，一副萎靡不振的样子，眼下还有青晕。

许皇后本来懒得理他，见他这模样糟心得慌，就命人上了一盏参茶，亲自奉给了洪武帝。

林岐和似锦行罢盥馈礼，恭请洪武帝和许皇后起身一起用早膳。

林岐陪着洪武帝，走在前面。

他看了洪武帝一眼，觉得有些不对，再一看，发现洪武帝脸色发青，眼白泛红，眼下有青晕且眼袋明显，分明是纵欲过度的模样，当下就有些生气，当着母后和白又胖的面又不能说什么，就轻咳了一声，看了洪武帝一眼。

洪武帝原本就心虚，被儿子这一眼看得心惊肉跳，总觉得自己多留一刻，就要被林岐给喷一顿，因此略用了两口红稻粥，便打算起身。

林岐察觉到了洪武帝的企图，看向洪武帝，一脸恭谨地奉上一盏酥油牛乳："父皇，您瞧着有些憔悴，把这碗酥油牛乳喝了吧，这也是儿臣一片孝心。"

洪武帝接过儿子的"孝心"，硬着头皮喝了，然后寻了个借口，命人摆驾，溜之大吉了。

许皇后嫌洪武帝碍眼，正盼着洪武帝走呢，见他走了，悄悄松了一口气，吩咐侍候的人退下，只留下王云芝侍候。

她笑吟吟地先去看林岐，发现林岐气色极好，原本就细白的肌肤更显得晶莹洁白，眉目清俊。

她再打量似锦，见她眼如波横，樱唇殷红，肌肤晶莹剔透，分明是极幸福的小女子模样，心里颇为开心：这小夫妻俩看上去颇为恩爱，小皇孙或者小郡主应该不远了。

想到这里，许皇后更热情了，吩咐王云芝："把糟鸭信和胭脂鹅脯摆到太子妃那边去。"

她刚才发现似锦喜欢吃这两样，各自夹了两次。

似锦忙含笑道谢："谢母后。"

许皇后道："自家骨肉，不必客气。"又看向林岐，"小凤凰，母后让人给你盛一碗野鸡仔子汤，配豆腐皮馅包子吃，好不好？"

林岐"嗯"了一声。

许皇后忙吩咐郑玉梅："快给小凤凰盛汤！"

一时用罢早饭，许皇后含笑道："我今日宣了女道士进宫宣讲《道德经》，就不留你们小两口了。"

林岐和似锦起身，行罢礼退了下去。

回到东宫，林岐看都不看似锦，直接去了寝殿。

似锦挥手不让侍候的人跟着，也进了寝殿。

见林岐正在解下腰间玉带，她忙走上前，抱着林岐的腰撒娇："小凤凰，昨晚对不住啦！"

林岐过了一会儿方道："白又胖，你太过分了。"

似锦双臂环着他的腰，仰脸笑得可爱又狡黠："小凤凰，我以后再不这样了……"

林岐可是上过她很多次当的："你每次都说'再不这样'，下次该做还是做。"

他解开衣带，掀开中衣衣襟，让似锦看："你看你做的好事！"

似锦看去，见到林岐白皙的肚子上好几个紫红的印子，不由得笑了起来："我没太用力，是你肌肤太嫩了，略微一咬，就紫了。"

林岐见她嘴硬，索性脱去衣服，露出肩背，修长的手指指着肩背处："那这里呢？"

他早上去浴间洗澡，在西洋妆镜前照过了，不只变成紫色，还留下了似锦的四颗牙印。

似锦见到那四个牙印，实在是抵赖不了了，大大方方道："要不，我让你咬回来？"

林岐看了看似锦，觉得哪里都舍不得咬，最后悻悻道："我又不像你，你属老虎的啊，一天到晚咬我。"

似锦上前抱住他，声音柔媚："小凤凰，我补偿你，好不好呀……"

一时事毕。

似锦疲倦至极，直接睡着了。

小凤凰躺在床上思考人生。

和白又胖做这种事如此快活，怪不得那么多人沉溺于此……

给似锦盖好锦被后，林岐起身出去了。

今日没有朝会，洪武帝宣了周胤到御书房伴驾。

他正与周胤立在御案前欣赏古画，外面负责通禀的太监禀报："皇太子到——"

林岐不是一个人来的，他还带来了前段时间给洪武帝看过脉息的乔夙："父皇，儿臣忧心父皇龙体，因此请乔夙过来，给父皇看看脉息。"

洪武帝："……好。"

儿子的这番孝心，实在是太难消受了。

乔夙给洪武帝看脉息。

林岐则郑重地给周胤行礼："给岳父大人请安！"

周胤心中欢喜，含笑扶起了林岐："殿下太多礼了。"

他又问起了似锦："不知小女在东宫……"

林岐的耳朵不由自主又有点红，当即道："岳父，太子妃很好，身子康健，饮食正常。"

周胤听到"身子康健，饮食正常"，觉得老怀甚慰："太子妃身子康健，微臣也就放心了。"

乔夙给洪武帝看罢脉息，又望闻问切了一番，还请洪武帝伸出舌头细细瞧了瞧，最后道："陛下须得独宿静养，配以汤药疗治。"

他是读书人，说话还算含蓄，其实就是说洪武帝纵欲过度。

洪武帝没有说话。

林岐在这方面能做洪武帝的主，当即吩咐乔夙："请乔大夫开方子吧！"

周胤和乔夙刚离开御书房，就听到御书房里传出皇太子的声音，似乎是在向洪武帝进言。

他们两个不敢再听，匆匆退下了。

似锦睡到快午时才起来。

崇宁公主带着女儿阿樱过来了。

冬天到底是冷，外面没什么适合阿樱玩的，似锦便命人拿了琴来，弹琴给阿樱听。

阿樱乖乖地坐在崇宁公主怀里，歪着脑袋嗦着手指头，听似锦弹琴，乖巧又可爱。

听了一会儿琴，阿樱就有些烦了，挣扎着要往外面去。

崇宁公主命人给她穿了厚衣服，与似锦一起带着阿樱去东宫后面的花园，让李涵带着几个小太监放风筝给阿樱看。

阿樱还是第一次见人放风筝，开心得直拍手，咯咯笑个不停。

此时怡岚阁内静悄悄的。

怡岚阁总共三层。

一楼住着侍候的宫女。

二楼并排两个套间，楼梯东边住的是刘珠儿，西边住的是钱丽香。

三楼楼梯东边住的是姚莲儿，西边住的是于婀娜。

刘珠儿一天天闷在屋里，有些无聊，就上三楼去寻姚莲儿玩。

她一上楼，就看到姚莲儿扶着栏杆在向东南眺望，便笑着道："姚淑女，在看什么呢？"

姚莲儿扭头看了看她，微微一笑："刘淑女，你也来看看吧，东宫花园里有人在放风筝，花花绿绿的，还挺好玩。"

刘珠儿看了一会儿，叹了口气，道："应该是太子妃，太子妃可真受宠……"

她又道："皇太子生得可真好看，不知为何，太子殿下眼里只有太子妃，咱们四个不知何时才能被殿下宠幸。"

姚莲儿没说话，依旧在看东南边天空上飞着的那几只风筝。

这时候和姚莲儿一起住在三楼的于婀娜走了过来，道："为何皇太子眼里只有太子妃？因为太子妃有个好爹呗！

"咱们四个也不用急，皇太子和太子妃刚刚大婚，正是柔情蜜意蜜里调油的时候，一时分开不得。咱们就等着呗，皇太子不可能一生一世守着太子妃，早晚轮到咱们。"

她是典型的桃花眼，水汪汪的，眼波如水扫过姚莲儿和刘珠儿，接着道："咱们四个现在是一根绳上的蚂蚱，一定要齐心合力，一人受宠，要拉其他人一把，到时候再各凭本事固宠。"

刘珠儿看了看清丽雅致的姚莲儿，再看看美貌出众的于婀娜，想了想道："太子妃不知道好不好妒忌，她力气可太大了，我的天，那晚她挥起大刀和斧头，比一般男子还要彪悍。若是太子宠幸了咱们，她会不会带着刀杀过来呀！"

姚莲儿依旧没有说话。

她嫌于婀娜和刘珠儿有些聒噪，兀自在想心事。

据太后的亲信女官沈女官的说法，她长得有几分像皇太子殿下暗恋的表妹，安国公的女儿许凤鸣。

沈女官说，许凤鸣生得极为清丽，气质如仙，她若想模仿许凤鸣，须得再下些功夫。

只要她越来越像许凤鸣，皇太子早晚会注意到她的。

到时候她再用上沈女官给的媚香，由不得太子殿下不恋着她……

于婀娜和刘珠儿各怀心思聊了好一阵子，忽然想起和刘珠儿同住二楼的钱丽香：“钱淑女呢，怎么没过来呀？”

刘珠儿单手托腮：“她在房里待着，在给太子妃绣山水屏风呢，唉，不知道太子妃喜欢什么……”

于婀娜懒洋洋道：“东宫的宫女和太监嘴巴都严得很，什么都问不出来。我若是知道太子妃喜欢什么，还不早巴结上去了。只要常往太子妃身边凑，就能见到太子，指不定什么时候就被太子殿下瞧中了呢！”

刘珠儿眼珠子转了转，也想起了心事。

于婀娜过了会儿嘴瘾，觉得有点口渴，回房喝水去了。

送走崇宁公主后，似锦心情有些低落。

她不愿意让自己沉浸在这种不愉快的情绪中，就换了方便活动的骑装，让李越去西偏殿拿上林岐从工部作坊带回来的新农具，带上李越、素心和幽客，往后花园试用去了。

林岐晚上回来和似锦一起用晚膳，发现似锦用红箸的姿势有些怪，心中起疑，拿过似锦的右手看了看，发现指腹上磨了好几个透明的水泡。

他又拿起似锦的左手看，左手指腹上也是几个透明的水泡。

林岐一声不吭，静静看着似锦。

似锦“呃”了一声，老老实实道：“小凤凰，新农具我都试过了，还挺好用。你不是有意让工部作坊大量生产，然后卖向全国吗？我提个建议，农具的木柄外面，不宜太过光滑，这样手心出汗的话，很容易滑。”

林岐知道似锦在转移注意力，叹了口气道：“我命人宣太医过来。”

似锦忙把手搁在了他的手上，杏眼圆溜溜：“小凤凰，凤凰哥哥，我初来乍到，还是低调些好，何必叫太医，用罢晚膳，你帮我用针挑了，再抹些药膏就是了。”

林岐起身道：“那现在去挑吧！”

李越送了银针和药膏后，就被林岐给轰出去了。

他和李兰、春剑在殿外侍立，听到寝殿里忽然传来太子妃的一声尖叫，然后尖叫戛然而止，里面又没了动静。

似锦坐在床边，林岐弯着腰立在床前，他的唇堵着似锦的唇，这会儿才松开了。

林岐看了似锦一眼，低声道：“白又胖，你叫啊，继续叫，叫一次我亲你一次。”

看着林岐这样子，她觉得心跳有些快。

把似锦手上的水泡全挑了后，林岐又细细给她涂上药膏。

他刚把药瓶放在床头的小几上，便听到似锦叫他“小凤凰”，刚扭头一看，便被似锦拉住推倒在了床上……

转眼该过年了。

宫里过年自然是由许皇后主持。

她想着早晚要把这些事交给太子妃，就命人请似锦过来，让她跟着自己，看自己如何处理这些事。

把各项事务都布置下去后，许皇后温和地问似锦：“似锦，今日在母后这里学到了什么？”

似锦笑眯眯道：“母后您总揽全局，把事情分给擅长做事的人去做，做好监督验收，奖罚分明。”

许皇后不禁笑了：“好孩子，学得不错。这几日你每日过来，我慢慢就把得用的这些人交给你。”

似锦忙道：“母后正是年富力强之时，何出此言？”

许皇后笑了：“这后宫，我早管烦了，巴不得让人替我呢！”

若是淑妃贤妃她们，她自是不愿意分劳，可似锦是她的儿媳妇，后宫早晚得交到她手中，与其到时候突然交接让她手忙脚乱，不如早早开始教她。

转眼间到了除夕之夜。

林岐和似锦要带着东宫的四位淑女去福宁宫随洪武帝和许皇后焚香祭祖。

姚莲儿、于婀娜、刘珠儿和钱丽香穿着淑女的礼服，打扮得各具风姿，娉娉婷婷走了过来，齐齐屈膝行礼：“妾身给皇太子、太子妃请安。”

似锦饶有兴趣地打量着她们，笑盈盈道：“都平身吧！”

四位淑女莺声呖呖，齐声答了声“是”，起身看向皇太子，却见皇太子面无表情，一脸不好惹的模样，都有些惴惴不安，低下头去。

似锦见这四个小美人被林岐吓成这样子，微微一笑，态度温和：“我已经让人去准备辇车了，等一会儿就好。”

苏太后的审美还真不错，这四个小美人都很美，且美得各具特色，而不是千人一面。

钱丽香忽然往前行了半步，对着似锦屈膝道福，声音娇柔：“妾身亲手给太子妃制了个闽州山水屏风，虽然粗陋，却是妾身拳拳之心，望太子妃不要嫌弃。”

似锦一听屏风面上是闽州山水，心中好奇，忙道：“闽州山水？我听说闽州临海，山水奇秀，却还未曾亲眼见识过。”

钱丽香当即从侍候她的宫女手中接过用锦缎包裹着的屏风面，揭开锦缎，在宫女的帮助下慢慢展开：“请太子妃赏鉴。”

似锦走近细看，发现画工极好，绣工更是出神入化，当即感叹道：“真好！”

她扭头问钱丽香：“底画是你自己画的吗？”

钱丽香答了声“是”，道：“妾身父亲是闽州画师钱泳，妾身自幼跟着家父学画。”

似锦对有专业技能的人最佩服了，看钱丽香的眼神已经不同，眼睛发亮：“我和殿下都很喜欢作画，以后有空的话，我请你过来，咱们一起切磋一番。”

钱丽香忙道：“切磋倒是不敢，不过妾身也是极爱作画的，到时候妾身斗胆向太子妃请教。”

林岐立在一旁观察了一阵子，见似锦和这钱丽香还说个没完了，他有些不耐烦，开口道：“好了，似锦，咱们别让父皇母后等太久。”

似锦瞅了他一眼，貌似恭谨地答了声“是”。

皇太子和太子妃坐在前面的辇车上。

四位淑女坐在后面的辇车上。

姚莲儿和于婀娜坐在正座上，刘珠儿和钱丽香坐在倒座上。

于婀娜似笑非笑打量着钱丽香：“钱淑女，还是你聪明，我们怎么都没想到可以走太子妃路线。你这下子领先一步，若是得了太子殿下的宠爱，记得拉我们一把。”

钱丽香神情平淡：“诸位请放心，我绝无染指太子殿下的心思。”

她上次去东暖阁给太子妃请安，发现东暖阁里挂了几幅画，有山水图，有花卉小品，画工和意境都是极好的。

既然进了这深宫内院，这辈子再出去的可能性不大，钱丽香想尽量让自己过得开心一些，过得好一些。

她想到太子妃身边去侍候。

起初太子妃或许会警惕她，可是日久见人心，她是什么样的人，太子妃总会明白的。

深宫漫长，有的是时间。

于婀娜嫌钱丽香虚伪，“哼”了一声，不再多说。

姚莲儿收回视线，心道：钱丽香还真是聪明人。

讨好了太子妃，将来见到皇太子的机会就多了。

太子妃总有不方便的时候，总得安排人服侍皇太子，若是得了太子妃的信任，

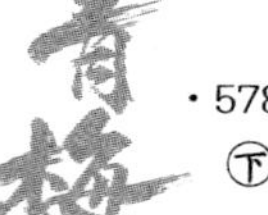

也许就能得到皇太子的宠幸了。

林岐这会儿也在和似锦说话。

表面上看来，他们两个正襟危坐，其实正在你一句我一句低声拌嘴。

林岐警告似锦："白又胖，那四个什么淑女，一个个妖里妖气的，你不要和她们多接触，说不定是谁的奸细。"

似锦瞟了他一眼："我不是和你说了嘛，让你派人去查查她们的底细。"

林岐伸手握住了她的手："哪有那么容易。比如闽州，距离京城几千里，等调查回来，不知道是几个月后了。"

似锦忽然转移了话题，撒娇道："小凤凰，我有点寂寞啊！"

林岐认真地看着她："我去禀了母后，带你去金明池行宫住几日吧，到时候咱俩微服出去玩。"

在东宫的话，白又胖是没法出去的，就算他偷偷带白又胖出去了，万一被苏太后发现，派人宣召白又胖，那可就是大事了。

似锦笑容灿烂："我也是这个意思。不过不用你说，我想法子请求母后，若是不行，再请你出马。"

她毕竟是女子，将心比心，揣摩了一下许皇后的心理，觉得还是自己求许皇后的好。

林岐眼睛里满是笑意，凑过去在似锦脸上吻了一下："小鬼灵精！"

似锦忙捂着脸："哎呀，我脸上擦粉了，你都把我的粉给亲没了！"

林岐伸手拭了拭嘴唇，发现自己上似锦的当了，嘴唇上根本没有沾粉，不由得也笑了。

延寿宫寝殿内，苏太后装扮完毕，把一个精致的白瓷瓶放在了妆台上，然后扶着沈莉的手，被女官和宫女簇拥着出去了。

兰女官留在寝殿内，认真地整理着苏太后挑拣后落选的衣服，有两个小宫女在陪着她。

兰女官笑着吩咐道："林湘，朱菊，你俩先去收拾熏笼上的衣物吧！"

两个小宫女答应了一声，转身往熏笼那边去了。

兰女官闪电般拿走了妆台上那个精致的白瓷瓶，塞进了袖袋里，然后从怀里掏出一个一模一样的白瓷瓶放在了原处。

这时候小宫女林湘扭头问兰女官："兰女官，这条百花裙是叠起来，还是悬挂起来？"

兰女官走了过去，看了看，道："这条百花裙太后甚是喜欢，先悬挂起来吧，若是过几日不穿，咱们再叠好收起来，存入库房中。”

太后娘娘极爱妆饰衣裙，许多衣服都是底下人费尽辛苦制出来的，却根本未曾被太后穿用过，就收进了库房里，从此不见天日。

就算是穿用过的，太后不穿重复衣物，也都是穿一次，就要收起来了。

兰女官抚摸着这条百花裙，叹了口气。

她是绣女出身，深知制成这满绣的裙子，不知要费绣女多少功夫，有的绣女年纪轻轻眼睛就熬瞎了，送到太后这里，也不过摆一摆就被弃置，真是造孽。

林湘低声道：“听说皇后娘娘和太子妃，都很节俭……”

兰女官看了林湘一眼，林湘会意，低下头不敢出声了。

镇南侯被朝廷逼得越来越紧，太后性子也变得越发暴虐，她们这些侍候的人日日都提心吊胆。

苏太后歪在凤榻上，两个小宫女跪在榻前给苏太后捏脚。

苏太后养了一会儿神，忽然吩咐心腹女官沈莉：“妆台上放着的那瓶香露，你去拿了吧，寻个机会给姓姚的那个小蹄子。”

沈莉答了声“是”,去了寝殿,拿了妆台上放置的白瓷瓶,放进了腰间的香包里。

洪武帝、许皇后携了皇太子、太子妃及诸王爷、王妃、公主、皇孙、郡主来给苏太后请安。

因人太多了，正殿盛不下，东宫的四位淑女，几个亲王的侧妃和夫人，都立在廊下行礼。

苏太后不愿意去太庙，嫌那里冷森森的，便道：“哀家今日略感不适，皇帝皇后带着太子太子妃众人去太庙祭祀吧！”

沈莉侍立在殿外，装作扶立在最东边的姚淑女起身，把那个小瓷瓶塞进了姚淑女手中。

姚莲儿不动神色，握紧了手中那个小瓷瓶。

据说苏太后当年得先帝多年盛宠，凭的就是手中这瓶媚香香露。

希望她姚莲儿也能一击成功，获得太子宠爱。

从太庙祭祀回来，洪武帝、许皇后在琉璃阁设了家宴，大周皇室济济一堂，欢庆除夕。

除夕夜宴结束之后，林岐和似锦带着四位淑女回了东宫。

下了辇车之后，似锦看着过来行礼的四位淑女，微笑道：“太晚了，不用你们侍候了，都回去歇着吧！”

待四位淑女退下，林岐才挽着似锦的手，慢慢向东宫正殿走去。

似锦洗罢澡出来，见林岐坐在锦榻上看书信，便走过去道：“小凤凰，你不

觉得大周皇室的皇子皇孙太多了吧？他们将来分封到各地去，势必会繁衍出无数皇室子孙……”

林岐抬眼看似锦，眼睛清澈：“白又胖，大周不过立国百年，却已经繁衍了超过五万的皇室子孙。户部每年要拿出一百多万两白银养这些皇室子孙。皇室子孙已经成了沉重的负担。

“我前些时候正与和先生讨论这个问题。和先生的意思是，亲王不再世袭，逐步让那些皇室子孙学会谋生，自谋生路。”

似锦点了点头：“这得制出完善的章程，以免有人冻馁而死。”

两人聊了一会儿，兴奋起来，又一起去西偏殿查资料去了。

元旦大朝会结束后，林岐陪着洪武帝去了御书房，似锦则在福宁宫陪着许皇后。

似锦亲自画了一幅老子画像，裱好后献给了许皇后：“母后，这画像是儿臣画的、自己裱的，相框也是儿臣亲手做的。”

许皇后痴迷道家，见了画像果真喜欢得很，捧在手里看了又看，笑吟吟地问似锦：“似锦，母后很欢喜，你要什么赏赐，只管和母后说。”

似锦给许皇后斟了一盏花茶，道：“母后，我在宫里待久了，有些无聊，想去金明池行宫住几日散散心。”

许皇后想了想，看向似锦，笑了起来：“深宫寂寥，母后都明白，这样吧，你和小凤凰商议一下，若是他有空，让他带你去！”

似锦大喜，起身屈膝道福：“谢母后。”

她又撒娇道：“母后，待会儿小凤凰过来，您和小凤凰说，好不好？”

许皇后开心地笑了：“好好好！”

夜深了，林岐从御书房过来，又陪着许皇后坐了一会儿，这才带着似锦离开了。

大年初二早上，林岐带着似锦前去御书房拜别了洪武帝，又去福宁宫向许皇后辞行，然后才出城往金明池行宫去了。

周家的温泉庄子今天很是热闹。

郑大人年前的时候调任工部，担任虞衡清吏司郎中一职，阖家从洛阳搬到了京城居住，就住在梧桐里周府的东隔壁。

这次周府来温泉庄子，周胤也请了郑家三口和王学士府的亲戚一起过来。

周胤与大舅子王令诚、妹夫郑欣在书房坐着喝茶闲聊。

王令诚想着周胤是皇太子的岳父，便说起了今日一早皇太子携太子妃前往金明池行宫一事："那个仪仗的齐整威武啊，我还是头一次见，可见太子妃在东宫深受皇太子宠爱……"

郑欣为人实在，乐呵呵道："甚好甚好！"

周胤却心里一动：似锦是个小鬼灵精，她大年初二与太子殿下去了金明池行宫，会不会是想家了？

自从似锦出嫁，他大半个月没见似锦了，也颇为想念女儿。

到了晚上，周胤命人封锁了从温泉庄子的正门到正院的那一段路，不让不相干的人进入，只待似锦回家。

果然到了晚上亥时，穿着青衣戴着小帽的李越就过来传信。

周韶、倩兮和盼兮听说大姐姐要回来了，也都开心得很。

因房内只有自家人，盼兮便道："都说大姐夫生得好看，是京城第一美少年，今日我可以凑近细看了！"

周夫人笑着道："大胆，可不能如此。"

倩兮微微一笑："母亲，你听盼兮说，若是大姐夫真的来了，她保准比谁都胆小。"

一家人正说笑着，王妈妈就进来禀报："到了！"

似锦随着林岐一进正院大门，就看到周胤和周夫人一行人急急迎了出来。

她百感交集，加快脚步，上前与周胤和周夫人见礼："给父亲母亲请安！"

周胤扶起女儿，原本想说"太子妃不必如此"，可是刚开口，声音就哽咽了。

似锦见父亲如此，心里也是难受，忙道："爹爹，自家人不必拘泥礼仪，先进去说话吧！"

一家人在客厅坐定，聊起了这些日子家中之事。

似锦得知姑父郑欣调任工部，担任虞衡清吏司郎中一职，如今郑家就住在梧桐里周府东隔壁，当下大喜，看向林岐，眼睛亮晶晶似会说话一般：谢谢你，小凤凰！

林岐感受到了似锦的喜悦，也觉得挺开心的，微笑起来。

他知道似锦和姑母郑夫人的感情，因此特地安排人把姑父郑欣调到工部任职。

倩兮和盼兮在一边看姐姐姐夫，见漂亮姐夫正对着姐姐在笑，笑得特别温柔纯净，她俩都替姐姐欢喜。

说话间，似锦得知郑家三口和王家的人都在庄子里，王菁也在，便道："不如请姑父家三口和菁表姐过来一聚。”

周夫人闻言，觉得似锦漏掉了舅舅、舅母和蕙表姐，略一犹豫。

倩兮当即代替周夫人吩咐王妈妈：“去请姑父家三口和菁表姐过来。”

王妈妈答了声“是”，急急去了。

倩兮这才笑着和似锦说道：“姐姐，菁表姐的相公曹大人，如今升了大理寺丞。”

似锦也是第一次知道这个消息，瞟了林岐一眼，道：“曹家姐夫善于断案，这大理寺丞倒是适合他。”

小凤凰做事甚是妥当，大理寺丞是从六品的官员，曹翔也不算是越级提拔，另外大理寺丞负责查案，正是曹翔的长项，想必菁表姐也会开心。

一时郑家三口和王菁到来，见房里多了一个极清俊的青衣少年和一个美貌的少女，先吃了一惊，再一细看，认出是林岐和似锦，都大吃了一惊，忙要行礼。

似锦忙阻止了：“自家亲眷相聚，多礼反而拘束。”

众亲眷聚在一起，吃酒说笑，到了子时才散。

似锦原本想回自己先前住的小楼看看，游览一下旧家池馆，可是夜深了，到底还是没能成行。

回到金明池行宫后，林岐见似锦沉默不语，有些担心，握住似锦的手：“白又胖，怎么了？”

似锦走上前，环抱住了林岐，把脸埋在林岐颈窝里，半日方道：“我见到了爹爹和亲人，心中欢喜，想到以后见面甚是不易，心里又有些落寞……”

小凤凰能够理解似锦的心事。

他除了对似锦，一向都是拿得起放得下。

至今林岐还记得似锦第一次离开他，离开泽州，要到京城投奔生父周胤时，他内心的茫然和无助。

林岐一把将似锦抱了起来，道：“这很简单啊，你若是想念家人了，我就带你来金明池散心，再想法子见你家人就是。”

似锦“嗯”了一声，凑过去要亲林岐的耳朵。

林岐想起被似锦咬耳朵的痛苦，当即丢下似锦，转身便往楼上跑。

似锦拎着裙裾就追了上去：“小凤凰，你逃不出我的手掌心的！”

一时摘星楼内热闹起来，欢笑声、脚步声、求饶声、打闹声不时响起。

在金明池行宫住了三日后，林岐带着似锦回了皇宫。

转眼元宵节就要到了，这一日苏太后要在琉璃阁举办元宵夜宴。

东宫之中，皇太子和太子妃自然要出席，就连四位淑女，也都接到了延寿宫中发出的请帖。

姚莲儿翻来覆去看着手中精致的帖子，心知元宵之夜，就是自己盼望已久的机会。

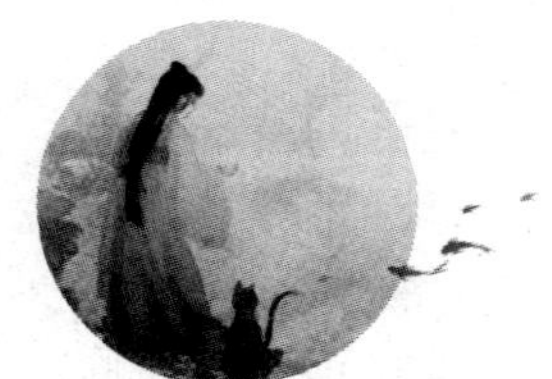

第四十二章

宫闱

按照宫中惯例，周府送了元宵节礼到东宫。

似锦去看节礼，发现里面居然有六棵木兰树。

似锦吩咐李涵去西偏殿拿工部作坊产的四尺钉耙，然后展开了周府随节礼送来的信。

原来这六棵木兰树是菁表姐送的，两株白玉兰、两株荷花玉兰，还有两株紫玉兰。

另外还有两株梅花是倩兮送的，两株桂树是盼兮送的。

姑母则送了几盆洛阳牡丹，已经送入暖房了。

嫡母送的两缸莲花，也放在了暖房里。

周胤送给似锦一套话本。

周韶则送了一套精致的笔。

似锦读罢书信，心中怅然，叫了李竹和素心进来，一起商议给周府的回礼。

给嫡母周夫人的是一套蜜蜡翡翠头面。

给郑夫人的是一对宝石花簪。

给王菁的是一套红宝石头面。

因两个妹妹倩兮和盼兮这两年也都要出嫁，似锦给倩兮和盼兮一人一个宝石花冠。

给周胤的是一幅《幽篁秀石图》真迹。

因周韶喜欢收集笔，似锦便送了他一套制笔名家的笔，总共六十四支；另送了他两个名砚和两匣香墨。

似锦和熟知宫廷礼仪的李竹商议着，幽兰在一旁记录。

写好礼单，幽兰奉了上去："太子妃，您再看一遍。"

似锦看了一遍，又提笔写了一封信，叫来李越吩咐道："按礼单去我私库里取了，封好后带信送到周府。"

李越答了声“是”。

李竹忙道：“太子妃，不用和殿下商议吗？”

似锦爽朗道：“不用，他这几日正在忙大事，何必拿这些小事去耗费他的心神。”

她先前向林岐建议，把工部作坊和工部在陵川县的炼钢场都扩大规模，大量生产兵器和农具，兵器用于装备军队，农具则以工部作坊的名义，在全大周范围内平价售卖，以提高农人种田效率。

如今林岐正和工部侍郎秦涟在忙这件事。

李越刚离开，钱丽香就捧着一个卷轴在外候见。

似锦打量着她，见她梳了简单的圆髻，只插戴了一支翡翠簪，身上穿着件白绫袄，系了条泥金拖地裙，外面则罩着件深绿绣花通袖袄，脸上未施粉，只描了眉，用香膏涂了唇，衬着微黑的肌肤，立体的五官，高挑的身材，极有风情。

似锦一看到她，就想到了话本中看到的话——“淹淹润润，不搽脂粉，自然体态妖娆；袅袅娉娉，懒染铅华，生定精神秀丽。两弯眉画远山，一对眼如秋水”。

钱丽香见太子妃打量自己，抿嘴一笑，声如黄莺：“太子妃，妾身上次去太后的延寿宫行礼，回来路过林檎湖，见那一片荷塘芦苇，甚是荒凉，颇生感触，回去就画了这幅《残荷图》。”

似锦心道：怪不得爹爹要养那些清客呢，劳累之余，和高雅的清客一起谈谈书，赏赏画，品品茶，何其雅致放松。

这位钱淑女，若是志不在小凤凰身上，似锦都想聘请她做自己的女清客了。

幽兰接过画轴，展开后奉给似锦看。

似锦细细看去，却见一只白鹭栖息在枯荷芦苇丛中，画面极为粗简，枯荷、枯干的芦苇、水草，跃然纸上，令人一见便生萧瑟之情。

她抬眼惊讶地看向钱丽香：“钱淑女，这幅画果真是你画的？”

这画工太厉害了，画面粗简，墨色淋漓，意境呼之欲出——这若是钱丽香所画，她可真是丹青妙手。

这样的人才，埋没在深宫里，真是可惜了。

钱丽香早习惯了这样的质疑，嫣然一笑，道：“太子妃，不如让妾身当面试一试！”

似锦当即吩咐人安排。

默然片刻后，钱丽香提笔蘸了些墨，开始作画，笔力纵横，很快就画出了一幅《倩女赏花图》：“太子妃，上次在延寿宫，妾身曾看见您立在廊下，眼睛望着栏杆外的一株蜡梅出神，当时就想作画，却又怕僭越。”

似锦看着这幅《倩女赏花图》，难以按捺心中的激动，当即屏退侍候的人，只留李兰在旁侍候。

她专注地看着钱丽香，声音柔和却带着坚定之意：“钱淑女，下面我说的话，等你出了东暖阁的门，我就绝不会再认。”

钱丽香知道这是决定自己命运的时刻，当即屈膝道福：“太子妃请讲，妾身聆听。”

似锦认认真真道：“你进入东宫有些日子了，应该发现，我对太子殿下极为爱恋，有很强的占有欲，我从来没有打算和别的女人分享殿下。所以，东宫妾室极有可能一辈子孤衾只影。”

钱丽香微笑着看着太子妃，眼神清澈而真挚：“太子妃，我从小痴迷作画，对太子殿下没有兴趣，只对画太子殿下有兴趣。”

钱丽香也太敢说了！

可她就喜欢钱丽香这样有一说一的姑娘。

似锦又道：“我可以给你安排一处极适合画家居住的新住处，可以给你提供作画的条件，然后你我合作生意，你画画，我开画斋，把你捧红后，咱俩一人一半分账，如何？”

钱丽香原本是盼着能成为太子妃身边类似女清客的存在，没想到太子妃给的条件更优厚，又惊又喜，呆呆地看着似锦说不出话来。

似锦微微一笑，道：“若是你愿意，我可以提你的位分，让你搬到秋声院住。”

若这钱丽香的忠诚得到验证，到时候她和小凤凰自有道理。

钱丽香已经回过神来了。

她当即屈膝：“妾身愿意。妾身的亲叔叔是太后身边的太监钱明，若是妾身能提提位分，起码太后一时半会儿不会再往东宫中塞人。”

似锦还不知道钱丽香居然是大太监钱明的侄女。

对于钱明，她只记得是一个生得挺清秀的年轻公公，一直在太后身边服侍。

钱丽香又看向李兰：“太子妃，妾身还有事情禀报，不知李女官——”

似锦看了李兰一眼，笑了：“李兰是殿下亲信。”

李兰也抿嘴笑了。

钱丽香这才道：“太子妃，姚莲儿是太后的人。”

似锦看向钱丽香：“刘珠儿和于婀娜呢？你有没有了解？”

钱丽香思索了一下，道：“对于刘淑女和于淑女，妾身了解的应该不比太子妃您更多。”

似锦很欣赏钱丽香这种有一说一的态度，当下道：“钱淑女，请坐。”

钱丽香也不推辞，谢了座，在似锦左手边坐了下来。

似锦吩咐李兰给钱丽香斟了茶，然后问她："你在怡岚阁有多少画？明日拿来我看看，咱们商议开画斋的事。若是确定，你我明日立下合同。"

至于晋升钱丽香位分的事，等小凤凰回来，和他商议后再说。

钱丽香原本正在饮茶，闻言大喜，当即放下茶盏起身："妾身多谢太子妃赏识。"

送走钱丽香后，似锦转身回到东暖阁，掀开钱丽香茶盏的盖子，发现里面的茶饮得只剩茶叶了。

也就是说，钱丽香敢喝她的茶。

只有内心坦荡的人，才会这样吧！

这时候李涵在帘子外面道："太子妃，您要的四尺钉耙小的拿到了。"

似锦这才想起自己打算挖坑种树，让李涵去西偏殿拿工部作坊产的四尺钉耙，忙道："你带人准备一下，我打算在殿后小花园种树。"

这次周府送来的那些树木，她打算全种在殿后的小花园里。

林岐在工部作坊与工部侍郎秦涟以及工部的几位郎中忙了整整一日，终于选定了要制作的农具，还定下了工部作坊所制农具上统一镌刻的名称和标志，这才回了东宫。

正殿空荡荡的，似锦不知道去哪儿了。

见太子一进正殿，就游目四顾，李越心知殿下是在寻找太子妃，忙禀道："殿下，太子妃在殿后小花园种树。"

林岐一听，眉头微蹙："她的手上次都磨出泡了，这次居然还敢种树！"

他没有更衣，直接去殿后小花园寻似锦去了。

到了小花园，林岐才发现似锦这次变聪明了，没有亲自动手，而是指挥着几个太监在挖坑种树，不由得莞尔：傻白又胖，终于聪明了一次。

似锦见林岐过来，当即迎了上去："快来看，这钉耙和锄头刨坑是不是很厉害！"

林岐笑着上前围观，点了点头："我已经让工匠做过试验了，同样时间内，普通钉耙只刨了一亩地，而新制的钉耙能刨两亩地。"

似锦又看了一会儿，让李涵带着人种树，她陪着林岐回寝殿去了。

林岐用香胰子洗了手脸，换了常服，这才出来陪似锦。

似锦见林岐有些疲惫，就跪坐在锦榻上，一边给林岐按压肩膀，一边慢慢地把今日钱丽香之事说了。

林岐道："若是钱丽香真的可靠，我打算升她的位分，让她做咱们的幌子。"

似锦点了点头："我也有这样的打算，咱俩可真是心有灵犀一点通。"

林岐垂下眼帘略一思索，似乎是随口一问："似锦，你觉得那个钱淑女美貌吗？"

似锦想了想，道："不算美貌，却极有风情。"

林岐又问："你喜欢她吗？"

似锦："……和她做朋友，我还挺喜欢的。"

她原本在林岐身后跪坐着，这会儿察觉到不对劲儿，就悄悄从左侧探头过去看。

林岐与她四目相对，有些心虚，移开了视线。

似锦这下子全明白了，伸出两根手指，捏住了林岐软软的脸颊："小凤凰，几天没拧你，你这是要上房揭瓦？"

林岐手伸到后面，一把将似锦给抱到了身前，让她打横坐在自己腿上："白又胖，你不许喜欢别人，只能喜欢我一个。"

似锦在他腿上挪了挪，终于找到了最舒适的位置："行行行，好好好，只喜欢你一个！"

林岐默然。

似锦觉得他沉默得异常，当即身子后仰，看着林岐，笑了起来："小凤凰，你这是什么表情！"

林岐哼了一声，道："敷衍。"

似锦伸出右臂揽着他的后颈，笑嘻嘻道："你怎么能质疑我对你的真心呢？"

林岐垂下眼帘，默然不语。

似锦又凑近他，继续说道："不如你今晚验证一下……"

林岐面红耳赤，既耻辱又期待地答应了："好吧……"

这天钱丽香早早就起来了。

她和侍候她的两个宫女一起，忙碌了一早上，一直在收拾她的那些画。

从离开家乡前往京城开始，她有了灵感就画，这两年画了不少画了。

和钱丽香同住二楼的刘珠儿过来看钱丽香，原本是想要打听打听钱丽香昨日见太子妃之事的，谁知一过来就见到了钱丽香这边的忙碌景象。

她摇了摇手中的锦帕："钱淑女，这是要搬家？"

钱丽香道："我今日有空，就把这两年画的画整理一下。"

刘珠儿走了进来，一边看那些画，一边问钱丽香："钱淑女，昨日应是见着太子妃了吧，我瞧你回来得挺晚的。"

钱丽香答了声“见着了”，却又吩咐自己的贴身宫女：“寒岫，那幅画是花卉，放到乙号箱里去，甲号箱放的是山水。”

刘珠儿旁敲侧击问了半日，什么都没问出来，只得怏怏离开，上楼去寻于婀娜了。

姚莲儿一向清冷，谁都不理，因此刘珠儿只与于婀娜聊得来。

于婀娜与刘珠儿打扮得花枝招展，趴在三楼栏杆上，眼睁睁看着钱丽香指挥着四个小太监抬着两个大箱子，出了怡岚阁，往东南方向去了。

刘珠儿道：“看这样子，钱淑女又要去巴结太子妃了。”

于婀娜若有所思：“难道她是去给太子妃送礼？”

刘珠儿冷冷笑了：“哪是送礼呀，就她画的那些鬼画符，太子妃能瞧上，呵！”

李兰今日轮值。

得知钱淑女抬着箱子过来候见，李兰就带着人把钱丽香和她的两个大箱子迎了进来，引进了东暖阁，又亲自奉了茶点，然后才道：“太子妃这会儿有点事，钱淑女先喝杯茶，尝尝这些点心。”

钱丽香见旁边阁子上有书，征求了李兰的同意，取了一本翻看起来。

原来是讲鬼故事的话本。

钱丽香读得津津有味，忘记了时间。

李兰见状，松了一口气。

太子妃还在睡，这事儿还是藏着点好。

似锦一直睡到了自然醒。

春剑、素心带着幽兰她们进来服侍。

似锦洗漱装扮罢，刚在锦榻上坐定，李兰就进来禀报：“太子妃，钱淑女求见。”

似锦忙道：“快请进来吧！”

她又吩咐幽兰：“去把我这段时间画的画也整理一下，我要向钱淑女请教。”

钱丽香进来给太子妃行礼。

似锦听了钱丽香的建议，修改自己画的一幅《墨竹图》。

她卷起衣袖，提笔蘸了墨，在画纸上补画着。

钱丽香一眼看到了似锦雪白手臂上红红的牙齿印，当下吓了一跳：这是皇太子咬的？

瞧着牙口挺好的，一粒粒挺齐整，皇太子的牙就是齐整的小糯米牙，洁白如玉小而整齐，这一定是皇太子咬的。

皇太子看着跟天仙似的，居然会咬太子妃的手臂？

我的天哪，真是人不可貌相啊！

这份艳福，还是让太子妃独享吧！

和钱丽香愉快地度过半日时光后，似锦又留钱丽香用了午膳，午后让钱丽香在东暖阁歇午觉。

到了下午，她又带着钱丽香把东宫闲置的那些亭台楼阁看了一遍，然后问钱丽香："钱淑女，看上哪一处了，尽管说。"

钱丽香眼神灼热看着似锦："太子妃，我瞧秋声院最好，有枫林，有菊圃，有池塘，还有水榭，最适合作画。"

似锦笑得杏眼眯着："我就知道你会喜欢秋声院，我昨日就和你提了——爱画之人，怎会不喜欢秋声院。"

见太子妃答应了，钱丽香欢喜至极，当即屈膝行礼："谢太子妃赏！"

似锦正色道："我先答应你，不过这件事不急在一时，咱们得找个机会让你承宠，然后再晋你位分。"

想起太子妃雪白玉臂上的红牙印，钱丽香忙道："太子妃，所谓承宠，做做样子就行了。"

似锦瞟了她一眼："那是自然，殿下可是我一个人的。"

她才不会和人分享小凤凰呢！

钱丽香笑了起来，心道：真是什么盖子配什么锅，皇太子和太子妃的确是天生一对地造一双，一个爱咬人，一个爱被咬。

不过这两人瞧着确实很般配啊，真是神仙眷侣。

下了朝，林岐陪着洪武帝回了御书房。

洪武帝靠着锦缎靠枕坐在宝榻上，两个宫女在为洪武帝捏肩。

林岐则在洪武帝右手旁的锦凳上坐定，翻看着奏折，与洪武帝说着朝中近来的重大决策。

其间需要林岐签红，林岐俯身写字，他常服里穿着白绫交领中单，一俯身，交领有些松，洪武帝一眼看到林岐的锁骨处似有些不对，忙道："岐儿，让父皇看看你锁骨！"

林岐笑得乖巧可爱，抬手掩住了交领："父皇，我的锁骨没什么可看的。"

洪武帝早看到了，林岐肌肤特别白，有点红痕就很明显："太子妃又欺负你了吧，她怎么跟小狗似的！"

林岐笑得可爱极了："父皇，我就喜欢她。你别管我们。"

洪武帝悻悻地哼了一声，心道：朕这一生，多少女子前赴后继，对朕痴心不已，岐儿却被太子妃给吃得死死的，真是子不肖父。

不过他转念一想，像岐儿这样守着太子妃一个女子过，修身养性，应该能长命百岁……

谁不盼着自己的儿子无病无灾到百年呢。

算了吧，不管了。

今日钱丽香在东宫正殿待了一天，一直到了亥时才回了怡岚阁。

怡岚阁表面平静异常，灯光幽微。

二楼的刘珠儿已经睡下了。

可是锦绣软枕已经被泪水浸湿了一大片。

她是全家的希望，当初为了她能当选，爹娘把家当折卖了，银子全送了负责选人的嬷嬷，她家里现在一穷二白，就指着她得宠满门富贵呢！

她不能再等，这深宫寂寥，总不能一直这样蹉跎下去。

三楼的于婀娜咬着牙在房间里走来走去，恨钱丽香抢了先，却又羡慕钱丽香有心计，居然想到了走太子妃这条路，而且还成功了。

她这么美，这么聪慧，每日在楼里喋喋不休，高傲得不行，谁知人家钱丽香不声不响就做成了事。

三楼东边的房间也亮着烛台。

姚莲儿把沈女官给她的小瓷瓶拿了出来，握在手心里：明日就是元宵节了，我一定要把握住这个机会。

元宵节晚上，阖宫女眷和诸皇子王妃公主齐聚琉璃阁，参加元宵节夜宴。

到了亥时，何琛指挥着太监转动机关，琉璃阁开始匀速上升。

琉璃阁升到半空，这才停了下来，四面悬空围着白玉栏杆，帘幕飘飞，映着昏黄宫灯，半遮半掩，真如仙境一般。

眼看着到了时辰，何琛开始命人在琉璃阁下的花丛中燃放烟花，一朵朵烟花在夜空绽放，美得不似人间。

洪武帝、许皇后和高位嫔妃陪伴着苏太后在阁内坐定，年轻的嫔妃和众皇子王妃公主都出去扶着白玉栏杆看烟花。

姚莲儿立在一处隐蔽角落，眼睛追逐着皇太子，终于发现皇太子正和太子妃立在东边栏杆后，钱丽香也在太子妃身旁。

她鼓足勇气，从袖袋里掏出小瓷瓶，在耳后胸前腰间泼洒了许多，然后再向皇太子走去。

林岐的右边是似锦，左手边却是平王林峥。

林峥正拉着林岐说话，冷不防一阵香风袭来，接着就有人要挤到他和林岐中间。

林岐反应很快，当即拉着似锦往旁边一闪，避开了姚莲儿。

姚莲儿刚才已经凑近了林岐，正眼巴巴看着林岐——据说这媚香香露很是霸道，皇太子应该有反应了吧？

林峥有些诧异，捂着鼻子看了过去，见是一个长得有些像林岐的年轻嫔妃，不由得一愣——谁这么变态，这女的也太像林岐了吧？！

他右手捂着鼻子，左手指着姚莲儿："你做什么，怎么这么香？"

话音刚落，林峥鼻子有些痒，接着就对着姚莲儿打了一个惊天动地的大喷嚏："你这香气怎么变臭了？"

然后又是一串喷嚏，全喷在了姚莲儿的脸上身上。

姚莲儿呆呆地立在那里，整个人傻了似的，方才浓郁的香气，后调居然是臭的，而且奇臭无比。

众人都看着她，方才还浑身香气熏人的她，如今散发着巨臭。

这时候洪武帝扶着大苏嫔走了出来，一出来就被刺鼻的臭气熏得先打了个喷嚏："好臭！"

姚莲儿本来就摇摇欲坠，这会儿彻底瘫在了地上。

洪武帝从林峥那里问明了前因后果，得知是东宫的淑女，不过还未承宠，当即道："如此臭的女子，怎能玷辱我的岐儿，送回原籍吧！"

姚莲儿已经晕了过去，被何琛带人给拖走了。

苏太后回到延寿宫，当时就发作了。

她命延寿宫总管太监夏飞把能接触到那瓶媚香香露的人全都单独关了起来，包括沈女官、兰女官和几个小宫女，连夜进行秘密审讯。

最后兰女官等人都有人证，只有沈女官嫌疑最重，而她也的确是把媚香香露交给姚莲儿的人。

苏太后气咻咻地坐在凤榻上，被气得心口疼，胸口都是闷的。

她宠爱的太监钱明上前，为她顺着背，轻声道："太后，为那些见利忘义背主忘恩的小人生气，不值得。"

苏太后低声道："你也觉得是沈莉使的坏？"

钱明轻轻一笑："太后，小的不知道是不是沈女官做的，可是只有沈女官没有人证，其他人都有人证。再说了，沈女官的品性，延寿宫谁不知道。太后您忘了上次选秀，沈女官因收了秀女家人的贿赂被皇后娘娘发作的事？"

到了此时，苏太后心里已经认定是沈莉坏了事，皱着眉头道：“哀家该怎么办呀……”

林岐那崽子不知道怎么做的，东宫硬是水泼不进难以渗透，姚莲儿去东宫那么久，居然都没有接近林岐的机会。

钱明笑了：“太后，小的嫡亲侄女如今正在东宫。”

苏太后点了点头：“对，你侄女还在东宫呢，咱们还是留有后手的。”

钱明又道：“太后娘娘，如今姚莲儿这事闹得太大，小的觉得这段时间还是消停点好。”

苏太后默然良久，才道：“哀家就听你一次。”

林岐这崽子一双鹰眼，一直盯着镇南侯府，镇南侯府日子越来越难熬。

世子苏真在京城府邸内形同软禁，一出门就无数便衣青衣卫跟着。

她在这宫里，也不像先前那样得势了。

先前林岐这小崽子隐居养病，洪武帝在后宫之事上很给她面子。

如今林岐身体痊愈，洪武帝跟傻了似的，被这崽子给控制了，什么都听他的。

先忍一忍，到时候弄死林岐，林峥无足轻重，扶林嵘上位，镇南侯府就能度过这次危机了。

钱明很快就把消息传到了钱丽香那里。

钱丽香陪似锦画水仙的时候，把延寿宫那边的消息说了。

得知此事的来龙去脉，似锦不禁吃了一惊，面上却是不显：“究竟是谁换了那媚香香露？总不能真是沈莉吧？”

钱丽香低声道：“启禀太子妃，妾身叔叔也是刚刚得知太后与沈女官这个计谋，他猜测应是太后娘娘贴身服侍的人出的手，却又不知是谁。”

似锦已经猜到是自己的姨母兰女官了，心中感慨万千，点了点头，转移了话题。

接下来这段时间，大周后宫平静了下来，东宫更是鸦雀无声。

姚莲儿被逐出东宫，遣送原籍，着实给于婀娜和刘珠儿上了一课。

刘珠儿捂着胸口，用表面痛惜实则欢快的语气诉说着：“我的天，姚淑女那样高傲的人，她怎么受得了？以后她可怎么办？被东宫遣送回去，有钱有势的人可不敢要她了，只能嫁个贩夫走卒了……唉！”

一向爱说的于婀娜倒是沉默了下来。

过了半日，她方道：“姚莲儿原籍就在京畿，她只是从哪里来回哪里去，有爹有娘有兄弟，又生得那等人才，送到外乡找个殷实人家嫁了，说不定日子更自在。”

她抚摸着自己的手腕，低声道：“倒是咱俩，你家在蜀州，我家在雍州，都在千里之外，咱俩若是被遣回原籍，路上指不定发生什么事呢。”

刘珠儿一听，小脸瞬间变得苍白，方才的幸灾乐祸消失得无影无踪。

于婀娜抬头看着前方的雕花窗棂：“太子妃倒是这点好，虽然霸占着太子殿下的宠爱，却也不曾虐待咱们，这怡岚阁住着还挺舒适，该有的都有，咱们先安安静静待在这里，以后再慢慢找机会。”

刘珠儿嘴唇微颤：“能有什么机会？在这怡岚阁里等着红颜老去吗？咱们能被选进宫，都是家乡出名的美人，怎么就混到这个地步了呢？”

于婀娜叹了口气：“以后咱们还是少说话吧，多说多错，瞧人家钱丽香，不声不响的，如今已是太子妃的座上客，以后估计还有别的好事等着她呢！”

二月十六这日，王菁送似锦的六株木兰树都开花了，似锦立在栏杆内看过去，碧空之下，玉兰花开，静美异常。

似锦正在观赏庭院里王菁送的那六株玉兰，福宁宫的女官郑玉梅带着两位太医过来了。

行罢礼，她笑容满面道：“启禀太子妃，皇后娘娘命太医院的安太医和杨太医给您看脉息。”

似锦知道自己成亲两个月，至今还未有孕，许皇后这是派人给自己提个醒。

两位太医给太子妃看罢脉息，又摇头晃脑研讨了一番，最后得出了结论——“太子妃身子康健，只是未曾有孕。”

送走郑玉梅一行人，似锦便吩咐李竹：“去怡岚阁请钱淑女过来。”又叫来李越吩咐道，“你去秋声院安排一下，开始给钱淑女搬家。”

钱丽香很快就到了。

她笑盈盈地行了个礼：“谢太子妃让妾身搬进秋声院。”

似锦如今和钱丽香甚是熟稔，招手让她靠近，如此这般吩咐了一通。

钱丽香连连点头，最后道：“妾身都明白了，太子妃放心吧！”

把这件事安排妥当，似锦便和钱丽香商议她们在金石街开的画斋的名字。

钱丽香喜欢宋朝范仲淹的词，化用“明月高楼休独倚”一句，给画斋起了个名字——“明月楼”。

似锦瞅了她一眼：“你不觉得太像酒楼了？京城西门就有一家酒楼叫明月楼，是个蜀菜馆子。”

钱丽香又想了想，起了个名字——“塞下秋”，化用范仲淹的“塞下秋来风景异”一句。

这个名字似锦还挺喜欢，当场拍板：“就这个吧！”

她和钱丽香这次开的画斋，还是先立下合同，所需银子都由似锦出，得利十分为率，似锦四分，钱丽香四分，其余掌柜一分，伙计均分一分。

合同上的保人则是东宫总管太监李越。

安国公许继顺和镇南侯苏于臣即将进京觐见，林岐这几日一直在忙碌这件事。

他刚在文华殿坐下，李涵就进来禀报。

得知许皇后派了两位擅长看产科的太医去给似锦看脉息，林岐当下就要起身，可是手掌刚抬起，便又摁了回去：白又胖是个小鬼灵精，这样的事，她自己能解决，我又何必越俎代庖？

她若是不成，我再出马就是。

心中计议已定，林岐吩咐道："我知道了，你回去吧，一切听从太子妃吩咐。"

李涵刚离开，韩朝就带着内阁诸大臣进来了，其中就有刚入阁的文华殿大学士兼吏部尚书周胤。

林岐直到将近亥时才回了东宫。

东宫内张灯结彩乐声悠扬，甚是热闹，太子妃周氏命人在秋声院摆了宴席与钱淑女庆贺乔迁之喜，就连刘淑女和于淑女也都在座。

得知皇太子到了，似锦笑盈盈地起身，迎了林岐进来，请他在主位坐下，凑趣说了几句，便带着刘淑女、于淑女和众人离开了。

林岐安安静静地坐在那里，李越在一旁侍立。

钱丽香总觉得房里怪怪的，不敢多留，忙起身屈膝道福，退了下去。

林岐按照似锦的吩咐，坐了约莫一刻钟，这才起身带着李越离开了。

第二天一早，似锦就带着钱淑女去了福宁宫，给许皇后请安，同时为钱淑女请封。

许皇后得知这个消息还是挺开心的，含笑看着似锦："似锦，你是好的，母后知道。"

她又道："你是太子妃，东宫这些事情，自然是你做主了。"

似锦嫣然一笑，道："母后，儿臣和太子殿下，都很喜欢钱淑女，不如晋封钱淑女为承徽。"

承徽是正五品，还算恰当，许皇后当下笑了："这样也好，等钱淑女为太子诞下一儿半女，再晋封良媛吧！"

似锦知道许皇后这是给钱丽香画饼呢，起身笑盈盈地答了声"是"。

许皇后做事雷厉风行，钱淑女承宠晋封为承徽的懿旨很快颁发了下去。

宫中关于"太子妃独霸皇太子"的流言也暂时被压了下去。

当天晚上，林岐一进东宫正殿，似锦就带着穿着承徽礼服的钱丽香迎上前去，屈膝行礼。

似锦笑容狡黠：“恭喜殿下喜得爱妾。”

林岐瞅了跟在似锦身后的钱丽香一眼，吩咐李越：“送钱承徽回去。”

新晋的钱承徽离开后，林岐就道：“白又胖，我怎么听说你今天一天都和这位钱承徽在一起待着？”

第四十三章
生女

似锦见小凤凰这“醋精”连女子的醋都吃，又好气又好笑，瞅了他一眼道：“我和钱承徵在商议合开画斋的事。”

林岐听了，还挺有兴趣的：“要不要把我以前的画收集一下，也放在你们的画斋里卖？”

似锦先问他：“你的画上面盖的是哪个章？这个印章大臣们知不知道？”

林岐听了：“这个章，岳父、赵先生、韩尚书他们都知道，我还是换个新章吧！”

似锦没有章，便和林岐一起商议两个人各自的别号去了。

春剑和素心见皇太子和太子妃一直在叽叽咕咕商议起什么别号，都心中暗笑——这俩凑在一起也太像小孩子了吧！

到了临睡前，似锦和林岐坐在床上，把作画用的别号都起好了。似锦给自己定下的别号是“西园旧主”，林岐给自己起的别号是“香樟居士”。

两人细细品味了一番，都觉得对方的别号酸溜溜的，你看看我，我看看你，觉得两口子土到一块儿去了，不禁笑作一团。

林岐问似锦：“你为何起名‘西园旧主’？”

似锦想了想，道：“我进宫后，有时会想起在西宅住的时光，多么自由自在，可那样的时光以后再也回不来了。上次去温泉庄子与家人团聚，我就特别想回自己曾住过的地方看看。”

她抬眼看林岐：“小凤凰，你呢？为何叫‘香樟居士’？”

林岐把似锦揽在怀里：“我常做一个梦，梦里我的书房外面是几株香樟树，冬天叶子也是碧绿的。”

似锦依偎进林岐怀里：“我记得安国公府你的书房窗外也有两株四季常青的香樟树。”

北方春季多风，外面风声呼啸，寝殿却温暖馨香。

似锦觉得这样子好幸福。

林岐低声道：“似锦，孩子的事不用急，咱们平常心对待，慢慢来就是。母后若是催促，咱们就再炮制出一个王承徵或者张承徵，不够的话，再来一个赵承徵，所有的承徵都不能生的话，母后就不会催了。”

似锦仰首看他，眼睛亮晶晶，满含戏谑：“那是因为母后怀疑不能生的人是你，对吧？”

林岐在似锦的额头上亲了一下，又在她唇上亲了一下，觉得无论如何都爱不够她：“我的白又胖可真聪明！”

似锦不喜欢林岐叫她白又胖，可是林岐倔得很，非要叫，她只好听着了，嘴里嘟囔着：“小鸡仔，那你要能控制朝政才行，不然那些大臣非要嚷嚷着改立平王或者宁王为皇太子。”

林岐抱紧她：“放心吧，我心里有数。”

他把似锦推倒，吻住了她……

转眼到了三月初一。

似锦带了钱承徵、刘淑女和于淑女去福宁宫向许皇后请安。

许皇后打量着钱承徵，实在是觉得她不像是林岐的审美。

似锦坦然地奉了一盏茶给许皇后，然后道：“母后也觉得钱承徵别具风情吗？儿臣觉得她很美，风情万种，内蕴秀致，与众不同。”

钱承徵被夸得都有些不好意思了，垂下眼帘做乖巧状。

许皇后不禁笑了起来：“我瞧着钱承徵像是你喜欢的，不像是小凤凰喜欢的。”

似锦故作正色道：“母后，儿臣喜欢的是小凤凰，钱承徵虽好，却并非儿臣所好。”

许皇后被逗笑了：“傻孩子，母后和你开玩笑呢！”

她又看着钱承徵道：“在东宫要尊敬太子妃，为皇室开枝散叶。”

钱承徵恭谨地答了声“是”。

刘淑女和于淑女立在一边。

看着言笑晏晏的许皇后和太子妃，刘珠儿恨不得凑上去，说一句“皇后娘娘，妾身也想给殿下开枝散叶繁衍子嗣”。

可是她不敢，她只能这样直戳戳地立在那里，眼睁睁地看着。

回到东宫，钱承徵陪着似锦去东宫正殿后的小花园散步。

见后面只跟着春剑，是太子妃的心腹，钱承徵便低声问似锦：“太子妃，您和殿下那样相爱，皇后娘娘却让您给殿下纳妾，您不难过吗？”

似锦想了想，道：“原本是有一点点难过的，可是我转念一想，一则皇后娘娘不是我的亲娘，是殿下的亲娘，我们没有亲情，她能这样，我已经很感激了。”

她伸手从一边的蔷薇花墙上摘下一朵浅粉蔷薇：“二则将心比心，以己度人，我能体会皇后娘娘的心情。”

似锦一片片揪着蔷薇花的花瓣：“不要妄自对人抱有期望，不然失望后会更难受。”

钱承徽默然片刻，这才道：“太子妃活得可真通透。”

似锦驻足看着前方的美好春光，没有说话。

所谓的通透，是她经历了多少磨折才悟出来的啊。

林岐一下朝，直奔福宁宫。

许皇后听林岐说完，抬眼看了过去：“小凤凰，你想带似锦去金明池行宫散心？”

林岐点了点头，道：“我询问了上次给父皇看脉息的乔大夫，他认为女子在轻松适意的环境中更容易受孕。”

许皇后刚想说“难道东宫还不够轻松适意吗”，转念一想，东宫还摆着三位太子妾室，确实不够轻松适意，当下便道：“既如此，你就带着似锦去金明池行宫住几日吧！”

林岐顿时笑了，探身过去，拉住了许皇后的手摇了摇：“谢谢母后。”

许皇后见他笑得可爱，把手挣了出来，在林岐肩膀上拍了一下：“都快满十九岁了，还如此童稚！”

林岐笑容灿烂，声音软软的：“儿子在母后面前永远都是幼童。”

许皇后口中说着“别拿哄你父皇的那一套来哄我”，却抬手抚了抚林岐的脸颊：“脸这么嫩，还真是小孩子呢……母后知道你很爱似锦，这两年都不逼她就是。”

林岐见母后领会了自己的意图，开心地笑了：“儿臣谢母后了。”

林岐离开后，许皇后坐在凤榻上，半日没有说话。

王云芝劝慰道：“皇后娘娘，太子殿下夫妻恩爱，至少您不用担心他像陛下那样……”

她到底没敢把“滥情纵欲”四个字说出来。

许皇后怅然地笑了：“我只是想起了年轻时在泽州的往事，我想回泽州看看，不知何时能够实现……”

王云芝不敢接腔了。

许皇后要想回到泽州故乡，起码得等到她成为太后。

似锦得知林岐禀了许皇后，要带她去金明池行宫散心，开心极了，踮着脚抱着林岐亲了好几下：“我的小凤凰，你可真是个可人意的小宝贝！”

他脸都红了：“好了，快让人收拾吧，咱们一会儿就出发。”

到了金明池行宫，林岐和似锦还是在摘星楼安置。

等一切妥当，两人悄悄换了衣服，林岐做儒生打扮，似锦扮作他的小娘子，两人带了易容改装的青衣卫扈卫，进城去了嵩岳街的黔药堂。

乔夙正带着十几个男女弟子在分药，听孙秀说周大姑娘两口子到了，先是一愣，接着就笑了起来：“快请他们进来！”

给似锦看了脉息，又问了经期之类情况之后，乔夙沉吟片刻：“如果不出意外的话，应该有两个月身孕了。”

林岐：“乔夙，你到底能不能肯定些？”

乔夙又细细地给似锦看了脉息，最后肯定道：“确定有孕了。”

似锦眼泪瞬间涌了出来，她一边抹泪，一边道：“乔夙，你若是敢骗我，我就拆了你这里！”

林岐忙把似锦揽在怀里：“似锦，即使没怀上，也没什么。你有我，我有你，就我们两个也很好。”

乔夙见这两位不信自己的医术，还挺委屈的，起身到门外，吩咐弟子：“去请邱女医过来一下。”

黔药堂如今不仅有女医，还有女医专用的诊室。

似锦眼泪扑簌簌往下落。

得知自己怀孕，似锦不是不相信，而是不敢相信。

林岐揽着似锦，垂着眼帘，没有说话，却尽力让似锦感受到自己的陪伴和支持。

想到似锦腹中有他和似锦的亲骨肉，林岐鼻子一阵酸涩，眼睛也有些湿润，蓦地想起在那个奇奇怪怪断断续续的梦里，似锦去的时候没有子女，他自然也没有。

他们两个都是很年轻就去了。

如今他们要有自己的儿女了……

乔夙吩咐罢弟子，走了进来，见这夫妻俩依偎在一起，当即嗤笑道：“人家都是常年不孕不育的夫妻得知了好消息，才会像你俩这样激动。年纪轻轻的小两口，这还是头一胎，将来还不知道要生多少个，都这么激动，那还得了。”

似锦“扑哧”一声笑了起来：“乔夙，你好啰唆！”

林岐有些不好意思，也笑了。

似锦瞅了他一眼，见林岐眼睛亮亮的，分明浮着一层水雾，不由得心生怜惜，握住了他的手。

记忆中直到她去世，林岐都没有子嗣，也许一直都不曾有……

林岐想起了些事情，便和似锦说了一声，自己起身出去了，过了一会儿才回来。

他离开的时候，乔夙在说黔药堂的事。

等林岐回来，乔夙还在说："你先前一直想要招收男女医童修习医术，从今年元月份就开始了，总共招收了十六名男童和六名女童，分甲、乙、丙三个班，由我和郭大夫、邱女医轮流上课……"

似锦又问了几句细节，打算以后再派人来看看，这样才更放心。

他们正说着话，邱女医来了。

邱女医二十三四岁模样，中等身量，相貌普通，荆钗布裙，看上去干脆利落。

她给似锦看了脉息，又望闻问切了一番，然后肯定地道："这位娘子的确是有了身孕。"

似锦忙道："半个月前我曾让大夫看过脉息，却未曾看出来，不知是何缘故？"

邱女医还没来得及说话，乔夙便插嘴道："那时不算明显，那大夫为了稳妥起见，保守些也是有的。"

邱女医似笑非笑瞟了乔夙一眼，道："怀孕的脉象是滑脉。滑脉是指往来流利，圆滑，如珠走盘的脉象，除了有了身孕外，也有别的情况会出现滑脉，比如娘子年轻健壮，血气正旺，都有可能出现滑脉，再加上初初有孕，一般都不敢认定是怀孕的。"

乔夙眼神专注地看着邱女医，听她解说着。

邱女医接着又说乔夙："乔大夫，你医术虽然高明，但看脉息上还真不如我，我是家传的女医，打小学的。"

乔夙很高傲的一个人，这会儿却连连点头："我也觉得邱女医你看脉息很高明，正打算向你请教。我上次遇到这样一个脉象……"

和邱女医探讨罢，乔夙把一张帖子给了似锦："这是我和邱女医写的医嘱，你回去后按这上面做就行，需要忌口的也写在上面了。对了，不要胡乱服药养胎，你的胎象很好，身体康健，适当活动就行。"

似锦一目十行翻看了一番，都记在了心里，笑盈盈地道了谢。

夫妻俩与众人道了别，离开了黔药堂。

出了黔药堂，似锦才发现做小厮打扮的李涵牵着马候在外面，旁边是一顶青色藤轿。

似锦又惊又喜，扭头看向林岐："你真细心，嗯，是心思缜密。"

林岐被似锦夸奖了，得意得很：“我想着你受不得颠簸，怕乘车不安全，就让人抬了藤轿过来。”

似锦又去吃了盼望已久的吴记砂锅米线，还吃了几块卤豆腐和卤鸭掌、鸭信。

她还想再悄悄回一趟娘家，林岐却担心她身子吃不消，劝说她道：“咱们先回金明池行宫，过些时日再寻个时间回去探望岳父岳母。”

似锦如今怀了身孕，颇有点小女儿的感觉，很依赖林岐，便答应了下来。

在摘星楼安顿下来后，林岐又去临水殿见人了。

似锦舒舒服服歪在锦榻上，和素心、春剑说起了怀孕之事。

春剑性子直爽，当即拍手笑嘻嘻道：“怪不得殿下把您当琉璃盏一样，小心翼翼地捧进来呢，原来是太子妃有了身孕！”

素心也笑：“我还想着殿下原本就疼爱您，不过今日更肉麻些就是了，却原来是您有了身孕。”

春剑忙道:“太子妃,要不要宣太医过来,开些安胎药,再问问需要注意什么？”

似锦摇了摇头：“此事暂时不要传出去，待胎象稳了再说。”

她把乔夙和邱女医联合写的医嘱递给了素心：“这是乔大夫写的医嘱，你们两个看看去吧！”

林岐第二天回了皇宫，私下和洪武帝、许皇后说了似锦有孕之事，并请求先让似锦在金明池行宫养胎，待胎象稳了再回宫。

洪武帝满口答应了下来，兴奋地在福宁宫正殿里走来走去，一边走，一边交代着：“岐儿，太子妃有孕之事，最好不要放出风声，让太子妃安心养胎。”

许皇后欢喜得很：“小凤凰，母后去金明池行宫探望似锦吧！”

林岐含笑挨着许皇后身侧坐下：“母后，您若是去金明池行宫，似锦有孕之事可不就暴露了？等她胎象稳了，我带她回来给您请安。”

安抚好父皇母后，林岐又吩咐李越：“你回东宫，接了钱承徽到金明池行宫陪太子妃去。”

似锦这烦人精，非要他把钱承徽送过去，真是的。

偏偏他又拗不过似锦。

李越送钱承徽到金明池后，似锦又吩咐他：“你悄悄去一趟曹翔曹大人府上，看曹夫人有没有空，若是有空，接她过来住几日。”

如今曹翔升了职，他母亲把中馈交给了王菁，王菁从曹大奶奶变成了曹夫人。

李越答了声“是”，自去安排。

似锦又和钱承徽说道：“曹夫人是我闺中好友，她也喜欢作画，东暖阁里有两幅写意就是她画的。”

钱承徵想了想，道：“是不是那两幅署名为‘辛夷旧友’的写意花卉？”

似锦点头：“正是。”

钱承徵细细品味了一番，道：“太子妃，您的别号是‘西园旧主’，曹夫人的别号是‘辛夷旧友’，您不怕殿下吃醋吗？”

跟着太子妃侍候这么久，钱承徵总算是看出来了，为何太子殿下每次见她都没好脸色，眼神冰冷，那是因为每次太子殿下见她，她都是在陪太子妃呀！

似锦理直气壮道：“他自然是吃醋的，可他没办法啊！”

钱承徵爽朗地笑了：“太子妃，您给妾身和曹夫人安排住处没有？”

似锦懒洋洋地歪在那里：“等曹夫人来了，你俩自己挑选，彩虹桥以东的院阁随你们选。”

钱承徵欢喜极了：“金明池行宫真是人间仙苑，没想到妾身居然有机会能在这里停留居住，臣妾定要把握时机，好好作画。”

似锦双手轻轻放在小腹上：“我至少要在这里待到六月初，你若是愿意，就陪我住在这里，三个月时间，足够你慢慢赏玩，细细描绘了。”

钱承徵笑得眼睛眯着：“太子妃，妾身决定一辈子陪伴太子妃，赏美景，画好画，烦人间‘醋精’太子殿下。”

似锦忍不住笑了起来，道：“没事，将来你若是想要改变，尽管和我说，我自有法子给你改头换面，放你自由。”

钱承徵笑眯眯道：“等将来我春心萌动，想要嫁人时，我再和您说。”

她跟着太子妃开画斋，可是赚了不少银子了，以后真的出了宫，倒是可以去画斋卖画做生意，然后寻一个良人，那日子才叫美呢！

似锦哈哈笑了起来：“那你可是真自在！”

没过多久，王菁果然来了。

因李越是私下里去接她的，王菁并没有按品大妆，只是家常见客装束就过来了。

三个爱画的人聚在了一起，开开心心聊了半日，最后达成意向，一起去欣赏夕阳西下的浩渺湖面。

因湖边距离似锦居住的摘星楼并不远，三人带着随从的人，慢慢散着步往湖边去了。

似锦与好友漫步湖边，欣赏湖光山色的时候，林岐正在跟赵贡、周胤、马正阳及和墨尘在周胤书房里秘密议事。

既然太子妃已经怀孕，那针对苏太后和苏太后背后的镇南侯府的一系列行动就要开始了。

和墨尘沉吟良久，缓缓道："我这次四处游历，大周诸州都把治理河道放在了重要的位置，各州主官都按时检查，唯有镇南侯把持的雍州，连着三年修理河道的费用都从应缴纳给朝廷的税银中扣除了，却根本没有用在修理河道上。

"按照朝廷要求，为了防备饥馑之年，各州粮仓里都至少备有十万石粮食，可是据我查探，雍州粮仓号称有二十万石存量，其实粮仓里空空荡荡，全被镇南侯麾下那些贪官污吏给盗卖了。

"雍州官场，朝廷派去的官员每每被排挤出去，剩下的全是镇南侯的亲眷，整个雍州官场，不是凭借能力得到提升，而只凭着裙带关系升官发财。这样的雍州官场，早就烂透了。

"雍州百姓早已苦镇南侯一系久矣，殿下只用等着契机出现就是。"

林岐微一颔首："先生说得是。不过我们不能打没有准备的仗，在契机出现之前，我们得悄无声息把粮草准备好，把军队调拨好，把派往雍州的官员提前安排好，把赈灾的粮食和银子都准备好，随时准备收拾镇南侯府在雍州留下的烂摊子。"

兵部尚书马正阳道："殿下，辽州总兵邱正彤和闽州总兵王永志，多次针对雍州军队进行水陆合练，这次还是调用他们二人吧？"

林岐点了点头："雍州西北方向让许鹤唳和许雁回带兵驻扎，免得镇南侯狗急跳墙，祸害邻州。"

转眼到了五月。

似锦已经四个月身孕了，林岐还是不肯让她回东宫，又求了洪武帝和许皇后，让似锦继续在金明池行宫养胎。

五月初八是倩兮和秦羽成亲的日子，似锦虽然不能回去，却细心准备了添妆，命李越和素心带人送到了周府。

周夫人命管家招待李越，自己亲自在惠畅堂招待素心。

这时候王夫人也在，见素心一个十五岁的少女，偏偏穿着五品女官的服饰，比她丈夫王令诚的品级都高，不由得在心里感叹人的际遇，满面堆笑道："素心跟了太子妃，以后步步高升，等满了二十五岁，再由太子妃主持，嫁给官员做诰命夫人，这辈子可就荣华富贵享用不尽了。"

素心笑了笑，道："谢舅太太吉言。"

王夫人想起自己的女儿王蕙，忙道："我家蕙儿想去探望太子妃，不知太子妃何时有暇？"

打着太子妃嫡亲表姐的名头，王蕙终于攀上了一门好亲事，嫁给了晋州知府的长子，因公公在晋州做官，婆婆跟着在任上，京城府邸留了王蕙两口子守着，无人管束，王蕙过得甚是舒心。

只是她嫌弃丈夫只是个监生，因此想通过太子妃，给丈夫讨个一官半职。

素心当下道："皇后娘娘和太子殿下让太子妃安心养胎，我们这些侍候的人都不敢轻易烦扰太子妃。"

这话不软不硬，却堵住了王夫人的嘴。

素心随着王妈妈去蒹葭院看倩兮去了。

素心晚上回到金明池行宫，向似锦回禀今日的差使："二姑娘比先前瘦了些，气色倒好，话里话外还是担心出嫁后不习惯。我瞧了夫人准备的嫁妆单子，很是丰厚，在京城也是数得着的。"

似锦听了，道："倩兮将来会很有福气的，她是个温柔体贴的好姑娘。"

倩兮出嫁不久，京城、鲁州、青州、雍州一线就开始下雨。

断断续续下了十来天之后，京城、鲁州和青州的雨都停了，天也放晴了，而雍州的雨却更大了，一天到晚瓢泼似的下着，雍州民间私下里传播着不少民谣，都认为是老天降罪镇南侯府。

到了五月底，其他各州的麦子都收割完了，雍州的麦子却全部被蔓延的洪水淹了个干干净净。

紧接着雍州的几条大河纷纷因洪水改道，整个雍州被洪水淹没。

朝廷一方面下旨，让雍州用税款救灾，打开粮仓放粮，赈济灾民；另一方面传令雍州相邻各州，准备好赈灾粮食赈灾帐篷等赈灾物资，一旦有雍州灾民拥出，就地安置。

到了六月初，洪水尚未退下，可是雍州官府的救灾银两还未下发，赈灾粮食也迟迟不见，饿极了的百姓开始冲击州衙粮仓，却发现空空如也——粮食早被镇南侯府的贪官污吏给盗卖了。

和墨尘安置在雍州的弟子顺应民愤，开始造势，短短时日内，雍州各地风起云涌，席卷州城，三十万灾民围住了雍州城，派出乡老哀求朝廷，诛奸邪辈，救雍州民。

镇南侯素来傲慢，见这些灾民居然敢反抗他，当即就命属下逮捕为首之人。

雍州百姓群情激愤，几十万灾民拥入雍州城，血洗镇南侯府。

镇南侯苏于臣亲手毒死镇南侯夫人和他的三十八个妾室，以及无数的儿女，然后服毒自尽。

被软禁多时的镇南侯世子苏真在京城侯府服毒自尽。

盘踞雍州，拥兵自重，煊赫百年的镇南侯府，一朝覆亡。

延寿宫虽然一直被封锁着消息，苏太后还是听到了一些风声。

她命夏飞去御书房请洪武帝过来。

夏飞离开之后，寝殿里只剩下钱明和兰女官服侍苏太后。

兰女官奉上一盏参茶："太后还是先喝口参茶补补气，待会儿好好与陛下商议搭救雍州之事。"

苏太后心事重重，接过茶盏饮了一口，正要放下，钱明在一边道："太后，一会儿您还得与陛下据理力争，还是再喝一口吧！"

苏太后素来信重钱明，又喝了一口。

钱明接过茶盏，用托盘端着退了下去。

离开正殿后，他把茶盏藏在宽大的衣袖里，来到御花园，装作在湖边赏鱼，见四周无人，把茶盏在石头上敲得粉碎，然后用碎片在湖面上打水漂玩。

他很喜欢打水漂，经常有宫女太监见到钱公公在湖边打水漂，因此也没人在意。

洪武帝近来身子越发虚弱，朝政都交由皇太子林岐负责。

夏飞过去的时候，吏部尚书周胤和礼部尚书韩志云正陪着洪武帝欣赏周胤新得的一幅古画。

得知太后有请，洪武帝不是很想去，思索片刻，便带着周胤和韩志云一起去了——至少当着周胤和韩志云这两位大臣的面，太后不至于当场撒泼。

洪武帝一行人刚赶到延寿宫，兰女官就从寝殿冲了出来，状若疯狂："太……太后薨……薨了……"

洪武二十一年六月二十，皇太后苏氏因心疾薨逝。

许皇后总觉得苏太后这个人手里沾了太多鲜血，手上人命太多，阴气很重，不愿意让怀着身孕的似锦回宫参加苏太后的丧礼，免得冲撞了腹中胎儿。

她正要安排钦天监的人算出丧礼与太子妃冲撞，好让似锦避开丧礼，林岐就带来了消息——苏太后薨逝，太子妃悲伤过度，晕了过去。

洪武帝和许皇后看着身着白色丧服的林岐，又互相对视了一眼——他们心里都清楚是怎么回事。

洪武帝点了点头，道："太子妃仁心纯孝，传旨嘉奖，让她在行宫为太后祈福吧！"

林岐面无表情答了声"是"。

虽然镇南侯府在两个月内覆亡，可是他为了此事整整经营了两年，而且接下来收拾镇南侯在雍州留下的烂摊子，还需要一些时间，花费不少精力。

洪武帝看着林岐，发现他又瘦了些：“岐儿，太后的丧礼，自有礼部主持，你有空多休息。”

林岐又答了声“是”，又陪着洪武帝和许皇后说了会儿话，这才告退了。

苏太后薨逝百日之内，自闻讣日为始，京城禁屠宰四十九日，京外禁三日，全大周停音乐祭祀百日，官员之家停嫁娶，官一百日，军民则停止一个月。

这段时间天气炎热，似锦白日都没法离开摘星楼，都是清早和傍晚出去散一会儿步，白日都是在楼里待着。

苏太后的丧期结束后，似锦和林岐搬回了东宫居住。

他俩一起做的沙盘就摆在东暖阁北边的罗汉床上，很是引人注目，许皇后来看似锦，一进来就看到了，喜欢得很。

她拉着似锦道：“我小时候常常跟着哥哥骑马出去玩，西北好多这样的小村子，我记得哥哥那时候还偷了农户人家养的一只鸡让人煮了给我吃，后来被我逼着撂了个银锞子进去……”

说着说着，许皇后的眼眶湿润了。

洪武帝听许皇后说了之后，也兴致勃勃过来看了一趟，实在是太喜欢了，便和林岐商量：“岐儿呀，这个小村庄沙盘还怪好玩的，送给父皇，好不好？”

林岐心爱的东西是从不送人的，只有似锦是个例外，他当即拒绝了：“父皇，我让似锦重新画图，再另外给你做个新的吧！”

洪武帝深知林岐的性子，本来就没抱希望，可是被林岐当面拒绝了，还是有些悻悻的，便嘀咕道：“你如今舍不得给你父皇，等你的儿子女儿生下来，长得两三岁，一天到晚爬高上梯，四处淘气，朕可要看看，你这套小村庄沙盘能保留多久……”

林岐一听，大为紧张，当即让工部的玻璃工坊烧制一个大大的玻璃罩子，罩在他这个小村庄沙盘上，然后高高摆起，既能继续欣赏，又能避开皇子或者皇女的祸害。

工部特地派人跟着商船去了西洋，学会了烧制玻璃的技术，如今工部开办的玻璃工坊遍布全大周各州城，产的玻璃甚至还销到了辽国和西夏等国。

转眼就到了十月十五日。

这日晚上，似锦挺着大肚子，和林岐一起在西偏殿忙忙碌碌做新沙盘，两人配合默契，正在给村子东头那户人家的院子东北角种一株文竹。

种好文竹，似锦刚拿起尖口银壶浇了些水，就觉得自己大腿根处怪怪的，似有温热的水沿着大腿流了下来。

她反应极快，忙抱住了林岐的腰：“小凤凰，我要生了！”

林岐一向镇定，这会儿大脑也有了瞬间的空白，直愣愣地站在那里，右手还拿着小铲刀。

片刻之后，他回过神来，忙高声吩咐：“快宣太医、女医！”

因太子妃产期将近，太医、女医如今都轮流在东宫值宿，听到传讯，都急急赶了过来。

林岐小心翼翼，抱起似锦往外走。

似锦忙提醒他：“小凤凰，去东暖阁！”

她和林岐商量好的，用东暖阁做产房，这样她能在里面看到小凤凰亲手做的小村庄沙盘，还能随时看到她喜欢的那些画。

洪武帝和许皇后得到消息，很快赶了过来。

许皇后有些慌乱，悄悄地和洪武帝道：“别是双胞胎啊，那样似锦太辛苦了。”

而且双胞胎都是男孩子的话，将来选定皇位继承就麻烦了。

洪武帝知道许皇后和安国公许继顺是龙凤胎，而且她父亲当年也是双胞胎，她的侄子安国公世子许鹤唳和侄女许燕呢也是龙凤胎，她家有双胎传统，因此许皇后会担心，当下握住她的手，柔声抚慰道：“不会的，太医不是说了嘛，瞧着儿媳妇肚子不是很大，而且太医也听了胎音，说应该不是双胎。”

许皇后得到了一点安慰，叹息道：“但愿如此吧！”

林岐一直在东暖阁产房内陪着似锦，洪武帝和许皇后素来拗不过他，只得听之任之。

似锦身子健壮，倒也不觉得累，到了子时，还用了一碗鸡汤面。

一直到了十月十六日寅时，似锦终于诞下了皇孙女。

洪武帝与许皇后还在西偏殿候着，得到消息，都欢喜极了。

洪武帝当即为皇孙女赐名为溪，封康乐郡主。

林岐兴奋地抱着襁褓让似锦看：“似锦，你看，女儿多好看！

“长得真像我！

“你看这眼睛，这鼻子，还有嘴巴，脸型，真的好像我呀！”

似锦额头鬓角都是汗，疲惫地看了一眼，顿时吓了一跳——小婴儿怎么这么丑？

头上没几根头发，皮肤红彤彤皱巴巴的，看不到眉毛，眼睛是两道缝，鼻子是塌的……

哪里像小凤凰了？明明一点都不像好不好！

似锦被这小婴儿丑得闭上了眼睛，呻吟着：“我好累……”

林岐见状，忙小心翼翼地把襁褓递给了提前选好的奶娘，从素心手里接过帕子，轻轻给似锦拭汗。

等似锦和小郡主都睡着了，林岐还舍不得离开，看看拔步床上的似锦，再看看似锦身边放着的小郡主，不知为何，眼泪扑簌簌落了下来。

他总觉得男子汉大丈夫掉眼泪，还挺丢脸的，悄悄拭去眼泪，继续坐在那里看着他的妻子和女儿。

似锦醒来，睁开眼睛看到林岐坐在床边，见他眼眶湿润，分明是流过泪的模样，顿时有些心虚，忙道：“小凤凰，你怎么了？”

林岐笑了笑，柔声道：“没什么。你饿不饿？”

似锦摇了摇头：“不饿。就是特别累。”

林岐伸手抚着似锦的头发，声音温柔：“那就再睡一会儿。”

似锦正迷迷糊糊将要入睡的时候，听到林岐的声音在耳边响起：“白又胖，谢谢你。”

她嘴角翘了翘：谢我做什么？小郡主也是我的女儿呀。

她长得虽然丑，我还是会很疼爱她的，毕竟是我十月怀胎养下来的……

李竹进来低声禀报道：“殿下，陛下和皇后娘娘想看看小郡主。”

林岐点了点头，待似锦睡稳，这才亲自抱着襁褓出去了。

洪武帝倒是见过不少婴儿，颇有经验：“康乐郡主长得很富态，像岐儿小时候，尤其是眼睛和脸型，简直一模一样——岐儿刚生下来时，就是这样的，眼尾有点上挑，下巴尖尖的。”

许皇后眼睛只顾着看小婴儿，随口道：“正是呢！”

林岐小心翼翼地问洪武帝：“康乐郡主真的像我小时候？”

洪武帝很肯定地点头：“特别像。”

林岐这才放下心来。

他刚才在似锦面前，说小郡主“好看”，其实心里也觉得这个小女婴怪丑的，可她是自己亲生的，只好违心地大肆夸赞。

如今确定小女婴生得像自己了，林岐不担心了——他生得如此好看，小女婴既然像他，能不好看吗？

见许皇后正欣赏小婴儿的睡颜，洪武帝立在一旁围观，林岐忙郑重提醒道：“父皇，母后，康乐是我的长女，是我的心肝宝贝，你们若是表现出对她的失望，那旁人更是要踩她一脚，你们切记不可重男轻女，嫌弃我的康乐。”

洪武帝都有些烦了：“岐儿，自从太子妃有孕，这样的话你说多少遍了？父

皇记得清清楚楚，不敢忘记，免得惹你生气。”

他悻悻地看着林岐：“一出生，就天子赐名赐封号，你去查查史书，哪个朝代的皇孙女有这待遇？林岐，朕郑重地劝你，别欺负你父皇了，朕也是有自尊心的！”

许皇后在一边微笑——她也被小凤凰明里暗里说过好几次了，若似锦诞下皇孙女，千万不可表现出对皇孙女的失望。

林岐不禁笑了起来：“父皇，儿臣不过未雨绸缪罢了。”

许皇后眼睛盯着康乐郡主，缓缓道：“慢慢来嘛，小凤凰和似锦都年轻，有了皇孙女，小皇孙还会远吗？儿女双全是迟早的。”

林岐让李竹和奶娘抱着康乐郡主回了东暖阁，自己陪着洪武帝和许皇后说了会儿话，怕他们太过劳累，又催促他们回去歇息：“父皇母后也都跟着儿臣熬了一夜，快些回去歇息吧！”

洪武帝和许皇后一起回了福宁宫。

两人在寝殿坐下，想起连皇孙女都有了，不禁感慨万千，颇有时光匆匆沧海桑田之感。

许皇后低声道：“想起小凤凰刚出生的情景，似乎是上辈子的事了……”

那时她和洪武帝也吵也闹，却也曾有过恩爱快乐的时光。

洪武帝陷入回忆之中，半日方道：“真是岁月滔滔，一去不回……”

岐儿出生的时候，他正是意气风发之时，谁知还不到二十年，已经发白齿摇，有早衰之相。

想到这里，洪武帝感叹道：“韩愈在《祭十二郎文》里说，‘吾年未四十，而视茫茫，而发苍苍，而齿牙动摇。念诸父与诸兄，皆康强而早世，如吾之衰者，其能久存乎’，朕比当时的韩愈年纪还要长一些，也视茫茫，发苍苍，齿牙动摇，而且朕的诸父与诸兄，也都是‘康强而早世’，朕怕是……”

想到先皇和诸皇叔都没活过五十岁，洪武帝心里一阵惧怕，没有再往下说了。

许皇后瞅了他一眼，忍不住刺他道：“陛下，民间俗话，‘好人不长寿，祸害活千年’，陛下您一定会长命百岁福泽深厚的！”

皇后说话是真的不好听，若是往日的他，就要起身去找美貌温柔的年轻嫔妃了，大概是因为今日皇孙女初生，他对结发嫡妻的容忍度也增加了不少，懒洋洋道：“朕累了，让人服侍朕歇下吧。”

康乐郡主的洗三礼，宫中办得极为隆重，不仅周夫人带着太子妃的两个妹妹秦二奶奶和周三姑娘进了宫，就连吏部尚书周胤也得了洪武帝谕旨，前往东宫看望了外孙女康乐郡主。

刚看罢已经开了眼的康乐郡主，周胤就被何琛请了出去：“周大人，陛下有请。”

御书房内生着地龙，周胤乍一进去，觉得氤氲着速水香的热气扑面而来，都有点过于燥热了。

他忙端正行礼，然后按照洪武帝的示意，在御案一端坐了下来。

洪武帝坐在御案后，声音轻飘飘的：“子承，朕的身子是一天不如一天了。”

周胤一愣：“陛下龙体康健，正当壮年，何出此言？”

洪武帝沉默半日方絮絮道：“朕昨夜宿在了陈美人的如意阁，早上起来梳头，忽然一阵昏晕，朝前边一头栽去，幸被何琛和梳头女官给扶住了，不曾跌着磕伤了头脸。只是头目森然，坐了半日，才算是缓了过来，宣了太医来看，也都只是让朕小心保养……”

“先皇就是早上起身，一头栽倒，然后崩逝的……朕常听人说，朝廷官员一朝卸任回家，马上就门庭冷落，甚是凄凉……”

周胤是聪明绝顶的人物，已经明白了洪武帝的意图。

洪武帝龙体日渐衰微，生怕重蹈先皇骤然崩逝，以至于诸王夺嫡朝廷混乱的覆辙，因此有了退位做太上皇，让皇太子提前继位的想法。

可是洪武帝虽然有了退位荣养的想法，却又担心皇太子继位后自己晚景凄凉。

待洪武帝说完，周胤眼神诚挚：“陛下，微臣认为，太子殿下聪明睿智，有天纵之才，却也有一个小小的瑕疵。”

洪武帝惊讶地看向周胤——周胤是岐儿的岳父，他到底想要说什么？

周胤微微一笑：“陛下，皇太子唯一的瑕疵，就是皇太子护短，而陛下您，也是皇太子护着的‘短’中的一员啊！”

周胤退下后，洪武帝起身走到嵌着水晶的雕花长窗前，看着外面犹自苍翠的香樟树，陷入了沉思。

和别的皇子的恭谨孝顺比起来，岐儿对他一向不够恭敬。

他不过和年轻嫔妃稍微放纵了些，就要被岐儿各种语言攻击；他吃了丹药生命垂危，岐儿发了几句狠，把道士撵走了，把炼丹炉给掀了，却也带了乔夙来给他诊脉解毒……

岐儿说话不好听，爱怼他，其实是最孝顺他的……

周胤很快经由似锦把此事透露给了林岐。

林岐吃了一惊，思索良久，低声道：“我去看看父皇。”

似锦知道林岐对洪武帝情感上的依恋，柔声道：“去吧。”

林岐凑过来亲了似锦一下，又在小林溪脸颊上亲了一下，这才起身离开了。

第四十四章

登基封后

御书房内，宁王林嵘正在陪伴着洪武帝。

他比皇太子林岐小了三岁，生得文秀白皙，瘦瘦的，中等个子，比林岐和平王林峥矮了不少。

林嵘摆弄着白玉香炉。

他盖上盖子后，一股清淡悠远的香烟就飘散了出来，渐渐冲淡了御书房内速水香的气息。

皇太子林岐如今已经全面接手朝政，像他这样的皇子亲王渐渐被排挤出了朝堂，他已经很久没有见到父皇了，今日好不容易得了这个机会，一定得好好把握。

洪武帝点头道：“阿嵘，这香闻起来还不错。”

林嵘微微一笑：“父皇，这香名为黄蒿香，极为普通，山野间处处可见，儿臣就喜欢这样的。”

洪武帝看了林嵘一眼，道：“嗯，阿嵘最是简朴。”

他忽然开口问林嵘：“阿嵘，若父皇退位做太上皇，你觉得父皇居住在哪里好？”

林嵘闻言一惊，当即看向洪武帝，接着就垂下眼帘，声音带着掩饰不住的颤抖：“父皇这是何意？”

这时外面传来何琛的声音：“皇太子、平王到——”

身材高挑白皙清俊的林岐走了进来，他身后跟着身材健壮的平王林峥。

林峥去年年底娶了韩贞为王妃，前段时间带着王妃到黄河边的庄子打猎去了，今日才回到京城。

洪武帝含笑打量着林岐和林峥，把方才问林嵘的问题又问了林岐和林峥一遍：“岐儿，阿峥，若父皇退位做了太上皇，你们觉得父皇居住在哪里更合适？”

林峥坦然地看向林岐。

他自知各方面都不如自己这位嫡出的二哥，早熄了对那九五之位的向往，因此第一反应是看向林岐。

林岐坦坦荡荡道："父皇在御书房不是住得很习惯吗？"

御书房名为御书房，其实位于皇宫最中心的位置，整座宫殿黄琉璃瓦重檐庑殿顶，坐落在单层汉白玉石台基之上，殿内明间、东西次间相通，东西两梢间为暖阁，后檐设仙楼，正中出丹陛，接高台甬路与大政门相连，是历代大周皇帝的住处。

洪武帝双目炯炯："父皇若占了这御书房，那岐儿你做了皇帝，歇在哪里？"

林岐忍不住笑了，瑞凤眼干净清澈："父皇，我在东宫住得挺好的，东宫足够我和太子妃居住了。"

他又不打算像父皇一样后宫佳丽三千人，东宫足矣。

听了林岐的话，洪武帝垂目沉思。

平王林峥看看洪武帝，再看看四周的摆设，道："二哥说得对，就父皇您的御书房的布置摆设，二哥怕也受不了——太贵重了，二哥喜欢简单朴质的风格。"

他睨了林峥这傻孩子一眼，懒得说林峥了。

自从娶了首辅韩朝的女儿，林峥算是得了个好玩伴，小夫妻俩有空就往外跑，大半时间都不在京城，把玩乐当成了事业，一天到晚傻乐傻乐的。

宁王林嵘的脸色变了又变，一颗心悬在那里，悄悄祈祷着：父皇，您千万别在这时候退位啊，再给儿臣十年时间！

洪武帝把三个儿子齐齐看了一遍，心里有数了，这才道："阿峥、阿嵘退下吧，岐儿留下。"

待御书房里只剩下自己和林岐，洪武帝沉吟片刻，开门见山道："岐儿，父皇想要退位。"

说罢，他抬眼看着林岐，观察着林岐每一个细微的变化。

林岐凝神思索片刻，道："父皇，那儿臣只有一个要求，内廷一切不变，后宫则要缩减开支，您的宠妃就算了，别的妃子成了太妃，选一处合适宫苑，让她们都搬进去吧！"

洪武帝："就这些？"

林岐点了点头："儿臣就这些要求——父皇您喜欢的女人也就罢了，不喜欢的也养那么多，儿臣不理解。一年要花上百万两银子呢，有这些银子做什么不好？"

洪武帝看着林岐，觉得自己这个算得上雄才大略的儿子在这方面有些呆："岐儿，这是皇家体面。"

林岐做了个不赞成的表情，却也没说什么。

洪武帝看着林岐，心里莫名感动。

他知道林岐的性子，这孩子性子执拗，不轻易许诺，可是一旦说出，就一定会做到。

林岐既然说他退位后除了缩减后宫开销外一切不变，那林岐就是真的这样想，也打算这样做的。

洪武帝一辈子优柔寡断，到了此时，却打算果断一次。

他深吸一口气："岐儿，朕预备退位为太上皇，命钦天监选个合适的日子吧！"

林岐看着洪武帝，碧青一双瑞凤眼渐渐湿润了。

他走了过去，在宝榻前单膝跪了下来，双手握住了洪武帝的手，低着头没有说话。

洪武帝心中正感动，却听林岐哑着声音道："父皇，您做太上皇之后，可不要被人撺掇着干政啊！"

洪武帝："你这崽子！"

他挣脱林岐的手，抬起来要打林岐的脑袋，却没舍得打下去，在林岐额头摩挲了一下："岐儿，父皇倒是想带你母后去泽州看看……"

大婚之夜，他曾问新婚娇妻："你有什么想要实现的梦想？"

她说她盼着有朝一日，回到泽州，回到故乡看看。

可是深宫幽幽，进来后哪能轻易出去，一晃二十多年过去了。

林岐"哦"了一声，道："待安国公解甲归田，我就留内阁守京城，陪父皇母后巡视大周疆域。"

听到那句"待安国公解甲归田"，洪武帝眼角一亮，看向林岐："岐儿，你的意思是——"

林岐神情坦然："父皇，泽州的割据局面必须结束。"

洪武帝与儿子对视良久，点了点头，道："好。"

他会全力支持林岐结束安国公府占据泽州割据一方的局面。

钱承徵搀扶着似锦走到东暖阁北端，看着黄花梨木高台上摆着的北方小村子沙盘，喜欢极了："太子妃，这小村子太活灵活现了，立在这里看一会儿，似乎整个人都融了进去一般。"

似锦笑盈盈道："你再夸，我也不会送给你，这可是我和殿下一起做的，连陛下想要，殿下都没舍得给，还是另外做了一个给陛下送去了。"

钱承徵得知是皇太子亲手做的，吓了一跳："那我可不敢要了，免得殿下一看见我，更鼻子不是鼻子，眼睛不是眼睛的。"

似锦不由得笑了——小凤凰的醋劲儿委实太大了。

钱承徽扶着似锦道：“太子妃，妾身再扶您走一会儿。咱们去看看那幅《春山夜月图》。”

似锦“嗯”了一声，扶着钱承徽的手慢慢走到那幅《春山夜月图前》，两人一起欣赏着，点评着。

正在这时，外面传来李涵的通禀声：“皇太子到——”

钱承徽原本搀扶着太子妃，听到太子殿下回来了，忙轻轻道：“太子妃，我松开了啊。”

说完，她松开了太子妃的手臂。

林岐一进来，见钱承徽也在，就看了她一眼。

钱承徽被太子殿下训练得极有眼色，当即屈膝行礼：“给殿下请安。臣妾告退。”

春剑、素心带了香祖她们上前，服侍林岐宽了衣服，用香胰子洗了手脸。

林岐把自己拾掇得洁净可喜，这才去陪妻子、女儿。

他凑近还在熟睡的林溪看了看，发现她的肌肤比先前好多了，起码不那么红了，总算是得到一点安慰：“我的小林溪，越来越康健可爱了。”

似锦屏退了侍候的人，让李竹与奶娘等人带着康乐郡主去西暖阁了。

等房里只剩下小凤凰和她两个人，似锦这才问他：“谈得怎样了？”

林岐把她抱在了怀里，闻着似锦身上的奶香味，一颗心渐渐平静了下来，低声道：“父皇打算逊位，问我的看法，我说内廷后宫一切照旧，只是父皇的妃子太多，以后得收拾一个大些的宫苑，让不受宠的太妃们都搬进去荣养。”

似锦笑了：“这样甚好，父皇当了这么多年皇帝，都是他住惯了的宫殿用惯了的人，何必再改？让太妃们集中荣养这个方法倒是不错，一年能省差不多七八十万两银子了。”

她看过户部的账，国家供养洪武帝这后宫三千，每年可没少花银子。

另外林岐只提这些小细节，反倒会转移洪武帝的视线，减轻他的抵触心理。

林岐喜欢抱着似锦。

他吻了吻似锦馨香的秀发，低声道：“我和父皇谈了安国公府的事。”

似锦道：“世子许鹤唳和驸马许雁回现在带着军队驻扎在雍州，寻个时机，再把许鹤唳及其麾下军队调往江南，让许雁回驻扎雍州，如何？”

林岐笑了，低声道：“赵大人、岳父大人与和先生也都是这个意思，许鹤唳和许雁回各自分走一部分泽州兵力，泽州兵力被分散，再借登基大典请舅舅来京，我再与舅舅恳谈，挽留舅舅常住京城。”

安国公许继顺毕竟是他的亲舅舅，他母后的同胞兄长，林岐也希望能兵不血刃结束泽州割据局面。

转眼到了十二月初。

洪武帝在勤政殿召见诸皇子亲王和朝中大臣，宣布内禅之事，以明年为嗣皇帝景和元年，届期归政。

同时颁布旨意，命各地主政官员进京参加新帝登基大典，安国公许继顺及泽州主官名字赫然在上。

安国公许继顺接到洪武帝谕旨，并没有立即出发回京，而是先与谋士商议。

谋士都支持他前往京城。

这时候抗旨，就等于要和朝廷分庭抗礼，而泽州兵力却被皇太子林岐多次切割，如今留在泽州的只有十万人马，不足以同朝廷抗衡。

一番谋划后，安国公许继顺日夜兼程赶往京城，终于在腊月二十九这日夜间赶到了京城西郊的驿站。

许继顺刚下马，提前做哨探的亲随就引着一个人上前。

驿站门口挂着一对灯笼，昏黄的灯笼光晕中，那人衣着朴素，眉眼含笑，正是林岐的老师和墨尘。

许继顺冷笑一声，道："听说和大人在雍州立下绝大功勋，我那外甥因此封你做了雍州知州，许某何其有幸，竟能在这破驿站遇到和大人。"

和墨尘被许继顺劈头盖脸讽刺挖苦了一通，却毫不在意，笑吟吟道："国公爷，咱们进去说吧！"

许继顺看了看他，昂首道："走吧！"

众人簇拥着许继顺进了驿站大门。

和墨尘含笑跟了上去。

驿站早被许继顺的人清空，如今全都是安国公府的人。

许继顺进了正房明间，便开始宽衣洗漱忙个不停，侍候的人进进出出，送热水的、送茶的、泼残水的、送消夜的……忙个不停。

和墨尘孤零零地负手立在廊下，仰首看着漫天的繁星，等着许继顺宣召。

一个时辰后，和墨尘都快要冻僵了，这才有一个亲兵出来道："和大人，请进来吧！"

喝了几口热茶之后，和墨尘终于暖和些了，放下茶盏，开门见山道："国公爷，请屏退闲杂人等，和某有机密之事要与国公爷分说。"

许继顺倒是想看看林岐派这个和墨尘来做什么，摆了摆手，房里侍候的人如潮水般退了出去。

和墨尘含笑道：“所谓‘草蛇灰线，伏脉千里’，和某想为国公爷复盘一下皇太子用了三年时间扳倒雍州的全过程。”

许继顺眼睛微微眯了眯，背脊越发挺直，清瘦的脸上却依旧带着玩世不恭的神情：“许某洗耳恭听。”

和墨尘垂目一笑：“国公爷，此事得从已经薨逝的庆王说起……”

送走和墨尘，许继顺负手静静地立在正房台阶上。

今夜没有月亮，漫天的繁星闪烁，院中光秃秃的树枝在夜风中摇动着，寒风凛冽，吹在许继顺脸上似刀割一般。

他拢了拢身上的玄狐斗篷，让自己暖和一些，好驱赶胸腔之间弥漫的隐隐寒意。

可爱乖巧漂亮的小凤凰，已经成长得这么可怕了吗？

自从大周立国，镇南侯一脉就盘踞雍州，占据战略要地，手握海贸港口，养着无数精兵，与泽州的安国公一脉彼此制衡，谁知小凤凰用了三年时间，就让镇南侯一脉土崩瓦解，雍州重回朝廷手中。

今夜和墨尘来访，一句和泽州有关的话都没有讲，只是细细分析林岐覆亡镇南侯府的全过程，项庄舞剑意在沛公，是在警告他这做舅舅的，若是再不悬崖勒马，下一个林岐要对付的人，就是他许继顺了。

此时东宫东暖阁内，林岐和似锦也都还没睡。

似锦靠着锦缎软枕躺在床上，林岐坐在床边给她揉压腹部。

这是乔夙教他的，有助于产妇身子的复原。

似锦觉得林岐手劲有点大，忙道：“小凤凰，轻一些。”

林岐略微放轻了些手劲，继续揉着。

似锦道：“小凤凰，安国公性格高傲，桀骜不驯，派和先生过去，不知道有没有用。”

林岐认真地按压着穴位，道：“和先生深谙舅舅性格，不管有没有用，他都是最合适的人选。”

他看向似锦：“白又胖，咱们尽人事，听天命。不管如何，我一定会把舅舅留在京城国公府。另外，我预备让蒋飞雾护送岳父大人前往泽州，担任西北三州安抚使。”

似锦沉默片刻，道：“派父亲前去，的确是最合适的决定。你初登大宝，韩首辅和赵次辅留在朝廷，有利于政局的稳定。而泽州之局，又必须派一位分量重有能力且忠诚的高官前往，父亲最合适。”

林岐歪头看着似锦，笑容可爱："等三年后泽州平稳交接，岳父回归朝廷，我就可以带着你和林溪，还有父皇、母后西行巡视了。"

他想完成母后的愿望，带她回到泽州故乡看一看。

似锦想了想，觉得前景甚是美好："哎呀，那样可就太好了，小凤凰，你还带着我骑马去青龙山，好不好？"

林岐脑海里浮现出往事，他骑着马，似锦在他身后抱着他的腰，纵马驰骋在月光之下，两旁是初长嫩叶的白杨树，马蹄声声，春风拂过脸颊，似锦的笑声就在耳畔……

他侧身躺下，抱住了似锦："似锦，我一定带你骑马。"

似锦"嗯"了一声，道："小凤凰，将来我还想去江南，去辽东，去湘鄂，去好多好多地方……"

林岐抱紧她："我都会带你去……"

第二天安国公入朝，朝廷给了极大的礼遇，由皇太子林岐亲率文武大臣迎到了城门外。

舅甥相见，自是亲热无比。

林岐见了安国公许继顺，当下就要行礼。

许继顺忙扶住了林岐："殿下不可，此时此地，宜叙国礼。"

舅甥谦让一番后，许继顺坚持行了臣子之礼。

林岐扶了许继顺起身，陪许继顺进宫觐见洪武帝。

许皇后一直在福宁宫正殿内，焦急地等待着哥哥到来。

上次安国公许继顺进京，匆匆而来，又匆匆而去，许皇后未能见到兄长一面。

其实他们兄妹已经很多年没有见面了。

似锦一直在陪伴着许皇后。

才两个多月的康乐郡主也随着娘亲过来了，由女官和奶娘陪伴着在福宁宫寝殿内睡觉。

李竹和奶娘按照太子妃的安排，待康乐郡主醒了，就抱她过去见许皇后。

似锦接过女儿，解开衣物细细看了看，确定一切无碍，这才放下心来，在林溪脸上亲了好几下："喔唷，小林溪的脸，也和爹爹的脸一样软嫩呀！"

许皇后听见了，虽然心事重重，却依旧笑了起来："似锦，把康乐抱来让我看看。"

似锦抱了女儿过去，小心翼翼地递给了许皇后："母后，您看康乐长得像谁？"

许皇后接过孙女，抱在怀里细看。

康乐郡主长得胖乎乎白嫩嫩，甚是可爱，见许皇后看她，她也瞪大了眼睛看许皇后，原本的内双凤眼就变成了大杏眼。

许皇后喜欢极了，在康乐郡主额头亲了好几下："太像小凤凰小时候了，天啊，太像了！小凤凰也是这样子，平常看着眼睛不算大，可是一旦看人，眼睛就会变得圆溜溜的。"

康乐郡主看着许皇后，咿咿呀呀不知道在说些什么。

许皇后就和她对话："溪儿，叫'祖母'！啊，你不会叫，好可怜哟！"

康乐郡主对着许皇后"啊啊呀呀"说个不停。

似锦在一边含笑看着这祖孙俩"聊天"，庆幸自己今日带了小林溪过来，可以哄许皇后开心。

许皇后正逗小孙女，女官进来通禀："启禀皇后娘娘，陛下命何公公引着安国公到了。"

许皇后脸上灿烂的笑容瞬间凝固在了那里，眼睛蒙上了一层泪雾："快宣！"

似锦接过小林溪："母后，我带溪儿回去了。"

得让许皇后来劝说安国公，毕竟是双胞兄妹，比世上任何人都亲近。

许皇后乍见到同胞哥哥，眼泪扑簌簌落了下来。

安国公原本以为自己不会动容的，可是他的泪却不受控制，也落了下来。

这些年来，他虽然来过京城，却都行色匆匆，再加上外臣难入内宫，因此一直未曾见过胞妹。

如今见面，许继顺才意识到妹妹在自己心中的分量。

兄妹两个围着黄花梨木圆桌坐了下来。

许皇后先道："哥哥，小凤凰明日登基，陛下内禅，成为太上皇，归政于新帝。"

她接着道："哥哥，你也四十多岁了，西北边陲，哪里有京城安逸，你带着嫂嫂在京城国公府安置吧。"

许继顺没有说话。

他不甘心。

许氏家族把持泽州百年，却要在他手上失去，他不甘心。

许皇后拭着眼泪，道："哥哥，登基大典后，你不要急着回泽州，在京城看看，再与韩首辅、赵次辅、周大人见见，与和墨尘聊一聊——你一直困守西北，已经落伍了。"

许继顺正要反驳，可是看着妹妹泪眼婆娑的模样，还是答应了下来。

妹妹说得对，他从出生到现在，四十多年一直待在泽州，的确是被困在了西北。

那就看看大周繁华的京城吧。

此时御书房内灯火通明。

洪武帝端坐在御案后，林岐、韩朝和赵贡坐在东侧圈椅上，周胤和马正阳坐在西侧圈椅上。

洪武帝看向林岐：“岐儿，准备得怎么样了？”

林岐神情淡定：“父皇，都安排好了，安国公会留在京城的。”

不管如何，他都要收回泽州，结束泽州延续了百年的割据局面。

大年初一，新帝登基大典在既定时辰开始。

礼部尚书韩志云奏请景和帝进大庆殿，执事大臣官员行三跪九叩礼。

礼毕，景和帝在乐声中登上皇帝宝座。

登基大典结束后，景和帝返回已经改为“澄明宫”的东宫。

礼部将镌刻的传位诏书颁行天下。

封后大典紧随在登基大典之后。

新帝景和帝先派官员祭天、地和太庙，然后亲自前往奉先殿行礼，接着派礼部尚书韩志云为正使，礼部侍郎姜苏为副使，持节赍册宝，册立嫡妻周氏为皇后。

登基大典和封后大典结束后，景和帝和周皇后穿着厚重华丽的礼服，登上辇车，前往太上皇居住的沁芳殿——太上皇坚持把御书房改名为沁芳殿，以纪念自己那座被迫彻底搁置的梦幻宫殿。

许太后虽然住在福宁宫，此时也在沁芳殿，与太上皇并肩而坐。

随着赞礼官的指令，景和帝和周皇后认认真真地给太上皇和许太后行了礼。

许太后眼眶湿润了，看着儿子儿媳温声道：“岐儿，似锦，你们今日也都累了，先回澄明宫歇着吧！”

太上皇见林岐脸色略微有些苍白，知道他是累得很了，心中怜惜，便也道：“你们回去歇息吧，宫宴明日再办。”

回到澄明宫，林岐和似锦早累得不行，宽衣洗漱罢却还强撑着去西暖阁看了康乐公主。

康乐公主睡得正香，李竹带着幽兰和幽客以及奶娘在一边侍候。

林岐伸手摸了摸康乐公主软软的头发，看着朦胧灯光中康乐公主白嫩的小脸，长长的睫毛和略有些大的鼻子，抿着嘴笑，低声道：“康乐长得像我。”

似锦瞅了他一眼，也笑了。

不过女儿长得像小凤凰，长大了应该会很漂亮。

似锦抚摸着康乐白嫩柔软的小手，低声道：“待忙过这阵子，咱们得好好陪陪康乐。”

林岐点了点头：“到时候我来安排。”

似锦轻手轻脚掀开小锦被，把康乐从头到脚都检查了一遍，确定无碍，给她盖上小锦被，交代了李竹和奶娘一番，这才与林岐一起离开了。

夫妻俩手拉手去殿后小花园散了会儿步，闲聊了一会儿，这才回东暖阁歇下了。

夜间起了风。

似锦醒了。

她躺在拔步床里，依旧能听到外面呼啸的风声。

窝在林岐温暖的怀里，似锦想起了小时候青龙山别业的风声，渐渐又睡着了。

初二早上雪就停了，地上也只是落了薄薄一层雪，很快就化了。

按照大周宫制，大年初二上午，太后和皇后娘家的女眷是可以递牌子进宫探望的。

周夫人带了倩兮和盼兮递牌子进宫觐见周皇后。

似锦得知嫡母和两个妹妹要来，便把林岐撵了出去："你带着康乐去陪伴太上皇吧！"

林岐也正有此意，便坐了辇车，抱了裹得严严实实的康乐公主，前往沁芳殿陪伴太上皇去了。

周夫人带了倩兮、盼兮进了东暖阁，端端正正便要行大礼。

似锦早给李兰使了个眼色："母亲，不必多礼。"

李兰上前，扶起了周夫人，引着周夫人和倩兮、盼兮在靠南的圈椅上坐了下来。

似锦待茶点上毕，屏退了侍候的人，只留素心在旁听候吩咐，然后才问周夫人："母亲，父亲如今怎么样了？"

周夫人初初面对成了皇后的似锦，还有些放不开，恭谨道："启禀皇后娘娘——"

似锦笑着打断周夫人："母亲，这屋子里都是咱们自己人，您不必客气。"

盼兮也劝母亲："母亲，您在姐姐这里，还端着干吗？"

周夫人不禁笑了，当下道："你父亲很好，如今更忙碌了，不过他很注意养生，身子还算康健。"

得知父亲一切都好，似锦不禁笑了，道："姑母呢？她如今可好？"

周夫人点头道："你姑母好得很，只是如今要给郑轶相看媳妇，还要管生意上的事，一天到晚忙得不得了。"

说了一会儿家常话之后，似锦这才开口问周夫人："母亲，兰女官的事，爹爹和您说了没有？"

苏太后殁了后，洪武帝把太后宫里的人全都派去太后陵墓，给太后守陵，唯有钱明和兰女官被留了下来。

似锦心疼姨母，便通过周胤，让兰女官离宫养老了。

周夫人忙道：“兰女官不愿荣养，去了乔夙那里，如今在黔药堂跟着邱女医学医。”

似锦听了，又是惊讶，又是欢喜：“如此甚好，她一定会过得很充实很开心的。”

送走周夫人三人，眼看着快到宫宴的时辰了，似锦便乘了辇车，带着钱丽嫔、于才人和刘才人，一起往福宁宫而去。

行罢礼，似锦陪着许太后聊了几句家常，这才开口道：“母后，小凤凰让我问您，丹霞宫那批秀女如何处置。”

许太后含笑看着似锦：“似锦，你和小凤凰是什么意思？”

似锦微微一笑：“母后，我和小凤凰觉得让这些女孩子在宫里蹉跎岁月，实在是有伤天和，不如遣散了事。愿意留在宫中的，经过考核，优秀者可为女官。其余成为宫女；愿意离开皇宫的，可发放遣散费用，若是需要，可以申请由官府护送返回故乡。”

许太后听了，沉吟片刻，不得不承认似锦这个法子不错，点了点头道：“既如此，就按照你的法子来吧，这件事交给你处理。”

似锦答了声“是”，起身道福。

于婀娜知道机会转瞬即逝，当即离座，扑通一声跪了下去：“启禀太后皇后，妾身是独生女，也想离宫回家与爹娘团聚，以尽孝道，求太后皇后成全！”

她“咚咚咚”在木地板上磕了三下。

偏殿内瞬间静了下来。

许太后眉头紧蹙，看着跪在地板上的于婀娜。

刘珠儿大脑一片空白：于婀娜这是做什么？是真的想要离宫，还是想要在太后这里告状，说皇后独霸陛下，她至今未曾承宠？

接着她心里开始打鼓：我要不要跟她一起？

既然周皇后如此霸道，我何不跟着于婀娜一起闹个鱼死网破？

可是我若出了事，我爹娘怎么办？

似锦不慌不忙，微微一笑，道：“母后，于才人至今未曾承宠。”

许太后打量着于婀娜。

她如此美貌，进入澄明宫这么久，却始终未曾承宠，说明小凤凰根本不喜欢她。

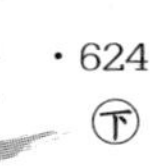

在这样的场合，突然跳了出来，表面是自请出宫，其实是以退为进，想要让皇后难堪。

这样的人放在后宫，也是个祸患，不如遣出宫去。

心中计议已定，许太后看向似锦："似锦，于才人确定未曾承宠吗？"

似锦起身恭谨道："启禀母后，陛下心系社稷苍生，对后宫并不在意，于才人和刘才人的确都未曾承宠。"

刘珠儿在一边又蒙了——怎么又把我给扯进来了？

她深吸一口气，大脑飞快转动着。

许太后看向刘珠儿："刘才人，于才人自请出宫，不知你是何想法？"

刘珠儿战战兢兢起身，行了个礼，低着头颤声道："启禀太后，臣……臣妾未曾承宠，臣妾想留在宫中成为女官。"

家乡她已经回不去了，全家为了她破釜沉舟，她不熬出头是绝对不能回去的。

与其一直幽闭在怡岚阁不见天日，不如搏一把做宫里的女官，将来满了二十五岁，也可以求了太后或者皇后，嫁给未曾娶妻或者丧妻的官员。

似锦打量着刘珠儿。

原先看着于婀娜比刘珠儿聪明，如今看来，刘珠儿似乎更聪明一些。

许太后温和地看向似锦："似锦，既然于才人和刘才人主意已定，咱们就成全她们吧，这次放秀女出宫，让于才人跟着一起出去。至于刘才人，就让她留在宫里做女官吧！"

似锦答了声"是"。

于婀娜一下子软在了那里。

她到底还是没能成功，不过她也不后悔。

刘珠儿则松了一口气。

沁芳殿书房内，太上皇抱着康乐公主，逗康乐公主玩。

康乐公主性子甚是活泼，眼睛瞪得圆溜溜，嘴里发出"喔喔"的声音，似跟太上皇对话一般。

太上皇笑得眼泪都出来了："小康乐怎么这么可爱，这活泼劲儿到底随了谁。"

林岐不紧不慢道："随她娘亲。"

似锦特别活泼好动，到现在还是很活泼，得空了还要带亲信宫女到殿后小花园里跳绳、踢毽子、荡秋千。

太上皇笑道："原来如此。"

他又忙提醒林岐："你和皇后，得早些生一个皇子，这样政局才更稳固。"

林岐习惯性地怼太上皇：“哦，原来政局稳固取决于生不生皇子，那洪武一朝政局之所以稳固，想必是因为父皇您老人家生了那么多皇子，而不是因为您老人家英明神武勤于政事。”

太上皇：“你这不肖之子！”

林岐当即笑了，上前安抚道：“父皇，生子这种事急不得，顺其自然就是了。”

他转移了话题：“父皇，我打算留安国公在京城，派周胤担任西北三州安抚使，由蒋飞雾率军护送周胤前往泽州。”

太上皇点头道：“只要能把安国公留在京城半年，以周胤的能力，再加上蒋飞雾和他兄长蒋飞云的协助，应该可以扭转泽州局面。”

父子俩商议了一会儿朝中政务，林岐见康乐有点无聊了，开始品尝她的手指头了，便把康乐接了过来：“父皇，我带康乐到外面透透气。”

太上皇兴致很高：“走吧，一起去。”

下午似锦和林岐回到东暖阁，两口子歪在榻上歇息，又提到了泽州之事。

似锦很有兴趣，翻身趴在林岐身上：“小凤凰，泽州官场从上到下都要换人，你得让吏部把人选提前都给安排好。”

林岐躺在那里，伸手抚摸着似锦的秀发：“我和岳父聊过这件事了，岳父这几日就从大周各州县选拔合适的官吏。”

似锦想了想，道：“父亲前往泽州，最好让甘州军屯主帅蒋飞云也带兵前往泽州，这样父亲安排泽州政务才有底气。”

林岐闭上了眼睛，低声道：“嗯，我安排了蒋飞雾护送，蒋飞云接应，支持岳父挑选好良吏前往泽州，泽州本地官吏，该查办的就查办，没问题的就调出，清洗出一个清清白白的泽州官场。这样即使安国公回了泽州，军队换成了蒋飞云的人，官场全换成朝廷的人，他又能怎么办……”

似锦正在想泽州之事，却听林岐软绵绵道：“似锦，陪我睡一会儿吧……”

他这三日加起来也没睡几个时辰，实在是疲惫到了极点。

似锦“嗯”了一声，道：“我帮你脱了衣服。”

大年初六，新任西北三州安抚使的周胤和新任泽州总兵的蒋飞雾一同起身，一路西行往泽州而去。

得到这个消息，安国公许继顺寝食不安，坐卧不宁，在房内不停地踱着步。

他和他带来的这些幕僚，如今都被困在了京城国公府，根本没法出府门一步。

青衣卫统领李信喆亲自布置，整个国公府瞧着平静安详，可是外松内紧，府中之人别想离开国公府。

安国公夫人见丈夫焦急，忙道："不如我到宫里去见太后——"

许继顺烦躁地挥了挥手："见也没用，如今是小凤凰做主！"

安国公夫人忙道："咱们总不会要走镇南侯府的老路吧？"

许继顺叹气道："想走也没法走啊，小凤凰算是把我给骗了过来，如今想走镇南侯的老路，也没法走了。好在小凤凰看在太后面上，只是想要我解甲归田，让泽州由朝廷掌握，咱们国公府不至于像镇南侯府那样被抄家灭门……"

安国公夫人默然片刻，忽然道："其实，咱们已经失去了最好的时机。"

若是能在镇南侯造反时举起反旗，说不定还有机会，到了如今，就如同砧板上的肉，只能任新帝宰割了。

安国公思索良久，长长地叹了口气。

半年时间匆匆而过，转眼就到了六月十五。

因天气炎热，周皇后带了康乐公主和崇宁长公主的女儿许樱，一起陪着许太后到金明池行宫避暑。

许太后疼爱康乐公主和许樱，自从来到金明池行宫，就一直把康乐公主和许樱带在身边。

傍晚时分，暑热减退，许太后带着似锦、康乐公主和许樱登上画船，泛舟金明池。

钱丽嫔陪伴在侧。

一直到了夜幕降临时分，画船刚靠岸，澄明宫总管太监李越就迎了上来："启禀太后、皇后，周大人、振威将军蒋飞雾和武德将军许鹤唳正在临水殿面圣，陛下请您和太后过去。"

似锦闻言，大为欢喜，陪着许太后登上辇车，一路往临水殿去了。

周胤和蒋飞雾从泽州回到京城，安国公世子许鹤唳领了朝廷封的武德将军，说明泽州政局已经稳定，朝廷已经控制了泽州。

似锦陪着许太后到了临水殿，太监一通报，景和帝亲自带了周胤、蒋飞雾和许鹤唳出来迎接。

似锦就着临水殿前的水晶灯打量父亲，见他气色甚好，比先前更精神了些，这才放下心来。

许太后待众人归座，问起了泽州之事。

周胤和蒋飞雾齐齐看向景和帝。

景和帝微微颔首。

周胤这才起身，开始禀报西北三州，尤其是泽州的政务情形，最后总结道：

“微臣一月底到达泽州，开始彻查泽州官场，截至四月底，共处置失职失责官员一百八十六名，其中包括泽州知州李铭文、泽州参军胡忠林等四名五品以上官员，为朝廷肃清了尸位素餐之人，令朝廷与泽州政令通达，效率大增。”

他的话虽然含蓄，可是许太后听了，却也明白泽州官场已经被周胤彻底洗了一遍牌。

周胤这是功成归朝，继续担任吏部尚书一职。

蒋飞雾待周胤说完，起身先行了礼，这才开始禀报自己对泽州驻军的安排。

起初的泽州驻军，如今全部分散，调往其他州县。

比如武德将军许鹤唳调入禁军，其部由蒋飞雾接手；再比如许雁回率其部调任雍州，担任雍州总兵。

许太后听了后，沉默良久方道：“我知道了。都散了吧。”

显赫百年的安国公府，就这样不可避免地走向衰落。

许太后虽然知道这样才对国家最有利，心里却有些怆然。

众人起身，行罢礼后退了下去。

临水殿只剩下景和帝和周皇后陪着许太后。

外面渐渐安静了下来，只有金明池水冲击石岸的澎湃之声接连不断，更添几分清寂。

良久后许太后叹息道：“道理我都懂，没了军阀割据，大周会更好，百姓也会更安乐。我只是有些怀念往事……”

景和帝低声道：“母后，待政局再稳定一些，明年或者后年，儿子带您回泽州看看。”

许太后答了声“好”，又道：“小凤凰，我想见见你舅舅。”

景和帝恭谨道：“母后，我这就去安排。”

许太后却笑了起来：“这么晚了，也别折腾了，明日再说吧！”

藕香榭一半建在湖上，凉风从湖上吹来，甚是爽快。

临水露台上悬着巨幅鲛绡纱帐，纱帐四角挂着夜明珠，整个露台铺着细草编的软席，既凉爽，又明亮，蚊子还进不来。

康乐公主已经八个月了，稳稳地坐在软席上，手里拿着拨浪鼓玩。

似锦带着李竹、奶娘及幽兰、幽客在一边看着她。

康乐公主玩了一会儿，又对母后开始感兴趣，扑进似锦怀里，跟个小狗似的腻歪母后。

似锦被女儿弄得心都醉了，轻轻抚摸着康乐公主，给她哼唱儿歌。

林岐从外面过来，见康乐又霸占着似锦了，心里酸溜溜的，抬手捏了捏康乐的胖脚丫：“小康乐，你母后陪你一天了，该陪父皇了。”

康乐一扭头，见是父皇，连母后也不要了，身子往后一倒，倒进了父皇怀里。

林岐忙抱住了她。

康乐在林岐怀里，伸手摸摸林岐的脸，又去摸林岐的鼻子，大约是为了表达对父皇的喜爱，她凑到林岐脸上，亲热地亲了一口。

林岐摸了摸沾了康乐口水的湿漉漉的脸颊，叹了口气。

康乐浑然不觉父皇的抗拒，又伸手去摸父亲的耳朵。

林岐终于受不了了，把康乐递给似锦：“我到楼上去歇歇。”

见林岐逃也似的大步流星上楼去了，似锦不禁抱着女儿笑了起来。

林岐有洁癖，康乐爱亲脸，这父女俩可真是彼此的克星。

待康乐公主玩累了，似锦这才吩咐李竹、奶娘及侍候的人带着康乐公主回摘星楼歇下，自己上楼去寻林岐。

藕香榭二楼也罩着一层鲛绡纱，却未曾放置夜明珠，只有皎洁月光照入，朦朦胧胧如同仙境。

似锦和林岐肩并肩坐在凉榻上，面前放着一张玉石面黄花梨桌子，上面放置着冰过的各色瓜果和冰镇葡萄酒。

林岐从冰盆里端出盛葡萄酒的水晶壶，给似锦斟满水晶杯：“似锦，今晚咱俩一醉方休。”

他一直政务繁忙，很久没有这样轻松惬意地陪似锦了。

似锦没骨头似的倚在林岐身上撒娇：“小凤凰，你喂我。”

林岐果真左手揽了似锦在怀里，右手端起水晶杯喂她。

似锦尝了一口葡萄酒，居然心里一动，有一种极怪异的感觉，忙道：“小凤凰，先别喂了，我有一种感觉，觉得这酒我不能喝……”

她也说不清为什么，索性道：“哎呀，反正我不想喝了。”

林岐见她任性，忙放下水晶杯：“不想喝就不喝。我喂你吃西瓜吧！”

似锦“嗯”了一声，依偎在林岐怀里，一口一口吃着西瓜，想着心事。

她有一种奇怪的感觉，就像是小腹内多了个什么似的，有了母子或者母女间的感应，而那种感应却又是极玄妙的……

自从生了康乐公主，她的月信便有些不准，至今只来过一次，说是有孕，也有可能。

似锦贪凉快，夜间便和林岐在藕香榭歇下了。

林岐喝了几杯葡萄酒，抱了似锦，迷迷糊糊地睡着了，又进入了那个做了许多次的梦里。

在梦里，他盘算自己的大事，再加上心高气傲，最终眼睁睁看着似锦离开了泽州。

等他安排停当前往京城，似锦却已与威远侯府的庶子孙浴泉定了亲事。

他那时候毒入肺腑，自知命不久长，怀着一种自虐的心态，决心不再打扰似锦。

可是他又如何能放手？

看着似锦嫁人，看着似锦开心出游，看着似锦夫荣妻贵，他却日日夜夜受着毒药和相思的苦苦煎熬……

林岐猛地醒了过来，忙去寻似锦，却发现似锦就在怀里，温暖馨香柔软。

他长长吁了一口气，抱紧似锦，寻到她的唇，吻了上去。

梦中错过，这一世，我再也不会放手。

番外一

扫墓

周皇后再次生育，诞下一对龙凤胎——皇太子林润和永乐公主林沁。

转眼五年时间过去了。

大周朝廷政治清朗，百姓安居乐业，百业兴旺，处处生机勃勃。

作为皇帝，林岐把政务悉归于内阁，自己颇为逍遥自在，处理朝政之余，常常微服带着周皇后、皇太子、康乐公主和永乐公主出宫游玩。

这日又是清明。

几辆朴素的马车在一队青衣人的簇拥下出了城门，径直去了永福寺后的墓园。

马车停稳之后，林岐跳下马车，扶了似锦下来。

夫妻两人立在马车前，向前方望去，但见青松郁郁，翠柏森森，在灿烂的初春阳光下，墓园不显幽冷，却有几分春光明媚景象。

似锦仰首看向林岐，眼睛带着笑意："好难得，清明节居然没下雨。"

她今日做京中富家少妇打扮，梳着简单的堕髻，插戴着几样翡翠钗梳，浅绿窄袖衫，拦腰系了条百花裙，小圆脸粉妆玉琢，身材微丰，很是娇艳。

林岐握紧了似锦的手，看着明媚春光中的似锦，微笑道："毕竟是墓园，咱们略转一转，就带着康乐姐弟三人往马场骑马玩耍去。"

他话音刚落，康乐公主带着弟弟林润和妹妹永乐公主走了过来，笑盈盈地行了个礼："父皇，母后，我带着弟弟和妹妹去看梨花去。"

墓园的角落里有一株老梨树，不知有几百年树龄了，如今还开着满树雪白的梨花，甚是繁丽。

林岐看了看跟着他们姐弟三人的李竹、李涵等人，点了点头。

康乐公主大喜，一手拉着弟弟太子林润，一手拉着妹妹永乐公主，开开心心往老梨树那边奔去了，侍候的人自然也都跟了过去。

待眼前清静下来，林岐这才牵了似锦的手，往前面的坟墓走去。

阳光灿烂，青石材质的甬道、明堂、神台、香炉、烛台洁净异常，显见有人常来洒扫。

似锦慢慢走到墓前，伸手抚着墓碑，看着墓碑上的字，往事纷纷浮上心头，半日方道："小凤凰，你还活着，真好……"

林岐握着她的手，想起自己原本打算瞒着似锦假死脱身，心中一阵后怕：幸亏自从我到了京城，似锦就一直缠着我，要不然我和似锦岂不是就此错过？

想到这里，他握紧似锦的手，柔声道："似锦，若不是你的坚持，真不知会如何……你放心，我以后再不骗你。"

似锦嘴角翘起，心头的阴霾散去，满心都是温馨与欢喜。

她环抱住林岐的腰，仰首看他，笑容狡黠："若不是我死皮赖脸地追随你，哪里会有今日，小凤凰，你以后可要待我如珠如宝！"

林岐抱紧似锦，口中却兀自道："那我得先看你乖不乖。"

似锦看着他，笑了起来。

她的小凤凰，瞧着似高冷矜贵的天山雪莲，其实似锦心里清楚得很，小凤凰打的主意分明是"我不能对似锦好得太明显，不然似锦不会珍惜我宠我把我当她的心肝小宝贝"。

他真是超级可爱呀！

这时康乐姐弟三人清脆的笑声传来，夫妻两人不由自主地都看了过去，眼中皆满是笑意。

他们前世彼此错过，遗恨终生，今世相爱相守，成为彼此的灵魂伴侣相守到老，真是圆满了。

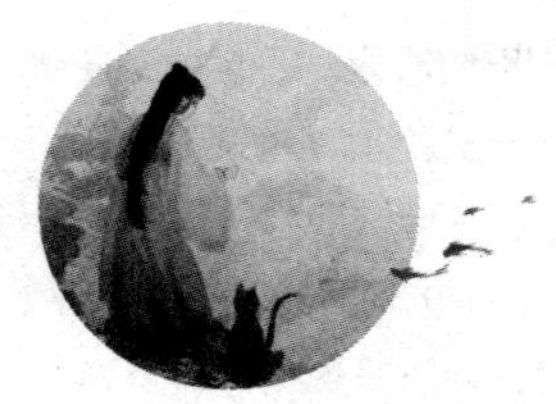

番外二

亦真亦梦

（一）

林岐醒了。

他坐了起来，伸手摸了摸脸颊，又摸了摸额头。

脸颊和额头满是汗，他做了好多梦，梦摞梦，梦套梦，环环相扣……

其中一个梦，是他回到了十六岁，也到了京城，却没有和似锦分开。

在似锦的帮助下，一位叫乔夙的黔州名医为他解了毒。

他和似锦成亲了，还生了三个可爱的儿女。

大女儿活泼可爱，龙凤胎性格迥异，儿子沉稳，小女儿天真。

想到梦里的场景，林岐不由得叹息——他早就在十六岁时错过了似锦，似锦被孙浴泉害死，他记得自己给似锦报了仇，活剐了毒害似锦的孙浴泉，而他自己也很快崩逝了。

对了，他不是去世了吗，怎么还在这里？

到底是怎么回事？

林岐清楚地记得自己临去世前的感受……

为何自己又活了过来？

外面传来一阵脚步声，接着便是李越的声音：“陛下！”

这时候李越带了两个小太监走了进来：“陛下，您现在起身吗？”

林岐压抑住心底的震惊，看向李越——李越怎么变年轻了？

看着顶多二十四五岁的李越，林岐因为过度震惊，脸上反倒没有了表情。

李越看上去二十四五岁。

李越比他大三岁，那他自己应该是二十二岁左右。

似锦比他小两岁，应该是二十岁……

到底发生了什么？

李越看着烛光中林岐苍白清瘦，甚至瘦到轮廓分明的脸，心里一阵难受，低低道：“陛下，药已经熬好了，您现在服用吗？”

听到熬药，林岐这才感受到胸间隐隐作痛——这是他毒未曾解时常有的事。

对了，在梦里，似锦寻来黔州名医乔夙给他解了毒，他的身子恢复了康健……

林岐低低道：“李越，孙浴泉现在在哪里？”

李越正等着林岐的回答，闻言忙道：“陛下，是工部员外郎孙浴泉吗？”

林岐“嗯”了一声。

李越恭谨道：“工部员外郎孙浴泉前些时候去洛阳办差使，已经回了京城，却独独瞒着他的夫人，如今正在祥符县治内臭水巷他的外室小刘氏那里居住。”

他负责皇帝暗卫青衣卫，自是知道不少官员的隐私。

林岐闻言，垂下眼帘，轻轻道：“哦，他的夫人……是周胤的长女周似锦吗？”

他说着话，藏在白绫中衣衣袖内的双手不由自主紧握成拳。

李越悄悄看了林岐一眼，心道：陛下与孙浴泉的夫人周氏青梅竹马一起长大，又一向暗中照应周氏，如何会这样问？

不过他习惯了服从林岐，因此认真地回禀道：“启禀陛下，孙浴泉的夫人，正是吏部周尚书的长女周似锦。”

林岐心跳加快：“周似锦现在在何处？”

李越心底越发疑惑：“陛下，孙二夫人自然是在小杏花巷的威远侯府。孙大人至今并未与其兄威远侯孙沐泉分家。”

听到“威远侯孙沐泉”这六个字，林岐眉头皱了皱——孙沐泉居然还活着？他还继承了威远侯爵位？

想到孙沐泉对似锦的觊觎，林岐心中一震，忙道：“速命李涵传旨，宣威远侯孙沐泉进宫。”

孙沐泉这厮对似锦有执念，得先把孙沐泉和似锦隔开！

李涵领了口谕，急急离去了。

林岐忍着胸间的疼痛，问李越：“黔州知州是叫乔文澜吗？”

在梦里，就是乔文澜之子乔夙帮他解的毒。

李越答了声“是”，把盛着药汤的甜白瓷药碗奉给了林岐：“陛下，药汤可以服用了。”

林岐一口气喝完药汤，漱了口，这才问道：“乔文澜的长子名叫乔夙，你听说过吗？”

李越觉得陛下今日有些怪，从早上起来到现在不到半个时辰，说的话比往常好几天说的还多，而且问的问题还都有些怪……

他压抑着心中的疑惑，斟酌着回答道：“启禀陛下，黔州知州乔文澜的长子名唤乔夙，曾入京参加会试，落第后回到黔州，隐居深山，听说他精研苗人医术，在黔州当地颇有些名气。”

林岐知道事不宜迟，当下道：“派李信喆亲自去黔州，秘密接乔夙进京，务必保证他的安全，礼遇有加，事成之后，朕自有重赏。”

李越答了声“是”，自去安排了。

青衣卫虽然在他手下，统领却是李信喆，能够让陛下派李信喆亲自去接，这乔夙到底是何方神圣？陛下为何如此重视他？

御书房西暗间只剩下林岐一个人。

他走到窗前，推开嵌着水晶的长窗，发现外面正下着蒙蒙细雨。

林岐这才想起，只要下雨下雪，他肺腑间的余毒就会发作，怪不得胸腔之间一直作痛，而且李越还准备了止痛缓解的汤药。

他抬手捂着胸口，看向窗外。

两株四季常青的香樟树沐浴在轻如牛毛的细雨中。

香樟树叶片是嫩绿色摞着苍绿色，看来如今正是初春时节。

林岐看着窗外的香樟树，想起了似锦。

在梦里，她嫁给了自己，而不是孙浴泉那畜生……

他再难忍受，转身吩咐李越：“朕想见周似锦。”

李越倒是没有吃惊，轻轻道：“陛下，还是去嵩岳街福康布坊斜对面的碧梧茶馆吗？”

林岐听出了李越话中的试探之意，抬眼看向李越。

他是薄薄的双眼皮，眼尾有些翘，俊秀异常，此时看向李越的眼神却有些凌厉。

李越吓了一跳，忙道：“陛下，周氏今日未必会去嵩岳街……”

林岐淡淡道：“她未必去，就想办法让她去，朕今日一定要见到她。”

李越深知景和帝对青梅竹马一起长大的孙二夫人周似锦的感情，不敢再多说，当即答了声“是”，退下安排此事去了。

初春时节，细雨密密斜织着，湿冷异常。

位于京城小杏花巷的威远侯府内宅一片寂静。

威远侯府二房居住的青竹院内静悄悄的。

孙二夫人周似锦早已起身。

她用香胰子洗了手，心事重重地往手上涂抹香脂。

大丫鬟素心带着小丫鬟提了食盒进来了：“二夫人，现在摆饭吗？”

周似锦点了点头："摆吧！"

在太夫人那里伺候了半日，她真是又累又饿。

素心很快就把早饭摆好了。

似锦上前一看，见是四碟小菜、一碗白粥，外加两个包子，便坐了下来。

她刚舀了一调羹粥送入口中，还没来得及咽下，外面就传来小丫鬟丁香惊慌的声音："侯……侯爷，您……您怎么来了？奴婢这就去通禀！"

似锦一口粥含在口中，咽又不是，吐又不是。她握紧拳头，用力咽下，皱着眉头看着明间门上挂着的锦帘。

随着一阵急促的脚步声，接着便是威远侯孙沐泉的声音："弟妹，二弟还没回来吗？"

似锦咬着牙，从发髻上拔下一根簪子，握在手中，沉声道："侯爷，二老爷还没有回来。"

威远侯孙沐泉立在锦帘外，英俊的脸上带着恶意的笑，猫逗鼠一般道："二弟不在家，弟妹，我很担心你，来瞧瞧你。"

似锦闭了闭眼睛，背脊挺直，眼睛看向右手边黄花梨木小几上的素瓷花瓶："侯爷，我正在更衣，不太方便相见，等会儿我去太夫人那里请安，侯爷去太夫人那里，咱们再见面吧！"

孙沐泉长身玉立，锦衣华丽，玩世不恭地晃着身子："是吗？真的在更衣？不如我进去看一看，确定一下！"

似锦起身，伸手拿起了花瓶："侯爷怕是忘记了我是谁的女儿，我的父亲是什么身份。"

她打定了主意，若是孙沐泉敢闯进来，她就拼个鱼死网破，你敢强迫我，我就砸烂你的头，谁都别活了。

两个小丫鬟瑟瑟发抖地躲进角落里，生怕等一会儿房里发生了什么事，侯爷要杀她们灭口。

春剑和素心是似锦的陪嫁丫头，对她忠心耿耿。

春剑拿了个铜香炉在手，素心掇了锦凳在手，两人把似锦围在中间，预备随时保护她，护她的清白。

孙沐泉哈哈笑了起来："谁不知道我那废物弟弟娶了吏部尚书周胤的女儿，才得了个肥差。

"不过弟妹，你爹真疼你吗？我可是打听过了，每次都是你颠颠带着礼物跑回娘家去巴结，你那嫡母和父亲，可是从来没有主动派人看过你呀。还有你那两个妹妹，一个是首辅儿媳妇，一个是国公夫人，她俩似乎都和你没有来往啊！"

似锦眼泪扑簌簌落下来。

她抬手用袖子抹去眼泪，冷笑道："我爹我嫡母再不疼我，我若是死得不明不白，我爹为了面子，也会给我报仇的。我已经在外面安排好人了，若是我出了事，那人就去见我父亲，请侯爷三思而后行。"

孙沐泉声音里带着股荡意："那怎么办？周似锦，我就喜欢你这调调，倔倔的，偏偏长得娇滴滴怪可爱，第一次见你，我就被你迷住了……"

似锦想起往事，深恨自己眼皮浅，听说是侯府庶子，见孙浴泉生得俊美，又有才华，就答应了婚事。

嫁进威远侯府，她才发现世间居然有如此肮脏的地方，大伯子威远侯孙沐泉和当今天子景和帝的庶兄庆王林嶂不清不白，还得空就骚扰自己；丈夫孙浴泉是侯府庶子，一门心思在升官发财上，有事情要求她了，才会来见她；侯府太夫人一双势利眼，只顾盯着她的嫁妆，今日来借，明日来要……

她最亲近的人早已死去，这世上她再也没了挂碍，与其忍气吞声，不如奋起反抗，先打烂孙沐泉的头，看他还敢再来骚扰。

想到这里，似锦故意叹了口气，声音沉静柔和了许多："侯爷，我一个弱女子，爹不疼，娘不爱，丈夫又冷淡，早已无路可走，您进来吧，咱们好好聊聊。"

一向强硬的周似锦突然转变了态度，孙沐泉倒有些不适应了：周似锦性子烈得很，不像是会屈服的人，这会儿忽然服软，会不会有诈？

他眼珠子滴溜溜地转了转，往后退了一步，道："弟妹，男女有别，咱们还是在太夫人那里见面吧！"

待周似锦去了太夫人房里，他先把太夫人支走，再制住周似锦，可不就得手了？

周似锦尝到了他的妙处，自然就离不得他了……

想到这里，孙沐泉拱了拱手："弟妹，再会！"

他转身大步离开了。

春剑掀开锦帘往外看了看，正好看到威远侯的背影消失在影壁后，忙扭头道："夫人，那厮真走了！"

似锦浑身瘫软了下来，把手中的花瓶放在了黄花梨木小几上，趴在锦榻上放声大哭起来。

听着似锦满是辛酸的哭声，春剑和素心心中酸楚，也跟着哭了起来。

似锦哭了一会儿，拭了拭泪，低声道："春剑，你去让人套车，我想去永福寺后的墓园，给许二姑娘上坟。"

这世上对她好的人，只有许凤鸣和春剑、素心了。

可是许凤鸣六年前已经殁了，春剑、素心还得似锦保护她们……

她真的好孤单……

春剑回来复命："夫人，马车已经套好了，在二门外候着。"

似锦从妆台前起身，看着镜中花容月貌的自己，眼中满是孤寂。

在泽州的时候，她一张小圆脸又白又嫩，身上软乎乎的都是软肉，许凤鸣给她起了个绰号，叫她"白又胖"。

如今六年过去了，刚满二十岁的她，小圆脸瘦得两腮不见肉，身上也瘦得脱了形，全剩骨头了。

似锦好面子，怕被人看出自己过得不如意，一旦出门，必定满头珠翠严妆华服，看着好看，苗条飘逸，可是似锦知道，自己只是在苦苦支撑着。

素心担心地看着似锦："夫人，咱们出发吧。"

似锦点了点头，伸手理了理鬓角，又用手指揩了揩唇上的玫瑰香膏，叹了口气，扶着素心的手向外走去。

得知周似锦乘着马车去了永福寺，林岐当即道："速速备马，朕现在就过去。"

华丽的马车驶入了永福寺后的墓园。

安国公府的二姑娘许凤鸣，去世时还未出嫁，未被葬入位于安国公府的家族陵墓，而是孤零零埋在皇陵附近的永福寺后的墓园。

似锦扶着春剑和素心的手下了马车。

她来见许凤鸣，因担心许凤鸣在九泉之下，看出她的不妥担心她，似锦今日打扮得格外用心，梳了朝云近香髻，戴着整套的银镶翡翠头面，穿着娇绿缎面大袖衫，系了条百花裙，脸上粉妆玉琢，脂浓粉艳，瞧着分明是一个极苗条清艳的年轻贵妇。

雨已经停了，空气湿漉漉的。

似锦慢慢走到许凤鸣墓前，拿帕子拭去墓碑上的水迹，伸出手指描摹着墓碑上的字，低声道："许凤鸣，我来瞧你了，你在黄泉过得怎么样？别惦记我，也许过不了多久，我就去找你了……"

高大的坟墓后，林岐静静立在那里。

来到永福寺后的墓园，在见到坟墓的第一眼，梦境就一一浮现。

他和似锦青梅竹马一起长大。

他十六岁，似锦十四岁时两人分离。

如今六年过去了，他二十二岁，成了当今皇帝。

似锦二十岁，成了孙浴泉的妻子。

这时素心搬了张锦凳过来："夫人，您坐锦凳上吧，现在您身子这么弱，站久了怕您受不了。"

似锦扶着素心，在锦凳上坐了下来。

林岐立在墓后，想起似锦先前十分活泼好动，身体也很康健，甚至能轻而易举地把他给抱起来。

似锦跟着他骑马前往青龙山，骑几个时辰的马完全没有问题，丝毫不觉得累。

曾经那样健壮的似锦，如今瘦弱到站一会儿就受不了了……

素心和春剑把祭品和纸钱拿了出来。

摆放好祭品，素心和春剑就退到了不远处的松树下，看着周围的动静。

似锦一张张烧化纸钱，嘴里低声嘀咕着："小凤凰，国公爷正在泽州和朝廷对抗，京中国公府空荡荡的，只剩下几个看门的老人了。我上次乘马车经过，看见看门的人坐在长凳上，靠着大门在打瞌睡，大门外的青砖地上落了一层枯叶，也没人清扫，真是冷清……

"国公府的人远在泽州，这几年都没人给你烧化纸钱，我担心你在黄泉没钱花，就隔一段时间过来给你烧化些纸钱，可不是我想你了。

"小凤凰啊，人生可真苦，你若是活着该多好，咱们一起赏花，一起骑马，我——"

她不能再说下去了，泪眼蒙眬地看着墓碑，她想说她后悔了，可是有什么用？

人既然做出了选择，就要对自己的选择负责，这是当年和先生教她和小凤凰的。

似锦发了一会儿呆，继续道："你不用担心我，我好着呢。你给我的六千两银子，我用来做生意了，如今我开的福康布坊，生意挺好的，我收留了许多无家可归的可怜人……我无儿无女，死后怕是连个上坟的人都没有，我想多积些阴德，死后有个好结果。"

林岐低头看脚下的地。

地上铺着青砖，早春时节，一簇簇鹅黄嫩绿的小草从青砖缝里钻了出来，在初春寒风中瑟缩着。

一滴眼泪落了下来，"啪"地砸碎在青砖上。

初春寒风拂过。

似锦觉得冷得慌，双臂揽在胸前，她知道自己该走了，却舍不得走。

天下之大，却没有她的家。

娘家的嫡母待她冷淡，她再巴结也是淡淡的。

爹爹倒是待她亲近，可是她每次过去，都是怀着目的而去，爹爹估计也烦她了吧？

娘亲早早死了，看不到她活得这样辛苦，倒也是好事……

春剑见似锦在这里待得有些久了，担心她身子受不住，便上前道：“夫人，该回去了。”

似锦低声道：“我再给她上炷香。”

她点了一根香，插在香炉内，起身深深拜下去，轻声祷祝：“我的小凤凰，咱们北方给去世的人上坟，都要祷告一句‘你活时为人，死后为神’，那我也祷告一句吧，小凤凰，你活时为小美人，死后做小花神。今日我来你坟前，给你烧一陌纸钱，你要耐心等着我，等我去寻你。”

临离开，似锦又回首看去，眼中满是怅然。

素心扶着她，柔声道：“夫人，老爷还没有回京，侯爷又那样子……不如您先回梧桐里周府吧，到底是您娘家，总不能不让您住。等咱们老爷回京，您再回府就是。”

似锦想了想，道：“我先去金石街吃吴记砂锅米线，吃完逛逛金石街，再去布坊看看。”

能躲得一时是一时，能开心一会儿就开心一会儿。

日子再烦难，她也得给自己寻点开心。

春剑愤愤道：“夫人，您如今这样受罪，其实不如回梧桐里求了老大人，和离了就是，怕人笑话就不过日子了？”

似锦沉默片刻，道：“威远侯府不会放过我的，我若是敢提和离，我活不到第二天早上。”

威远侯府就是豺狼窝子。

她死了，威远侯府正好霸占她的陪嫁和她这几年做生意攒下的体己，他们怎么会放过她？

林岐在墓后全都听了个清清楚楚。

原来似锦早就后悔了。

只要她后悔就行。

所有的事，他都会替她去做。

（二）

威远侯孙沐泉被宣进了宫，正在御书房外候见。

他已经在廊外站了整整两个时辰了，两腿酸麻，却依旧没人理会他。

孙沐泉看着静悄悄的御书房，心道：一直没见大臣觐见，景和帝这会儿到底在不在御书房里？

如果不在，那宣我进来做什么？

难道是因为庆王？

庆王毕竟是景和帝的兄长，而我又是庆王心尖上的人，景和帝总不至于专门为难我吧？

景和帝一天到晚病恹恹的，庆王说他活不过二十五岁，他到底什么时候驾崩啊？

他无妻无子，到时候得从庆王诸子中选继承人吧？那庆王可要做太上皇了，而我就可以在朝中横着走了，到时候周似锦就成了我的，我想做什么就做什么……

孙沐泉正想得美，忽然一阵急促的脚步声传来，他忙转身看去，见几个青衣卫和太监簇拥着一个极清俊高挑的玄衣青年匆匆而来，正是当今天子景和帝，忙拱手行礼："微臣孙沐泉恭请圣安。"

林岐走到孙沐泉身前，停下了脚步。

孙沐泉闻到了景和帝身上淡淡的速水香，大脑瞬间一片空白——景和帝虽然手段极狠，却是个绝世美少年，是个高山仰止的所在，他如今居然能距离景和帝这么近……

林岐淡淡道："据人告发，威远侯孙沐泉，秽乱庆王府，行为悖逆，李越，着青衣卫严查。"

说罢，他大步流星往御书房去了。

景和帝轻缈的话语似炸雷般在孙沐泉耳畔响起，他怀疑自己听错了，他和庆王的事涉及皇室隐私，景和帝这是不顾皇家体面了吗？

李越恭送景和帝离开，摆了摆手，两个青衣卫如狼似虎冲了上去，堵嘴，擒手臂，踢腿弯，三个动作一气呵成，不可一世的威远侯孙沐泉"扑通"一声跪倒在地砖上。

李越做了个手势。

那两个青衣卫拖着孙沐泉离开了。

李越进了御书房，向景和帝回话。

林岐正立在御案前看一幅画。

这幅画有些年头了，笔力稍弱，笔触稚嫩，画的是月下村庄。

李越禀报道："启禀陛下，已经把孙沐泉关入青衣卫大牢，今晚开始审问。"

林岐沉声道："命人通知威远侯府。你去臭水巷见孙浴泉，和他好好聊聊，劝他与周氏和离。"

他亲信虽多，但这些事涉及他和似锦的隐私，只能让李越去办。

李越答了声“是”，自去安排此事。

似锦先去金石街的吴记砂锅店，和春剑、素心一人吃了一砂锅鸡汤米线，又逛街买了些礼物，然后去福康布坊待了半日，和掌柜聊了聊生意上的事，看了看布坊收留的女织工，眼见着到了傍晚时分，天黑了，这才去了梧桐里周府。

周夫人闲来无事，正在惠畅堂弹琴，听王妈妈说大姑娘回来了，眉头微不可见地蹙了蹙，道：“她回来做什么？去外书房见老爷没有？”

王妈妈扯起嘴角，满是讥讽地笑了笑，道：“大姑娘回来，指不定又要求老爷什么，总不能是打秋风？她还没去见老爷，直接来见您了。”

周夫人取下指套，吩咐水芝把琴收了，道：“请大姑娘进来吧。”

似锦进了惠畅堂明间。

素心和春剑捧着礼物跟在后面。

惠畅堂明间内点着赤金枝形灯，满室光明，摆设简单清雅，熏笼里燃着寒梅香，暖融融的。

周夫人一双清凌凌的眼睛打量着周似锦。

她这庶女看来在威远侯府过得还不错，戴着全套的银镶翡翠首饰，衣饰贵重体面，气度从容，而且比先前更美丽了，果真是嫁得不错。

似锦每次从华丽阴暗弥漫着檀香的威远侯府出来，进入清雅简约的周府，总有一种再世为人的错觉。

她恭谨地屈膝行礼：“给母亲请安。我去金石街逛了逛，挑了几样笔墨纸砚，想着弟弟用得着，就送了过来。”

周夫人“哦”了一声，道：“多谢你费心了。”

她吩咐水芝：“把礼物收起来吧！”

似锦陪着周夫人聊了一会儿，见她始终没有留客之意，又不能厚着脸皮硬留下，就道：“母亲，父亲这会儿在外书房吗？我去看看父亲去。”

周夫人牵了牵嘴角，微微一笑：“你父亲在外书房里。”

她叫王妈妈上前：“你带着大姑娘去外书房，看老爷有没有时间见她。”

似锦有些难堪，低下头没说话。

嫡母总是这样，明明她也是爹爹的女儿，嫡母却一直把她当外人看——女儿去见爹爹，也得看爹爹有没有时间见。

周胤刚送走客人，正在书房内品茶放松，听孙妈妈说大姑娘求见，忙道：“快请她进来。”

不待似锦行罢礼，周胤打量着她问道：“这么晚回来，有什么事吗？是不是孙浴泉欺负你了？还是缺钱了？”

似锦起身道：“孙浴泉还没从洛阳回来。我如今不缺钱。”

周胤又问她：“怎么瘦成这样了？不会是想着京中流行清瘦，非要不吃饭吧？”

似锦抬头看着爹爹，低声道：“爹爹，我吃不下饭。”

周胤叹了口气，道：“不是爹爹不给孙浴泉升职，他升任现职没两年，这时候升他的职，其实对他不利。”

似锦在圈椅上坐了下来：“爹爹，我不是为孙浴泉回来的。”

她又道：“爹爹，我好饿。”

周胤原本还有一大段话预备教育似锦，被她这句软软的“爹爹，我好饿”全堵回去了，吩咐孙妈妈：“似锦爱吃面，让厨房给她下碗泽州臊子面，配几样小菜送过来。”

面没多久就送来了。

是苏州面。

苏州面“宽汤，硬面，重浇头”，十分清淡美味。

可是对吃惯西北臊子面的似锦来说，苏州面过于清淡了，她吃不惯，再加上心情不好，似锦吃了两口就吃不下了。

看着女儿用筷子挑着面，却不往嘴里送，周胤知道她吃不惯苏州面，叹了口气问孙妈妈：“不是说让下泽州臊子面吗？怎么煮了苏州面？”

孙妈妈低着头没说话。

似锦却知道管厨房的人是周夫人的陪房陶妈妈，忙道：“爹爹，我不挑食，苏州面很好吃。”

她又吃了一口面，却还是食不下咽，便道：“爹爹，我想回我原先住的兰庭看看。”

周胤脸上一阵尴尬：“似锦，兰庭……如今你两个堂妹在住。”

似锦叹了口气，勉强笑了笑，道：“爹爹，那我回去了。”

她起身道福，退了出去，又去惠畅堂给周夫人辞行，然后登上挂着气死风灯的马车，离开梧桐里，往小杏花巷的威远侯府去了。

回到威远侯府内院的青竹院，似锦让素心去探听一下府里的事。

似锦宽了衣服，洗了手脸，换了家常衣服，叫了春剑过来，低声吩咐道：“你去后角门找高婆子，让她给你哥捎个信。让他寻宅子不知道寻得怎么样了。”

春剑的哥哥孙秀，在祥符县衙门做衙役，三街六巷都走得熟，似锦前段时间让他帮着寻所宅子，预备用春剑的名义买下来，将来万一与威远侯府撕破脸，若是娘家不收留，她到底有一个去处。

春剑答应了一声，道：“夫人，我哥哥办事一向妥当，您就放心吧！”

似锦点了点头，道：“你和素心脱籍的事，千万别说漏嘴让人知道。”

自从发现威远侯府的底细，似锦就开始为自己，为春剑和素心做打算了。

她已经把素心和春剑的身契给了她们，拜托她的闺中好友、京畿祥符县县尉曹翔的夫人王菁帮素心和春剑脱了奴籍，登记了户籍。

春剑笑着撒娇：“夫人，我和素心是那等快嘴快舌的人吗？”

似锦不禁也笑了：“咱们都歇一会儿，过后把值钱的细软都点一下。”

她早该为自己做打算了。

似锦正和春剑计较，小丫鬟急急走了进来：“刘姨娘来了！”

话音刚落，外面就传来孙浴泉的生母刘姨娘的声音：“怎么了，我来瞧瞧我的儿媳妇，还得等通报不成？”

似锦抬眼望去，就见一个身材苗条风韵犹存的中年妇人扶着小丫鬟走了进来，正是孙浴泉的生母刘姨娘。

她垂下眼帘，端起一边的茶盏饮了一口，并无起身相迎的打算。

似锦初初嫁入威远侯府，瞧在孙浴泉的面子上，对刘姨娘礼遇有加，谁知刘姨娘竟是欺软怕硬的脾气，渐渐竟要爬到她头上来，要把贴身丫鬟巧月给孙浴泉做妾，还要似锦把嫁妆给她保管。

似锦认清刘姨娘的真面目，该拒绝就拒绝，该怼就怼，刘姨娘看在她爹和她的嫁妆份上，倒也不曾与她撕破脸。

刘姨娘见似锦居然不起来迎接自己，恨得牙痒痒，却不敢得罪似锦，也不用人让，自顾自在东侧黄花梨木圈椅上坐了下来，道：“周氏，你还不知道吧，侯府出事了！”

似锦眉毛一扬：“何事？”

刘姨娘怕太夫人的人过来，忙道：“太夫人刚得了消息，侯爷被青衣卫给打入大牢了！”

似锦闻言大喜，脸上却不肯流露出来分毫。

刘姨娘见她不动声色，有些着急，忙道：“等一会儿太夫人必定叫你过去，让你回娘家去求你爹爹，你虚应就是，可别真的帮忙。侯爷出了事，他又没儿子，爵位就轮到浴泉了，将来你就是威远侯夫人了。”

似锦敷衍了几句，打发走了刘姨娘。

素心很快回来了，凑到似锦耳畔，低低道：“听说原本是宫里的公公上午来宣陛下口谕，宣侯爷进宫觐见，谁知到了晚上，就传出消息，侯爷被打入青衣卫

大牢，罪名是什么‘秽乱庆王府，行为悖逆’。现如今太夫人晕了过去，管事婆子们请了大夫上门，正在疗治。”

似锦听了，沉吟着道：“‘秽乱庆王府，行为悖逆’……陛下居然如此打威远侯府的脸……陛下怕是要查抄威远侯府！”

她思索片刻，吩咐春剑和素心：“快去收拾金银细软，把我放字画的那个樟木箱也收拾了。等一会儿太夫人让我回娘家求助，咱们把这些悄悄运走，不然怕是保不住了。”

不破不立，威远侯出事，说不定就是她逃出生天的机会，她可不能错过。

春剑和素心素知似锦虑事周全，听她如此吩咐，忙收拾金银细软去了。

果然不多时，太夫人那边的管事妈妈就来请似锦了：“二夫人，太夫人请您过去。”

太夫人居住的正房内药气浓郁，又湿又闷。

似锦带了春剑进去，屈膝行了个礼：“给太夫人请安。”

太夫人躺在拔步床上，呻吟了一声，道：“似锦，过来说话。”

似锦在拔步床边斜着身子坐下。

太夫人眼里满是哀求，慢慢道：“似锦，侯爷出事了，只有你爹爹能救他了，你回梧桐里一趟，去探听一下消息，求你爹爹救侯爷吧。覆巢之下无完卵，侯爷出了事，你和浴泉也脱不了干系……”

似锦慨然道：“太夫人，一家人自当守望相助，我都听您的。”

太夫人闻言总算是松了口气：“你这就去吧，拖得时间长了，我怕侯爷在大牢里受罪。”

等似锦退下，太夫人又问管事妈妈：“派去庆王府的小厮，如今回来没有？”

管事妈妈忙道：“太夫人，小厮还没回来呢！”

太夫人睁着眼想了一会儿，眼睛闪着幽光，吩咐道：“等二夫人一离开，你就带着人去青竹院，把她那些金银细软都给搬取过来——只有把周似锦的金银细软握在手里，她才会老老实实给咱们出力办事。”

管事妈妈答应了一声，自去办这件事了。

夜幕降临，热闹了一天的臭水巷渐渐安静了下来，街巷两边家家户户灯光闪烁，一片静谧安逸景象。

位于巷尾的刘宅灯火通明。

孙浴泉的表妹兼外室小刘氏让她娘带了两个儿子去西厢房睡下了，她自己打扮得花枝招展娇艳欲滴，关了明间的门，在房里陪伴情郎吃酒。

小刘氏夹了些菜喂孙浴泉吃了，又端起酒杯饮了口酒，坐在孙浴泉怀里，两人缠缠绵绵开始亲嘴……

一时事毕，小刘氏拉着孙浴泉敞开的衣襟撒娇："我的哥哥，你何时接奴和儿子们回府，奴倒也罢了，只可怜你的两个儿子，明明是孙大人你的嫡亲骨肉，却不得不养在这僻巷子里……"

孙浴泉爱小刘氏爱到了骨头里，揉搓着她道："还不是因为周似锦，她非不肯让我纳妾，不肯让你和儿子进门。"

小刘氏娇嗔道："奴上次跟着娘去看姑母，亲眼见到了周似锦，她生得那么美丽，男人哪里会不爱她。你不会是喜欢她，故意在奴这里假撇清吧……"

孙浴泉冷笑一声，道："我最烦她那劲儿，把钱看得比丈夫还要重要，一点都不温柔，还不会生儿子，要她何用！再说了，要不是她，我迎了你进门，咱们一家四口团聚，和和美美生活在一起，多好，都怪她害咱们骨肉分离。"

听孙浴泉骂周似锦，小刘氏心里很痛快，道："可是她有一个好爹爹，有一大笔陪嫁呀！"

孙浴泉抱紧小刘氏："放心吧，她爹是太上皇的人，和陛下不对付，早晚会倒台，到时候我一杯毒酒毒死她，你我和两个儿子尽得她的嫁妆，享用她的家业，快活得很呢！"

两人正在痴缠，忽然外面传来"咣当"一声巨响，接着便是一阵急促杂乱的脚步声。

孙浴泉忙松开小刘氏，理了理衣襟，起身去看。

他一打开明间门，便看到一群青衣卫簇拥着一个清秀青年站在门外，正是景和帝宠信的大太监李越。

孙浴泉两腿发软，双股战战："李……李公公……"

李越打量着孙浴泉，冷笑了一声，道："朝廷派孙大人前往洛阳公干，孙大人居然是在这臭水巷刘氏家中公干！"

孙浴泉已经回过神来了，赔笑道："李公公，下官原有内情，请至东厢房说话。"

他说着话，手指微颤，把荷包里的银票全掏了出来，往李越手里塞。

李越一闪身，躲过了他，吩咐跟随的青衣卫："去把孙大人的外室和两个儿子找出来。"

青衣卫答了声"是"，兵分三路，分别往东厢房、正房和西厢房而去。

孙浴泉最爱小刘氏和两个儿子，闻言顾不得做官的体面，"扑通"一声跪了下来，抱住李越的腿："李公公，有事好商量，错都在孙某，弱女稚儿何其无辜！"

李越也不理他，待青衣卫抱了两个幼童，拖了衣衫不整的小刘氏和刘大娘出来，这才冷冷道："孙大人，咱们进屋里谈吧！"

在明间坐定之后，孙浴泉忙道："李公公，只要能放了贱内和小儿，您让孙某做什么，孙某就做什么！"

李越意态悠闲："我若让你与周氏和离呢？"

他一双秋水般的妙目，上上下下打量着李越，猜测着李越的目的。

李越倒也不急，一派悠闲。

孙浴泉想到了周似锦做吏部尚书的爹，再想想周似锦那丰厚的嫁妆，试探着道："和离倒是可以，只是周氏的嫁妆不能带走……"

李越没说话，只是拍了一下手。

外面蓦地传出一声尖叫——是小刘氏的声音。

小刘氏是孙浴泉的心肝，他马上道："和离就和离，我马上写休书，只求公公放了贱内和小儿！"

他借口官场应酬出门盘缠，已经从周似锦那里弄了不少银钱了，如今又占着工部员外郎这个肥差，银钱来得很快，倒也不必在周氏这棵树上吊死。

李越看着孙浴泉写了休书，就押着孙浴泉往威远侯府去了。

威远侯府乱成一团，没了主心骨，见了孙浴泉回来，管事纷纷上前禀报，都被孙浴泉给轰到一边去了。

回到青竹院，却是满室冷寂。

孙浴泉一问小丫鬟，才知道周似锦带着春剑、素心回梧桐里了，家具细软都被太夫人搬走了，便看向李越："公公您看……"

李越当下道："既如此，我陪孙大人前往梧桐里周尚书府与周氏和离。"

孙浴泉倒吸了口冷气："李公公，周氏之父，毕竟还是吏部尚书，孙某也不敢太得罪他了……"

李越看了他一眼，"哦"了一声。

孙浴泉马上想起小刘氏和两个儿子还在李越手上，只得从命。

周胤还在外书房里处理公事，听孙妈妈说似锦回来了，吃了一惊："到底怎么了？快让她进来！"

似锦很快进来了。

她一进门，就在地上跪了下来："求爹爹救我。"

周胤忙扶起女儿："起来，在自己爹爹面前，不须如此。"

似锦在圈椅上坐定，十指交叉，不疾不徐地把威远侯府之事说了，最后道："孙沐泉卷入庆王与陛下的帝位之争，这次威远侯府怕是要被陛下抄家严查了，我和孙浴泉素无感情，我想要与孙浴泉和离。"

周胤思索片刻，让小厮去请幕僚来商议此事，然后温声和似锦说道：“似锦，你是爹爹的女儿，爹爹会想法子救你的，你在屏风后等着。”

似锦“嗯”了一声，道：“爹爹，我把值钱的金银细软和地契都带回来了，求您收留我一段时间，待威远侯府之事平息，我就买宅子搬出去。”

周胤叹了口气道：“你且安心在家住着，爹爹总会养着你的。”

见似锦神情漠然，分明是不信，周胤当下叫来孙妈妈吩咐道：“你去和夫人说一声，然后带着人把蒹葭院收拾出来，让大姑娘今晚先住进去。”

蒹葭院原是二女儿倩兮和三女儿盼兮的住处，如今倩兮和盼兮都已出嫁，蒹葭院维持着原样，每日都有人收拾打扫，洁净得很，似锦今晚就可以住下了。

孙妈妈答应了一声，急急去了。

和幕僚计议已定，周胤叫了似锦出来，道：“威远侯之事，事涉皇家隐私，不会闹得很大涉及旁人，包括孙浴泉。不过威远侯这次怕是活不成了。”

似锦想起孙浴泉早和自己形同陌路，当即道：“爹爹，我还是想和孙浴泉和离。”

她已经因为虚荣心犯过大错，如今有了纠错的机会，她不想继续错下去了。

周胤看着女儿瘦得可怜的模样，叹了口气道：“既然你坚持，那就和离吧！”

一向丰润的女儿，嫁人几年，如今瘦得一阵风都能吹走，这日子必定不好过，和离就和离了吧！

周夫人一向以夫为天，不肯违逆丈夫，得知周似锦连夜回了娘家，还闹着要和离，虽然不太高兴，却也让孙妈妈去蒹葭院收拾屋子了。

待孙妈妈去了，王妈妈趁机道：“夫家一遇到祸事，大姑娘就要跑回娘家闹着和离，真是可共富贵不可共患难，如此肤浅，跟二姑娘三姑娘的品性比，真是天上地下。小老婆养的，就是这样没见识。”

周夫人用帕子拭了拭嘴角，道：“好了，别说了，到底是老爷骨肉，面子上须过得去。”

把似锦安顿在蒹葭院后，周胤正在思索明日如何把自家女儿给摘出威远侯府的祸事，小厮却来通禀，说大姑爷到了。

孙浴泉心爱的女人和两个儿子在李越手中，不敢耽搁，匆匆行了礼，就取出了和离文书，表明了要与周似锦和离的愿望。

这简直是正瞌睡时有人送上了枕头！

看罢和离文书，见和离原因写的是八字不合，周胤觉得还算合理。

作为父亲，周胤自然可以代表女儿，他怕迟则有变，当即在上面签了名摁了手印，就打发孙浴泉去了。

待孙浴泉离开，周胤这才命孙妈妈去蒹葭院和似锦说一声。

御书房内林岐正端着药碗不肯服药。

得知似锦已经和离回了周府，他总算是松快了些，低声道：“如此甚好。”

一仰头，林岐把一碗苦药一饮而尽。

蒹葭院毕竟是二妹倩兮和三妹盼兮的居处，她们虽然已经出嫁，可是似锦将心比心，不愿意动她们的房间，便暂时在一楼西暗间倩兮的起居室安顿了下来。

似锦住在锦榻上，春剑和素心暂时在窗前炕上歇下了。

夜里起了风。

风声“呜呜”，吹动楼外檐角上挂的铁马，“叮叮咚咚”响个不停，更添几分凄凉。

似锦身心俱疲，侧身躺在床上，听着外面的风声铁马声，计较着以后的日子。

她自是不能在娘家长久居住的，如今孙沐泉刚下狱，她需要在娘家暂避几日风头，待风声过了，就赶紧搬出去住。

如今她的福康布坊在嵩岳街，若能在嵩岳街附近买一套宅子，就最好不过了。

她以前托春剑的哥哥孙秀去看宅子，不知道看得怎么样了。

以前还要藏着掖着，如今和离了，大可以光明正大找宅子了，似锦打算过两日把福康布坊的金掌柜叫过来，也交代他一番，让他也帮着找。

以后有了自己的宅子，庭院里栽种几株玉兰树，墙角种上蔷薇，后窗外栽种一片竹林，再养上一只猫或者一条狗，日子慢慢就越过越有滋味了……

第二天早上，似锦马上面对了新的困境——连洗脸擦牙用的热水都没有。

似锦如今逃出生天，才不把这些小事放在心上，吩咐管钱的素心：“咱们又不缺银子，拿些碎银子去灶上，只要肯打赏，送水的人大把的。”

素心带着小丫鬟取水去了，很快就提着热水回来了。

似锦洗漱罢，仔细装扮了，这才去惠畅堂给周夫人请安。

周夫人正和唯一的儿子周韶说话，听说似锦来了，便道：“请大姑娘进来吧。”

似锦进了明间，屈膝行礼：“给母亲请安。”

周夫人道：“起来吧！”

她打量着似锦，见似锦妆容严整，衣裙素雅，甚是得体，当下便点了点头，道：“你父亲已经上朝去了，今早你留下用饭。”

似锦答了声“是”，见周韶在一边，便笑着微微颔首，和周韶打了个招呼：“韶弟。”

周韶如今刚考取了秀才，还在嵩山书院读书，昨晚才从嵩山回来，今早才得知大姐姐和离之事，这会儿就打量着大姐姐，见她虽然妆容齐整，可是整个人瘦得可怜，心里颇为难过，便道："大姐姐，你太瘦了，让陶妈妈给你炖些汤好好补补吧！"

似锦没想到周韶有如此好意，微微一笑，道："我也觉得自己有些太瘦了，得空补一补也好。"

周韶怜惜大姐姐，吩咐王妈妈："王妈妈，你去厨房和陶妈妈说一声，我想喝老母鸡汤，早饭时送来一锅。"

王妈妈明知周韶不爱喝鸡汤，这是特意给周似锦点的，便看向周夫人。

周夫人极疼爱儿子，见他知道怜惜姐姐，心地良善，也很喜欢，道："就按韶儿说的做吧！"

似锦感受到了周韶的善意，对着他笑了笑，道："韶弟，我那里有一套丛崂山的笔，崭新的，还未开盒，用罢早饭你随我去看看，好不好？"

丛崂山是京城有名的制笔师父，他制的笔十分好用，因丛崂山退隐，如今市面上已经不大容易得了。

周韶最喜欢收集笔了，当即答应了下来。

早饭送了过来。

周夫人坐在主位，似锦和周韶在两侧坐下。

早饭过于清淡，似锦不是很习惯，不过她尽力多用了一些，想让自己身子丰润一些，康健一些。

不过在周韶看来，似锦还是吃得太少了，他特地给似锦添了碗鸡汤："大姐姐，你多喝一些鸡汤补补。"

用罢早饭，周韶陪着似锦回蒹葭院。

他怕引起似锦的伤心事，就一路聊着嵩山的风光，说得似锦也甚是向往，悠然道："待我安顿下来，也去嵩山见识见识。"

周韶笑了："那大姐姐一定要叫上我，我可以做大姐姐的向导。"

得了那套丛崂山的笔，周韶又看了看似锦的居处，发现似锦还是做客的模样，只在西暗间居住，便道："大姐姐，二姐姐和三姐姐就算回娘家，也不会留下过夜的，你就安心在蒹葭院住下吧。"

似锦笑着答应了一声，又与周韶聊了几句，这才送周韶离开了。

如今蒹葭院除了两个做粗活并看守门户的婆子，就是似锦主仆三人了。

上午也没有别的事，似锦和春剑、素心便回房补觉去了。

睡到中午醒来，似锦特别想吃泽州的臊子面，就让春剑拿了三钱银子去了厨房。

厨房管事陶妈妈是周夫人的陪房，善于做苏州菜，不过厨房里还有一位高妈

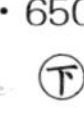

妈，会做北方各种面食，春剑把三钱银子打赏给了高妈妈，不到半个时辰就提着食盒回来了——食盒里是香喷喷的三碗臊子面外加一锅面汤。

素心又去找了管外书房的孙妈妈，要了炭炉、壶和上好的银霜炭，很快就在蒹葭院把烧水的茶炉给支上了，先烧水给似锦沏了一壶小凤团茶。

似锦品着茶，看着春剑和素心把细软都收拾了一遍，让素心守着，自己带着春剑预备去园子里散步。

她刚走出蒹葭院，就被王妈妈拦住了。

王妈妈带了个小丫鬟，急急走了过来，道："大姑娘，您与孙大人和离的事已经在京城贵人圈里传开了，好几家亲朋都派人过来打探消息，大姑娘您还是别出去了。"

似锦微微一笑："王妈妈，您这话我就听不懂了，一则我和离了，难道就不能见人了？二则我是去园子里游玩，难道我不能去吗？"

王妈妈被堵得哑口无言，眼睁睁看着似锦从她身边走过，往后面花园去了，气得跺跺脚，去给周夫人回话。

周夫人正在见表姐威远侯太夫人的管事妈妈，王妈妈不好贸然进去，只得在廊下候着。

她在外面听了一会儿，才听明白了，原来周似锦与孙浴泉和离，并没有告知威远侯太夫人，周似锦连夜卷了细软回了娘家，威远侯太夫人自己病得不能动，却派亲信来寻周夫人的晦气。

周夫人这会儿怕是在气头上，这下王妈妈也不敢再去告状了。

打发走威远侯府的管事妈妈后，周夫人气得倚着靠枕歪在锦榻上，半晌没说话。

她自是知道周胤一片慈父之心，可是周似锦也太任性了，要与丈夫和离，总得先禀了家中长辈啊，谁知她一声不吭，直接卷了金银细软就跑回娘家了。

如今威远侯太夫人派人来质问，周夫人都不知道该如何开口了。

周胤从外面回来了。

周夫人带着丫鬟服侍他洗手洗脸，换了家常衣服，又亲手奉上香茶，待周胤饮了一口茶，这才把威远侯太夫人派人来问的事说了。

周胤放下茶盏，道："既然孙太夫人派人来问了，那正好，似锦陪嫁的那些黄花梨木家具，都是似锦心爱的东西，我这就派人去搬取。"

他当即起身，命人叫了管家过来，吩咐了一番。

周胤这做爹爹的，可真够护短的呀！

周府后面的花园里倒是有几分景致，玉兰花开出了硕大的花朵，柳条抽出了嫩芽，春风微微带着花香，似锦一边散步，一边玩赏，倒是出了一身透汗，想着回去洗澡，便带着素心、春剑回去了。

似锦洗罢澡，正在晾头发，二门外的赵婆子就来禀报，说有一位女道求见，自称是大姑娘的泽州旧识。

似锦闻言一愣："泽州旧识？会是谁呀？"

自从许凤鸣亡故，她就与泽州那边断了往来。

思索片刻后，似锦道："请进来吧！"

她甚是怀念许凤鸣，若真是泽州旧识，应是她和许凤鸣的故人，倒是可以见一见，聊一聊往事……

似锦随意把微湿的长发绾了个髻，用一支翡翠簪固定，在白绫夹衣外面套了件浅绿褙子，便去廊下迎接客人。

她刚在廊下立定，就见赵婆子引着一个身材高挑身穿深蓝道袍的年轻女道走了过来，忙定睛看去，却见那女道士二十一二岁，肌肤白皙，凤眼朱唇，鼻梁挺秀，轮廓明显，极为清冷俊丽。

似锦似被定住了一般，呆呆地看着，眼睛早蒙上了一层泪雾。

这女道与小凤凰长得可真像……

午夜梦回，似锦曾经无数次幻想过长大成人的小凤凰会是什么模样。

在她的想象中，小凤凰应该就是这样子，高挑，俊丽，气质清冷，与世人都不一样。

似锦眨了眨眼睛，微笑上前，道福道："您是——"

那"女道"深深看了似锦一眼，道："周大姑娘，泽州香樟树下一别，六年不曾见了。"

似锦心脏开始狂跳，脸一下子变得绯红，杏眼亮得吓人——这，这是小凤凰的声音！

她抬脚就要下台阶，谁知过于激动，一脚踩空，整个人向前跌去。

那"女道"忙上前一步扶住了似锦。

似锦双手摁在了"女道"胸前——那里极为平坦。

她火热的心渐渐冷了下来，仰首看着眼前的"女道"，心里满是疑问。

"女道"低低道："周居士，请去房里说话。"

还是小凤凰的声音，只不过更加低沉了。

似锦闻到了熟悉的气息。

她忽然凑近"女道"胸前，吸了吸鼻子——淡淡的速水香，夹杂着薄荷气息和只有她能闻出来的体香——这是小凤凰特有的气息！

似锦不愿放弃一线希望。

她深吸一口气，后退了半步："请。"

（三）

明间简单而整洁，墙壁糊了一层月光纸，雪洞也似，一概玩器摆设皆无，住在此处的人分明没有久居的打算。

似锦请"女道"在明间锦榻上坐下，待春剑上罢茶，就吩咐道："你和素心在外面候着。"

春剑和素心退下后，明间门上的锦帘落了下来，屋子里光线蓦地暗了许多。

似锦心里紧张，端起茶盏，顾不得热，正要喝一口，谁知那"女道"伸手把茶盏接了过去："白又胖，你不怕烫嘴吗？"

似锦见鬼一般看向他，眼睛圆溜溜，声音微颤："你……是不是小凤凰？你借尸还魂了？"

只有小凤凰才会叫她的绰号"白又胖"。

可这"女道"分明是男的，而小凤凰是女的，更何况小凤凰已经去世六年了！

林岐静静看着似锦。

似锦原本就是杏眼，一睁大就圆溜溜的，如今瘦得很，越发显得眼睛大了……

他心中满是懊悔和心疼，眼睛盯着似锦，眼泪早盈满了眼眶，鼻子也酸酸的，半日方道："对不起。"

似锦，对不起，我错了。

我真的错了。

那时候的他，只有十六岁，满心满眼都是天下，性子又倔强。

当似锦提出要离开时，他的想法居然是"既然你要离开我，那你就走吧，我决不挽留"。

似锦看向对面墙壁上挂的花卉小图，自嘲道："我有点疯了……这世上哪里有鬼啊，话本里有不少鬼故事，可是谁又真见过鬼，谁又真有亲人从黄泉归来……"

她的声音里带着一抹怅然。

林岐没有吭声。

似锦又看向他，眼里带着丝眷恋，口气却冷静异常："你是安国公府的人吧？许家这一辈，不管是许鹤唳，还是许凤鸣，长得都有点像，都是凤眼朱唇高鼻子，再加上肤色特别白，你应该也是许家人。你找我做什么？我是一个刚被夫家休弃的弃妇，在娘家也不受待见，帮不了你什么。"

林岐木然地坐在那里，半晌方道：“你如今有什么打算？”

也许是眼前这位“女道”长得像小凤凰的缘故，也许是憋得太久了，似锦突然有了倾诉欲：“我想早些买个宅子搬出去住。家中父亲母亲都是有身份的人，两个妹妹也都嫁得好，弟弟也正在相看亲事，独独我自己过得一塌糊涂，我怕自己在家里碍眼。”

林岐抬眼看她：“你打算在哪里买宅子？”

似锦却不肯再细说了，看向林岐：“泽州那边正与朝廷对抗，虽然我出身安国公府，却不得不说一句，当今景和帝聪明通透，政令通达，又爱护百姓，百姓都拥护他，你们胜不了的，不要和朝廷对抗了，这是螳臂当车逆天而行。

“永福寺后许凤鸣的墓，自有我照管，你们不必顾虑。”

看着眼前这张比小凤凰棱角更分明，气质更清冷的脸，似锦越发悲伤起来：“我不知道你有何目的，可我不想再见到你了。”

她叹了口气：“见到你，我总会想起许凤鸣。你们长得可真像……”

似锦站起身来：“请吧！”

她虽是吏部尚书周胤之女，可是她爹是太上皇一手提拔上来的，与新帝并不融洽，如今在朝中日子想必不太好过，似锦不愿意招惹安国公府的人，给自己爹爹招祸。

林岐知道似锦这是把他当成安国公府的间谍了，不知该如何解释，思来想去，最后依旧心中茫然。

他在处理国家大事上杀伐果断，可是一旦面对似锦，就变得小心翼翼如履薄冰……

看着眼前这个如刺猬般竖起全身的刺，试图保护自己的似锦，林岐心里满是怜惜，轻轻道：“我不是安国公府的间谍。以后再见吧！”

他起身离去了。

似锦没有出去送。

她坐在圈椅里，半日没有动。

春剑和素心见她心情不好，也不敢打扰。

傍晚时分，丫鬟过来传话：“大姑娘，老爷请您去外书房。”

夜幕降临，外书房廊下挂了一排灯笼，亮堂堂的。

东北角是一片竹林，干枯的竹叶在夜风中瑟瑟作响，平添了几分凄清。

小厮撩开了门上锦帘。

似锦打扮得妥妥帖帖，背脊挺直昂首进了外书房。

她天性就是这样，不愿意让人看见自己落魄的那一面。

周胤大约也是刚到外书房不久，正拿了个点心在吃，见似锦进来，忙道：“是你爱吃的桂花饼。爹爹回来路上看到招牌，让小厮去买的。爹爹吃了觉得还行，你尝尝怎么样？”

似锦心中百感交集——她知道爹爹不爱吃点心零食之类，更不用提甜腻腻的桂花饼，这是特意给她买的。

她在书案东端坐下，拿了个桂花饼，咬了一口。

又酥又甜，桂花香浓郁，是她喜欢的口味。

周胤见女儿肯吃了，心中略有些欣慰，端起茶壶给似锦倒了一盏茶：“这是闽州贡上的茶，陛下今日召见我，特地赐给我的。”

见似锦吃了三个桂花糕才端起茶盏抿了一口，周胤知她爱吃，心中欢喜，身子往后仰，靠在了椅背上，缓缓道：“我已经打听过了，孙沐泉怕是没法活着离开青衣卫大牢了。庆王进宫给他求情，已经在御书房外面跪了半日了，我离开时，他还在那里跪着，陛下不理会他。

“孙浴泉原来是有外室的，就是他生母刘姨娘的娘家侄女，如今他已经带着外室和外室生的两个儿子搬进了威远侯府——都怪爹爹疏忽，竟被孙浴泉这厮瞒得铁桶似的，一点风声都不知。”

似锦：“……”

她吃惊地张了张嘴，半日方道：“真的假的？”

转念一想，似锦又觉得自己是大傻子——现在想来，其实很多迹象都表明孙浴泉在外面有人了。

似锦自嘲地笑了笑，道：“爹爹，他那个表妹小刘氏我见过，生得娇小玲珑十分娇美，说话娇滴滴的，的确我见犹怜。”

她不爱孙浴泉，所以说起刘姨娘的侄女小刘氏倒也客观：“我若是孙浴泉，也会喜欢她。”

周胤看了似锦一眼，不禁笑了：“你这孩子，可真实在。”

嗯，这样也好，说明似锦已经走出来了，不再为孙浴泉伤心难过了。

他忖度了一下，道：“以后你想在娘家住，就安心住下；若有再嫁之意，爹爹自会给你做主。”

似锦忙道：“爹爹，我不想嫁人了，您别管我了。”

自己有钱又漂亮，又有个高官爹爹护着，搬出去自己住，想吃什么吃什么，想去哪里玩去哪里玩，多么自由自在，何必嫁人给自己找不自在？

周胤以为似锦是刚和离，心情不好，有些偏激，便转移了话题：“你留在威远侯府的家具细软，我派管家取了回来，如今都在库房里放着。我打算把西偏院好好收拾一下，以后你搬进去住，想住多久住多久。”

似锦忙道：“爹爹，我已经在外面找宅子了。我开的那个福康布坊在嵩岳街，我打算在嵩岳街买套宅子，带着春剑、素心关门闭户过清静日子。”

周胤有些生气：“你现在有爹爹护着，以后有兄弟帮衬，何必自讨苦吃！”

似锦垂下眼帘：“爹爹，韶弟正在说亲事，我留在娘家算什么？我想出去住，您答应也得答应，不答应也得答应。”

周胤知道似锦倔得很，只得道：“此事暂且不提，我让厨房做了臊子面和几样小菜，你就在书房陪爹爹用饭吧！”

睡到半夜，似锦醒了。

她坐了起来，摸了摸脸颊，脸上湿漉漉的——她梦到外面下了雨，小凤凰旧毒复发，疼得缩成一团……

这时候林岐还未曾安歇。

李越匆匆而至，拱手行礼：“启禀陛下，宅子已经安排好了，就在距离嵩岳街只有半里地的兰草巷。宅子主屋是个两层小楼，前院后花园，后门就是梅溪河，小花园里种了不少花木，临着梅溪河，景色宜人。

“看门的人、厨房的厨子和丫鬟都安排好了，若到时候周姑娘不肯留下这些人，属下再想法子通过金掌柜继续安排人进去。”

早上起来，似锦洗漱罢，用了早饭，去惠畅堂周夫人：“母亲，我去嵩岳街的铺子里看一看账目。”

周夫人点了点头：“那你注意安全，让韩勇媳妇跟着你去吧。”

韩勇是周胤的亲信，韩勇媳妇是管外院的孙妈妈的亲信，周夫人派韩勇媳妇跟着似锦，也是为了表示自己不干涉似锦行动之意。

似锦答了声“是”，退了下去。

马车离开了梧桐里，穿街串巷，往嵩岳街去了。

到了嵩岳街福康布坊前面，马车停了下来，似锦戴上眼纱，扶着素心下了马车，韩勇媳妇抱着包袱跟在后面。

今日雨后初晴，天气晴朗，万里无云，空气中似弥漫着一股花木清香，似锦深深吸了一口气，觉得舒服得很。

金掌柜带着两个大伙计和管女织工的女管事出来迎接。

金掌柜行罢礼，笑着道：“东家，我正要去拜访您呢，我今日一早看了一个好宅子，觉得很妥当，就想着请东家也去看看。”

似锦一听，忙道：“那咱们现在就去看吧！”

在周府寄人篱下处处看人眼色天天打赏的日子，她过得实在憋闷。

金掌柜道："既然东家有空，那我就陪东家去吧。宅子主人搬到外乡去了，可是宅子里看门的人、厨房的厨子和丫鬟都还在，咱们随时都可以去看。"

因那宅子就在距离嵩岳街只有半里地的兰草巷，所以似锦也没有坐车，戴了眼纱，与金掌柜等人一起步行过去了。

兰草巷是一个窄窄的巷子，仅容两辆马车贴着通过。

巷子里铺着砖，不知道经历了多少年，青砖上长满了青苔。

巷子两边的人家都是粉墙小院，如今正值初春，粉墙上攀爬了各色蔷薇花，散发着芬芳的气息。

似锦很喜欢兰草巷的环境，心里先存下了好感。

金掌柜引着似锦等人在一扇原木大门前停了下来，敲了敲门。

应门的是一对二十来岁的小夫妻，原是负责看宅子的管家。

金掌柜和他们打了声招呼，让管家两口子陪他们一行人进了宅子，漫步看去。

似锦越看越喜欢，这宅子简直是为她量身定做的，两层小楼，前后花园，花木葱茏，南边临着梅溪河还有一道门，出了这道门就是碧波荡漾的梅溪河。

管家姓李，很是健谈，一边陪似锦眺望梅溪河上来往的船帆，一边滔滔不绝地介绍着："小的和贱内管事，兼看宅子应门；厨房里有个厨子，是泽州人，善做泽州菜和各种面；两个丫鬟做惯了粗活，什么都能做——我们都是无处可投奔的人，若是东家肯收留，我们必定好好服侍东家，万事听东家调遣……"

似锦听到那句"善做泽州菜和各种面"，心里一动："既如此，都叫来我瞧瞧吧！"

厨子是个中年女子，人称胡嫂，没了丈夫，也无儿女，看着胖乎乎的，干净利落。

两个丫鬟李竹和李兰，生得都不算美丽，顶多算清秀，却都麻利干练，说话简练。

似锦和她们聊了一会儿，心中满意，吩咐素心："拿一两银子给胡嫂，让她给咱们置办一桌泽州菜。"

胡嫂大大方方地接了银子，自去忙碌去了。

中午似锦果真吃到了地道的泽州菜。

她素来做事雷厉风行，当即请来中间人，付给宅子旧主一千二百两银子买了宅子，把房契在官府登记过户，又把宅子里这些人都留了下来，按月给工钱，让他们写了投身文书去官府登记，算是正式的主仆关系了。

景和帝正在批阅奏章，听李越说似锦把李青夫妻、厨子胡嫂、李竹和李兰都留下了，不禁微笑："如此甚好。此事你办得不错。"

他接着道："朕在兰草巷的住处安置好了吗？待她搬进去，朕也搬进去。"

李越笑了："陛下，已经安排好了，就在周姑娘宅子的西隔壁。"

似锦雷厉风行，一天之内把宅子买了，宅子里的人也雇了，心满意足，吩咐素心给了叫李青的管家二十两银子，吩咐他带人打扫整理屋子。

李青收了银子，试探着问道："姑娘，宅子里的家具都是崭新的，前面的房主让小的雇人打造的家具，未曾住进来就去外乡了，只是这些家具都是白曲柳材质的，不是什么名贵木材——也都要换吗？"

似锦没有立即回答。

她陪嫁的那些黄花梨家具，被爹爹派人从威远侯府运了回来，如今都封存在周府库房里。

那些家具虽好，却在威远侯府摆了五六年。

一想到这一点，似锦就觉得恶心得慌。

对她来说，那五六年真是不堪回首，就像陷入恶臭泥潭一般，周围人都要拉着她共沉沦，她不肯，可是越挣扎就越往下陷，在即将没顶之时，威远侯孙沐泉被景和帝打入青衣卫大牢……

想到这里，似锦决定寻个空，去永福寺给景和帝祈福烧香，祈求上天让景和帝龙体康健，让大周政通人和，让小人邪祟退散。

心中计议已定，似锦道："既然这些家具都是崭新的，那就留下吧。等收拾好了，你就去梧桐里周尚书府，就说找二门上的赵妈妈，让她通禀一声。"

李青答应了一声。

似锦又回头看了看这宅子，心中很是满意，吩咐李青："临梅溪河那道门外的墙内外，可以多种一些薄荷，瞧着碧绿葱郁，让人看了心情舒畅。"

李青忙答应了，又道："城里如今有人卖宛州来的木本月季，据说花开时节，个个都有碗口大，色泽鲜艳，气味芬芳，小的也买几株种在楼前吧？"

似锦想了想，笑了："那些木本月季从宛州几百里地运来京城，价格必定不低，不能让你再贴钱。"

她吩咐素心："再拿二十两银票给李管家。"

金掌柜在一边见似锦做事爽利，不由得拈须笑了："咱们东家爽利干脆，李管家，咱们这些人可要尽心尽力。"

那李青笑嘻嘻地点头称是。

似锦微笑，心道：所谓做事爽利，不过是舍得拿银钱出来罢了。

看来女子手里一定要有钱，有钱心里才不慌，靠天靠地靠爹靠娘靠丈夫，都不如自己手里有钱，自己有办法让钱生钱。

想到这里，似锦又吩咐金掌柜：“你这些时候再去市面上看看，看有没有其他可做的生意。”

金掌柜答了声“是”，笑道：“金银之物，是喜动不喜静的，与其积存埋没，不如让它动起来生息。我明日就去看，待有了准信，再向东家回话。”

安排好诸项事情，似锦整个人都稳了下来，带着素心和韩勇媳妇上了马车，往梧桐里周府方向去了。

路过醉春风酒楼在城里的分店的时候，似锦让车夫停下马车，吩咐韩勇媳妇去买了几包醉春风酒楼特产的酱猪肘子、酱猪蹄、酱鸭掌和酱鸡翅，以及两坛上好的桂花酒，预备晚上开心痛饮，一醉方休。

在威远侯府时，太夫人时不时就提点她，意思是她高攀了威远侯府的门第，因此似锦每日循规蹈矩约束自己，不愿出了岔子被人笑话。

她如今好不容易和离了，就想放纵自己，做自己在威远侯府时不敢做的事，比如亲自出门处理生意，比如买卤味吃酒，比如乘马车到永福寺上香，再比如到嵩山游玩……

似锦有好多好多想做的事，如今有大把的时间，尽可一件一件都去实现。

这样一想，和离了，可真好啊！

马车进了周府，在二门外停了下来。

似锦吩咐韩勇媳妇：“这些卤味，你拿走两包，再拿走一坛桂花酒，其余悄悄送到蒹葭院交给春剑。”

韩勇媳妇笑了：“多谢大姑娘。大姑娘放心，小媳妇知道该怎么做。”

似锦带着素心去惠畅堂给周夫人请安。

周夫人的娘家嫂子王夫人也在惠畅堂，见了似锦，笑吟吟道：“似锦，你快坐下，舅母有件事正要与你说呢！”

似锦在东侧的圈椅上坐了下来，含笑道：“舅母请讲。”

王夫人看向周夫人。

周夫人会意，吩咐道：“都退下吧。”

待侍候的人都退了下去，王夫人这才开口道：“似锦，宫中书画院有一位江待诏，大名唤作江真，字诚志，胶州人，今年才二十六岁，诗写得好，书法也好，善画山水，人也生得清秀，你舅舅很欣赏他，说他的山水潇洒拔俗，独具一格，是个难得的书画之才。”

似锦喜欢山水画，听说过这位江待诏，还托人买下了这位江待诏的《雪室读书图》，因此听王夫人介绍他，便凝神听着。

王夫人见似锦有兴趣，便接着道：“江待诏的夫人去年亡故了，如今留下一儿一女，江待诏想要续娶一房妻室，照管儿女，管理家务。”

她的丈夫王令诚如今担任宫中书画院的待诏，这位江待诏是王令诚欣赏的后辈，因此才向似锦介绍这位江待诏。

似锦这下子明白了，王夫人这是想要做媒呢！

她心知自己如果不表明态度的话，以后类似的事情怕是还要发生，因此思忖了一下，微笑道：“舅母，我初初和离，心灰意冷，想要独居几年休养身心，再嫁之事不必再提。”

不待王夫人开口，似锦接着道：“我今日出去，在嵩岳街买了一套宅子，待收拾齐备，就要搬出去住了。”

她低头一笑：“毕竟是出嫁女，哪好意思一直住在娘家。”

似锦这是趁此机会，向周夫人表明自己并无赖在娘家不走之意。

王夫人吃了一惊，看向周夫人。

和离的闺女，即使是庶出，娘家也得收留啊，怎么能让她自己出去住？

周夫人得知似锦已经在外面买了宅子，择期就要搬走，不由自主地松了一口气——她正在给儿子周韶相看亲事，因一心想要高娶，所以担心有个和离在家常住的长姐，周韶也许会被人挑剔。

可是接着她又有些不好意思，觉得自己待似锦的确不公平，于是和蔼地道：“急什么呢，在家多住些时日，好好陪陪你爹爹。”

似锦嫣然一笑：“我在家待着，常常顶嘴，爹爹不知道要多生多少气。”

她性子比倩兮和盼兮倔强，甚至有时会顶撞爹爹，似锦自己也清楚得很，只是气上来时就忍耐不住。

王夫人还不肯放弃，温声道：“似锦，这位江待诏人品性格实在是好，虽然在京城是赁房居住，可是在胶州老家却也有几百亩地和一个庄园，日子颇为过得。”

似锦摇了摇头，态度诚挚：“舅母，多谢您替我操心，可我是真不想再嫁了。”

她好不容易脱离了婚姻牢笼，又不傻，为何要再次自投罗网？

王夫人见似锦坚持，便不再提了，又说了两句闲话便要起身告辞。

似锦趁势跟着起身，送了王夫人乘车离开，自己带着素心回蒹葭院去了。

今晚月光很好，似锦让人闩上蒹葭院的大门，在庭院里的木香花架下摆上桌椅，把买回的卤味装盘，桂花酒温好，与春剑、素心一起吃酒赏月。

等吃得醉了，婆子收拾了杯盘肴馔，似锦自和春剑、素心回房睡下了。

此时景和帝还未曾入寝。

许太后来到御书房谈明日选妃之事：“这批秀女，我都替你看过了，有几个家世人才都颇为出众，即使不立皇后，也可以先选几个充实后宫，你都二十二岁了，后宫一个女人都没有，朝臣怎么想你？天下百姓怎么看你？”

景和帝单手支颌坐在御案后，一直默不作声，背影瞧着颇为单薄。

见儿子依旧以沉默回应自己的劝说，许太后心下恼怒，道：“小凤凰，你看那几个兄弟，庆王膝下多少个儿子了？林峥也有好几个儿子了。还有林嵘，王妃才嫁进王府多久，如今也有身孕了。难道咱们辛辛苦苦得了皇位，是为他们作嫁衣吗？”

景和帝叹息了一声，吩咐李越：“都退下吧！”

待御书房里只剩下自己和许太后，景和帝这才抬眼看向许太后，神情萧瑟，声音带着痛楚：“母后，我根本没法生育子嗣。”

许太后闻言，一下子呆住了。

殿外檐下的铁马被夜风吹得丁零零直响。

御书房内却静得出奇，赤金枝形灯上燃烧的烛焰偶尔发出“噼啪”的灯花爆裂声。

景和帝单手支颌，垂下了眼帘，掩住了眼中的悲凉和痛楚，浓长的睫毛在烛光的照射下铺撒了下来，在眼睑上投下两片阴影，自有一种清冷寂寞之感。

许太后看着唯一的儿子，看着他巴掌大的脸和单薄细条的身子，想到他这些年被余毒折磨的日子，一句话都说不出来了，半日方恨恨道：“姓苏的贱婢，还有她背后的苏家，我绝不会放过他们！”

景和帝叹息了一声，道：“母后，无论如何，关于我身体状况的这个秘密，还是暂且压着吧，万一被人泄露出去，将来我可是要留名汗青，成为历史上独树一帜的无能皇帝了。”

他又苦笑了一声，道：“那我可要被钉在历史的屈辱柱上，成为千古的笑柄了。”

许太后知道林岐说的是真的，心里难受极了，过了一会儿方起身走了过来，抚了抚林岐的肩，低声道：“小凤凰，母后不会催逼你了。”

她没脸催逼了，原是她的错，她的疏忽导致小凤凰这些年的病痛。

林岐看着前方，声音萧瑟悲凉，带着些许落寞：“母后，明日的秀女选拔，您和父皇看着办吧，愿意离开就赐金送回其父母身边，不愿意就赐给皇室宗亲，别再打我的脸了……”

许太后在林岐单薄的肩膀上摁了摁——林岐原本该是宽肩窄腰长腿的好身材，可是因为余毒的多年折磨，虽然依旧是宽肩窄腰长腿，肩膀却单薄得令人心疼。

她温声道：“母后明白。明日一早下了朝，你寻个理由去金明池行宫那边散散心吧！”

送走母后，林岐松了一口气，起身走到窗前，看着在夜风中摇曳的香樟树，想着似锦：这么晚了，她睡了吗？嫁出去的女儿和离回了娘家，她在周府住得开心吗？

她是庶女，在周府会不会被人欺负？

这时候李越进来禀报道："陛下，孙沐泉招供了，庆王谋反的证据已经拿到了。"

林岐抬眼看了过去。

李越忙双手奉上一摞文书。

林岐示意他放在了御案上，走过去一目十行开始看。

看罢孙沐泉的供词，林岐沉声吩咐道："传朕旨意，着次辅赵贡、兵部侍郎蒋飞云，连夜查抄庆王府。"

他一直在等一个扳倒苏贵太妃和庆王林嶂的理由，如今终于找到了。

只可惜苏太后已经薨逝，倒是便宜她了。

李越答了声"是"，自去安排传旨。

等太上皇得到庆王府被查抄、庆王及众亲信被监禁的消息，已经是第二天上午了。

朝野上下，乱成一团。

太上皇忙命人去御书房请景和帝，却扑了个空——景和帝龙体不适，前往金明池行宫静养去了。

而宫里的选秀如期举行。

太上皇和许太后端坐在中间的宝榻上，苏贵太妃与淑太妃、贤太妃等有身份的太妃陪坐两侧，看着花枝招展各具风姿的秀女按照顺序一对对进来候选。

许太后已经得知了庆王被监禁的消息，心中称意，眼中满是笑意，和蔼可亲地看着眼前这些青春美丽的秀女。

太上皇沉默不语。

他是被景和帝逼着退位的，哪里能左右景和帝？只能用"孝"字来略微约束景和帝罢了。

苏贵太妃眼睛发红，不停地看太上皇，眼中满是祈求，希望太上皇能出手救他们的儿子庆王林嶂一命。

要知道，景和帝年纪不大，却心狠手辣，林嶂落到他的手里，新仇旧恨一起算，怕是难逃这一劫。

她对幼年时的林岐下手干脆利落，可是一旦自己的儿子出事，却母子连心甚是凄楚慌张。

贤太妃和淑太妃等太妃端坐在那里，风韵犹存的脸上带着适度的笑，眼中却殊无笑意——景和帝既然对庆王林嶂下了手，焉知下一个会不会轮到她们的儿子。

在这样诡异的情形下，这次选秀居然没有一个秀女被留牌，全部送返家中。

似锦去见周夫人："母亲，我先前曾许下愿心，若是能离开威远侯府，就去永福寺烧香礼拜，如今愿心实现，我想去永福寺还愿。"

周夫人听了，沉吟了一下，道："既然许了愿心，且不可辜负菩萨，还是让韩勇两口子跟你去吧。"

似锦的马车在永福寺外停了下来。

似锦戴上眼纱，扶着春剑下了马车，韩勇两口子提了毡包在后跟随。

车夫把马车赶到一边老槐树下，在寺外等着。

似锦往日前来，都是直接去了永福寺后的许氏墓园，还是第一次来永福寺。

她立在台阶下，向前看去，却见山门齐整，古木参天，极为清幽。

进了寺门，似锦先闻到了一股檀香，却见两侧钟鼓楼藏经阁并立，甚是巍峨，而中间的大殿佛像庄严，灯烛荧煌，炉内香烟缭绕，幢旗道道。

只是有些稀奇，明明是天朗气清的好日子，永福寺却静悄悄的，没有一个香客，也未曾见僧人出迎。

似锦心中诧异，立在香炉前方，命韩勇去请香。

韩勇忙道："大姑娘，永福寺的济世大师是咱们老爷的好友，我在这里是极熟的，您且等着，我很快就来。"

似锦点了点头："去吧，我们去山门外候着。"

刚出山门，似锦就见到一个年轻书生带着个书童迎面走了过来，凤眼朱唇，清俊异常，身材高挑，只是略瘦了些，颇有一种弱不胜衣的风致，正是上次见过的那位"女道"。

似锦其实不愿见到这个人，他长得太像许凤鸣了，似锦一见他，心里就要难受半日。

她立在那里，静静看着这人，想看看他到底打什么主意。

林岐走上前，拱手施礼："周姑娘。"

似锦等着他说"好巧"，谁知没等到，便隔着眼纱瞅了他一眼，道了福，道："好巧。你也来永福寺上香？"

虽然似锦戴着眼纱，可是林岐也能猜到似锦此时定是不屑的小表情，不由得微笑，道："周姑娘，鄙姓林。我是来拜访永福寺的济世大和尚的。"

似锦闻言，轻移莲步，款促湘裙，闪在一边，给林岐让道："林公子，请。"

林岐看着灵动娇俏的似锦，心道：虽然因为眼纱的阻隔，看不到似锦的脸，可是听她说话，看她动作举止，分明比初见时好了许多，看来离开威远侯府那个烂塘泥淖，对她来说是件好事。

见林岐未动，似锦便自己昂首向前去了，一直走到了山门外的一株老杏花树下，这才停住了脚步。

杏花树下自有石桌石凳，韩勇媳妇从毡包里取出坐垫铺设在石凳上。

春剑去马车里取了暖壶和盖碗出来，给似锦斟了一碗碧青的菊花茶。

似锦在坐垫上坐下，取下眼纱递给了韩勇媳妇——她又不是未出嫁的小姑娘，不戴眼纱也没什么——然后接过春剑奉上的菊花茶，抿了一口。

这永福寺今日实在稀奇，檀香袅袅，却没有人迹。

林岐原本立在山门前，见似锦喝茶，便意态悠闲地走了过来，洒然一拱："周姑娘，我甚是口渴，请赐我一盏茶喝吧！"

似锦没想到这厮长得如此清冷俊俏，脸皮却厚，诧异地抬眼看他。

看到他那张酷似许凤鸣的脸，她的心蓦地软了，叹了口气，吩咐韩勇媳妇："给林公子铺设个坐垫。"

韩勇媳妇另拿了个坐垫，铺设在了似锦对面的石凳上。

春剑是被似锦使惯了的，不用她吩咐，直接拿出一个盖碗，涮了涮，斟上菊花茶奉给了林岐。

似锦眼睛看着林岐，心里却在思念许凤鸣——许凤鸣虽然瘦，脸却比这个姓林的圆润一些，鼻子应该没姓林的高，还有嘴唇，许凤鸣的嘴唇肉肉的软软的，这姓林的哪里能和她比？

还有脸颊，许凤鸣的脸颊软软的，跟个小娃娃的脸颊似的，多好玩呀……

林岐见似锦眼眶湿润了，猜到她是在透过自己的脸想念许凤鸣，不由得在心底叹了一口气，端起茶盏尝了一口。

茶色澄碧，茶味微苦，后味甘甜。

是似锦一直爱喝的胎菊茶。

似锦身上火力大，就算是冬天，身上也热乎乎的，挨着她睡最舒服了，跟挨着个暖被窝用的银炕瓶似的，可温香软玉，银炕瓶自不能比……

林岐才知道自己错了，辜负了似锦，也惩罚了自己……

一阵微风拂过，粉白色的杏花花瓣纷纷飘落下来。

似锦心中伤感，不敢再看林岐，移开视线，看着前方的山门，问韩勇媳妇："韩勇去寻济世大师，怎么去了这么久？"

韩勇媳妇忙道："大姑娘，会不会是济世大师不在寺里？"

似锦略一思索，道："既然是来还愿，原不必一定要见到济世大师……咱们这就去烧香吧！"

她站起身来，对林岐道了福，扶着春剑往山门去了。

林岐没有动，又饮了几口茶，这才起身往山门而去。

似锦点了香，插入香炉内，参拜后，双手合十立在佛前开始低声祷告："祝当今天子景和帝龙体康健，长命百岁，平安喜乐，信女愿献银二十两做香油之资……"

永福寺内依旧空荡荡的，并未人迹，很是寂静。

林岐立在似锦身后，清清楚楚地听到了似锦的祷告，一时有些怅然。

"龙体康健，长命百岁，平安喜乐"，在见到乔夙之前，这些都是虚无缥缈的。

似锦祷告罢，正要往香火箱里塞银票，忽然闻到身后似有熟悉的气息，下意识地吸了吸鼻子——淡淡的速水香，夹杂着薄荷气息和只有她能闻出来的体香——这是小凤凰特有的气息，也是那位姓林的身上特有的气味。

她把银票塞进香火箱，也不理林岐，转身出去了。

似锦从不觉得自己是大美女，这位林公子就比她更好看，因此不存在对方对她一见钟情再见倾心的可能，那这位林公子刻意接近她，应该是别有所图了。

似锦原本要去永福寺后的墓园给许凤鸣扫扫墓，烧一陌纸钱的，今日那个姓林的既然跟着，她就不打算去了，在山门外坐下等候韩勇回来。

林岐立在佛像前，低声吩咐道："把那个韩勇放出来吧！"

扮作书童的李涵答了声"是"，招手叫来暗卫，低低吩咐了几句。

似锦又饮了一盏茶，见韩勇还不出来，正要让车夫进寺里去找，却见韩勇急匆匆从山门奔了出来："大姑娘！"

她忙起身："韩勇，出什么事了？"

韩勇欲言又止，最后拱了拱手，低低道："姑娘，寺里有贵人在，咱们还是回去吧，免得冲撞了贵人。"

他去寺里找济世大师，没有见到，却见到了炙手可热的李越李公公，还被李公公强留在了后面的禅房内。

好不容易李公公愿意让他出来了，却又补了一句："要是想好好活着，不该说的就不要说。"

韩勇自幼侍候周胤，不知道见过多少稀奇古怪之事，当下心里就有数了——既然李公公在，怕是天下至尊至贵的贵人也在，赶紧催着姑娘离开，免得冲撞了贵人。

似锦知道韩勇是自己爹爹的亲信，有勇有谋做事周全，见他如此，便知事态严重，当即登车而去。

到了晚间，李越来到金明池行宫的临水殿，向景和帝禀报："启禀陛下，属下的人一直跟着护送周姑娘。周姑娘进城之后，先去了银匠胡同曹宅，拜访了祥符县县尉曹翔的夫人王氏，在曹宅盘桓到了傍晚，这才告辞出来，直接回梧桐里周府了。”

景和帝听了，心中好奇：“那位曹夫人，和她关系如何？”

他知道似锦和王菁关系好，却不知好到什么地步。

李越忙道：“启禀陛下，曹夫人乃王学士的庶女，周姑娘的表姐，和她是闺中腻友，极为投契。”

景和帝心情极为复杂。

一方面，想到似锦离开泽州到了京城，有王菁这样的闺中腻友来往陪伴，他心里觉得有些安慰；另一方面，想到似锦心里除了他，还有别人，他又觉得酸酸的，怪不舒服。

接下来的这几日，似锦深居简出，日日待在蒹葭院，做做针线，读读书，终于做出了一件雨过天青色松江布道袍。

这日傍晚，她让春剑去问孙妈妈，得知爹爹在外书房品茶，便用包袱装了那件道袍和一幅卷轴，拎着去了外书房。

周胤得了女儿亲手做的这件道袍，欢喜得很，忙上身试了试，发现尺寸正好，处处妥帖，不由得欢喜：“我儿真是心灵手巧。”

似锦笑盈盈道：“爹爹，我再给您绣一个荷包和一个笔袋吧？”

周胤点头：“甚好。爹爹喜欢青色，用青色缎子给爹爹做个荷包吧！”

似锦满口答应了下来，又拿出那幅卷轴递了过去：“爹爹，您看看这幅《湖天春色图》，这是我给爹爹准备的生日礼物。”

这是她一个偶然的机会收购的前代画家吴历的真迹。

周胤展开卷轴，连声赞叹：“干笔焦墨，邃密郁苍，好画，好画啊！”

似锦一直在旁侍立，陪爹爹欣赏名画。

周胤欣赏完名画，抬眼看向似锦：“似锦，你是不是有事要和爹爹说？”

似锦这孩子一直长到十四岁才回到他身边，父女之间到底有些隔阂，每次似锦向他表示亲近，都是带着目的而来。

似锦看向爹爹，眼睛清澈，神情坚定：“爹爹，我买的宅子已经拾掇好了，我打算这几日就搬出去。”

这些日子，官媒频繁往来周府，与周夫人交好的礼部韩尚书夫人也频繁拜访惠畅堂，周夫人还特地交代似锦不必去请安——种种迹象表明周韶婚事正在紧锣密鼓地进行着，她这个和离回来的庶出姐姐还是早些回避的好。

似锦自从离开泽州来到京城，这些年也见识了不少人情冷暖，与其被人嫌弃，

不如自己识趣一些，主动离开。

周胤刚要开口，似锦便微微一笑，道："爹爹，我在威远侯府被压抑得太久了，都快要窒息了，如今好不容易逃出生天，我想过自由自在的日子——还得爹爹保护我呢！"

她接着道："爹爹，明日您有没有空？我想爹爹去看看我的新宅子。"

看着女儿与自己酷似的杏眼，周胤鼻子一阵酸涩，扭过脸去，过了一会儿方道："爹爹明日休沐，上午陪你去看看吧。"

似锦听爹爹说明日要去自己的宅子看看，还挺开心："爹爹，那宅子特别适合读书人居住，您去看了，一定很喜欢。"

周胤也笑了："嗯，那明日上午用罢早饭，咱们就出发吧！"

似锦离开之后，周胤展开似锦送他的《湖天春色图》欣赏起来。

正在这时，孙妈妈进来通禀："老爷，韩勇来了。"

韩勇行罢礼，直起身子道："老爷，昨日我护送大姑娘去永福寺，遇到了一件蹊跷事……"

他把昨日之事说了一遍。

周胤一边思忖一边道："李越是陛下亲信，他出现在永福寺，陛下应该也在永福寺；他拦着你不肯让你回山门那边，极有可能是陛下也在山门那边……"

韩勇是从小侍候周胤的，毕竟亲近，当下便道："老爷，当时我家那位和春剑正陪着大姑娘在山门外。昨日还有一点蹊跷，永福寺香火旺盛，可是昨日山门内外空荡荡，并无他人，一直到昨日离开，我等也没见到济世大师。"

周胤想到了一种可能，不过很快就自己否定了。

陛下是高高在上的皇帝，大周朝至尊至贵之人；似锦虽是他的女儿，却和离回了娘家……

两个人身份地位相差太远，应该不会有交集的。

想到这里，周胤就不再多想了，吩咐韩勇："这件事先不理会，大姑娘预备搬到兰草巷居住，你帮我去打听打听，再暗中警告一下附近的地痞流氓，免得他们欺负我的女儿。"

韩勇答了声"是"，又道："老爷，您若是不放心，不如让我娘和我家那位去侍候大姑娘。"

如今尚书府是夫人管家，管事的都是夫人带来的陪房，他家这样的一直跟老爷的人就有些尴尬，与其在府里被排挤，不如跟着大姑娘过去侍候，也能给老爷分忧。

周胤一听，点了点头："你去和你娘子，还有你娘说一声，然后让孙妈妈带了她们去找大姑娘，若是大姑娘同意了，再去禀报夫人。”

韩勇答应了一声，自去安排。

似锦预备这几日就要搬出去住，因此一回蒹葭院，就命春剑和素心开始收拾行李。

春剑笑盈盈道：“姑娘，咱们哪里需要收拾行李，出发时把这些衾枕铺盖一收，立刻就能出发。”

似锦一想，的确如此，不由得笑了，道：“蒹葭院虽好，却不是久居之处，以后搬到咱们自己的宅子，要多养一些花花草草，再养几只猫狗。”

春剑插嘴：“姑娘，还得再寻一个专门养猫养狗的丫鬟。”

似锦眼波流转：“你有人选了？”

春剑笑了：“方才小丫鬟幽客来求我，说想要到姑娘您这边侍候。”

似锦略一思索：“春剑，素心，你们觉得幽客怎么样？”

春剑道：“挺机灵的。”

素心则道：“幽客消息灵通，善于观察，善于打探消息，姑娘身边还真需要这样一个人。”

似锦见她俩都称赞幽客，便吩咐春剑：“幽客是归孙妈妈管的，你去和孙妈妈说一声吧！”

春剑还没出门，孙妈妈就带着韩勇的娘韩婆子和韩勇媳妇过来了。

得知爹爹把韩婆子和韩勇媳妇婆媳俩给了自己，似锦还挺开心，趁机问孙妈妈要幽客。

孙妈妈满口答应了下来，道：“那我这就去跟老爷和夫人回话。”

第二天上午，周胤骑着马，护着似锦的马车出了梧桐里，往嵩岳街方向去了。

周胤毕竟是读书人，背着手把前院后院都细细看了一遍，还上楼查看了一番，又叫来李青等人盘问了一通，心里很满意，却不肯表现出来。

他又出了后门，到了梅溪河边，立在青石岸堤上远眺一番，胸间诗意澎湃，当即赋诗一首。

似锦如今心情舒畅，当即变身马屁精，让管家李青拿了纸笔过来，自己把爹爹作的诗都记录了下来，然后道：“爹爹，等我搬来这边住后，我好好画一幅画，配您的这首诗，好不好？”

周胤知道女儿善画，甚是喜欢：“甚好甚好。你想好一个名号刻个章，到时候把画悬挂在爹爹的书房里。”

见爹爹已经松口，似锦便回去禀了周夫人，预备两天后搬家。

到了搬家那一日，周胤不愿面对别离，去永福寺寻好友济世大师谈佛理了。

似锦拜别周夫人，带着春剑和素心登车而去。

韩婆子、韩勇媳妇和幽客也乘马车跟着去了。

新居甚是宽敞，似锦住在二楼大通间，春剑住在一楼东厢房，素心独自住在西厢房。

幽客和先前宅子的两个丫鬟李竹和李兰住在东边耳房里。

韩婆子和韩勇媳妇住在西边耳房里。

厨娘就住在厨房楼上。

管家李青和看门的小厮则住在前院门房内。

一时安顿齐备，似锦想起北方风俗，初搬家要宴请亲友和左邻右舍，叫“燎锅底”，就命李青去嵩岳街上的太白遗风酒楼叫了三个席面，又请了福康布坊的金掌柜和伙计过来，预备分三处吃酒，进行“燎锅底”。

一时夜深，酒席散了，似锦交代李青小心门户，便洗漱了上楼歇下。

转眼就到了三月三上巳节。

这日天朗气清，惠风和畅，似锦心情甚好，便命人在后门外梅溪河边的岸堤上摆了两张锦凳和一张小几，小几上摆着一个攒盒，里面放着瓜果点心，另有一套素瓷茶盏。

似锦坐在锦凳上，安心垂钓。

春剑坐不住，和幽客在院子里踢毽子。

素心陪着似锦钓鱼，宅子里原先留下的丫鬟李竹在一边采摘薄荷制作薄荷膏。

春剑踢毽子踢了一身汗，出来看似锦的钓鱼成果，却发现水桶里空荡荡的，居然一条鱼都没有钓上，不由得笑了起来：“姑娘，您好笨呀，钓了半个时辰，居然一条小鱼都没钓上。”

似锦正要说话，却见一条毛色雪白的哈巴狗，摇摇摆摆带着三个圆滚滚的小白狗从西边过来了，当即眼睛一亮：“呀，这是谁家的狗？好可爱！”

她忍不住伸手去摸小狗，只觉得软绵绵的，手感极好。

小狗似乎很喜欢她，围在似锦的周围，狗妈妈站在一边摇尾巴。

似锦把三只小狗都撸了一遍，眼巴巴地又问李竹：“这是谁家的狗？”

她想征求狗的主人同意，喂狗妈妈和小狗吃点东西。

李竹起身看了看，道：“姑娘，应该是西隔壁林家的狗，我先前见过他家小厮遛狗。”

似锦抬头向西看去，却见一个青衣书生分花拂柳从西边而来，身材高挑，形容清俊，正是见了无数次的自称姓林的那位。

林岐缓步而来，见似锦杏眼圆睁看着自己，手却依旧在小奶狗背上停留着，手指还在抚摸小奶狗，不由得微笑——他就知道似锦喜欢猫狗，见了可爱的猫狗就走不动路。

他走了过去，洒然拱手行礼："周姑娘，好巧！"

似锦："嗯，真的很巧呀！"

她看了看三只小奶狗，又看了看林岐，站起身来，端端正正福身还礼，赔笑道："林公子，这三只小狗和狗妈妈可是贵宅养的？"

林岐见她眼巴巴看着自己，一时心情有些复杂，忙移开了视线——每次似锦用这样的眼神看他，他就会没了原则，什么都答应她——轻声道："周姑娘很喜欢小狗吗？"

似锦忙不迭地用力点头："特别喜欢。"

她担心林岐领会不到自己对他的小狗的喜爱，忙又强调了一遍："我好喜欢小狗呀！"

林岐微笑起来："你想要几只？"

似锦眼睛亮晶晶，试探着伸出三根手指头："三只小狗都给我，行不行？我可以付银子给你！"

林岐不忍她失望，当即道："我曾见你在河边画画，你画一幅《上巳春光图》给我，换这三只小狗如何？"

似锦满口答应了。

她又试探着道："要不小狗先给我，画我从从容容地画，画好了装裱了再给你？"

林岐笑着答应了下来。

他见旁边有钓竿，而盛着水的木桶里一条鱼都没有，便道："没钓上鱼吗？我帮你钓吧！"

似锦正要拒绝，谁知林岐接着道："大白、二白和小白都喜欢吃鲜河鱼。"

似锦当即笑盈盈道："那就拜托林公子你了！"

林岐吩咐扮作书童的李涵去准备鱼食，自己在似锦方才坐的锦凳上坐了下来，摆出架势开始钓鱼。

他果真有几分本事，片刻后就钓上了一条小鲫鱼。

似锦在一边看着他一系列动作，心里一动——这个姓林的，不光长得像小凤凰，动作也很像……

她心里莫名有些伤感，在另一张锦凳上坐了下来，抱着膝盖，望着河上的帆影，回忆着往事。

过了一会儿，似锦屏退侍候的人，开口问道："林公子，你是不是认识许凤鸣？"

林岐静默了片刻，道："是。"

似锦眼睛溢满了泪水，轻轻问道："你是怎么认识她的？"

林岐默然许久，道："我们是……亲戚。"

似锦笑了，睫毛湿漉漉："我就说呢，你和她长得很像，怪不得，原来你们是亲戚。"

似锦似不甚在意地又问了一句："林公子，你和许凤鸣是什么亲戚，以前怎么没听说过？"

她一边问话，一边观察着林岐。

林岐察觉到了似锦的小心思和话中的试探，心里既甜蜜，又觉得凄凉——经过这段时间的观察，他已经发现了，这一世没有他的参与，似锦活得并不快乐，步步为营，处处防备，偏偏四周饿狼虎视眈眈。

他看着梅溪河对岸的葱郁树林，低声道："我和许凤鸣极亲近，亲近到许凤鸣临离开前把你托付给我的程度。"

似锦心中酸楚，叹了口气道："哦，她自己不肯见我，临离开却把我托付给了你，然后六年后你才出现。"

林岐听出了她话语中的伤感，轻轻道："许凤鸣知道自己错了，可是大错已经酿成，只能尽力补救了。"

他说的话似锦一个字都不信，她忽然开口道："既然许凤鸣临终前把我托付给了你，那我离开泽州时，许凤鸣给了我多少银子做盘缠？"

这个林公子即使能打听到许凤鸣私下叫她"白又胖"，却定不能打听到她离开泽州时许凤鸣给她的银票数目——因为数目的确太大了，一般人不会相信许凤鸣会给一个贴身丫鬟这么多银子的。

林岐看着似锦，心道：我的白又胖，不管何时都是一个小机灵鬼啊！

他的右手做出了表示数目六的手势——大拇指和尾指伸出，其余三根指头都收了起来。

似锦吃了一惊，面上却不动声色，她盯着林岐，笑着道："嗯，的确是六十两银子。"

她藏在衣袖里的手紧握成拳。

林岐看着她，轻轻道："不是六十两，是六千两。你那时候说想要做大家闺秀，京城大家闺秀的陪嫁，六千两银子足够了。"

似锦的心跳很快，她站起身，杏眼圆睁看着林岐："那时候在青龙山，我随着许凤鸣跟着先生读书，我那时候特别爱读书，一丁点的时间都不肯浪费，就连许凤鸣也夸我呢……”

说到最后，似锦的声音已经有一丝颤抖，眼睛也不由自主蒙上了一层水雾，鼻头也红了。

见似锦这模样，林岐想笑，可是嘴角牵了牵，却没笑出来。

他依旧坐在锦凳上，仰首看着似锦：“你和许凤鸣在青龙山跟着和先生读书，起初还不错，你功课学得很好。可惜等到和先生讲易理，你就不爱听了，天天跑出去玩，荡秋千、骑马、画画、逗鸟、烤鱼……许凤鸣根本没夸你，他说了你好几次，可惜你不听。他说你是笨蛋，你说你靠他就行了，何必学听不懂的易理。”

这些都是他和似锦最美好的回忆。

似锦眼泪夺眶而出，她盯着林岐，声音压抑：“你，到底是谁？”

这些是她和许凤鸣的秘密。

她是真的觉得易理枯燥难懂，于是就跑出去玩，许凤鸣说她，她还得意扬扬地说：“我靠着你就行了，何必学我根本听不懂的易理？”

那时候的似锦，是真心打算以后靠定许凤鸣，许凤鸣嫁人，她也要跟着过去做女管事。

林岐站起身来，看着眼前的似锦，低声道：“傻白又胖，我是小凤凰呀！”

似锦其实已经朦朦胧胧猜到了，因为许多细节，是她和许凤鸣之间的秘密，真的只有她和许凤鸣知道，外人不可能知道。

她仰首看着林岐：“你……怎么变成男的了？”

眼前这人曾扮成女道接近她，似锦不小心触到了他胸部甚是平坦，绝对是男子。

再说了，眼前这人，虽然肌肤细嫩，长相甚美，可是喉结明显，肩宽腰窄腿长，身材高挑，绝对是男子。

林岐忽然凑近似锦，在她耳畔低声道：“我做许凤鸣时，一直是男扮女装。你难道忘记了，我洗澡时从不让你靠近，我换衣服也避着你，而且我也从来不看你洗澡，不看你换衣服。”

似锦全都明白了。

她不愿意自己心中的白月光变成一个男子，抱着微弱的希望，希望这人是在骗她，想了想，又问了一个问题：“我能不能看看你的后腰？”

一个极偶然的机会，似锦发现许凤鸣后腰窝处有一个红痣。

林岐看了看四周，有些无奈：“这里不太方便吧……”

似锦才不怕呢，她都是和离回家的人了，和寡妇也差不了多少，又不打算再嫁，才不在乎名声：“没事，我不觉得不方便。”

林岐瞅了她一眼，背对着她，脱去外面的青色道袍，露出了白绫中衣，然后撩起了中衣。

看着林岐后腰围雪白肌肤上那个比米粒稍大一些的红痣，似锦觉得自己是在做梦。

她揉了揉自己的眼睛，凑近细看，还是不敢置信，下意识就伸手去挠。

林岐平生最是怕痒，被似锦的指甲轻轻挠了挠，腰部当即颤抖了一下，低低“啊”了一声。

似锦没有说话。

这红痣是真的，他被人摸腰时怕痒的反应也是真的。

眼前就是许凤鸣，只是许凤鸣变成男人了。

三月的春风轻轻拂过似锦的脸，她能够闻到风中带来的河水、泥土、树丛和青草特有的清新的气息。

半日，似锦听到自己问道：“你是许凤鸣，可是许凤鸣已经离世，那你现在是谁？”

林岐默然。

似锦是他最亲的人，他也是似锦最亲的人，他已经骗了似锦，如果继续骗下去，是对似锦更大的伤害，不如早些承认，早些承担。

他下定了决心，转过身，伸手扶住了似锦的双臂，沉声道：“如今我是林岐，大周的皇帝林岐。”

似锦站在那里，若不是林岐扶着她，她已经支撑不住了。

哦，林岐，大周的皇帝。

今上景和帝，名字的确是林岐。

景和帝和他同辈的兄弟，名字都从了山字旁，庆王大名唤作林嶂，平王唤作林峥，宁王唤作林嵘……

似锦觉得自己做了一个漫长的梦。

这梦有苦有甜，有分离的痛苦，也有重聚的欢乐，有钩心斗角步步为营，也有开心欢乐富贵荣华……

在梦里，她曾风光无限十里红妆嫁入侯府，也曾日夜悬心拼命遮掩，最后借了当今天子景和帝的势，这才与孙浴泉和离逃出生天。

如今好不容易她自由了，生活中有了开心和快活，这时有人站了出来，说他是许凤鸣。

似锦经历多少苦难，都放在内心深处珍藏的许凤鸣。

而这人正是当今天子景和帝。

原来她心中的桃花源，只是别人的一场戏。

她则是这场戏中无关紧要的甲乙丙。

似锦叹息一声，退后几步，屈膝行礼："周氏女见过陛下，恭祝陛下万福金安。"

（四）

林岐怔怔看着似锦。

她对自己如此恭顺，才是最大的疏远。

似锦其实最会撒娇，她若是喜欢谁，而且确定对方也喜欢她，就会像小狗一样傻乎乎地黏着对方。

因为六年前，她就是这样对他的。

春风从河上而来，带着隐隐的水汽，微微有些凉意。

似锦始终保持着屈膝行礼的姿势。

林岐知道似锦外柔内刚，看着甜美温柔，其实很是执拗。如今她认定自己一直在骗她，自己再解释也是枉然，不如缓缓而来，见机行事。

想到这里，林岐低声道："似锦，你起来吧，我知道我错了，我辜负了你。你放心，我不会纠缠你了。"

说罢，他转身向西去了。

男子汉大丈夫，既然错了，就要承认，以后好好补救就是。

一直等到林岐的脚步声消失，似锦这才扶着膝盖直起了身子。

她两条腿全都麻了。

似锦在锦凳上坐了下来，抖开裙裾遮住双腿，抱着膝盖，静静看着梅溪河上来来往往的帆影。

细思往事，她知道自己也有错。

她虚荣心强，想要回到周家做大家闺秀，是她先要离开的。

她眼皮浅，一听嫡母说是威远侯府的二公子要求娶她，再加上孙浴泉长相俊美，就答应了孙家的婚事，自己傻乎乎地跳入火坑。

她太要面子，在威远侯府明明过得不好，却打肿脸充胖子，每次出门交际，都打扮得美丽华贵，笑脸迎人，好让人觉得自己嫁得好，过得风光……

似锦知道自己错了太多，可是她依旧接受不了这样一个事实，她一直把许凤鸣当作最亲的人，也自以为许凤鸣和自己最亲，其实许凤鸣根本没那么重视她。

若是重视她，她离开泽州时，许凤鸣为何不告诉她真相？

若是重视她，她得知许凤鸣来了京城连着好几次去求见时，许凤鸣为何给她

那么多次闭门羹吃？

若是重视她，这六年来她日日待在京城，得空就去永福寺后的墓园为许凤鸣扫墓，为何许凤鸣就不肯见她一面？

他就这样看着她傻乎乎地去祭扫空墓，听着她对着空墓说话，任凭她一次又一次为了曾经的选择痛哭？

算了吧，对小凤凰来说，她什么都不是。

想到这里，似锦趴在膝盖上无声地哭了起来。

林岐并没有走远，他立在西边的树丛后，怔怔看着坐在锦凳上的似锦的背影。

他担心似锦，不敢真的离开。

似锦压抑的哭声传了过来，看着似锦颤抖的双肩，林岐再也忍耐不住，他疾步跑了过去，单膝跪地，抱住了她："似锦，你别哭了，都是我的错，我错了，我后悔了——"

他紧紧抱着似锦，眼泪溢出眼眶，不停地往下流："我承认，我起初恨你贪慕荣华，把大家闺秀身份看得比我还重；后来我身上的余毒始终未解，大夫都说我活不过三十岁，我为了报仇而活着，为何要拖累你？"

林岐的脸贴着似锦的脸，继续诉说着："后来我得知你和孙浴泉定了亲事，特意去看，却见你在王家花园对着他拈花微笑，我想着你喜欢他，而我自己又活不长久，就升了孙浴泉的职，想着让他官高爵显，你也能夫荣妻贵。

"你开办福康布坊，每次你去布坊，我得知消息，就在斜对面的碧梧茶馆楼上看你。

"我得知孙沐泉对你不怀好意，已经有意弄死他。

"我早就后悔了，似锦，求你不要生气——"

初时林岐还带着些表演的成分，可是越说，他就越觉得生气，觉得自己真是自作自受，害了自己，还害了似锦。

其实中毒就中毒，反正他和似锦在一起，怎么着都行。

就算他在三十岁死去，也能和似锦在一起十四年。

似锦刚开始还沉浸在自怜自艾自我嫌弃中，此时一下子被林岐给弄蒙了，一动不动坐在锦凳上，听林岐诉说着心声。

林岐滚烫的泪水全都蹭到了她的脸颊上，先是热的，很快就变凉了，可是新的热泪又涌了出来。

他紧紧抱着她，似锦能够听到林岐的心跳声，能够闻到熟悉的气息——淡淡的速水香，夹杂着薄荷气息和只有她能闻出来的体香——这是小凤凰特有的气息，是她那么多年日日夜夜都能闻到的味道。

可真好闻啊！

林岐说到最后，真是一头撞死的心都有了——我为何会这样蠢？难道简单的算数我都不会？

似锦那样喜欢我，即使我陪伴她十四年撒手去了，也比我离开她让她孤苦伶仃面对这个世界强啊！

想到这里，林岐哭出了声。

男儿有泪不轻弹，他哭得撕心裂肺，似锦也跟着流起眼泪，终于忍不住问道：“你说的余毒始终未解，难道到了现在，你身上的毒还没有解？”

林岐吸了吸鼻子，“嗯”了一声，依旧把脸埋在似锦的颈窝里。

似锦又问他：“大夫真的说你活不过三十岁？”

林岐“嗯”了一声。

似锦从衣袖里掏出了洁净的帕子：“你说‘为了报仇而活着’，是不是指你要找给你下毒的人报仇？那你现在报仇没有？”

林岐闷声道：“已经开始报了，不过幕后之人还逍遥法外。”

他以威远侯孙沐泉的供词为由头，不久前刚派次辅赵贡和兵部侍郎蒋飞云连夜查抄了庆王府，监禁了庆王林嶂，可是林嶂背后的苏贵太妃及镇南侯苏家还未曾触及。

得知林岐既没有成功解毒，也未曾大仇得报，似锦一时说不出话了。

原来即使做了皇帝，小凤凰还是有做不到的事情啊！

过了一会儿，她伸手推开了林岐，嘟囔道：“你把我脸上、颈上都蹭湿了。”

林岐没吭声，依旧单膝跪地，一张漂亮的脸全是泪，凤眼红红的，鼻子红红的，看着狼狈极了。

似锦心里怜惜，叹了口气，移了移身子，正对着林岐坐着，左手捧着林岐的下巴，右手拿了帕子去给他拭泪：“你怎么是个泪包啊，眼泪居然比我还多。”

见林岐还跪在地上，她伸手拽他起来：“坐在锦凳上好好说话。”

林岐察觉到了似锦的软化，却不敢就此鸣金收泪，免得似锦又抛弃他，起身挨着似锦在锦凳上坐下，继续默默流泪。

一想到自己和似锦竟然因为那样矫情的原因分开了整整六年，一想到似锦吃了那么多苦，林岐的眼泪就止不住。

他低声道：“孙沐泉敢欺负你，我会剐了他。孙浴泉贪腐的证据已经找出，他已经被免职回家，只要他敢跳，我就命人拾掇他。威远侯府会被夺爵的。”

说着话，他的泪水扑簌簌又落了下来。

这会儿似锦倒是冷静下来了。

她看着身侧的林岐，发现他不哭的话，瞧着颇为硬朗，没有小凤凰的感觉。

如今他在默默流泪，一下子变得稚嫩柔软，再加上长得好看，梨花带雨似的，看起来就像小凤凰了……

似锦满心怜惜，伸出右臂去揽林岐的肩膀，发现太宽了，不好揽，只得下移揽住他的腰，低声道："过去就过去了，现在你我都挺好的，你还是先想办法寻找名医解毒吧，这比什么都重要。

"都做皇帝了，居然还不能解毒，要不然拿了庆王逼问苏贵太妃，说不定可以逼出解药，起码也能问出一些当年毒药的来历，有助于你寻医解毒。"

林岐立时怔住了，凤眼一下子瞪大——对啊，他怎么一直没想到？

他接到消息，李信喆带着乔夙已经在赶回京城的路上了，若是能提前获取毒药，应该可以降低乔夙解毒的难度。

想到这里，林岐眼睛亮晶晶看着似锦："似锦，你要不要看看我怎么用林嶂逼问苏贵太妃？"

她好奇心那么强，应该拒绝不了。

似锦："呃……好吧！"

她的好奇心真是不可救药。

似锦转念一想，觉得实在是不方便，便道："还是算了吧，我有些累，想回去歇歇。"

林岐眼睁睁地看着似锦起身进了后门。

片刻后，李竹出来，给他行了个礼，搬了锦凳等物离开了。

林岐默然片刻，叫来李涵吩咐了几句，让他好好守着宅子，保护似锦，有事迅速派人进宫禀报，然后才带着李越离去了。

似锦回房洗了脸，吃了午饭，便在楼上睡下了。

得知小凤凰还活着，她睡得极安稳，连梦都没做一个。

一直到傍晚时分，似锦才醒了过来。

她让素心在河边支了画架，铺上了鹅溪绢，开始作画。

如此过了几日，似锦终于把这幅《梅溪春景图》画好了。

把画裱好后，似锦又吩咐管家李青出去买了些上好的笔墨纸砚，用箱子盛了，先让小厮去打听，确定尚书周老爷回了周府，这才乘坐马车回梧桐里探亲。

惠畅堂正房内，周夫人正和娘家姐姐忠顺伯夫人说话。

忠顺伯夫人想让周夫人出面，让担任吏部尚书的周胤给忠顺伯蒋长青安排一个肥差。

周夫人很少干涉丈夫政务，一直不肯答应。

今日忠顺伯夫人一来，就开始大谈当年姐妹在闺中的往事，又说起了如今过日子的烦难，说着说着哭了起来。

见一向刚强的姐姐哭了，周夫人到底动了姐妹亲情，只得道：“我晚上见了子承，试着和子承提提这件事吧！”

忠顺伯夫人能屈能伸，忙道：“那就拜托妹妹了。我们阖府都指着妹妹你救命呢。伯爷再没进项，我就要典卖陪嫁的田产和房产了。”

周夫人正要说话，丫鬟进来通禀：“启禀夫人，大姑娘回来看老爷和夫人，正在二门外候着。”

周夫人不愿意见似锦，淡淡道：“就说我在见客，让她去外书房见老爷吧！”

她不喜欢周似锦，想必周似锦也不喜欢她这嫡母，既如此，何必常常见面虚以委蛇。

丫鬟答了声“是”，自去传话。

似锦早习惯了嫡母的冷待，吩咐春剑把自己给周韶带来的笔墨纸砚交给丫鬟，道：“这是我给韶弟准备的礼物。”

惠畅堂的小丫鬟莲心引着似锦和春剑往外书房那边走。

似锦给春剑使了个眼色。

春剑不过三两句话再加上一个盛碎银子的荷包，就打听出周夫人正在见娘家姐姐忠顺伯夫人，而且忠顺伯夫人是过来给忠顺伯讨要好差事的。

似锦没有说话，心里却在默默计较着。

作为京中的没落世家贵族，忠顺伯府实在堪称典范——一家子男人都爱好娶小老婆，女子都喜欢摆阔，个个长着一双富贵势利眼，竟无一人站出来顶门立户，一天到晚靠着祖产度日。

显见维持不下去了，便开始悄悄典当细软，渐至典当陪嫁房产田产，一日日衰败下去。

若是忠顺伯因为爹爹得了肥差，就凭他那滚油锅里敢伸手捞钱的架势，怕是要连累自己爹爹。

想到这里，似锦心中有了计较。

周胤见了似锦画的《梅溪春景图》，欢喜得很，命似锦为他研墨，当场题诗一首，又拿出私章盖上，然后问似锦：“似锦，挂到哪里合适呢？”

他这些儿女，顶数似锦像他，长得像，性格像，对书画的领悟力像，聪明劲儿和心机谋略也像。

只可惜似锦不是男儿，令周胤常常暗自叹息。

似锦帮他选了个位置挂好，和爹爹有一句没一句地闲聊，不知不觉把话题转

到了忠顺伯身上："爹爹，您知道吗？忠顺伯新纳了个十五岁的小妾，这个小妾在忠顺伯妾室中排行第十五，据说是扬州瘦马出身，忠顺伯花了好几千两银子才把她买到手里。"

周胤还是第一次听似锦说这些家长里短："管他呢，蒋长青一贯骄奢淫逸好色无度。"

似锦走过来，端起茶壶给周胤斟了一盏茶奉了过去："不是我管闲事，而是他买扬州瘦马用的银子，是从放高利贷的人那里借的，我听我布坊的金掌柜说，那些放高利贷的人个个穷凶极恶，若不是忠顺伯说他近日会得一个肥差搞一笔银子，他们早追着忠顺伯要账了。"

周胤闻言一愣，抬眼看着似锦："忠顺伯说他近日会得一个肥差？"

似锦想了想："是金掌柜听放高利贷的人说的，他三教九流都打交道，谁知道是真是假。"

周胤端起茶盏抿了一口，却转移了话题："似锦，在新宅住得怎么样？"

似锦笑盈盈道："爹爹，甚好。我想什么时候睡就什么时候睡，想吃什么就吃什么，好开心！"

见似锦眼睛亮晶晶，显见是真快乐，周胤也不说什么了，只是交代似锦："若是有什么事，就让韩勇家的去叫韩勇帮忙。"

似锦记在心里，又陪着爹爹说了会儿话，父女俩一起用了晚饭，这才告辞离开了。

过了几日，似锦悄悄吩咐韩勇媳妇："你回家替我问问韩勇，忠顺伯如今升官没有？"

韩勇媳妇第二天早上就来回话："启禀大姑娘，这次吏部查考，忠顺伯得了个差等，被朝廷撸了官职，如今在家闲居，日日和忠顺伯夫人怄气。

"忠顺伯夫人找咱们夫人哭了好几次，夫人也和老爷说了，可惜老爷坚持不肯管忠顺伯的事，说忠顺伯是国之蠹虫，让他做官，早晚会捅出大乱子，还不如让忠顺伯在伯爵府待着安生。"

似锦听了，松了口气，吩咐素心拿了一个小金锁给了韩勇媳妇："我听说你有个小女儿，给她戴着玩吧！"

她自己没有生，却是极喜欢女儿的。

韩勇媳妇千恩万谢。

似锦含笑道："有空了带你女儿来咱们宅子里住吧，宅子里没孩子，毕竟空落落的。"

韩勇媳妇得了这句话，欢喜得很，忙不迭地答应了下来。

晚上下起了雨。

雨滴打在后窗外的白杨树上“噼啪”作响。

似锦原本已经睡下了，听到雨声又坐了起来。

先前一到雨雪天气，余毒入体，小凤凰总是受尽折磨……

小凤凰的毒，不知道解得怎么样了。

想到这些，似锦就再难入睡，发了会儿呆，索性起来点了烛台放在床边的小几上，自己倚着枕头看书。

此时金明池行宫的临水殿灯火通明，身穿油布斗篷戴着油布兜帽的青衣卫拿着武器把临水殿团团围住，兵部侍郎蒋飞云亲自执了长刀立在殿外。

殿内弥漫着浓重的药味。

景和帝躺在榻上，青衣卫统领李信喆和总管太监李越服侍在侧，协助从黔州来的名医乔夙解毒。

林岐到底没能从苏贵太妃那里逼问出来解药。

苏贵太妃承认那奇毒来自滇州，其中加入了四种从剧毒菌类中提取出来的毒素，她自己也没有解药。

景和帝已经疼晕过去一次，李越见他又快支撑不住了，便低声禀报道：“陛下，不如小的去把周姑娘接过来……”

景和帝摇了摇头，又晕了过去。

不能让似锦看见他这样子。

她一向嘴硬心软，见了他受罪，不知道心里该如何难受。

不如不让她知道。

转眼进入了四月。

景和帝那边一点消息都没有。

似锦渐渐担心起来。

她特地回了一趟梧桐里去见爹爹，旁敲侧击打听景和帝的状况，得知景和帝已经二十多天没上朝了，如今朝中大事，都由新任首辅秦涟、次辅赵贡及内阁协同处理。

得到这个消息后，似锦越发担心起来，渐渐饮食减少，好不容易丰润一些的脸，又迅速瘦了下去。

这日清晨，似锦早早就醒了。

醒来后，她就再难入睡。

似锦侧身躺在床上，听着外面布谷鸟的叫声，心道：夏天这么快就来了，樱桃应该红了，街上应该有人用扁担担着两筐樱桃进城卖了，为了显示自己的樱桃新鲜，想必还会在筐子上搭着樱桃叶……

樱桃熟了没多久，早杏也可以吃了，虽然有些酸，若是在树上长熟的话，又酸又甜又面，多好吃啊！

她喜欢吃杏，先前在泽州的时候，小凤凰每年到了季节，都让人弄一小筐泽州特产小白杏送进国公府香樟苑给她吃。

小凤凰极会把握度，每次都是一小筐，多的话怕她吃多了倒牙加上火，少的话怕她吃得不尽兴……

似锦猛地坐了起来——她本来是要转移注意力不去想小凤凰的，怎么又想起了小凤凰？

想到小凤凰，她又思忖道：小凤凰肌肤白皙晶莹，跟玉似的，怎么长成大男人了，轮廓那样明显，肌肤为何还那样好？

可是细看的话，他嘴唇的上方、下巴处和喉结处，其实也长了一层极细小的胡须，只是不像一般成年男子那样明显罢了……

似锦叹了口气，起身在丫鬟服侍下洗漱梳妆罢，用了早饭，留素心她们看家，自己带着李青和春剑乘马车去了距离宅子不远的福康布坊。

福康布坊后面收留了不少无家可归的女子，还有些小孤儿和小孤女，她既然收留了这些人，自然得保证他们吃饱穿暖，不受欺侮，因此似锦常常会过去亲自查看。

福康布坊一切如常，后面收留的那些人也都很好，在布坊后面住着，也做些力所能及的活计，月底会收到工钱。

巡视一遍之后，似锦很是满意，又交代金掌柜和汪大嫂：“夏天到了，用布坊里的松江布给他们一人做两套衣服吧，女子一套蓝衣白裙，一套粉衣红裙，男子用青布和白绫就行，费用记在我的账上。”

金掌柜答了声“是”，道：“东家，您放心吧，这件事交给金某就是。”

安排妥当，似锦这才戴上眼纱，扶着春剑出了福康布坊。

她刚出门，就被人给拦住了。

似锦定睛一看，见拦住她的这个女子，小巧玲珑娇美可爱，正是孙浴泉的表妹小刘氏。

小刘氏身后站着一个年轻男子，秀美白皙，细条身材，正是孙浴泉。

似锦心里一阵厌烦，立在那里，倒是要看看孙浴泉和小刘氏要做什么。

小刘氏上次见周似锦，还是在威远侯府，周似锦是威远侯府的二夫人，高高在上一脸傲气，连多和她这穷亲戚说句话都不肯。

如今她自己成了威远侯府的二夫人，周似锦却成了下堂妇，可真是风水轮流转啊！

想到这里，小刘氏得意扬扬地走上前，娇滴滴道：“哟，这不是威远侯府的二夫人吗？哎呀，错了错了，您早被表哥给休了，如今您是威远侯府的弃妇周氏，我才是威远侯府的二夫人！”

周似锦没想到小刘氏居然这样无聊，懒得搭理她，抬脚往旁边走，口中道：“威远侯府？威远侯不是被陛下抄家夺爵了吗？怎么威远侯府还在，还有了新的二夫人？”

这句话结结实实戳中了小刘氏的心窝——她做了好几年外室，心心念念都是威远侯府二夫人这个位置，谁知道周似锦终于被表哥孙浴泉给休弃赶出侯府了，她终于能母凭子贵上位了，威远侯府却被抄家夺爵了。

现如今孙浴泉和刘姨娘都住在臭水巷她的家里，而且孙浴泉也受了其兄威远侯孙沐泉的连累，如今被免了官职赋闲在家。

似锦刺了小刘氏一句，看都不看孙浴泉，径直走向自己的马车——方才小刘氏说话的时候，李青和车夫已经把马车赶了过来。

似锦扶着春剑的手登上马车，吩咐道：“去金石街逛逛去。”

她喜欢画画，也喜欢收藏山水画，如今有空就去金石街逛逛，看到喜欢的笔墨纸砚和颜料就买下了，遇到喜欢的山水画，价钱若是合适也买下来。

孙浴泉一直在一边看着。

许久不见，周似锦似乎更瘦了，却也更美了，更重要的是她头上插戴着赤金宝石首饰，身上穿着时新精美的衣裙，而自己心爱的小刘氏头上插戴的却是廉价的银首饰，穿的也是便宜过时的绸缎衣裙。

凭什么周似锦过得这么好？

他们成亲多年，起码和离时周似锦得分给他些财物！

孙浴泉看着周似锦的豪华马车消失在熙熙攘攘的人流中，默默计较着。

他必须得想办法从周似锦那里弄一笔钱养活妻儿家眷。

似锦从金石街回来，正看着素心和李竹、李兰收拾买回来的笔墨纸砚和几幅山水图，看门的小厮就来通禀，说是小银匠胡同曹太太求见。

似锦一听就知道是好友王菁来了——王菁嫁给了祥符县县尉曹翔，住在小银匠胡同，人称曹太太——忙道：“快请她进来！”

王菁比先前丰润了些，黄衣白裙，颇为富态。

她扶着小丫鬟走在前面，后面有两个婆子跟着，一个婆子提着一筐黄杏，一个婆子抱着一个包袱卷。

似锦迎了上去，笑盈盈道：“你来就来吧，怎么还带礼物？”

王菁神采飞扬：“我得了一些鹅溪绢，想着你也爱作画，就给你送了一些过来。”

鹅溪绢是一种产自蜀地的丝织品，薄而坚韧，适合作画。

似锦听了，很是欢喜：“鹅溪绢在京城可不容易买到，多谢多谢！”

两人说着话往前走。

王菁又道：“这杏是我相公去乡下办案，苦主感谢他，送了他两筐。我尝了尝，又酸又甜又面，正是你爱好的口味，就给你送了一筐过来。”

似锦笑吟吟地屈膝道福：“多谢你惦念，我早上还想着吃杏呢。”

她又问王菁：“你相公呢？瞧你这神采飞扬的模样，一定是他送你来的！”

王菁有些羞涩地笑了，到了明间坐定，这才道：“我想着你一个女子，独居在这僻巷里，有些不放心，恰好这里是我相公的辖区，就让他带着几个衙役去四周转转，和附近的泼皮无赖聊一聊，警告他们一番。”

似锦懂得县官不如现管的道理，自己虽是吏部尚书的女儿，可是爹爹的头衔在这兰草巷却不一定比祥符县曹县尉的名头更管用，心中感激，哑声道：“多谢你……”

王菁见似锦眼眶湿润了，忙笑着安慰她：“傻妹妹，你能够离开威远侯府，这是天大的好事，以后好好过日子，自由自在的，我也能常常见你，多好。”

似锦深吸一口气，逼退泪意，这才道：“这些日子好多事情积在了一起，一时有些忘形……”

王菁不多说话，抬手抚着似锦的背，无声地安慰着。

似锦情绪很快就恢复了正常，笑微微道：“表姐，我带你去看看我的新家吧！”

王菁在参观过程中，一直连声赞叹：

“这宅子真好！

“这处景致适合作画。

“这丛兰草是怎么长的？如此郁郁葱葱，我下次早些过来，把它们给画下来。

“……”

似锦有了王菁的陪伴，心情渐渐好转起来。

王菁在似锦这里一直待到了天擦黑，等丈夫曹翔来接了，这才告辞起身。

这时候似锦前院后院和大门处都挂了灯笼，亮堂堂的。

似锦立在门口台阶上，目送王菁的马车辘辘而去，心里一阵空落落的，正要转身进门，却听到一阵“嗒嗒”的马蹄声由远而近，定睛一看，却见几个青衣人簇拥着一个身着蓝衣的青年骑着马在西隔壁大门口下了马。

那蓝衣青年下马之后，抬眼看向似锦。

（五）

那蓝衣青年凤眼朱唇，鼻梁高挺，肌肤白皙如玉，身材高挑，宽肩长腿，不是林岐又是谁？

似锦一时愣在了那里，怔怔看着灯下的林岐，怀疑自己是在做梦。

林岐见似锦看他，心中欢喜，当即大步流星走了过来，洒然深深一揖：“林某见过周姑娘。”

似锦这才清醒了过来，瞪了他一眼，转身进了大门。

林岐顿了顿，厚着脸皮跟了进去，口中道：“周姑娘，林某在城外的园子里的樱桃红了，小白杏熟了，心中记挂着你，想着你爱吃，就给你带来了两篓——一篓樱桃、一篓白杏，都是酸甜的口感……”

似锦听到那句“一篓樱桃，一篓白杏”，不由得想起先前在泽州，小凤凰总是不肯让她多吃樱桃和白杏，说是上火，便扭头看了过去，却见李越跟在后面，一手提一个小小的竹篓，忍不住笑了：“这竹篓也太小了吧？”

见似锦肯搭理自己了，林岐心中一阵欢喜，忙解释道：“怕你上火，你夏天上火手心热，觉都没法睡，难受得没法子，得用冰块冰手心……”

似锦立在那里，怔怔听着，眼泪早落下来了。

那些久远的往事，原来他都记得。

似锦疾步进了后院，“噔噔噔”上了楼。

林岐毫不犹豫追了上去。

他如今终于解了毒，虽然吃了苦受了罪，以后却能长长久久陪伴似锦了，自然不会再躲着似锦。

韩勇媳妇和韩婆子都是白日在这里当值，晚上还回梧桐里后巷的家的，因此这时候院子里只有春剑、素心和幽客是似锦的人，她们三个都有些蒙，想要跟上去却被李竹、李兰给拦住了。

李竹轻轻道：“咱们姑娘不会有事的。”

似锦拭去眼泪，在南窗前的竹榻上坐了下来。

林岐走了进来，隔着小炕桌在竹榻上坐了下来。

夜幕降临，屋子里没有点灯，窗内窗外都沉浸在黑暗之中。

似锦和林岐都没有说话，外面河水的流淌声、青蛙的鸣叫声、树叶被夜风吹拂的声音，在房里都清晰可闻。

不知过了多久，似锦道：“毒解了没有？”

林岐低声道："解了。"

似锦又问："毒既然解了，为何瘦成这样子？"

瞧着一阵风都能把他给刮跑似的。

林岐默然片刻，这才开口道："解毒的那几日，一直未曾进食。"

他好不容易才熬过了解毒那几日。

似锦在黑暗中看向他。

光线很暗，可是借着窗外的星光，她依旧能够分辨出林岐的轮廓。

六年前的小凤凰，轮廓并不明显，娇嫩、修长，精致而脆弱。

如今的林岐，面部轮廓极为明显，尤其是下颌处的线条，俊秀而英气，再加上宽宽的肩膀和长长探出的腿——除了身子单薄了些，他真的是男子汉了……

林岐凝神听着似锦的呼吸声，分析着似锦的心情变化，忽然开口，声音低低的，带着些撒娇之意："似锦，我饿了。"

似锦最听不得小凤凰说饿，闻言忙起身出门，叫了素心上来，吩咐道："你去和厨娘说，先做一大碗臊子面送上来。"

待回到房里坐下，似锦这才想起，自己正在和林岐怄气，居然因为他一句"我饿了"，就巴巴地吩咐人做他爱吃的泽州臊子面。

想到这里，似锦有些气自己立场不坚定，也气林岐太狡猾，正要不理林岐，忽然想起宅子临水，天气和暖，已经开始有了蚊子。

虽然窗子上糊着轻薄透气的蝉翼纱，却依旧有蚊子趁着开门关门溜进来，而林岐肌肤细嫩，最受蚊子喜爱。

她忙起身点亮烛台放在小炕桌上，又拿了两个素瓷小香炉，点燃了驱蚊的薄荷香，一个放在了窗台上，一个放在了林岐身侧的花盆架上。

林岐心满意足，倚着靠枕懒洋洋地歪在竹榻上看着似锦忙来忙去。

这是他一直盼着的日子，他和似锦在一起，安安生生，平平静静，忙忙碌碌，享受人生。

厨娘很快做好了臊子面。

春剑和素心担心似锦，特地上楼送晚饭。

她们一进房间，便见西邻那位林公子安安生生地坐在南窗前的竹榻上，自家姑娘正在明间洗手，两人之间似乎没有出现剑拔弩张的紧张气氛，这才略微放下心来。

似锦上前去看，见炕桌上摆了一大碗已经浇了臊子的臊子面，另有两个空碗和两碗面汤，分明是连自己的份也准备了，便没说什么——她忙活了这一阵子，也有些饿了。

素心把另一个食盒放在一边："姑娘，这里面是四样果品和一壶绿玉髓酒。"

似锦摆了摆手："好了，你们也下去用饭吧！"

待春剑、素心离开了，她这才叫林岐："水和香胰子都准备好了，你去洗手吧！"

林岐正等着她这句话，闻言起身洗了手，回来在似锦对面坐下，却发现似锦已经给他盛好面了，便不多说，拿起筷子开吃。

似锦一向爱操心，自己吃了面喝了面汤，又监督着林岐喝了面汤，这才收了空碗，又摆了四样果品和绿玉髓酒上桌。

烛光摇曳，薄荷香氤氲，夜风轻送。

小炕桌上摆着一碟小白杏、一碟红樱桃、一碟雪梨片、一碟甜藕片，似锦和林岐面前各摆着一盏绿玉髓。

林岐端起面前的素瓷酒盏，正要饮下。

似锦见了，忍不住刺他道："你不怕我下毒？"

林岐瞅了她一眼，嘴角微翘，眼睛亮晶晶，仰首一饮而尽。

她伸手执壶，为林岐斟满空盏。

林岐再次一饮而尽。

似锦又为他斟满，待他饮下，这才双臂放在小炕桌上，低声道："我知道你安好，心中一块大石头落了地，再也不担心你了。你毕竟是贵人，不宜涉入险地。"

她拿起自己面前的酒盏，一饮而尽。

酒液滑入咽喉，先甜后热，似锦终于鼓起了勇气，道："以后你不要再来了，咱们桥归桥，路归路，各过各的——"

咦，林岐怎么躺那儿了？

似锦忙探身去看，这才发现林岐居然睡着了。

烛光中，他白皙的脸泛着淡淡的蔷薇红，薄薄的眼皮也有点红，嘟着嘴睡得正香，呼吸都带着酒香。

似锦："……"

她到底不忍心，起身搬走小炕桌，回来把他挪成舒服的睡姿，又拿了床薄被展开给林岐盖上，这才拿着灯烛回自己的拔步床上睡下了——绿玉髓不愧为大周名酒，酒味醇厚，她才饮了两盏酒，也有酒意了，晕晕乎乎的。

一大早林岐就醒了。

他是被窗外的布谷鸟和喜鹊的叫声给吵醒的。

林岐一翻身，竹榻发出"咯吱"的声响。

似锦也醒了。

她知道林岐有起床气，也不吭声，自己起身穿好衣服出去了。

似锦吩咐春剑送水、香胰子、擦牙的盐和漱口的薄荷水上来，又吩咐素心送一壶温开水上来。

吩咐罢，她这才觉得自己又不自觉地开始照顾林岐了，只得自我安慰：算了，就当我是在巴结当今天子，为的是抱上金大腿，以后好多个靠山。

林岐喝了一盏温开水，这才彻底清醒，起身在春剑、素心的服侍下洗漱。

春剑、素心有些闹不清楚这位林公子和自家姑娘到底是什么关系，不过她们一向对似锦忠心耿耿，因此并不多问，一切都听似锦吩咐。

早饭是养胃的小米粥、鲜肉包子外加四样小菜。

林岐用了早饭，又漱了口，似锦见他似还没有离开的打算，便故意道："你不用管理朝政吗？"

林岐看了她一眼，乖乖道："自有内阁理政，我刚刚痊愈，须得歇息几日养一养身子。"

似锦觉得此时的林岐，眼睛大大的，眼神温软，就像乖巧的小猫咪似的，有点可爱得过分了，原本准备了一肚子怼他的话，这会儿都跑到爪哇国了，当即道："你回去吧，我要去河边散会儿步。"

林岐理所当然道："你一个姑娘家到底不安全，我陪着你。"

似锦正要开口驳他，小丫鬟幽客在外面回禀道："启禀姑娘，老爷、夫人派孙妈妈过来了！"

似锦站起身来，瞟了安安稳稳坐在竹榻上鸠占鹊巢的林岐一眼，道："我下去了。"

孙妈妈其实是奉了周胤之命来看望似锦，顺便给似锦送来几篓新鲜果品和新鲜鸡鸭等物。

见似锦这宅子甚是齐整，孙妈妈喜欢得很，道："大姑娘，老爷说了，眼看着端午节该到了，老爷请大姑娘回府里过端午节。"又道，"那日二姑娘、三姑娘和韶哥儿都在。"

似锦沉吟了一下，道："端午节上午我再过去吧！"

她命人奉上茶点，又问孙妈妈："府里如今怎样？"

孙妈妈先是说一切都好，接着却又道："府里前几日出了些事……"

似锦见她欲言又止，忙问道："到底何事？"

孙妈妈这才道："二房四姑娘和五姑娘进京参加选秀，落了选，按照朝廷要求，该回原籍了，老爷夫人正要安排人送她们回去，谁知一没留神，四姑娘和五姑娘居然跑了出去，冲撞了宁王殿下，都被带入了宁王府。

“老爷得知消息，赶紧去宁王府要人，谁知四姑娘、五姑娘没有说出真实身份，已经被宁王宠幸过了——老爷觉得丢人，向朝廷告了假，已经好几日没出门了。”

似锦一听，忙道：“既如此，我和你一起回去看看爹爹。”

她吩咐李竹：“把我给爹爹做的那件青纱道袍和那套白绫中衣叠好装进包袱里。”

似锦这才上楼去换衣服。

林岐见似锦要换衣服，便起身去了大通间的西端——那里被布置成了似锦的书房，用一道屏风隔开了。

似锦很快装扮好了，全套的赤金蓝宝石头面，与身上的玉色窄袖衫和白挑线裙子倒还相衬。

她绕过屏风去看林岐，见他优哉游哉躺在竹制躺椅上看书，不由得气急反笑：“你这是赖在我这里了？”

林岐抬眼看她，笑得乖巧可爱：“中午我想吃红烧小黄鱼，你交代厨娘一声。”

她到底还是心软，恶声恶气地答应了一声，带着春剑、素心下楼去了。

中午李竹、李兰送上了厨娘做的膳食，一碟十香菜拌鲜核桃仁、一碟酒浸江鳐，一碟卤雀舌、一碟糟黄芽、一碟黄雀鲊，另有一碟酸炒白菜心、一碟爆炒笋鸡，一碗红烧小黄鱼和一碗碧粳粥。

似锦不在家，林岐吃得倒是更好了。

他慢慢用着午饭，预备用罢饭，睡一会儿午觉，午觉起来似锦也该回来了，他就陪似锦去河边逛逛去。

到了周府，似锦自然先去惠畅堂见周夫人。

惠畅堂正房明间内倒也热闹。

周夫人端坐在锦榻上，倩兮和盼兮姐妹坐在西边的紫檀木圈椅上，觉晓和澄明两姐妹坐在东边的紫檀木圈椅上。

觉晓正在讲述宁王府内的风光：“王妃年纪不大，却是好性儿，王爷身边人不少，王妃却不妒忌，待我和澄明极好。”

澄明补充道：“王爷身边妻妾众多，偏偏董侧妃最不晓事，仗着是淑太妃的娘家侄女，十分飞扬跋扈，连王妃都不放在眼里，又爱使小性儿……”

倩兮和盼兮听了，彼此看了一眼，又齐齐低下头去。

倩兮看自己手中的帕子。

盼兮盯着自己的指甲看——她新用凤仙花染了指甲，十分鲜艳好看。

正在这时，小丫鬟莲心在外面禀报：“启禀夫人，大姑娘回来了。”

屋子里顿时静了一瞬。

觉晓和澄明毕竟是双胞胎，心有灵犀一点通，齐齐“哧”的一声冷笑起来。

澄明道：“听说大姐姐住在嵩岳街附近，常常大大方方出去逛呢！”

觉晓道：“大姐姐被夫家休弃，居然还有脸出去逛，也不嫌丢人。”

盼兮不爱听她们这样说似锦，道：“大姐姐与孙浴泉八字不合才和离的，这有什么丢人的？为何不能出去逛街？”

倩兮点了点头：“正是。”

觉晓和澄明互相使了个眼色，到底没有开口驳周盼兮——周盼兮的公公卫国公如今病入膏肓，待卫国公一死，盼兮的丈夫卫国公世子孟庆元继承了爵位，盼兮马上就是卫国公夫人了。

国公夫人她们还不敢得罪。

周夫人道：“请大姑娘进来吧！”

似锦很快走了进来。

她笑盈盈地给周夫人行了礼，又和四个妹妹彼此厮见了。

觉晓觉得自己都是亲王妾室了，周似锦起码得给自己行个礼，便微微一笑，道：“大姐姐，若是按照国礼，你可得给我和澄明行礼的！”

似锦笑容甜美，却当即怼了回去：“可这是在家里，行家礼就可以了。”

觉晓还要再开口，却被周夫人打断了。

周夫人虽然不喜欢似锦，可是有了讨人厌的觉晓和澄明做对比，似锦就变得可人意极了。她看着似锦，微笑道：“似锦，你爹爹这几日身子不适，正盼着见你呢！”

似锦微笑道：“我也想念爹爹了。”

她又道：“多谢母亲和爹爹派人送去的端午节礼，我这次过来，也备了几样节礼，母亲别嫌我简慢。”

周夫人笑了：“心意到了就行，怎么会嫌你的节礼简慢。”

似锦笑盈盈道：“母亲，我给爹爹做了两套衣服，也不知道合身不合身。”

周夫人闻弦歌而知雅意，知道似锦想要去看周胤，当即道：“你爹爹在外书房看书，你去看看他吧！”

几个儿女中，只有似锦懂诗善画，和周胤最有话说，也最得周胤疼爱。

如今周胤因为觉晓和澄明之事心烦，倒是似锦还能劝解一二。

觉晓和澄明得了宁王林嵘之命，要见大伯说事，闻言忙一起起身：“我们也想大伯了，正好跟着大姐姐一起过去。”

周夫人眉头当即皱了起来。

似锦微微一笑，道："爹爹在外院，幕僚、门客、小厮人来人往的，两位妹妹身为亲王内眷，身份贵重，哪里能去那种地方，可别因此被人拿住此事，以'纵容内眷'的名义弹劾宁王！"

觉晓和澄明被她一顶大帽子压下来，一时有些蒙，眼睁睁看着似锦屈膝行了个礼，退了下去，心中懊悔得很——她们这是第二趟过来了，大伯就是不肯见她们！

周胤正拿了一本书坐在书案后在读，见似锦来了，叹了口气："似锦来看爹爹了。"

似锦微微一笑："爹爹，您这里有什么好茶？"

周胤一向对茶最有兴趣，往日一听似锦提到茶，就要拿出自己的好茶炫耀一番，然后再问似锦要不要，这会儿却有些意兴阑珊："先前爹爹的好茶都是太上皇赐的，如今太上皇自己也没得多少，哪里还能赏赐爹爹……"

似锦一听就明白了，爹爹这几日消沉，一则是因为两个侄女周觉晓和周澄明做的事情太丢脸了；二则他本是太上皇亲信，如今景和帝亲政，他本来就不受新皇待见，再加上担心两个侄女此举会令景和帝把他归入宁王一党，因此消沉。

她自己找了凤团茶出来，沏好倒了两盏，一盏奉给周胤，一盏留给自己。

似锦见父亲端起茶盏品茶，这才轻轻道："爹爹竟然也钻牛角尖了。对陛下来说，信任的大臣分为两类，一类是忠臣，一类是能臣。爹爹做不了忠臣，凭爹爹的能力，何不做个能臣呢？"

周胤叹了口气，道："道理爹爹也懂，可就是拉不下脸啊！"

他是太上皇洪武帝一手提拔上来的，转眼就投到新皇景和帝麾下，怕是要被人耻笑。

似锦笑了，道："爹爹，您忘了您的初心了吗？您到底是为了什么做官？是为民立命为国效力，还是为了自己的官途和面子？"

周胤默思一阵，忽然觉得豁然开朗：是啊，我原本进入仕途，就是要一展抱负，为生民立命，为国家效力，为何如今竟然囿于自我封闭之中？

他站起身来，慨然道："似锦，爹爹明白了！"

似锦见爹爹脸上有了笑意，也觉得开心，忙道："爹爹，我给您做了两件衣服，你去屏风后试一试，若是不合适，我再修改。"

衣服自然是合适的。

周胤很喜欢女儿做的白绫中衣和青纱道袍，穿上就不肯脱了："似锦，爹爹要去永福寺和济世老和尚说话，正好穿这一身过去。"

似锦见爹爹心结解除，愿意出去会老朋友了，也很欢喜，送了爹爹离开，这才去了惠畅堂。

得知周胤出去会老朋友了，周夫人很是欣慰：“如此甚好。”

她看向似锦的眼神也更亲切了：“似锦，你留下用午饭吧！”

似锦早发现周觉晓和周澄明在一边咬牙切齿了，哪里稀罕这一顿饭，笑容灿烂：“母亲，我家里还有许多琐事，以后再回来给父亲、母亲请安吧！”

如今林岐还在她房里，他既挑食又别扭，不知道怎样了。

既然爹爹心情好转了，似锦就急着回去照顾林岐了。

林岐用罢午饭，宽去外衣在似锦的拔步床上歇下了。

似锦很会照顾自己，她的床褥厚实绵软，上面铺着一层柔软的金丝草编的软席，枕头也是柔软的白绫枕上套着金丝草编的软枕套，被子则是柔软透气的青色松江布被面和白色松江布被里。

林岐躺在柔软舒适又凉快的床上，在似锦留下的芬芳的萦绕中，很快就进入了梦乡。

似锦一回家，就叫了春剑、素心，悄声问道：“楼上那人呢？”

春剑忙道：“姑娘，那人只叫李竹和李兰上去伺候。”

素心则补充道：“厨娘为那人做的午饭极丰盛，好多材料都不是咱们家里的。”

似锦略一思索，就全明白了，原来这宅子里，只有春剑、素心、幽客、韩婆子、韩勇媳妇和车夫是她的人，其余都是林岐安插进来的人呀！

她叫来厨娘，细细打量了一番。

厨娘依旧是旧日模样，垂眉敛目，甚是恭顺。

似锦故意吩咐道：“我还没用午饭，你现给我做去吧，一道清炒枸杞芽、一道姜丝炒蟹、一道红烧鲍鱼、一道野鸡丝炒鸡髓笋、一碗莼菜羹、一瓶玉梨春酒，再蒸两碗红稻米饭。”

这些食材，她家里自然全都没有。

似锦就是要看看这厨娘如何理会。

厨娘听了，一点难为之色都没有，恭谨地答了声“是”，退了下去。

似锦：林岐到底在我家厨房里藏了多少东西？

似锦独自一人上了楼。

楼上静悄悄的。

似锦直奔拔步床，一撩开纱帐，果真看到了熟睡的林岐。

林岐睡得正香，肌肤白里透红，眉目浓秀，紧紧抿着嘴——睡着了偏偏也像小时候睡着的模样。

见此情状，似锦心里一阵怜惜，见林岐睡得香，不忍心吵醒他，便轻手轻脚放下纱帐，自己回到竹榻上坐下，拿了一本书看了起来。

半个时辰后，春剑和素心用食盒提了午饭上来，开始在小炕桌上摆饭。

似锦看着小炕桌上的四菜一汤、贡酒玉梨春和两碗红稻米饭，陷入了沉默——林岐绝对命人把御厨房里的食材搬运了过来！

她正饥肠辘辘，也不客气，拿起红箸，开始享受美味和美酒。

原来顶级的食材做出来的菜肴如此美味呀！

似锦吃饱喝足，把一瓶玉梨春酒全喝了，醉倒在了竹榻上，迷迷糊糊地睡着了。

春剑和素心收拾了摆盘碗筷，搬走了小炕桌，又拿了枕头和薄被，服侍似锦躺好，这才掩上房门下楼去了。

似锦睡得酣畅淋漓，等她醒来，已是夕阳西下时分。

她睁开眼，发现自己正侧身睡在帐子里，中衣衣襟敞开着，怀里抱着一个人，体香熟悉，触感也熟悉，衣衫凌乱，正是林岐。

（六）

似锦大脑一片空白：难道我借酒装疯做了错事？

她缓缓放松自己，让自己尽快清醒，开始整理着思绪。

首要任务，是得先确认她到底有没有动林岐。

似锦试着去检查，结果是她自己也不能肯定。

接下来，似锦决定直接面对。

小凤凰毕竟不是先前扮成小仙女的小凤凰了，而是高高在上的景和帝，因此得讲究些策略，起码语气动作上得温柔一些。

想到这里，似锦打算先把林岐叫醒，确认一下发生了什么事。

她喝醉了，林岐总没有喝醉吧？

似锦以前总是跟小凤凰睡在一起，习惯成自然，伸手就去摸林岐的脸——触感细腻柔滑，还是记忆中的感受：“小凤凰，醒来没有？”

触感实在是太美妙，似锦忍不住凑近去看——小凤凰的肌肤还是像先前一样细腻啊！

此时散着长发敞着衣襟的小凤凰，与记忆中常共寝处的小凤凰合二为一。

原来，林岐就是小凤凰，小凤凰就是林岐呀！

林岐睁开了眼睛，凤眼清澈，正好与近在咫尺的似锦四目相对。

林岐俊脸微红，然后忽然凑近，吻住了似锦。

酒香扑鼻。

似锦绝望了——林岐绝对也饮酒了——她忙伸手推拒："小凤凰，咱们好好说话！"

林岐推倒了似锦，又吻了上去……

动作间林岐的衣襟散开了，白皙细嫩的肌肤上满是青青红红的痕迹。

看见此情此景，似锦无话可说了——这的确是她会做出的事情，先前和小凤凰在一起的时候，她常常咬他的手臂……

一时云收雨散，林岐拥紧似锦，低声道："我已经吩咐内阁首辅秦涟为正使，礼部尚书韩志云为副使，前往梧桐里周府行纳采问名礼了。似锦，你愿意做我的皇后吗？"

似锦正要挣扎，可是如今情势，又如何挣扎？

她刚要开口拒绝，可是林岐速度极快地吻住了她……

夕阳西下时分，戴着眼纱，穿着青纱道袍，做书生打扮的周胤骑着驴子慢悠悠地行在梧桐里的街道上，韩勇骑着驴子背着褡裢跟在后面。

正在悠哉间，管家带着两个小厮冲了过来，一把抓住了周胤手中的缰绳，拦在了驴子前："老爷，家里出大事了！"

周胤不紧不慢地拉长腔："何事？"

管家凑近周胤，低声道："老爷，陛下派了首辅秦大人和礼部韩大人，到咱们府里行纳采问名礼了！"

周胤简直不敢相信自己的耳朵，喃喃道："可是我没有未婚的女儿了呀……"

管家忙小声提醒道："大姑娘！老爷，还有大姑娘呢！陛下要迎娶大姑娘为皇后！"

大周朝也不是没有过再嫁之女为后的先例，只是那位皇后出身勋贵，能以再嫁之身成为皇后，其实是因为皇帝借此平衡朝内各方势力。

他周胤不过一个文臣，而且还是太上皇的亲信，有什么是陛下可以利用的？

难道陛下要借他来拉近与太上皇的关系？

大可不必。

如今景和帝年纪不大，心气却大，太上皇就是被他给逼退位的！

周胤心乱如麻，骑着驴回了周府。

他一进外书房院子，首辅秦涟和礼部尚书韩志云就迎了上来。

韩志云和周胤是多年好友，见他穿着随意，忙拉着他道："子承，速去换衣，我和秦首辅等着你。"

秦涟是倩兮的公公，周胤的亲家，含笑道："子承赶紧去吧！"

看着面前的秦涟和韩志云，周胤这才有了真实感，忙去换衣了。

周胤拜受毕，把表敬献给了正副使，口中道："臣胤伏承嘉命，臣女，先臣杭州同知维之曾孙，先臣文之孙，今年二十，谨具奏闻。"

一时礼毕，周胤自送正使秦涟和副使韩志云离开。

过了良久，周胤这才从外面回来，与紧张地候在二门的周夫人会合，道："我这就去嵩岳街兰草巷寻似锦。"

周夫人脸色苍白，分明是惊大于喜："老爷，这到底是怎么回事？"

周胤摇了摇头："我也不知。"

景和帝年纪虽轻，却是极有主意极理智之人，他既然下旨，只怕连太上皇和皇太后也无法撼动，不然也不会陛下都二十二岁了，后宫尚无一人。

似锦本来身子酥软昏昏欲睡，忽然听到林岐的声音："似锦，算算时间，你爹爹也该往这边来了。"

她强撑着起来，飞快地穿衣梳头，又命人送热水上来好冲澡。

忙忙碌碌两刻钟之后，似锦终于清清爽爽齐齐整整收拾好了。

她看向依旧歪在床上的林岐："小凤凰，你怎么还不走？！"

林岐懒洋洋道："我不能走。待会儿你若是不认账，我就这样出去请周大人看看。"

似锦心中气急，扑上去就要拧林岐，谁知刚拧住林岐的腰，外面就传来素心焦急的声音："姑娘，老爷来了！"

似锦恨恨地在林岐脸上拧了一下，起身匆匆下了楼。

当晚，得知消息的许太后乘了凤辇前往御书房质问景和帝。

景和帝好整以暇，开门见山道："母后，周胤的长女，就是先前在泽州陪伴我的似锦。"

当年因为小凤凰对周似锦的依恋，她的确有过把周似锦当作童养媳培养的念头。可是她的意图是让周似锦做小凤凰的妾，可没想过直接让周似锦做皇后的。

林岐不待许太后说话，直接提出了自己的条件："母后，若您答应我娶似锦为皇后，对安国公府，我可以徐徐理之。"

许太后一下子跌坐在宝榻上。

如今朝廷大军兵分三路，逼近泽州，战事一触即发，安国公府危在旦夕。

过了良久，许太后道："如此，依你就是。"

林岐起身，在许太后身前跪下："谢母后成全儿子。"

其实他派军队围困泽州，本来就是声东击西之计，剑指泽州，意在割据雍州的镇南侯府。

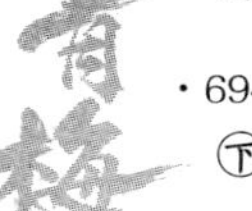

一个月后，原本该在泽州外围驻扎的朝廷三十万大军忽然出现在雍州城外。

镇南侯府上下猝不及防，不过三天，朝廷大军就攻下了雍州。

接着景和帝就开始了对朝野之中镇南侯势力的清洗。

与此同时，景和帝进行了封后大典，先派官员祭天、地和太庙，然后亲自前往奉先殿行礼，接着派礼部尚书韩志云为正使，礼部侍郎姜苏为副使，持节赍册宝，册立周胤的长女周氏为皇后。

在朝野的大洗牌中，朝中众臣人心惶惶，即使周胤的长女周似锦以再嫁之身被封为皇后，并与景和帝大婚，也没有大臣敢置喙。

就连太上皇和许太后，也都态度平和地接受了周皇后的跪拜。

一年后，周皇后诞下了长女康乐公主。

康乐公主一岁半的时候，周皇后再次生育，诞下一对龙凤胎——皇太子林润和永乐公主林沁。

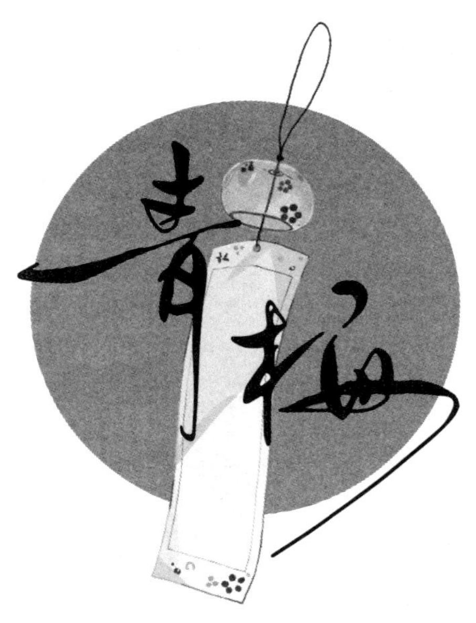